コクと深みの名推理⑧

# クリスマス・ラテのお別れ

クレオ・コイル
小川敏子 訳



RHブックス＋プラス

HOLIDAY GRIND

by

Cleo Coyle



This edition published by arrangement with

The Berkley Publishing Group,

a member of Penguin Group (USA) Inc.

through Tuttle-Mori Agency, Inc.,Tokyo.

挿画／藤本 将

レシピデザイン／川村哲司（atmosphere ltd.）

アレックス、アンドリュー、ティアへ
人の善良さを信じる気持ちを決して失わないで。

# 謝辞

ビレッジブレンドの構想を練るにあたって参考にしたコーヒーハウスはありますか、という質問をよく受ける。モデルとして筆頭に挙げたいのは、なんといっても〈ジョー〉――グリニッチビレッジに本店を構える〈ジョー・ジ・アート・オブ・コーヒー〉だ。〈ジョー〉の創業者ジョナサン・ルビンシュタインは時代を先取りする才能の持ち主であり、きょうだいのガブリエルとともに営む店は品質の高さと地元のコミュニティを重視し、わたしが思い描くクレア・コージーの店づくりと重なる。

そして〈ジョー〉といえばコーヒー・ディレクターであるアマンダ・バイロンの存在を抜きには語れない。彼女が催すコーヒー講座は楽しいうえにとてもためになり、わたしはすっかりコーヒー豆に魅了され、さらにバリスタという職業に欠かせない専門知識を身につけることができた。わたしがコーヒーミステリを書くようになって以来、〈ジョー〉はニューヨークで店舗の数を増やしている。そして《フード・アンド・ワイン》誌から全米でトップクラスのコーヒー店と評価され、店の名声は高まるいっぽうだ。さらにくわしく知りたいという方のために〈ジョー〉のホームページ（www.joetheartofcoffee.com）をご紹介しておこう。ぜひ訪問してみてはいかがだろう。

ノートパソコンに蓄えられたデータが印刷されて本という形になるまでには出版のプロたちにおおいに辣腕をふるっていただいているわけだが、バークレー・プライム・クライム社のみなさんはまさにプロ中のプロである。とりわけ編集責任者ウェンディ・マッカーディーはたぐい稀な編集の手腕と豊かな人間性の持ち主である。深く感謝申しあげる。アリソン・ブランドーとキャサリン・ペルツは持ち前の明るさで激務をこなしてくださった。心から御礼申しあげたい。

夫マークには今回も感謝の気持ちでいっぱいだ。多くの読者の方々がすでにご存じのことと思うが、マークはこのコーヒーミステリのシリーズ並びにミステリ書店シリーズの共著者である（彼のようにすばらしいパートナーに巡り会えたわたしはなんと幸せ者だろう）。

エージェントを務めてくださっているジョン・タルボットはいついかなる時にもプロとして徹底した仕事ぶりであり、深く感謝申しあげる。医学上のアドバイスを与えてくださったグレース・アルフォンシ医師は、わたしにとってまさに天使のような存在といっていい――ただし本書の内容についていっさいの責任は著者にある。サミー・Lにはジャマイカのスラングと料理について貴重な助言をいただいた。心より感謝申しあげる。

グリニッチビレッジを管轄ししっかり守ってくれている六分署の熱心な警察官のみなさまに対しても、心からの敬礼を送らなくては。素人探偵が活躍する本シリーズは軽さが持ち味のフィクションという性質上、時に警察の正式な規則から逸脱する場合もあるのだが、わたしはニューヨーク市警のみなさまに対し限りない尊敬の念を抱いている。この気持ちには一点の曇りもないことをあらためて申しあげておきたい。

この物語はまちがいなくフィクションであるが、ここで登場するクリスマスの時期のふたつの慈善事業は実在するものであること、そしていずれも大変に意義深い活動であることを申し述べておきたい。オペレーション・サンタクロースは米国郵便公社の職員がおこなっているもので、恵まれない子どもや家族がサンタクロース宛に送った手紙の内容を一般の人々に叶えてもらうという活動だ。鐘の音でよく知られている救世軍の人々も恵まれない家族を助ける活動として街角で社会鍋《レッドケトル》への募金をよびかけ、寄付をおこなっている。このふたつの慈善活動については巻末にくわしく紹介しているので、ぜひ参考にしていただきたい。

最後に世界中のすべてのサンタクロースに声援を送りたい。いまの世の中、多くの人々が不安と不信感を募らせるあまり手をポケットのなかでぎゅっと握ったまま出せずにいる。そんななかであなたたちはクリスマスの精神を忠実に実行に移している。贈り物をするというシンプルな行為に宿るよろこびを知っているあなたたちにお礼をいいます。ありがとう。

クレオ・コイルより

僕はクリスマスがめぐって来るごとに……クリスマスはめでたいと思うんですよ。親切な気持になって人を赦してやり、情ぶかくなる楽しい時節ですよ。男も女も……心を打明け合って、自分らより目下の者たちを見てもお互いみんなが同じ墓場への旅の道づれだと思って……

チャールズ・ディケンズ『クリスマス・キャロル』
（新潮文庫『クリスマス・カロル』村岡花子訳より）

# クリスマス・ラテのお別れ

登場人物

クレア・コージー……………ビレッジブレンドのマネジャー
ジョイ…………………………クレアの娘
マテオ・アレグロ……………ビレッジブレンドのバイヤー。クレアの元夫
マダム…………………………同店の経営者。マテオの母
ブリアン・ソマー……………《トレンド》誌の編集長。マテオの妻
マイク・クィン………………六分署の警部補。クレアの恋人
アルフレッド・
　グロックナー………………ボランティアのサンタ。通称アルフ
ビッキ・グロックナー………アルフの娘
シェリー・グロックナー……アルフの元妻
カール・コヴィック…………アルフのルームメイト
オマール・リンフォード……実業家
デクスター・ビーティ………西インド諸島の有力者。食料品店経営
シェーン・ホリウェイ………俳優
ジェームズ・ヤング…………番組プロデューサー
チャズ・チャッツワース……心理カウンセラー
フィリス・
　チャッツワース……………ドクター・チャズの妻。結婚セラピスト
ディッキー・
　セレブラトリオ……………パーティー・プランナー
エマヌエル・フランコ………巡査部長
チャーリー・ホン……………刑事

# プロローグ

サンタさんはいたずら者だった……。

そしてサンタの行動は毎回同じだったので、狙いやすかった。

正午に家を出てバスでダウンタウンに向かう。白いヒゲを生やした彼は一時にはユニオン・スクエアのそばに姿をあらわし、乗り場でチェックインしてプラスチック製の緑色の「そり」で出発する。六時間の仕事が始まるのだ。

サンタはしきりに鈴を鳴らしながらゆっくりと六番街を進み、貴重な小銭をあつめる。三時ちかくになると進路を変えて西に向かう。車輪のついた小さなカートをハドソン通りで停め、ビレッジブレンドというコーヒーショップのなかに入っていく。そしてラテを飲みながらたっぷりと休憩をとった後、善良な聖人を気取った彼は張り切った様子でホーホーホーといいながらふたたび通りを進んでいく。

その一歩一歩が呪わしい。銃を手にした犯人は建物の戸口の陰に身を隠し、人類愛とはかけはなれた地点からサンタを見つめる。あたりが夕闇に包まれるとともに雪が降り始め、気温も下がっていく。監視を続けるには厳しい状況になるばかりだ。

ごわごわとした外套はかさばるが、生地が厚いので温かいのが救いだ。古着屋で手に入れただけにみすぼらしくもあるのだが。なに、すぐにゴミとなる代物だ。変装のための帽子、スカーフ、メガネなどといっしょに捨ててしまおう。

時間を無駄に費やしてしまったが、それもあと少しで報われる。サンタはあてどなく歩きまわり、やがて人通りのない石畳の道が続く界隈にやってきた。通りはしんと静まり返り人の気配はまったくない。そして凍るような寒さのなかで白く染まっている。すべてが完璧に整った。問題は手袋だ。

断熱材入りの厚い手袋は温かく、おかげで長時間寒さに耐え抜くことができた。が、その厚さがいまとなっては致命的だ。引き金と安全装置のあいだに少しでもなにかがひっかかれば命取りとなる――文字通り自分の命を失うことになる。

だから右手の手袋を外した。ポケットのなかで握った銃にわずかに脂汗がついて滑る。しかしこの時期の気候がすみやかにその問題を解消した。

凍るような金属。いまやお前が最良の友……。

これ以上は待てない。いよいよ仕事に取りかかる。すべて片付いてしまえば、こんなぶざまな外套を脱ぎ捨てて自分の上着に着替えられる——上着は捨てるつもりで買ったスポーツバッグのなかにしまってある。

そして銃はきれいにぬぐったうえで見つからないように処分する。最後にアリバイを整える。自分は人目につく場にいたのだというアリバイを。たびたび出入りしているその場所にいたということは、レシートの日付と時間で裏付けられるだろう……。

そう、時間だ……。

大きなブーツで踏みしめた歩道の雪がサクサクと音をたてる。冷たい大気よりもさらに体内の血が冷たくなる。その瞬間、凍るような金属を固く握りしめた指に力をいれた。

この問題に決着をつけるべき時が来たのだ。これでサンタは永遠におとなしく安らかな夜を迎える……。

# 1

「クリスマスの『味』といえば？」

この質問を店のトップ・バリスタたちにした晩に、わたしはアルフ・グロックナーの遺体を発見した。彼の亡骸を偶然発見する瞬間までは、殺人だの死体だの犯罪現場の証拠保全だのこれっぽっちも考えていなかった。重苦しい気持ちや心配事もなく、クリスマスに向けて心を弾ませていた。

わたしクレア・コージーは成人した娘をもつシングルマザーで、地域のランドマークとなっているビレッジブレンドではマネジャーを務めている。いまだにわたしにとってクリスマスは祝福の季節。だから十二月のあの晩も、頭にあったのはマネジャーとして店をどう盛りあげていくかということ。手がかり、容疑者、ニューヨーク市警の横柄な巡査部長に食ってかかることのリスク、などといったややこしいことではなかった。だからスタッフにたずねたのだ——。

〝クリスマスの『味』といえば？〟

「ええと、ナツメグは欠かせないですね」タッカーがこたえる。

タッカー・バートンはある時は俳優、ある時は脚本家、そしてわたしがもっとも頼りにしているスタッフだ。彼はフロアランプみたいにひょろりとした体型で、細い身体のてっぺんは特徴のあるもじゃもじゃの茶色の髪の毛がふわりと覆っている。店内にはもうお客さまの姿はない。タッカーはカウンターをはさんでわたしと向きあって座り、頭を軽くふってトレードマークの髪の毛を後ろになびかせると、さらにつけ加えた。

「クローブと、それからシナモン。そう、絶対にシナモンだ」

「祝祭にふさわしいスパイスばかりね。でもうちの店にはもう全部そろっているわ」わたしは椅子にかけたままくるりと後ろを向いてカウンターの奥の黒板をペンで指し示す。「エッグノッグ・ラテにはナツメグが入っている。カラメル・アップルパイにはシナモンがたっぷり使ってある。パンプキン・スパイスには三つのスパイスすべてが入っている――」

そう、だから問題なのだ。

いまあげたドリンクはビレッジブレンドの季節限定メニューとして何年も前からすっかり定着している。そして少々飽きがきている。不景気が人々の財布を直撃している(もちろんわたしの財布も例外ではない)このご時世だが、わたしとしては新年を迎える前になんとか店のレジを景気よく鳴らしておきたい。もちろん、そのための戦略は練ってある。

今夜これから内輪でラテの試飲会をひらき、明日の朝いちばんに店の前の歩道に黒板を出してクリスマス限定の魅惑的なコーヒードリンクの新メニューを紹介する計画だ。すでにエクセルで集計表も作成して準備万端整っている。一月になって店がふだんのたたずまいを取り戻し、サンタがベルベット製の赤い服をクリーニングに出すころ、わたしは売上実績の分析にとりかかり、どのフレーバーの売れ行きがよかったのかをしっかり把握してつぎのクリスマスに備える。

「ほかにクリスマスの味といえば？」もう一度たずねてみた。「ねえみんな、子ども時代を思い出してみてちょうだい！」

わたしにもかけがえのないおいしい記憶がある。あの文豪プルーストがこれでもかとばかりに引き合いに出したマドレーヌのように――祖母ナナが手作りしたアニセット風味のビスコッティもパネットーネ（イタリアの伝統的な菓子パン）に入っていた甘いオレンジピールもそのひとつ。もちろん、祖母がつくる伝統的なストゥルッフォリ（かりんとうのような甘い揚げ菓子）という菓子も。祖母がペンシルバニアで営んでいた小さな食料品店ではハチミツをたっぷりからめて金色になった丸いストゥルッフォリをイタリア式に小さなクリスマスツリーの形に皿に盛っていた。セロファンをかぶせた皿が並んでいる様子がいまでも目に浮かぶ（おかげさまでティーンエイジャーの半ばの年齢になるまでわたしはコロコロとよく太っていた)。

ただし残念ながら『ストゥルッフォリ・ラテ』は、店のメニューに加えるにはいささか魅力に欠ける。

「思い出すのはプラリーヌですねえ」タッカーがいう。

「ピーカンナッツのプラリーヌ(一般的にはアーモンドにシロップをからめてキャラメリゼして結晶化させたお菓子)?」タッカーはルイジアナ州出身なので、そんな気がした。

「もちろんです。毎年わが家のお隣さんが一から手作りしてプレゼントしてくれました。同じ区画に住んでいたドイツ人の女性は砂糖をまぶしたおいしいジンジャーブレッド・クッキーをつくって缶に詰めて贈り物にしていましたね」

「それはプフェッファーヌッセかしら? それともレープクーヘン?」

「よくご存じで」タッカーが返した。「わたしの母親はというと、昔ハリウッド映画のエキストラをしていたくらいですからビング・クロスビーと『ホワイト・クリスマス』の大ファンでした。だからわが家にはアメリカのクリスマスにつきもののアイテムは完璧にそろっていたんです。フルーツケーキ、キャンディケーン(杖の形のキャンディ)、シュガークッキー。それから当然、バーボンも」

わたしはにっこりした。「わたしの父はバーボンの代わりにサンブーカだったわ」

クリスマスの時期に工場勤務の男たちが賭けをしにやってくると、父はサンブーカを水のようにがぶがぶ飲ませた(父は自分の母親つまりわたしの祖母の食料品店の奥の部屋でスポーツの賭けの胴元をしていたくらいだから、ほかにもあれやこれや非合法なことに手を出していたにちがいない)。

「うちではラムでした」ガードナーが加わる。

ガードナー・エバンスの声は彼が演奏するジャズのナンバーと同様にとても滑らか。彼の泰然とした物腰はニューヨークの小売店のマネジャーならだれもが高く評価するはず——もちろん、わたしも高く買っている。この若いアフリカ系アメリカ人のジャズ・ミュージシャンはどんなにお客さまが立て込んでいても、決して疲弊しない。どれほどキリキリと息巻いているお客さまでも、ウィンクひとつするだけでおとなしくさせることができるらしい(女性客であれば、なおのこと)。

「ラムか?」タッカーが反応する。

ガードナーがうなずく。

「そう。クリスマスの『味』といえばラムを外すわけにはいかない」

エスター・ベストは——グラマーな大学院生で、叫ぶ詩人として地元で活動し、ラテづくりにかけて非凡な才能を発揮するアーティスト——黒ぶちのメガネの長方形のフレーム越しにガードナーをまじまじと見ている。

「ラムというと? 海賊が飲む、あのラム?」

「ホット・バタード・ラムとかね」ガードナーが丁寧に手入れしてあるヤギ髭をなでる。「マルド・サイダーにラムをいれたりアルコール入りのエッグノッグに加えたりもする。伯母はブレッドプディングやブラックケーキにジャマイカ・ラムをいれるんだ。カリブのブラックケーキを試したことはあるかい、ベスト・ガール？」

「残念ながらまだないわ」

「じつは、きみにすごくよく似ている」

「わたしに？」

「ああ」ガードナーが笑った拍子に白い歯がこぼれてモカ色の肌に映える。「ダークで濃密で強烈なフレーバーがある」

エスターはいつもの冷めた表情のままいぶかしげに目を細めた。

「どのあたりが似ているのかしら」

「〝ダーク〟であるのはまちがいない」タッカーが指摘する。「それに濃密でもある。ギャングスター・ラップのききすぎで理解力が衰えてしまったのかな？」

「お黙り、ブロードウェイ・ボーイ。わたしの彼氏はブライトン・ビーチのロシア人のなかで最高のラッパーなのよ。失礼ないいかたをしないで――」そしてガードナーに向けて片方の手のひらをあげる。「あなたとギャングスター・ラップについて論じるつもりもないわ。よく思っていないのは、ようく知っていますから」

腕組みをして椅子に座っていたガードナーは背筋をそらし肩をすくめた。

「はいはい」

「とにかく――」エスターがわたしのほうを向く。「ラテに〝ラム〟をいれるなんて、あり得ません。そうでしょう、ボス？　ラムはアルコールですよ。わたしの記憶にある限り、ボスはこの店で酒類を扱う許可はとってませんよね？」

「あたりまえだ」タッカーがいう。「だからラムシロップを使えばいい。どうしてわたしがキャンディケーン・カプチーノにペパーミント・シロップを使ったと思う？　法的に許されるなら、ほんもののクレームドマントを使うに決まっている！」

「そうよ、まさにそこ。わたしはタッカーのクリスマス・キャップは外すべきだと思います」エスターは今夜の試飲の第一ラウンドで使ったたくさんの紙コップのひとつを手に取る。「このタッカーのキャンディケーン・カプチーノは甘過ぎるもの。これをクリスマスのメニューとして出したら、三人のうちの二人のお客さまからつくり直せと苦情が出るでしょうね――さもなければ、吐き出すか」

「なんて楽しげなクリスマスの情景なんだ」ダンテ・シルバがカウンターの向こうから大きな声を出す。袖をまくりあげて自作のデザインのタトゥーをこれみよがしにしている。髪を剃り上げたダンテは画家なのだ。彼はピッチャーにミルクを注いで泡立てる作業を始めたところだった。

「それ、まじめにいっているの？」みんなで囲んでいるテーブルのところからエスターが大きな声でたずねた。「それともそのスチーム管の音のせいであなたの皮肉がかき消されているの？」

「ありありと目に浮かぶんだ」ダンテが真顔で応える。「歴史地区に指定されているウエストビレッジの石畳の通り。建物の屋根のこけら板に雪がさらさら降っている。葉が落ちたニレの木の幹には原色の電球が飾られてキラキラしている。そしてうちの店のお客さまが各自のUGGのムートンブーツめがけてタッカーのキャンディケーン・カプチーノをじゃんじゃん吐き出しているところが」

タッカーが作り笑いを浮かべている。「じゃあダンテにその絵を描いてもらおう。なあ、ダンテ！　どうせならラテの飾り用のステンシルにしたらいいじゃないか。いや、それよりきみのそのビリヤードの球みたいな頭にタトゥーで描けばいい！」

ダンテはそれに対して手を左右に振って見せる。

ため息が出てしまう。クリスマス・シーズンのわくわくとした気分はどこに行ってしまったのだろう。つい一時間前にみんなで店の飾りつけをしていた時は、なにもかもがうまくいっていると感じていた。

今日は店を早じまいしてスタッフといっしょにジェーン通りの露店に行ってニューヨーク州産のホワイトパインを一本選んだ。タッカーが低音で「もみの木」を歌い、ダンテとガードナーが木を肩にかついで運んだ。それをフロアの隅に立てる時にはわたしも協力した。木を括《くく》っていたワイヤーを切るとしなやかな枝が広がり、一階のフロア全体が常緑樹の森のみずみずしいさわやかな香りに包まれた。

エスターは(この時ばかりはじつに朗らかに)濃い緑色の大枝に真っ赤なリボンをつぎつぎに飾っていき、わたしは丁寧に箱づめされていたアンティークのコーヒーカップと錫《すず》製のポットを取り出した。このアンティークはマダムが——ビレッジブレンドのオーナーである老婦人——何年もかけてコレクションしたもの。タッカーが店のドアの鈴をクリスマス用のものに取り替え、ダンテはわたしが一週間前に買った赤と緑の大きなウエルカムマットを敷いた。『メリークリスマス』が十二種類の言葉で書かれているマットで、『ハッピーホリデー!』や『ハッピーハヌカー!』や『ハッピークワンザ!』もある。

(ニューヨークのように文化も宗教も多様な街で暮らしていると、息をするだけでもだれかの信念を脅かしている可能性がおおいにある。柔軟性が育まれることを期待して〝多様性《ダイバーシティ》〟や〝相互理解〟などというもっともらしい語彙が盛んに登場したりするのだが、国連の縮小版のようなごちゃごちゃと混乱した街で二十年も暮らした末に、わたしは気づいた。普遍的な調和に至る道はもっと実際的な哲学のなかにある。文化の多様性とはつまり食の多様性だ。ならば〝寛容な気持ちで食べる〟のひとことに尽きるのでは

ないだろうか）

まるまる一時間かけてみんなでコーヒーハウスの飾りつけをした。フレンチドアの周囲には白く光る電球のコードを固定し、両開きの窓には生のトウヒのリースを吊るし、最後にキルティングのソックスを暖炉の石の炉棚の上に置いた。炉棚にはマダム所有の銀の九本枝の燭台がひとつ置かれて光の祭り《ハヌカー》の始まりを待っている。

地球の平和はまちがいなく実現していたはず。おたがいの新作コーヒードリンクの批評を始めるまでは……。

わたしは腕時計をチェックして愕然とした。まもなくゲストが到着する。クリスマス・シーズンのための新作コーヒードリンクの試飲を始めなければならないのに、まだまったく準備が整っていない。

「はい、そこまで！」こんな口調は娘が小学校に通っていたころ以来だ。「あらそいはここまで！　全員カウンターのなかに入って！　クリスマス用のドリンクの支度にとりかかってちょうだい、それも大至急！」

四十五分後、店の青い大理石のカウンターに甘いシロップのボトルが二ダース、その後ろには泡立てたミルクが入ったステンレス製のピッチャーが並び、わたしは大急ぎで書きなぐった試飲メニューを検討していた。

タッカーの提案はバターピーカン・プラリーヌ、キャンディケーン（シロップを代用した簡単バージョン）、アイス・ジンジャースナップ、オールドファッション・シュガークッキーなど。ダンテが提案した味はエッグノッグ・チーズケーキ、スパイク・フルーツケーキ、ホワイトチョコレート・ティラミス、トーストマシュマロ・スノーフレーク。ガードナーはクリスマスの思い出をいかしてラムレーズン、モカココナツ・マカロン、カリビアン・ブラックケーキ。そしてわたしは最愛の祖母ナナのクリスマスの味であるオレンジピールの砂糖煮のパネットーネ、メープルキス・ジンジャーブレッド、グレーズをかけたロースト・チェストナッツ。

エスターからも提案があった。アプリコットシナモン・ルゲラーとラズベリー・ジェリードーナツだ。「ハヌカーにはそれなりにふさわしい味がありますから」というもっともらしい説明とともに。エスターにとってはキーライムパイもそれにあたる。なぜなら「毎年十二月にわが家はフロリダに逃げ出す」習わしだからだそうだ。

パチパチと薪《まき》がはぜている暖炉の周囲には試飲会に招待したゲストがあつまり、わたしたちが手早くラテのサンプルを整えるのを待っている。

タッカーは目下の恋人をもてなしている。彼はヒスパニック系のブロードウェイのダンサーで、パンチという名前で通っている。ガードナーは自分のジャズアンサンブル『フォー・オン・ザ・フロア』のメンバーのテオ、ロニー、チックの相手をしている。

ダンテはルームメイトであるふたりの野心的なアーティストを招待していた。ピアスをしたプラチナブロンドのゲイはキキ、そして東インド諸島の祖先を持つ黒髪の女の子はバンビ。

わたしは腕時計を確認し、まだ到着していないゲストをあと十分だけ待つことにした。エスターのボーイフレンドは——パン職人のアシスタントとして働くロシア人のラッパー——今夜はブルックリンのクラブでパフォーマンスをしている。彼が試飲に参加できないのでエスターはビッキ・グロックナーという友人を招いていた。

ビッキは今年バリスタとして一時期だけ店で働いていた。彼女は店のイタリアのシロップであれこれ試してみるのが大好きだった。だから味見役にはもってこいだとわかっていたけれど、彼女と再会するのはいささか複雑な気分だ。彼女が辞めるいきさつがいきさつだっただけに。

わたしの友人も遅刻組だ。もっとも彼は、もしかしたら顔を出せないかもしれないと電話であらかじめ謝ってきている。それはやむを得ないこと。マイク・クィンとつきあうようになって以来、ニューヨーク市警の刑事の仕事には終わりがないのだとつくづく思い知らされている。

試飲パーティーにはもうひとり毒味役を呼んでいた。その彼がいま、ビレッジブレンドの正面のドアにはめこまれたガラスを指の関節で叩いている。ドアのところに行ってカギをあけると、夜が更けて外の気温はさらに下がり、雪がさきほどよりも積っていることに気づいた。一時間前から大きな雪片が止むことなく降り続いている。歩道と車道にはすでに白い結晶が砂糖衣のように数インチの厚さとなっている。ドアを引いて大きくあけた拍子につけ替えたばかりのクリスマスの鈴が音をたてた。凍てつくような突風が吹き込み、氷状になってダイヤモンドのようにきらめく雪がわたしの焦げ茶色の髪につく。

「ほんとうに間に合ったのね」

ぶるっと震えながらわたしがいうのと同時にマテオ・アレグロが店内に足を踏み入れた。

## 2

中米の太陽で明るいブロンズ色に肌が焼けたマテオは地団駄を踏むようなしぐさでブーツについた雪を払う。昔のままに復元した店の板貼りの床には（幸いにも）雪はまったく落ちていない。『ハッピーホリデー』という文字が踊るウエルカムマットのおかげだ。これを購入したのは、マネジャーとしてわれながら冴えた決断だった。

「来たのがよほど意外みたいな口ぶりだな」わたしの元夫はイタリア製の革ジャケットのファスナーをあけながらいう。

「当たり。あなたがあらわれるとは思っていなかった」わたしはドアを閉めて雪の降る夜の冷気をシャットアウトした。「グァテマラからもどったばかりだし――そうよね？六時間前？」

「五時間前だ」

「それにあなたがファラララ・ラテをどう思っているのかは知っているから」

売り込みのために考案したキャッチフレーズを口にすると、ついにっこりしてしま

う。ただし考案したのはわたしではない。この街で聖人に扮《ふん》して慈善活動をしているアルフレッド・グロックナーだ。そもそも『クリスマスの味』というアイデアそのものがアルフレッドの案だった。

マテオが肩をすくめる。「ぼくになんといえと？　コーヒーに関してぼくがあくまでも純粋主義を貫いているのは知っているだろう」

マテオは世界を股にかけて活躍するコーヒーのブローカー。そしてこの店のコーヒーのバイヤーだ。コーヒーの好みはうるさい。当然といえば当然だろう。ラテとカプチーノはビレッジブレンドの目玉商品で、店の収益におおいに貢献しているが、マテオはその部分はいっさいかかわらない。わたしとスタッフたちの受け持ち領域であり、注文に応じてドリンクをつくっている。

わたしはコーヒー豆をローストしてお客さまにお出しする。そのためのコーヒー豆をマテオは責任をもって調達する。収穫される豆の品質はシーズンごとに変わってくるのでマテオは基本的に日々、世界のコーヒーのベルト地帯を——南回帰線と北回帰線のあいだに帯状にひろがる世界各地の山岳地で、日当たりがよく霜が降りずほどほどの湿度にめぐまれて最高級のアラビカ種のコーヒー栽培に適している——コーヒー版のマゼランのように探検している。

「あなたの今年のホリデー・ブレンドは大成功だったわ。ほんとうによかった」あえてそういったのは、マテオの気分をよくするには店で出しているシングルオリジンのコーヒー、季節限定のブレンド、ストレート・エスプレッソを褒めるに限ると知っているから（それらには人工的なフレーバーオイルもシュガーシロップも加えない。彼が買い付けた最高品質の豆の、異国情緒あふれる自然の風味だけでいいのだ。わたしは店の地下で定期的に豆を少量ずつローストしている）。

「それで、ブリアンは？」

正面のドアにはめこまれたガラスから外をのぞいてみた。街灯の光を浴びて雪がはらはらと舞い落ちるのが見えるが、縁石には車は横付けされていない。リムジンも見当たらない。ハイヤーもいない。タクシーのドアがひらいて、有名デザイナーの服をまとった果てしなく長い脚があらわれるわけでもない。

「彼女とはここで会うことになっている」マテオは試飲会のお客さまがあつまっている暖炉のほうに視線を走らせる。「まだか？」

「ええ。また遅くまで仕事をするようになったの？」

マテオがぼそぼそとこたえる。「してない時期なんてあったか？」

「雪で立ち往生しているにちがいないわ。こんな天候でタクシーに押し込められているのはまるで拷問ね」

マテオはうなずかない。同意もしない。ただ黒いニット帽を脱ぎ、短いシーザーカットにした黒い髪の毛をなでて目をそらした。

彼とブリアンは春に結婚し、スペインに数週間のめまぐるしい旅に出かけ、夏の大半はタッカーのキャンディケーン・カプチーノに負けないほど甘い綿雲に包まれて過ごした。けれど秋の始めに砂糖が消え始めた。激しい口論が絶え間なく起きるようになり、甘いささやきに満ちたメレンゲのようなふわふわムードはしだいに途切れるようになった。

これは結婚の破綻を示す大きなサイン、などとはわたしはまったく受け止めていない。蜜月期間のカップルはいずれ、日常生活がもたらす葛藤や退屈に直面する。軟着陸したカップルであっても強行着陸したカップルであっても、新婚さんというものは何世紀も昔から相も変わらず同じ軌道をたどり続けている。

「電話してみたらどうかしら？」

「その必要はない」わたしの提案を却下してマテオは話題を変えた。「クレア、今年のうちの店のホリデー・ブレンドの成功はひとえにきみのおかげだ。ブレンドの配合を決めたのも完璧なローストをしたのもきみじゃないか」

「でもあの豆を見つけたのはあなたよ、マテオ。あなたの、コーヒー豆がすばらしいの。このあいだのインドネシアの出張で買いつけたスマトラのマイクロロットはまさに極上ね。わたしがいい仕事をできるのも、あなたのおかげ」異国情緒あふれるスパイシーな今年のブレンドを、わたしは手放しで褒めた。ふだんの自信満々なマテオには、ことさら褒め言葉を贈ったりはしない。でも彼が謙虚な言葉をかけてくれたので、わたしも素直に応じた。

とたんにマテオの顔がぱっと輝いて疲労の色が消えた。笑顔になったのはいいけれど、こちらに向けた視線があまりにも露骨《ろこつ》だ。今夜のお祭り気分を盛りあげようと、わたしはベルベットのリボンでできた緑色のプリム・チョーカーをしていた。身体にぴったりしたあたらしいローライズのパンツはクィン警部補に会えることを期待して選んだ。そしてクリスマスらしく赤と緑のカシミア入りセーター。これも身体の線を強調するデザインで、胸元はこれぞとばかりに大胆にカットされている（ええ、そうですとも。わたしはクィン警部補に見られることが大好き）。ただ、いまこの瞬間わたしをじっと見つめているのはマイク・クィンではない。

「すてきなセーターだ」マテオが片方の眉をあげる。そしてひょいとわたしの髪に片手を伸ばして溶けかけた雪の結晶を払った。「あまり見おぼえがないな」

「あたらしいセーターよ」こたえながら、彼の手が届かない位置まで慎重に後ずさりする。

マテオ・アレグロは結婚している身であってもなくても女性に目がない。彼の浮気心の対象になるなんて、まっぴらごめんだ。とにかく彼との接触は避けるに限る。それも、さりげなく。これがいちばん効き目があるし、人前で穏便にすますことができる。

これまでマテオとわたしのあいだにはいろいろあった。具体的にいうと、夫婦として寝食をともにした十年の歴史がある。さまざまな理由から——コカインと女性への依存が主な理由だが、重大性はかならずしもその順番ではない——彼の法律上の妻でいるのは十年が限界だった。でもいまもわたしたちは大きく成長した娘への責任をともに負い、もうひとつの分野でも責任を共有している。百年の歴史を誇るこのコーヒーハウスのオーナーはマテオの高齢の母親であり、彼女つまりマダムは店の将来をわたしたちふたりに託したのだ。そんなわけでマテオは〝ビジネス〟の領域であらためてパートナーとなった。マテオがうっかり一線を越えようとする時には、わたしはそれを思い出すことにしている。

マテオが周囲を見まわす。「それで、きみの番犬はどこにいる?」

「〝マイク〟のことをいっているのなら、彼は警察の仕事でマンハッタンの外に出かけているわ。試飲には来られないかもしれない」

マテオが左右の黒い眉をあげる。「そいつは残念だ」言葉とは裏腹な表情だ。「がっかりするな、ぼくがいるじゃないか。すてきな飾りつけだ」

彼の片腕がわたしのヒップハングのジーンズに伸びてきたので、さっとすり抜けた。

「ありがとう。先に行ってちょうだい。濡れたコートは奥にかけておいてね。わたしはここの戸締まりをしておくから」

「きみの席はとっておくよ」マテオはウィンクをひとつして店の奥に向かった。ドアのカギをかけようとしてくるりと後ろを向いたとたん、思いがけなくドアが勢いよくあいた。

そしてこちらにぶつかってきたのはファッションショーのモデル並みに背の高い女性だ。わたしだけでなく、つけ替えたばかりの鈴にもぶつかった。〝ごめんなさい〟のひとこともない。

「申し訳ありませんが、もう閉店しております」わたしは声をかけた。

彼女の顔の半分はラテの泡のような色のスカーフで隠れて見えないが、髪はまぎれもなくみごとな赤毛だ。三十代半ばのようだが、見とれるほど優雅なプロポーションをしている。高価なパシュミナのスカーフからのぞく鼻と頬骨は優美なラインを描き、惚れ惚れするほど大きな目は青く光り輝いている。ところがわたしが声をかけるとその人形のような大きな目はとたんに細い筋のようになり、ブーツでつぶした虫けらでも見るような表情でこちらを見おろす。

「閉店って、どういうこと！」

ふむ、見た目はまるで天使のようなのに、口をひらくとなんとも感じの悪いこと。でもわたしは笑顔をくずさない。ひとつには彼女がさいきんよく通ってくださるお客さまだから。感謝祭の週末には何度も店を訪れている。服装はいつも白い毛皮をあしらったカーコートに大きなシープスキンのブーツ。どちらもひとめでブランド品とわかるものだ。そして印象的な髪の毛。やわらかいニット帽の下からつやつやした巻き毛が肩にかかり、まるで絹糸のよう。そして目にも鮮やかな緋色で、アイボリーのカーコートと絶妙のコントラストを描いている。

「ほんとうに申し訳ないのですが、本日はもう――」丁寧だが毅然とした態度を示した。

「なにが閉店よ」わたしが用意した国際色豊かなお祝い用のウエルカムマットの上で彼女がボリュームたっぷりのUGGのブーツを踏み鳴らす。「だって人がいるじゃないの、い、い、一ダースも！」

マンハッタンで五分も過ごせばわかるだろうが、ここをさっそうと闊歩《かっぽ》する一部の富裕層の傲慢さにはおそれいる。彼らの額に〝特権〟と焼き印が押されていたとしても、おそらく目立たないだろう。こういう人々は自分たちと「同格」とみなす相手の前では、それはもう魅力的にふるまう。「重要」ではない相手となると――たとえばコーヒーハウスのマネジャー風情――なんとも素っ気なくなる。ニューヨークの小売業は客の傲慢な態度にいちいち驚いてはいられない。だからわたしはあくまでも背筋をぴんと張るだけ。

「雪がひどくなってきているのはよくわかります。でも、ただいま申しあげた通りです。これはごく内輪のあつまりなんです。ドアに表示してある通り、すでに店の営業は――」

「なにいっているの？　こんな夜にそんなちっぽけな表示に気づくわけがないでしょう⁉」

暖炉のあたりがしんとしている。さきほどまでのざわめきはぴたりと止み、全員の視線がこちらを向いているが、それはまあしかたない。ニューヨークの人間は騒動というものに目がないのだ。他人に干渉しないという原則がこの街からなくなったわけではない。彼らは明確な境界線を引いているのだ。ニューヨーカーは目の前でくりひろげられる騒動に〝巻き込まれるのはごめん〟なだけで、傍から眺めるのは大好きときている。

「では、こうしたらどうでしょう」わたしが提案した。「あたらしいお知り合いをつくる機会と思って、ぜひごいっしょに――」

「なにいいだすの！」彼女がさえぎる。「閉店したといまいったじゃないの！」

バレエの発表会で決してミスをしない少女のように赤毛の彼女は爪先を軸にクルッと回転し、力を込めてドアをあけた。そして大きなUGGのブーツを踏み鳴らして雪の降りしきる夜へと出ていった。

カギをかけてふりむくと、全員の視線がわたしに注がれている。

「お見苦しいところをお見せしてごめんなさい」

「謝ることなんかありませんよ！　なんて性悪な女なのかしら！」エスターが叫んだ。

エスターには同意するけれど、結果的にこの吹雪の夜に門前払いしてしまったと思うと心は重い。「パーティーに誘ったつもりだったのに」

「あんな不躾《ぶしつけ》な態度でカッとしていなければ、招待されているってわかったでしょうよ！　まったくなんて失敬なんだ」タッカーがいう。

「あの興奮ぶりは尋常ではなかったな。薬物の処方が適切ではないのかもしれない」ガードナーだ。

「おおバリアム、すばらしき精神安定剤。おまえがもたらすトランス状態は最高――」

タッカーが鼻歌を口ずさむ。

「あんなのは珍しくない」ダンテがタトゥーを入れた腕を揺らす。「この五日間のうち三日は、夜の閉店時にイカれた奴らを追っ払うのに身体を張る必要があった。クリスマスのシーズンだから誰も彼もよけいにイライラしているみたいだ」

「そうだな。わたしもそのひとりだ」ガードナーが打ち明けた。

「あなたが？」彼ほどのバリスタが平常心を失うなんて、夢にも思わなかった。クリスマスの時期にガードナーが心穏やかでないなんて、意外だ。「なぜなの？」

「エンドレスで流れる凡庸なクリスマス・ソングのせいです」彼が店のスピーカーのほ

うを身ぶりで示す。「少なくとも三つのラジオ局が何週間も前からうんざりする曲目リストをひっきりなしにくりかえして、どこの店に行ってもスピーカーからそればかりが流れている——」

「いやな反響の壁紙に包囲されているようなものね」エスターがいう。

「いろんなたとえ方があるだろうが、わたしにとってはさしずめ砂糖菓子地獄ってとこだな」ガードナーが頭を左右にふる。「十二月二十五日まであと三週間もあるのに、もうクリスマスの音楽にはうんざりだ」

「同感」ダンテが口をひらく。「CIAは拷問用にギャングスター・ラップなんか使わずに『ジングルベル・ロック』を何百回もぶっ続けでかければいいんだ」

「勘弁してもらいたいな。わたしには一回だけでもじゅうぶんだ」ガードナーのミュージシャン仲間のテオがいった。

「あっ!」ダンテがその場で固まり、スピーカーを指さした。「ほら、また」

ジングルベル、ジングルベル、ジングルベル・ロック……。

「いっそ、ラジオを切ってしまうわけにはいかないのかな」テオが切実な声を出す。

ガードナーがうなずいて移動し、四六時中『クリスマス・キャロル』を流し続けるラジオ放送を止めた。

「でも今夜はパーティーなのだから、やはり〝音楽〟は欠かせないわ」わたしは異議を唱えた（じつはわたしは『ジングルベル・ロック』が好きなのだ。それから『ウィンター・ワンダーランド』も『クリスマスを我が家で』も――一日のうちに十二回流れてもかまわないくらい）。

「わたしが持って来ているアンビエント・ミックス《環境音楽》を頼む」ダンテがガードナーに大きな声でいってからわたしのほうをふり返った。

「こういう音楽のほうがしゃれていて、落ち着いて、ラテのような味わいでしょう？」

「でもクリスマスらしくないわ」わたしはいい返した。

「かまわないと思うけどな」漆黒の髪のバンビはダンテのルームメイトだ。

「そうそう。わたしもかまわない」同意したのはキキだ。プラチナブロンドの髪、そしてピアスをしているキキはゲイだ。

信じられない。「あなたたちにはクリスマスのお祝い気分はないの？」

みながたがいに顔を見合わせている。

ついにダンテが声を出した。「現実を直視してくださいよ、ボス。お祝い気分なんてどこにもありゃしません。だってクリスマスの時期はもはや苦痛以外のなにものでもない。きらびやかに飾り立てた店はどこも見かけ倒しの低俗な商品をこれでもかと売り込んでいる。みんなうんざりですよ」

「そうそう、交通渋滞のシーズンのどこがいいの？」キキがいう。「外からやってくる観光客と、バーゲンを狙って橋とトンネルでやってくる連中がそろってショッピングバッグをぶらさげている。それは中世の杖ですかってきたくなるくらい。今日なんか三十四丁目をそういう集団が突進してきて危うく踏みつぶされるところだった！」

「それにこの街の企業には守銭奴がうようよいることも忘れないで」バンビがつけ加える。「わたしが派遣社員として働いている会社では、ボーナスの半分をはたいて家族へのプレゼントを買わされると愚痴っている人ばかりですよ」

「とにかく、〝クリスマスのお祝い気分〟に関してなら、このわたしに任せて――」エスターはそこで両手の人差し指と中指を鉤《かぎ》形にして引用句のジェスチャーをすると、皮肉たっぷりに続けた。「郊外で暮らす完璧な姉が毎年暮れになると、彼女の完璧な郊外生活をつづって送ってくるのが楽しみでならないわ」

「わたしはクリスマスのお祝い気分を楽しんでもいいはず、なんだけど」タッカーがいう。「今度の仕事を思えば」

「仕事の内容は？」ガードナーの仲間のひとりがたずねた。

「この夏に短期のショーの企画をしたんだが、それをディッキー・セレブラトリオがとても気に入ったんだ。彼はニューヨーク公立図書館で大掛かりなクリスマス・パーティーを催すんだが、そのショーキャスティング、監督、振り付けにわたしを起用してくれた。二週間前からリハーサルに入っている」

「セレブラトリオといえば、大規模なパーティーを企画するプランナーでしょう?」わたしはたずねた。

タッカーのボーイフレンドのパンチがうなずいた。「マスコミ向けにはニューヨークの公立図書館の募金活動というふれこみなんですけど、ほんとうは、映画の宣伝イベントなんです。大ヒットした児童書の映画化に合わせて」

「『北極へのチケット』のこと?」エスターがたずねる。「サンタの工房かなにかが舞台になっているのではなかった?」

タッカーがうなずいた。

「ということは、サンタの妖精《エルフ》を演じる役者をおおぜい採用したということ?」エスターが念を押した。

タッカーがため息をついた。

「報酬は文句なしにすばらしい。でもけっきょくのところ、わたしの仕事は――」

「妖精の親玉」エスターがニヤニヤして最後までいわせない。

タッカーが肩をすくめる。「だからいっただろう。クリスマスのお祝い気分を楽しんでもいいはずなのに、その題材が陳腐すぎるんだ」

〝はい、そこまで。もう耐えられない〟。

「サンタクロースは陳腐ではないわ!」叫んでしまった。

とたんに静かになった。

「あなたたちはクリスマスの本来の目的を忘れているわ！」

全員がわたしを見つめている。ああ、わたしったら『チャーリー・ブラウンのクリスマス』のライナスになっちゃっている。

「で？」エスターがようやく、口をひらいた。「その本来の目的とはなんですか、ボス？」

わたしは両手をつきあげた。「与えることよ！　無私の心で与えることでしょう！　幼子イエスの誕生は疲弊した世界への〝愛〟の贈り物でしょう！　ツリーも明かりも聖歌もすべては〝愛〟の象徴なのよ！」

誰ひとり微動だにしない。昔の姿に復元された錫製の天井にわたしの言葉がこだまし、さきほど飾りつけたばかりの店内に響きわたった。ゆうに一分間、あたりは文字通り〝サイレントナイト〟に包まれた。

フロアに居並ぶ人たちのあっけにとられた表情に驚いてはいけないのだろう。なんといってもいまはアイロニーが幅を利かせる時代。なんでもかんでも皮肉をきかせるのが普通なのだ。だから神を冒瀆するような言葉がまかり通っているのだろう。いまどきは真摯な態度のほうがよほど過激に見えるらしい。わたしたちのサイレントナイトを破ったのは、とどろきわたるような大声だった。

「……わかったよ、ブリアン！　きみの事情はわかった。それなら来なくていい！」

マテオが奥の保存庫からメインルームへと大股で入ってきた。いきなり彼が足を止める。

〝かわいそうなマテオ。あなたのプライベートな電話の結末をたったいま試飲パーティーの出席者全員にきかれてしまったわよ〟

さきほどは外の凍るような寒さで赤くなっていたマテオの頰が、今度はまったくちがう理由で赤く染まろうとしている。彼のすがるようなまなざしがわたしの視線とぶつかった――救いを求める目だ。わたしは即座にパンパンと手を打ち鳴らした。

「さあ、みなさん！」無理矢理に陽気な声を出す。「このクリスマス試飲パーティーにどうしても欠かせないものといえば、なにかしら？」

全員の視線がマテオからわたしに移る。

「なんですか？」タッカーがたずねた。「どうしても欠かせないもの？」

「サンタクロースよ！」

# 3

あいにくサンタは遅刻している。

今日の午後、わたしはサンタをファララ・ラテの試飲会に招待したのだが、彼はまだ姿を見せていない。

「サンタがボスをすっぽかすはずないですよ」エスターがいう。「まして自分の娘が来るのだから」

以前わたしの元でバリスタとして働いていたビッキ・グロックナーは偶然にもサンタの娘だった。サンタクロースの本名はアルフレッド・グロックナー。でもこの界隈を歩きまわるサンタのことを人は――

「アルフか?」マテオがたずねた。「それはアルフのことか?」

わたしはうなずく。

この近所の誰もが知っている――そして大好きな――アルフレッド・グロックナー。長い白いヒゲを生やしていなかったとしても、トラベリング・サンタの衣装を着ていなかったとしても、アルフは愛すべき人物だ。お腹は少し太鼓腹気味で、白髪まじりの髪はレトロな六〇年代風のポニーテールに結び、ごま塩の口ヒゲはセイウチのようなデビッド・クロスビー調のスタイルだ。彼の赤らんだ顔はハロウィンのカボチャのチョウチンのように丸く、明るいヘーゼルグリーンの目は活き活きと輝いている。このひと月、彼はトイレ休憩を兼ねて暖を取るためにビレッジブレンドに来ていた。

娘が以前にバリスタとして働いていた店なので、ほっとくつろげるのだろう。アルフはこの街のホームレスと飢えている人々を支援するさまざまなグループのために募金活動をしている。そんな彼には無料でいくらでもラテを飲んでもらうことにしている。

これはおたがいさまという意味でもあるのだ。アルフはビレッジブレンドを訪れるたび、行列をしているお客さまを笑わせてくれる。どんなにうんざりした表情の常連さんでも頬をゆるめ、ポケットをさぐって小銭を出してしまう（断わっておくが、カフェインが欠乏しているコーヒー中毒者を笑わせるほどむずかしいことはない）。

彼の芸でわたしが気に入っているのは都会派のラッパーのサンタだ。録音したヒップホップのビートに合わせてホーホーホーと歌い、たっぷりと詰め物の入った衣装で昔懐かしいブレイクダンスを踊り出す。そのレトロな動きにはマイケル・ジャクソンのムーンウォークやロボットダンスも入っている。彼が六番街と七番街のいちばん手強い観衆を盛りあげているのを見たことがある。彼らを笑わせ、拍手を引き出し、最後には彼らのポケットやハンドバッグから小銭が出てきた。

「アルフはほんとうにおもしろい」ダンテがいう。「今朝の彼のジョーク、ききました？」

「またホームレス・ネタ？」エスターがたずねる。

「あるホームレスの男がマンハッタンのデイスパの前で野宿していた」ダンテがすらすらと暗唱する。「スパから出てきた女性に彼が『すみません』と話しかけた。『この二日間、なにも口にしていないんです』『まあ』その女性がいった。『あなたのその強い意志の力を分けてもらいたいわ』」

全員がどっと笑った。今朝、店のお客さまたちも同じように笑っていた。ブラックなジョークだけれど、おかしい。アルフの話では、街のシェルターでホームレス・ネタのジョークを披露すると、収容されているホームレスたちはどこの聴衆よりも笑うのだそうだ。

アルフのラテ・ブレイクにつきあってこれまでに何度もおしゃべりしているが、彼はトラベリング・サンタを「またとない仕事」といっていた。彼はあちこちのコメディ・クラブにも出演している。トラベリング・サンタをして定収入を確保し、スタンダップ・コメディの出し物に磨きをかけているというわけだ。

彼は週に二度、生活に困っている人々のためのスープキッチンやホームレスのシェルターに出かけてサンタ役を演じている。「ああいうところは寝泊まりする場所と温かい食事を提供してくれる。でもそれよりも彼らに必要なのは笑いなんだ。生きる原動力となるパン種さ。わかるかい？」アルフはそんなふうにいっていた。

彼こそ、真にクリスマスの精神を実行している人物だ。

マテオがやってきて、わたしを脇に引っ張る。

「ここに来るとちゅうできみの友人のサンタを見かけた」

「どこで？　このちかく？」

マテオがうなずく。「そりを押してハドソン通りを歩いていた」

救世軍は街頭の決まった地点で鐘を鳴らすが、トラベリング・サンタはその名の通り往来の激しい道を移動していく。彼らは車輪のついた小さな「そり」を押し、歩行者たちに明るく呼びかけて「サンタの袋」にお金を入れてもらう。アルフの言葉通り、彼にぴったりの仕事だ。

「それで、彼はビレッジブレンドに向かっていたのね？」当然の質問だ。

「向かっていたのかもしれない。でもぼくには、彼がホワイトホースでひと休みしようとしているように見えたな」

「わたしが招待したことをすっかり忘れているにちがいないわ。彼を連れてこなくちゃ」

マテオがわたしの腕をおさえる。「ぼくが行こう、クレア。外はひどい天候だ――」ちょうどその時、マテオの携帯電話が鳴った。発信者を確認した彼が顔をしかめた。

「ブリアンなの？」

マテオがうなずく。「すぐにすむ」

〝たっぷり時間をかけるといいわ〟。わたしは肩をすくめ、奥の食品保存庫に上着を取りに向かった。ウエストビレッジは狭い地域だ。アルフと彼のホーホーという陽気な声はわけなく見つかるだろう。

ちょうどわたしがパーカーのファスナーを閉めているところへマテオがつかつかと入ってきた。なおもブリアンといいあいが続いている。

〝アルフならきっと、へそを曲げているバリスタたちを前向きにしてくれる。まっとうな考えに変えさせてくれるはず〟。

正面のドアにちかづいていくと、タッカーがドアをあけているのが見えた。その拍子にお祭り気分の鈴がまた鳴った。

「閉店していなかったんだね、タッカー」男性の高らかな声が店のなかまで響いた。

さらにちかづいてみると、戸口には魅力的な男性が立っていた。ビレッジブレンドで何度か見かけた人物だ。よくタッカーとおしゃべりをしていた。金髪と肌の色と真っ黒の外套《がいとう》とスカーフが明確なコントラストを描いている。「見た目」はとても少年っぽく、わたしの娘ジョイが読んでいたティーン向け雑誌によく登場しているタイプだ――キュートなえくぼ、金色のもつれ毛、流行中の顎《あご》の無精ヒゲ――が、この若者はとうにティーン世代ではない。わたしの当て推量では、三十五歳。もしかしたらもっと上かもしれない。

「内輪のパーティーなんだ」タッカーがこたえている。「でも歓迎するよ」

「うれしいな。こうして外にいると尻まで凍えてくる！」

「せっかくのすてきなお尻が」タッカーが笑う。

「こちらは？」わたしはちかづいてたずねた。

タッカーがわたしと彼を引き合わせた。

「こちらシェーン・ホリウェイ、こちらはクレア・コージー」

「ご紹介にあずかり、光栄です」シェーンがわたしにウィンクする。

「シェーンはこの夏、わたしのショーに出演したんですよ」タッカーが説明してくれる。「知りあったのは昼間のテレビ番組に出演した時――脚本家たちがわたしの役を殺してしまう前にね！　シェーンは人当たりがよくて女性の好みがうるさい私立探偵を演じていたんです」

シェーンが頭を左右にふる。「あのころはよかったな、タッカー？　かんたんなセリフで報酬はたっぷり。楽屋での着替えは華麗な女優たちといっしょで刺激的だった――

といってもきみにはそうでもなかったか」

わたしは片方の眉をあげた。〝ということはシェーンは同性愛者ではないのね。そして昼メロの俳優。なるほど、だからこんなイケメンというわけね〟。

タッカーがぱちんと指を鳴らした。「その通り」

「ところで、ちょっと耳にしたんだけど、ディッキーの舞台をやるのかい?」

「『エルフ』の派手なショーのことかな?」タッカーがニヤニヤと笑う。「さあ、なかに入った。いろいろと話をしようじゃないか」

「わたしの役があるのなら」シェーンがいう。

タッカーが声をあげて笑った。「踊る妖精を演じたいのか?」

シェーンが肩をすくめる。「ぜひやりたいね。ディッキーから、きみがもうひとりダンサーをさがしているときいたんだ――」

「ゆっくりしてってね」わたしはシェーンに声をかけてドアから外に出た。いれちがいに彼の大きなブーツがドスンドスンと店内に入っていく。わたしはタッカーと目を合わせた。「ほんの数分でもどるわ」きっぱり約束してフードをさっとかぶった。「われらのクリスマスの精神といっしょにね」

激しく降っていた雪は小止みになっていた。時折、雪の粒がわたしの白いパーカーのフードに強く当たり、地面に落ちて仲間の雪に加わる。でも吹雪はどうやら収まったようだ。吹雪が残した白く輝く毛布が歴史地区をすっかり覆っている——石畳の通り、狭い歩道、駐車している車、タウンハウスの屋根も。

雪の降る冬の夜にビレッジの界隈をこうして歩くのは、なんともすてきな気分だ。車が数台、スリップ防止のために馬車よりもゆっくりした速度でそろそろと進んでいる。あらゆるものの表面が真っ白に染められ、あたりには年代物の暖炉が現役で稼働している独特の匂いが漂っている。ぴったりと身を寄せあったカップルたちは店の暗い軒先を急ぎ足で通り過ぎていく。自分たちの温かいアパートに向かっているのか、それとも居心地のいい酒場でマルド・ワイン（砂糖や香料を加えた温かいワイン）か、マグにたっぷりと入ったアイリッシュ・コーヒーを飲むつもりなのだろう。

セント・ルーク教会の庭の前にさしかかると世界全体が静寂に包まれたような気がした。雪片がパーカーに落ちてくるささやかな音と、わたしのブーツがサクサクと音をたてるだけ。誰もいない交差点にひとり佇《たたず》み、車がいない交差点で信号を見る。鮮やかな赤い光がすばやく緑色に変わるのがまるでクリスマスのディスプレイのようで、両手をポケットに入れて少しわくわくしながら待った。

あっという間にわたしは幼い少女にもどっていた。ペンシルバニアで祖母の家からこっそり抜け出したのだ。安物のプラスチック製の小さなトボガン（小型のそり）を持って通りの突き当たりへと向かう。夜なのでほかの子どもたちはみんな寝かしつけられている。どんどん降り積もる新雪には誰もなんの跡もつけていない。人っこひとりいない丘陵の広大な斜面をひとりじめするのだ。

自分ひとりでこんなふうに浮き浮きできるチャンスは、ここマンハッタンではめったにない。人が多いこの島の熱と活気に触れたとたん、雪は溶けてしまうのがふつうだ。けれど今夜は——少なくともほんのしばらくは——世界はふたたびわたしだけのもの。真っ白なキャンバスだ。こころゆくまで跡をつけることができる。そうして一区画、また一区画、わたしは自分の跡を残した。一歩ずつ凍った表面を壊して、つかの間、やわらかい粉雪にわたしの跡を留める。

ようやくバンク通りとハドソン通りが交わる地点に着いて、ふうっと息を吐いた。足踏みをしてブーツの雪を落とし、もう一度渋々と文明社会に加わった。こんな天候だというのにホワイトホースはにぎわっている。アルフがよくこの店に立ち寄ってバーガーやコーラを味わっているのは知っていた（以前にアルフがアルコール依存症を患《わずら》ったアルフはアルコールを口にしない。でも酒場の雰囲気はいまでも大好きなのだと話してくれたことがある）。しかし店のなかに彼の姿は見つからない。

バーテンダーにきいてみると、サンタにクランベリー・ジュースを出したという。

「暖を取るために店に入って雪が小降りになるのを待っていたよ。ここでいっしょに油を売っていたら、いきなり立ち上がって大急ぎで出ていってしまった」

「どちらの方向に向かったの?」

「西だね」彼が指をさす。「川の方角だ」

こんな夜には似つかわしくないと思った。でもバーテンダーにはなにもいわずに、礼だけを述べて凍るような歩道に出た。そこからは明るいメインストリートではなくあえて脇道を歩くことにした。が、二区画もいかないうちに決心が揺らいだ。

公に指定された歴史地区からすでに外れている。川にほどちかいこのあたりまで来ると、法的に保護されたイタリア様式やフェデラル様式のタウンハウスはない。ここの建物はほとんど、十九世紀に栄えて波止場の活気を支えた産業の名残だ。

このような工場や倉庫だった場所は保護の対象にはなっていないが、いつ不動産として価格が急騰してもおかしくない。ウエストビレッジの賃料はニューヨーク市のなかで指折りの高さとなっている。これに味をしめたデベロッパーはこういう無用の長物となっている建物に目をつけて住居用に改造し、あらたな儲けを生み出すということを長年続けているのだ。

せっかく小止みになっていた雪がふたたび激しくなってきて、さらに気持ちが揺らぐ。雲がまたもや厚くなり、氷の粒がますます強く、たくさん落ちてくる。街灯のハロゲンランプも、ふたたび勢いを取り戻した猛吹雪に必死に耐えている。

ぶるっと震えがきてパーカーのフードをぱっとかぶった。けれど少しも暖かいとは感じない。このあたりまで来ると車はまったく走っていない。店はわずかにあるといっても、どれも閉まっていた。あまりの寂れように不安がこみあげてきた。さっさとあきらめてさがすのはやめようか。そう思いかけた時、同じ区画の少し先にみおぼえのあるものを見つけた。鮮やかな緑色のものは、アルフのトラベリング・サンタ用のそりだ！一瞬、元気が湧いてきた。緑色のそりは赤い車輪を縁石にひっかけるようにしてなぜか歩道にぽつんと置かれている。白い粉雪がそりを覆っていた。

〝なんだか変ね〟。

街灯の弱い光のなかで、アルフの小さなそりを確認してみた。募金箱は無事だ。箱といってもプラスチック製の丸い容器で、大きなスープ鍋ほどの大きさだ。上の部分はプレゼントを積んだような形になっている。そりにはサンタの大きな赤い袋の形をしたプラスチック製のケースが載っており、募金箱はそこにはめ込まれている。道ゆく人々はサンタの「プレゼント」の箱の上部にあいた小さな穴から寄付のお金を入れる。見えない位置についているハンドルでこの募金箱は取り外せるようになっており、アルフはビレッジブレンドに来る時にはかならず取り外して持ち込んでいた。彼は募金箱を目の届くところにかならず置いていた。だからこんなふうに通りに無防備な状態で置き去りにするのはおかしい。

がぜん警戒心をつのらせて、わたしはアルフのそりのほうへと、滑りやすい歩道を進んだ。この通り沿いの建物は大部分が煉瓦《れんが》造りだ。一階の窓はカーテンが引かれているか鎧戸《よろい》が閉じられていて、ほとんど光は漏れていない。そりは七階建ての二棟の建物――一世紀前に建てられた一対の倉庫で、現在は内部をすべて入れ替えて高級なロフトに改造されている――のあいだにある細い路地の入り口に放置されている。

そりにちかづくと、プラスチック製の募金箱が壊されてあけられ、なかにはわずかな硬貨だけが残っているのがわかった。地面にはたくさんの硬貨が散らばり、雪に小さな丸いくぼみができている。粉雪には足跡が残っていた――〝二種類〟の足跡が。どちらもそりから路地へと続いている。片方の足跡はもういちど路地から出てきている。そしてそのまま歩道を川の方向へと向かっている。

〝あれはアルフの足跡ではないはず。彼はそりを残して川に向かったりしない〟。

雪についているもういっぽうの足跡をたどることにした。路地の暗がりに続いている。この足跡の先でアルフが倒れているかもしれない。ケガをしたり、血を流したり、ことによっては意識を失っていたりするかもしれない。それを確かめなくては。

ふたつの建物のあいだの細い道の先はよく見えない。見えるのは暗灰色の大型ゴミ容器だけだ。さらに進んでいくと、雪で覆われた中庭に続いているのがわかった。

「アルフ?」呼んでみたが、一陣の風が吹いてそのうなりで声がかき消された。もう一度大きな声で呼んでみた。今度はもっと強く。しかし返事はない。動くものはなにひとつない。

ポケットをさぐってキーホルダーを取り出した。小型のライトがついているのだ。光は弱いけれど暗がりよりはずっとましだ。足を前に踏み出し、路地から続く二組の足跡と並んで雪の上を歩いた。どちらの足跡もブーツを履いたわたしの足より大きい。二種類の足跡を損なわないように注意を払った。

ライトの光をかざした白い地面に、いきなり真っ赤な色があらわれた。思わず足をとめてライトを手元にひいてみるとサンタの帽子が見えた。

「おーい！」さきほどよりも切羽詰まった声が出た。「アルフ？　そこにいるのはアルフなの？」

依然として返事はない。

かがんで帽子をひろった。と、その時、ピカピカの黒いブーツが目に入った。灰色の大型ゴミ容器の背後から突き出ている。

わたしはその場に固まったままアルフのブーツをみつめた。セント・ルーク教会の鐘が時を告げるのが遠くにきこえた。教会は決して遠くはないのに——物理的には——凍《い》てついた時間のなかで、美しく澄み切った汚れない鐘の音はまるで別世界からきこえてくるように感じられた。

つぎの瞬間、赤い衣装をまとって雪の上に横たわる友のかたわらにわたしは膝をついた。

「アルフ、きこえる？　アルフ！」

きこえてはいなかった。悲鳴が出そうになるのを必死にこらえながら、わたしはアルフレッド・ブロックナーが息絶えていることを理解した。

# 4

凍てつく空気のなかでわたしが吐いた息は真珠色の小さな雲となって浮かんでいる。アルフのくちびるからも鼻からも息は出ていない。彼の胸にあいた穴、そして身体から流れ出て周囲にたまっている血液の量を見れば嫌でもわかる。

これほどあきらかな状況だというのに、わたしはなんとかして彼を助けたくて一連の確認作業をした。大きく見開いた彼の目は焦点を結んでいない。そこに小さなライトをあてて反応がないかどうかを見る。なにも反応はない。手首の脈拍はとれない。首も。

携帯電話を取り出して九一一番に緊急通報した。すぐに応答があり、女性のオペレーターがわたしの通報内容をすべて記録した。彼女はわたしに現場に留まり、警察官の捜査に協力して事情を話すようにと指示した。最後に彼女は、警察官が到着するまでこのまま通話を続けたいかとたずねた。

「いいえ。電話をかけなくてはならないので」わたしはこたえた。

わたしはまだ膝をついたままだ。冷たく湿った雪がジーンズに滲《し》みて足を濡らす。そ

んなことはまったく構わない。短縮ダイヤルを押した。マイク・クィン警部補の少ししわがれた声を耳にしてほっとしたとたん、わたしはいせいよくしゃべり出した。ところが彼の声は録音されたもので、名前と電話番号を残すようにというメッセージに向かって自分が話していることに気づいた。発信音が鳴り、わたしは深呼吸をした。

「クレアです。できれば至急連絡をください……」

もっと話してしまいそうになった。でもマイクはあたらしい任務についている。電話に出ないのは、出られない理由があるからだ。彼自身も犯罪現場にいる可能性はじゅうぶんにある。

彼はウエストサイドで処方薬の大手の密売業者を摘発したことが上司に評価され――この事件の解決には及ばずながらわたしもお手伝いをした――今年の春に推薦を受けて引き続き「過剰摂取《OD》班」を指揮することになった。これは六分署でさいきん結成されたタスクフォースで、薬物の過剰摂取のケースを犯罪として立証する目的で市内全域をカバーしている。

今夜彼はクイーンズ区の捜査を監督している。つまり、仮に電話に出られたとしても、彼はここから車で一時間離れた場所にいるということだ。

この路地で撃たれたのはわたしではない。わたしはピンピンしているし、警察はいまこちらに向かっている。ヒステリックなメッセージを残しても、お互いにとっていいことはなにもないだろう。だから電話を切り、目を閉じ、客観的になれと自分に命じた。

そしてライトの光の向きを変えてアルフの傷を照らした。

ベルベット製のサンタの衣装には胸の部分に焦げ跡がある。その跡から判断して至近距離から撃たれている。ふたのついたポケットは裏返しになっている。おそらく路上強盗はこのポケットの中身を奪ったのだろう。衣装そのものも引き裂くように前が大きく広げられている。あまりにも強い力が加えられたことを物語るようにトラベリング・サンタの衣装から、特徴である白い大きなボタンがひとつ、ちぎれてなくなっている。

あたりの雪の表面をライトで照らしたが、ボタンは見つからない。アルフの血ははっきり見える。彼の周囲に大量の血がたまっているのは見逃しようがない。しかも血のぬくもりが雪を溶かし、むごたらしいピンク色の大きな塊となっている。

わたしは動きを止めた。あることに気づいたのだ。〝アルフの血はまだ固まっていない〟。こんな気候のなかでそれが意味している事実はひとつ。〝ついいましがた撃たれたばかり〟。

自分の両手が震えている。アルフのことで気が高ぶっているのはまちがいない。それに寒さを強く感じ始めてもいた。でも震えている理由はそれだけではないと自分でもわかっていた。

このおぞましい犯罪の加害者はここにはもういない。自分にそういいきかせた。何度もアルフを呼んだので、誰かが物陰に隠れていたとしたら身の危険を感じて逃げ出しているはず。さきほど見つけた、路地から出てきた人物の足跡は現場から川へと向かっていた。〝あれは犯人のものにちがいない〟。

〝でも、もしもそうでないとしたら?〟

アルフを殺した人物が正気を失い、まだ犯罪現場の周囲をうろついている可能性がないわけではない。銃撃犯は物陰に潜み、いまこの瞬間こちらを見ているかもしれない。

わたしはごくりと唾を飲み込み、さきほどとはべつの短縮ダイヤルを叩いた。

最初の呼び出し音でマテオが出た。

「クレアか! いまどこにいる? なんだってひとりで——」

「アルフをみつけたのよ。雪の上に倒れていたの。誰かに撃たれている。死んでいるわ」

マテオが息を飲む。

「わたしは無事よ」すぐにいい添えた。「警察が到着するのを待っているだけ」

「場所はどこだ? どの通りなんだ?」

彼に告げた。

「すぐに行く!」

電話を閉じてアルフの亡骸を見おろした。雪の上に膝をついた姿勢から、ふくらはぎに全体重を乗せるように崩れ落ちた。涙があふれた。マテオに事情を説明する自分の声をきいて、ようやく感情がこみあげてきた。わたしのあたらしい友人が死んでしまった。

〝誰かがサンタクロースから強奪して殺した!〟

一瞬、ある思い出が記憶のなかから蘇った。これに比べたらはるかに他愛ないけれど、同じくらい忌まわしいできごとが……。

マテオと離婚してからわたしはニュージャージーの郊外のつつましい家で娘を育てた。ハヌカーの最初の晩と最後の晩、そしてクリスマスのディナーにはマテオの母親がやってきていっしょに過ごした。マテオも駆けつけてくれた。でもこの時期の大半はジョイとわたしのふたりきりだった。いっしょに焼き菓子をつくり、飾りつけをし、カードを書いた。

ジョイが十二歳になるころには、女の子のクラブのようなふたりだけのささやかな伝統が出来上がっていた。十二月の第一週にツリーを買うのもそのひとつ。同じ日に前庭にライトを吊り、いっしょに飾りつけもした。わたしのお気に入りの飾りものはプラスチック製のサンタだった。高さ約一・二メートルで鼻に大きな赤いライトがついていた。ところどころ欠けていても色あせていても、これはわたしの子どものころから庭に飾っていた思い出の詰まったものだった。それも祖母の庭だけではなく、両親と暮らした家の庭からずっといっしょだった。実の母が父とわたしを置いてゆきずりのセールスマンとフロリダに逃げる前の（わたしが受けた説明はそれがすべてだった）、まだ家族だった時代だ。

ジョイもその愉快なかわいいサンタが好きになった。赤く光る鼻がとくに気に入っていた。お祝い気分の赤い光は十二月の暗い夜、彼女の寝室の窓から少し差し込むほど明るかった。

ところがそんなある晩——その年もっとも長い夜だった——ねじくれた心根の地元の若者四人ほどが酔っ払ったいきおいでクリスマスを台無しにしてやろうと思いついた。彼らは町のクリスマスの飾りつけを片っ端から破壊した。そのひとつが、わたしたちが心から愛したサンタだったのだ。いまだに忘れることができない。涙に暮れる娘を慰めてやらなくてはならなかったあの朝のことを。どうにも説明のつかないことを幼い少女に説明しようとしていたあの時のことを。

あれから十年、雪のなかで膝をついているわたしは、まるで幼い少女のような気分だ。説明のつかないことをこのわたしにどう説明しろというのか。アルフのために祈りを捧げた。でもそれではなんの解決にもならない。むしろ神に話しかけたことで悲しみとショックはもっと激しい感情に乗っ取られてしまった。

〝アルフみたいな善人がどうしてこんな目に⁉　わたしの声がきこえますか、神さま⁉

神さまはいったいどうなさるおつもりなんですか!?〟

涙がこみあげてあふれた。それをぬぐい視界が鮮明になると、いままで気づかなかったものが目に入った。わたしのすぐ前の雪にたくさんの足跡がついている。

その足跡のサイズと形を確認し、ライトでアルフの少し先がとがったブーツの裏を照らしてみた。そっくりだ。わたしは立ち上がった。見つけたばかりの足跡に小さなライトをあてる。アルフのとがったブーツが残した足跡に。奇妙なことにその足跡は中庭から出てきている。

〝いったいどういうこと?〟

アルフを殺した犯人の足跡はつま先が丸い。雪についたその足跡はアルフの遺体の脇で止まり、そこから通りへと引き返している。要するにアルフは建物の中庭から、この路地に歩いてきたところを強盗に襲われ撃たれたということだ。

しかし路上強盗としてはそれは理屈に合わない。強盗は歩道でアルフの前にあらわれて彼の募金箱を奪い、面通しで自分が犯人と特定されては困るのでサンタのアルフを銃で脅して無理矢理に路地に連れ込んだはずなのだ（ああ、なんてひどい）。ところが雪に残された足跡からはそのような筋書きは見えてこない。ブーツの跡を見る限り、アルフはこの路地にたったひとりで入り、なんらかの理由で奥の中庭に入り、そこから出てくる際に殺人者に出会っている。

〝なぜアルフはこんな暗い中庭にひとりで入ったりしたの？　そもそも吹雪のなかでなぜこの人通りのない通りにいたのかしら？〟

そうだ、この事件を担当する刑事にはぜひともこの足跡を見てもらわなくては。それにしても彼らはどこでぐずぐずしているのだろう？

空を見上げた。大きな白い雪片がさきほどよりもさらに激しく降っている。警察がはやく到着しなければ、この証拠は完全に覆われてしまう。サイレンの音がしないかと耳を澄ませてみたが、なにもきこえない。この雪で足跡が隠れてしまうのが心配で、わたしは自分で路地の奥へと足跡を追ってみることにした。

アルフの足跡をたどって暗い路地を通り、一分もしないうちに雪で覆われた中庭に出た。足跡は狭い庭のまんなかでいったん立ち止まっているようだ。そこでしばらく佇み、左右に向きを変えてなにかを調べているような感じだ。

〝いったいなにを調べていたの、アルフ？〟

彼の足跡はそこから建物の裏側にあたる壁へと移動している。灰色の金属製の大型ゴミ容器、その脇に青いプラスチック製のリサイクル用のゴミ容器が三個並んでいる。ゴミ容器のそばには建物のスチール製のドアがある。アルフはこの通用口から入るつもりはまったくなかったらしい。彼の足跡はそのドアを意図的に迂回して青いゴミ容器の先へと向かっている。

雪で覆われた地面をライトで照らしていくと、空っぽの木箱のそばで彼の足跡が終わっているのが見えた。そのあたりには雪をこすった跡がたくさんついている。それを辿っていくと数メートル離れたところに木箱が大量に積み重ねてあり、あきらかにそのひとつを引きずって青いゴミ容器の隣に置いたのだとわかった。

〝どうしてアルフがこんなことを？〟

よく考えてみようと思い、少し後ずさりした。するとリサイクル用のゴミ容器を足場として利用すれば建物の非常階段――地面からかなり高い位置にある――に届くことに気づいた。

〝アルフは中庭のまんなかでいったん立ち止まり、非常階段にのぼる方法を思案したにちがいない。彼はあの木箱をひっぱってきて足場にした。それからリサイクル用のゴミ容器に乗り、そこから非常階段にのぼったのではないかしら〟。

頭上に迫る鉄格子のような階段をじっと見あげた。アルフ・グロックナーは冬の吹雪のまっただなかで冷えきった外階段をなんの目的でのぼろうとしたのだろう。アルフは壁伝いに忍び込む泥棒を副業にするにはぽちゃぽちゃと肉づきがよすぎるし、まちがっても覗き見をするような人間ではない。

その時、遠くで甲高い音が鳴り響いた。

〝緊急車両のサイレン！　やっときてくれた！〟

パトカーが一台、さきほどわたしがいた通りからこちらにやってきた。腕時計を見て驚いた。九一一番に通報してから六分もたっていない。状況が状況なだけに、何時間にも感じられただけだった。それでも、そのあいだに調べることができてよかった。さっそく刑事の事情聴取に応じて、いまさっき発見したことを確認してもらおう。

ちょうどその時、声がした。

「警察だ！」

「止まれ！」

中庭を挟んで逆側の建物のあいだで男たちが叫んでいる。

「ニューヨーク市警だ！」

「止まれ！」

固く凍りついた雪の表面が砕ける音が後ろからきこえた。誰だろうとふりむくと、フードをかぶった人物が暗くて狭い中庭を猛スピードで横切ろうとしている。顔を見極めようとしたが、それより速く相手がこちらにぶつかってきた。

衝撃で身体が宙に飛んだ。そして二秒後には、ブリッツを仕掛けられたクォーターバックが人工芝に激突する時の感触を味わっていた。

# 5

「ミズ・コージー？　大丈夫ですか？　ミズ・コージー？」

誠実そうな若々しい声だ。そしてよく知っている声。懐中電灯の光が眩《まぶ》しくてまばたきした。ぼやけた視界のなかに人影が見えた。狭い肩が雪をさえぎる。若い男性がかたわらの凍りつくような地面にかがんだので、濃紺の制服についているニッケルメッキのバッジが見えた。

「ラングレー？」わたしはつぶやいた。彼と相棒のデミトリオスはビレッジブレンドの常連さんだ（ラングレーはラテ、デミトリオスはダブル・エスプレッソと決まっている）。

「ひどく転んでしまいましたね」ラングレーがいう。

雪の上に仰向けに倒れたまま、凍るように冷たいジトジトした感触が全身を襲うのを感じた。パーカーの背中の部分では徐々に雪が溶けていく。身を起こそうとしたが、ラングレーがやさしく押さえる。

「動かないで、ミズ・コージー。いま救急車がこちらに向かっています」

「なにをいうの？　これでは凍えてしまうわ！」わたしは身を起こした。そのとたん、思わず肋骨を押さえた。「痛い」うめき声が出た。

「救急隊員《パラメディック》に調べてもらうまでは動かないほうがいいです」ラングレーにそういわれても、こんなに冷たい地面にこれ以上横たわってはいられない。もう無理だといい張ると、若いラングレーはわたしとの押し問答をようやくあきらめた。

降参だ、といいたげなため息とともに、ラングレーが助け起こしてくれた。肩まである自分の髪が少し顔にかかったのでそれを払いのけようとした時、突風が切り裂くように中庭を吹き抜けた。寒さのあまりうめき声をもらしてしまった。見ればラングレーも警察無線で連絡しながら震えている。制帽の下の色白の肌はぞっとするほど血の気が失せている。長時間寒さにさらされたわたしのオリーブ色の肌も、すっかり青ざめているにちがいない。

歯がガチガチ音をたてそうなのでフードをかぶり、ラングレーにたずねた。

「これはなにごと？」

「われわれは容疑者を追跡していました。そこにあなたが居合わせたのです」

「まあ！」寒さなどいっぺんに吹き飛んでしまった。「殺人犯を見たの？　確保したの？　なぜあのアルフを撃ったのかあなたに白状した？」

ラングレーはまごついた様子で横目でこちらを見ている。

「〝殺人犯〟はいません。ただの路上強盗です。われわれはひったくりの犯人を追跡していただけで、それで――」

「ラングレー！」

厳しい口調の低い声が呼ぶ。建物の横の、ちょうどアルフの遺体を見つけたあたりからきこえる。

「どこにいるんだ？　ラングレー！」

わたしたちは中庭を横切って路地の入り口へと向かった。意外なことにアルフの亡骸の周囲にはすでに多数の警察官があつまり、制服警官により犯罪現場の確保をおこなっている。ふたりの制服警官が金属製の大型ゴミ容器の周辺に専用の黄色いテープを張って現場を確保している。

「おい！　ラングレー」さきほどの男性がまた呼ぶ。

「ここです、刑事！」ラングレーが手をふった。

集団のなかから男性がひとり離れて路地を歩いてこちらに向かってくる。

「概要を報告してくれ」暗がりのなかから彼が要求する。

「わたしとデミトリオスがペリー通りで悲鳴をききつけました。女性が強盗にあったんです。われわれは犯人を追ってあそこの路地まで来ました」ラングレーが中庭を挟んだ逆側を身ぶりで示す。「犯人はこの庭に入って逃走し、ここにいるミズ・コージーにぶつかって倒したのです。わたしは止まって彼女を助け、デミトリオスはそのまま追跡をウー警官とゴメス警官と、それから六分署の――」

「彼らが追っているのは〝銃撃犯〟だ、ラングレー」刑事の姿はまだ暗がりから出てこない。「そこの大型ゴミ容器のそばで人が亡くなっている」

ラングレーが身体をこわばらせ、わたしと目を合わせた。

その時ようやく刑事が陰から姿をあらわした。これまでにわたしが出会った刑事はほとんどスーツにネクタイ、そしてコートという出で立ちだった。この人はカウボーイブーツ、ヤンキースのジャケット、頭には赤、白、青の柄のバンダナという姿――うちの店のスキンヘッドのバリスタ、ダンテは以前に都会派ファッションについて解説してくれた。それによればこれは「ドゥーラグ」（頭に巻きつける帽子のような形状の布）というらしい。

「人が死んでいるという通報が女性からあった。その女性はそれきりで立ち去った」刑事がいう。

「あの」わたしは割って入った。「その女性は、わたしだと思います」

刑事がじろじろとこちらを見る。薄暗い光を放つ雪のように冷たく暗いまなざしだ。

わたしも同じように相手を見返した。

彼の身長は平均的――つまり、一五七センチのわたしよりも十八センチ以上高い――

で、三十代前半、あるいはもう少し上。肌は浅黒く、ヒスパニック系、イタリア系、もしかしたらロシア系の血筋も入った系統の顔立ち。ようするに典型的なニューヨーカーだ。彼は顎の濃い茶色の無精ヒゲを、片方だけ手袋をした手で掻《か》く。

「この女性とは知り合いか、ラングレー?」ニコチンガムをぐいと口に押し込みながら彼がたずねる。

ラングレーがうなずいた。「ハドソン通りのビレッジブレンドのマネジャーです」

「ほう、うわさにきいていたコーヒー・レディとはあなたでしたか」刑事が顎をしきりに動かす。「一度も店にはうかがっていませんがね。飲むのはもっぱらレッドブル(カフェイン入りのスタミナ・ドリンク)なもので」

「クレア・コージーと申します」名前の部分を強調した。

「そして陽気なサンタおじさんをあなたが発見した。死体になった彼を、ですね?」

「彼の名前はグロックナー。アルフレッド・グロックナーです」

刑事の動きが止まり、またわたしをまじまじと見つめる。

「被害者を知っているんですか?」

わたしはうなずいた。

「失礼しました」彼がいったん目をそらし、ふたたびこちらに視線をもどした。「知り合いとは知らなかったもので。胸中お察しします」誠実な口調だった。あるいは、世間に向ける刃のような鋭さを彼なりに丸くして、それらしくいっているだけかもしれない。「なにか怪しいものを見ましたか、ミセス・コージー？　発砲音は？　誰かがあなたの友人から金品を奪うところを見たとか――」

「ミズ・コージーです――お名前は？」

「フランコです。エマヌエル・フランコ巡査部長です」

「じつは、彼が強盗にあったのかどうか、わたしにはよくわからないんです。仮に強盗にあったとしても、それだけではなかったのかもしれない――」

「といいますと？」

「見てください、雪の上にこうして足跡が――」

「九一一番のオペレーターは被害者のそばから離れないようにお願いしたはずですが、なぜそれに従わなかったのですか？」フランコは、わたしの言葉などきこえなかったように続ける。

「それを説明しようとしているんです。遺体を見つけた後、わたしはアルフ・グロックナーのブーツの足跡を追い、その結果どうしても強盗には思えなくなっているんです」

フランコ巡査部長は庭に積もった雪をちらりと見る。

「どの足跡のことをおっしゃっているんでしょうか？」

「ついてきてください。すぐそこに――」

フランコとラングレーを案内してまだ雪が降り続く中庭へと進んだ。雪のいきおいはすでに弱まり、またはらはらと散る程度になっている。視界をよくするために白いパーカーのフードをぬいだ。でも無駄だった。

「どこです?」刑事がたずねる。

「ちょうどここにあったはずなんです」

ラングレーが懐中電灯で地面を照らして調べるが、さきほどわたしが後をたどったはっきりした足跡は、強盗犯とそれを追跡した警察官たち、わたしを助けようとして足を止めたラングレーの足跡ですっかりわからなくなっていた。

「ここに、被害者の足跡の痕跡があるのを見たか、ラングレー?」一本調子の口調だ。

「いいえ、見ていません」ラングレーがこたえる。「ごめんなさい、ミズ・コージー」

フランコがわたしに視線を移した。

「なにを見たような気がしたんですか、コーヒー・レディ?」

「見たような気がしたのではありません。ここに足跡がついていました。アルフの足跡です。はっきり見ました。アルフはあの木箱をここのゴミ容器のところまで引きずってきたらしく――」指さして示した。「なんらかの理由でそれにあがって非常階段をのぼろうとしたと考えられます」

フランコはラングレーと目を合わせた。「すると、サンタクロースは建物に忍び込もうとした泥棒、ですか？」表情はさきほどから変わっていないが、口調は一変している。

「ご自分で確かめてみて」わたしはきつい口調でこたえた。

フランコは一瞬わたしの目をじっと見つめた。わたしの真剣なまなざしがわかったのだろう、男性がいらだっている時の独特のため息をついて懐中電灯のスイッチをいれた。そして木箱にちかづいて箱と地面をくわしく調べた。時間をかけてリサイクル用の容器を見た後、最後に頭上の非常階段を見た。わたしとラングレーのところにもどるとちゅうで、唐突に無線の機械から雑音まじりの音声がしてフランコの足が止まる。耳に機械をあててしばらくきき、彼は早口で悪態をついた。そしてラングレーのほうを向く。

「四人がかりで追跡して、そのあげく、犯人を取り逃がすとはな！」

ラングレーはばつが悪そうに肩をすくめる。

「しかたない。君にも、相棒といっしょに残業をしてもらう」フランコがそこで頭を左右にふる。「一晩かけてそこらじゅうの悪党を締め上げろ。『銃で武装して』引き金までひくほど危険で愚かな輩を見つけ出すんだ。わたしとチャーリーだけでやるのはごめんだ――」

「ちょっといいですか。彼らが追っていた路上強盗犯とアルフを殺した人物が同一人物だと考えるのはなぜですか？　わたしがアルフの遺体を発見したのは、路上強盗の犯人がここに駆け込む前でした」

フランコがこちらを向いた。デニムを穿《は》いた彼の両脚には湿った雪がびっしりついている。

「ミズ・コージー、やつらは複数で組んで悪事をはたらく場合があります。特定のエリアで獲物を狙いながら通りから通りへと移動するやつらもいる。この犯人はサンタの遺体を通行人に見つからない場所に巧みに隠している——あきらかに狙撃犯はこの犠牲者がすぐに発見されないように願っていたわけです。発見されなければ彼はこの近辺でいくらでも犯行を重ねることができる。ここのあなたの友人の場合、ポケットがみな裏返しにされて財布はなくなり、緑色の小さなワゴンの募金箱が略奪されている。二足す二は四。犯人の動機はあきらかに強奪です——」

「ただの行き当たりばったりの強盗に見せかけようと仕組まれたものだとしたら、話はちがってきます。どうです？　もしもなんらかの理由から——」

「もういい！」刑事はいらだたしげにガムを包装紙に吐き捨て、ヤンキースのジャケットのポケットに押し込んだ。「よくきくんだ、コーヒー・レディ。あなたはすっかり凍えて疲れきっている。相当のショックを受けているにちがいない。そうでなければ人間じゃない。とにかくこの奥まった中庭にはなにひとつ異常を示すものは見当たらない

――追跡していた警官の足跡がたくさんついているだけです。非常口の下には血痕も残っていないし、不審なものはいっさいない。いまわたしたちが捜査している事件は、あきらかに通りで起きています。被害者のカートが停まっているあの歩道でね。ですから、ここからはわれわれに任せていただきたい、いいですね？」

「もちろんそのつもりです。ただ、わたしなりにこの事件について推理を――」

「事件について推理？　こりゃ驚いた」フランコが鋭く短い笑い声をあげ、それからラングレーのほうを見た。「彼女はチャーミングだ、そうは思わないか？」

「巡査部長！」わたしは叫んだ。「まじめに話しているんです」

　フランコがわたしと向きあう。

「ここが居心地のいいぬくぬくと暖かいバーなら、一晩中でもあなたの推理をきかせてもらいたいところだ。しかしいまはそんなお遊びにつきあっている暇はない。これはどこからどう見ても路上犯罪です。路上強盗の犯人は気の毒な彼を無理矢理路地に追いつめ、銃口を突きつけて――」彼は親指と人差し指で銃の真似をした。「バン！　バン！　サンタは死んでしまった」

「その筋書きに誤りがないとすれば、そうでしょう。でもアルフはこの路地に無理に連れ込まれてはいません。わたしが見た足跡は、あきらかに彼がこの中庭から出てくるところを撃たれたと示していたわ」

フランコが肩をすくめた。「だから？」

「だから……アルフがなぜこの中庭にいたのかを突き止めれば、殺された理由がわかるかもしれません」

「もしかしたらサンタクロースが排水処理をしていた、とは考えられませんか？」

「なんですって？」

「ここは私有地です。ああいう老人の前立腺のサイズはマクワウリくらいに肥大している場合もありますよ。サンタはおそらく、用を足す必要にかられたんでしょう」フランコはそれらしい身ぶりを加えた。

巡査のラングレーが身体の重心を変え、フランコがそちらに視線を向けた。

「事件の現場を黄色い雪で確保するか。どうだ、ラングレー？」

ラングレーはにやりとした表情を片手で隠し、さらにその手でわたしの肩を軽く叩いた。「救急隊員をさがしてきます。診てもらいましょう」

ラングレーがその場を離れたとたん、わたしはフランコに詰め寄った。

「いいですか、アルフはまだ五十二歳ですよ。とうてい『老人』ではないわ。わたしは自分が見たことを申し上げているんです。あなたがたの捜査に重要な関わりがあると思うからです」

「いいでしょう。その重要な関わりについて警察はぜひお話をうかがいたいと希望します。これでいいですね？　ご満足いただけたかな？」

「そういう慇懃《いんぎん》無礼な態度はやめてください」

彼の顎の動きがますます激しくなる。つぎの言葉を左の臼歯の虫歯の穴からひっぱり出そうとするつもりなのか。「一連のできごとが起きた経緯について、わたしの見解はあなたとは一致しない、とだけ申しあげておきましょう。これは単なる強盗が惨憺《さんたん》たる結末を迎えてしまったのです」

わたしはため息をついた。

フランコはラングレーにきかれていないのを確認するように路地の入り口に視線を向けた。

「ところで……」彼がわたしに一歩ちかづく。急接近だ。「わたしと仲良くしませんか」

「どういう意味でしょう？」

フランコの濃い色の目がわたしをじっくりと見ている。「つまり協調してやっていこうということですよ。いまは勤務が始まったばかりですが、明朝には非番になります」

「わたしは、あの――」

彼が声を一段と低くしてやわらかい口調になった。

「あなたのコーヒーショップでぜひジェリードーナツを」

わたしは腕組みをした。

「ジェリードーナツ・ラテです。ハヌカーのメニューとして加えたばかりです」

「コーヒーだけで、ドーナツはない?」

「そういうコーヒーショップではないので」

「ほんとうか」

「クレア! クレア・コージー! そこにいるのか? クレア!」

マテオの大声がとどろきわたった。犯行現場のあたりのざわめきをかき消し、ひとけのない中庭に響く。わたしは雪の積もった中庭を突っ切り、建物の角を曲がって路地の向こうの端にいる元夫の姿を見つけた。犯行現場を示す黄色いテープの向こうで正気を失ったように叫んでいる。

フランコが傍らにやってきた。首をかしげてマテオのほうを指す。「知り合い?」

「あの人はわたしの……仕事上のパートナーです」

「クレア!」マテオがようやくわたしを見つけて叫んだ。「こっちだ!」

「とにかく、行って彼を黙らせなさい」フランコが命じた。マテオを見たとたん、彼の甘い口調は一変して酸っぱくなった。「このあたりの品のいい高級アパートの住人にはすでにさんざん迷惑をかけている。これ以上迷惑をかけるわけにはいかない、そうでしょう?」

わたしはそれにはこたえず、路地を進んだ。救急車両の赤色灯の光で路地は真っ赤に染めあげられている。制服警官がわたしのために黄色いテープを持ちあげてくれた。最後にもういちど、ゴミ容器の脇に横たわっているアルフへと視線をやった。機動捜査隊の隊員が彼の亡骸を取り囲み、調べたり記録を取ったりフラッシュをたいて写真を撮ったりしている。

また涙があふれてきた。それをぬぐい、テープをくぐった。思わずうめき声が出た──かがんだ拍子に胴体の傷に負担がかかったのだ。ちょうどその時ラングレーが来た。

「救急隊員が到着しました、ミズ・コージー」彼が指さす先を見ると、半ダースほどの警察車両の向こう側に一台の救急車が停まっている。「診てもらいましょう。どうぞわたしについて──」

「ありがとう、ラングレー。でも救急車のお世話になる必要は──」

「怪我をしたのか!?」マテオの声だった。大急ぎでわたしの隣に駆けつけたのだ。「電話では無事だといったじゃないか!」

わたしは肩をすくめた。「あなたと話した後で人にぶつかって倒されたの、それだけ」アルフの足跡をたどって入った中庭で警官の追跡に巻き込まれたのだと説明した。「それで横腹がとても痛くなったの、でも大丈夫」

「大丈夫かどうかわからないだろう!　肋骨が折れているかもしれない!」マテオがい

い募る。

あっという間に元夫は手袋を外し、制止するよりも先にわたしのパーカーのファスナーをおろして痛みのある部分にそって両手を走らせた。

「なにをするの⁉」あまりにも大きな声だったので、数人の警官がこちらを向いた。

マテオはそんなことにはおかまいなしだ。「忘れたのか、数年前にぼくがルワンダにいた時にティモがランドローバーを横転させたことがあっただろう」彼はさらにわたしの胸部を指でくまなく調べる。「それで彼の肋骨が折れた。肺が破裂するのを防ぐためにテントで彼の胴体をぐるぐる巻きにしたんだ。丸一昼夜、そのままじっとしていた。ティモはあのまま死んでもおかしくなかった」

「だから？」

「だからどこを調べればいいのか、ぼくにはわかっている」マテオはさらに数秒間、わたしの身体をさわり続けた。「無事だ、クレア。どこも折れていない」

「よかった」あきらかに調べ終えたはずだというのに、なぜかマテオの両手がまだわたしのお尻にぺったりくっついている。

「もう終わったんでしょう？」

彼がじっとわたしの目をみつめる。「そうなのか？」

「決まっているでしょ！」

パーカーのファスナーを閉めていると、フランコ巡査部長がやってきた。今度は後ろに男性をひとり従えている。見たところフランコよりも少し若く、中国系の血筋をひいているようだ。そして彼はとても正統派の出で立ちだ。がっちりした身体をスーツ、ネクタイ、ラクダの毛のコートが覆っている。

「このチャンがお話をうかがいます、コーヒー・レディ」フランコがいう。「憶えていることをすべてわたしのパートナーに話してください。それがすんだら、あなたもあなたのパートナーもお引き取りください。その後でいくらでも、ふたりきりでいちゃいちゃすることですな」

「マテオはい、いちゃいちゃなどしていません」そこのところははっきりとさせておかなくては。「純粋に医学的な理由からです。ようするに――」

でもすでにフランコは大股でその場を立ち去っていた。それを見て彼のパートナーはやれやれとばかりに首を左右にふっている。その彼がこちらを向いた。そして刑事用のメモ帳をぱらぱらとめくる。

「お名前は〝ゴーヒー〟ですね？」

「コージーです」きちんと正しておく。「〝チャン〟刑事ですね？」

「名前はチャーリーです。チャーリー・ホンです」

「ではチャンというのは？」

ホンがにやりとした。

「フランコ巡査部長の独特のユーモア感覚です。大目に見てやらないと」

ホン刑事に話をするあいだもマテオはそばでうろうろしていた。話し終えるのに十分もかからなかったが、体調は悪くなるばかりだった。にわか雪はすでに完全に止んでいる。パーカーについた雪が溶けて水となり、脇腹はあいかわらずずきずきと痛み、鼻水が出て声は寒さのためにかすれていた。

ようやく刑事がわたしに礼を述べてメモ帳を閉じた。そしてなにか思い出したら電話して欲しいと、自分の名刺を差し出した。

「いまお話しした足跡の件ですが、ホン刑事はどうお考えになります？」

ホン刑事が肩をすくめる。

「相棒と同じ意見といったところですね。被害者が中庭でなにをやっていたのか、あるいはなにもやっていなかったのか、それは問題ではないんです。彼は犯人とばったり出くわし、銃を突きつけられて強奪され、建物の脇の路地で殺された、おそらく警察がペリー通りを追跡していた男が犯人でしょう」

彼が片手を差し出したのでわたしは握手した。

「ご協力に感謝します、ミズ・コージー」

ホン刑事が立ち去るとすぐにまたマテオがそばにやってきた。

「胸のレントゲンを撮っておくべきだ」そしてまた手を伸ばそうとする。

「病院のことはもう忘れて」わたしは後ずさりした。「それから、わたしの胸のことも。わたしはただベッドに入りたいだけよ」

「いい考えだ」

「ひ、い、ひとりだけで入りたいの」

## 6

朝だ。寒くて、日差しが明るい。そしてわたしはふたたび外にいる。周囲の雪はいまや街のどこよりも深い。いまわたしが立っている平坦な野原はどこまでも広がり、果てしなく続く雲を空の上から見ているみたい。

ジングル、ジングル、ジングル……。

サンタの鈴の音がして驚いた。明るい音色とともにやさしい風がさあっと吹いてグルグルと渦を巻いている。そしてわたしの名を呼ぶ声――あり得ない人物の声だ――。

「クレア!」

「アルフ? アルフレッドなの?」期待に胸をふくらませ、わたしはふりむいた。太陽の光がまぶしくてなにも見えない。雪の照り返しでなにも見ることができない。「どこにいるの、アルフ? あなたの姿が見えないわ!」

「上だよ、ほら！」

片腕をあげて目の前にかざすと、ようやく彼の姿が見えた。アルフは生きている。巨大な白い山の頂からわたしに手をふっている。上のほうに見える彼の姿はとても小さくてクリスマスのオーナメントのようだ。それなのに細かなところまですべてが奇妙なほど鮮明に見える――ベルベットの赤いスーツ、ピカピカの黒いブーツ、トラベリング・サンタの衣装の前の部分にはおなじみの大きな白いボタンが縦に並んでいる――ひとつだけ欠けているが。そう、ひとつだけボタンがない。

「アルフなのね？」わたしは叫んだ。「さがしていたのよ！」

「すまない、クレア！　もう行かなくては！」

「行かないで、待ってちょうだい！　いまあなたを迎えに行くわ！」

雪の野原を横切るように歩きだしたが、斜面のふもとまで来るとブーツを履いた足の歩みが遅くなった。一歩進むごとに雪が深くなり、のぼることがむずかしくなる。

リンリン、リンリン、リンリン……。

アルフの鈴は延々と鳴り続ける！　その鈴の音はたちまち小さくうつろな音になり、レジに売上代金をいれた時のような音に変わった。

チャリン！　チャリン！　チャリン！

両手を上に伸ばして叩きながらわたしは歩き続ける。捨て鉢な気分で汗だくになって進むうちに身体じゅうの筋肉に疲労がたまっていく。それなのに一歩ちかづくごとにアルフは一メートルほど高く移動していくように見える。情けなくなって泣きたくなった。そしてつまずいた。激しく転び、そのまま斜面をごろごろと転がってどこまでも落ちていった――。

「きゃあああああ！」

目をあけた。

身体がひりひりと痛い。心臓はまだ飛び跳ねている。けれどもう戸外ではなかった。わたしは屋内で暖かい布団をかけてやわらかなベッドに横になっている。部屋は暗い。いい、いい、わたしの寝室だ――でもひとりではない。ベッドは四柱式。そのマホガニーの柱のあいだから、怪しげな動きをする人の影が見える。侵入者は男性だ、それはわかった。男が立ちあがり、それからしゃがむ。

〝なにをしているの？　なにかをさがしているの？〟

まだ意識が朦朧《もうろう》として頭がぼんやりしている。わたしはごくりと唾を飲み込んで片手を布団から出して伸ばす。なにか武器になるものはないかとサイドテーブルの上を手探りでさがす。指でティファニーランプの土台の部分をしっかりと握る――マダムが家宝にしているもののひとつだ。壊したくはないけれど、ほかに選択肢がない。

ランプの土台部分を引き寄せ、さらにしっかりと握ろうとした。が、かすかにこすれるような音をたててしまい、墓穴を掘ってしまった。侵入者がぱっとふりむいた。わたしは身を起こす。目が飛び出すほど高価な武器を構えた。

「クレア？」

思わず身がすくむ。とつぜん、男のシルエットの向こう側でオレンジ色を帯びた赤い輝きがあらわれた。その時ようやくふたつのことを理解した。この「侵入者」はわたしの恋人のマイク・クィン。そして彼の「怪しげな」動きは寝室の暖炉の火をおこそうとしている動きだったのだ。

マイクがじっとこちらを見つめる。ベッドの上でわたしが身を起こし、ランプを握りしめて彼の頭を強打しようと腕を曲げているところを。

「いってておくが」彼の表情は驚きというより、むしろ愉快そう。「それを点けるのに手を焼いているのなら、スイッチを使うほうがうまくいきそうだ」

わたしは目をぱちくりさせた。

「てっきり泥棒かと思った」マイクはワイシャツの袖をまくりあげ、ネクタイを緩めている。スーツの上着は椅子の背にかけてある。

彼が腕組みをした。「カギをわたしたのを忘れたのか？」

「まさか、忘れたりしないわ」

そう、忘れるはずがない。マテオはブリアンと結婚した日にカギをわたしに残した。そのカギだった。ビレッジブレンドの上階のこの住居に〝家賃なし〟で住む権利をマテオの母親はわたしたちに平等に与えてくれた（わたしたちを復縁させるためのマダムの企みのひとつとして）。それを思うとマテオは思い切ったものだ。けっきょく、わたしの気持ち（彼と再婚するつもりはまったくない）を尊重してくれたのだ。そしてわたしが抱えるジレンマ（住む場所がない）も。歴史的に価値あるウエストビレッジの家賃はこの街でもっとも高い部類に入るので、ビレッジブレンドにちかい場所に部屋を借りるとなるとわたしの財力では無理だ。店を取り仕切るためにかかる時間を思うと、遠くからの通勤はむずかしい。だからマテオはブリアンとの結婚を機にカギを手放すことにしたのだ。

「ごめんなさい、マイク」わたしはランプを置いた。「悪夢を見たの」

彼はなにもいわずベッドにちかづき、がっしりした身体をのせる。その重みでマットレスの端が沈み込む。わたしは彼の身体に両手をまわし、彼はわたしを引き寄せた。ロマンティックなムードの抱擁とはほど遠かった。彼が来るとは思っていなかったので、身につけている寝間着は高級なものでもなければレースたっぷりのものでもなく、これみよがしな色っぽいものでもなかった。いつものだぶだぶのスティーラーズのジャージとコットンの下着だ。彼は革製のホルスターを肩にななめがけに固定したままだ。

仕事のための銃が少し食い込んで肋骨の付近の傷が痛む。でもそんなことはどうでもいい。わたしたちはこの一週間いっしょに寝ていない。だから彼の感触が恋しかった。愛情を込めてわたしに触れる彼の手の感触、筋肉の力強さ、肌の匂いが。そして彼の温かさ、男っぽさ、アフターシェーブローションのかすかな柑橘系の香りも。ひとことでいうと、マイク・クィンはとてもいい感触――わたしはその心地よさにしっかりとくっついているのが好きなのだ。

少しして彼が身体を離し、わたしは彼をしげしげと眺めた。アイリッシュ系の青白い顔はいつもよりずっと血色がいい――寝室の暖炉の火をおこしたせいだろう。濃いブロンドの髪はいかにも真面目そうに短く刈り込まれている（これはいつも変わらない）。直線的な顎のラインはいつ見ても力強く頼もしい。四十代の男性らしく目尻にはカラスの足跡、顔にはしわが刻まれ、人生の悲しみを乗り越え闘いがあったことを物語っている。青い目はいつもと同じように鋭く、凍るように冷たい湖よりも澄んでいる。

いったん外に出れば彼はあくまでも冷徹な警察官のまなざしを貫く。まちがっても自分の内面を出したりしない。長いこと、彼の心情を知るのはわたしの側からの一方的な推理ゲームみたいなものだった――時にはそのことでフラストレーションがたまった（この人は控えめにいらだっているだけ？　それともいまにも部屋のなかで乱射を始めるほど腹を立てているの？　彼の手錠からわたしが卑猥な連想をしたことで彼も刺激されている？　それともわたしが墓穴を掘っているだけ？）。

そんなふうに困惑することはいまではめったにない。ふたりきりで過ごしている時にはマイクのよそよそしい警察官のカーテンは全開になっている。考えていること、感じていることをたいていはすべて見せてくれる（それでも〝たいてい〟という言葉はつくのだが――マイクが男性である以上、これはしかたないのだろう）。

「なぜアルフのことを話してくれなかった」

「あなたの耳にも入ったの？」

「きいたのは勤務が明けるころだった」わたしの頬にかかった後れ毛を彼が指でやさしく指でなでる。「六番街のそばでサンタが撃たれたという無線でのやりとりをサリーといっしょにきいた。息があるのかどうかをたずねたら、発見者はきみだとラングレーが教えてくれた」

わたしはうなずいた。

「至近距離で撃たれていたわ。わたしは路地で彼を見つけたの」

マイクが首を横にふる。

「留守電にきみのメッセージが残っていた。だがそのことには、ひとことも触れていない。電話した〝わけ〟についてはひとことも」少しいらだっているような口調だけれど、彼のまなざしには責めるような表情はまったくない。むしろ心配そうに眉根を寄せている。

「あなたは勤務中だったから。心配させたくなくて」

「知らせてもらいたかったよ。きみのメッセージを再生してすぐに折り返した。どうして出なかった？」

「出ればよかった……ただ、あの時にはくたくただったの。もう一度、最初からすべて話すなんてとうていできなかった――電話ではね。何度も同じ説明をした後だったし。ラングレー、ふたりの刑事、マテオ」

「マテオだと？」マイクの表情が固くなる。「アレグロもいたのか」

わたしはうなずいた。「ビレッジブレンドでひらいた試飲パーティーに姿を見せたの。だから距離的にもちかかった。彼は電話にすぐに出てくれたわ」

クィンの顎に力が入る。「出られなくてすまなかった」

「謝らないで。仕事中だったんですもの。携帯電話に出ない時には、担当する事件の犯罪現場にいるのだろうと思っているわ――」

「確かにその通りだ」

彼の口ぶりから、捜査が難航していることがうかがえた。

「なにが起きていたの？」

「部下が令状を持って現場に駆けつけると、容疑者は興奮状態だった。ティーンエイジャーのガールフレンドを人質にして自宅の寝室に立てこもりバリケードを築いていたんだ。銃口を彼女に突きつけているとわれわれを脅した」

「ひどい」

「きみの電話が入った時はちょうど現場がかなり混乱していた」

「そうなの？」

「筋向かいの屋上に狙撃手を配置した。あいた窓のブラインド越しに犯人を正確に撃つように指示もしていた。しかしわたしは彼がほんとうに少女を傷つけるとは考えていなかった」

「なぜ？　銃を突きつけていたんでしょう？」

「いや。部屋に銃はあった。が、彼はそれを少女には向けておらず、わたしと会話を続けていた。わたしは彼の説得を続けた――われわれに情報を提供するように。組織の仲間について明かせば、彼の罪に関して司法取引に応じるつもりだと説明した」

「あなたが前に話してくれた病院勤務の男性ね？」

マイクがうなずく。「鎮痛剤のオキシコンチンをクィーンズ・カレッジ、ハンター・カレッジ、ニューヨーク大学の周辺のディーラーに流していた」

「彼を撃たずにすんだのね？」

「やむを得ない場合には撃つしかなかった。しかし、いまいった通り、彼は銃を少女に向けなかった。わたしと会話を続け、とうとう説得に応じて降伏した。われわれはアパートからしかるべき証拠をすべて入手し、少女を無事に母親に引き渡した」

わたしはにこっとして見せた。誇らしい思いで彼の胸を突いた。

「やはりヒステリックなメッセージを残さなくてよかった。ひとつまちがえばそうするところだった……」

「ひとつまちがえば？」

「あなたの声がきこえたとたん、わめき散らしてしまったの――でも、これは録音されたあなたの声だと気づいて、はっとわれに返った」

「きみがヒステリックになったのか？」マイクが一瞬にやりとした。

「ねえ警部補さん。わたしはプロではないわ。それは認めます。でもね、あなたもよくご存じの通りこれまでに死体のひとつやふたつは見ているんですからね」

マイクが愉快そうな表情になり、カラスの足跡がくっきりと浮き出た。これまでにわたしがニューヨーク市警に協力して解決に持ち込んだ事件のどれかを思い出しているにちがいない。警官バッジと銃を携帯するほかの人たちから見たらわたしは単に「協力的な目撃者」なのかもしれない。でもいまこのベッドに腰かけている警察官はそうは思っていない。

「それで刑事にはなにをどう話した？」

「もうどうでもいいわ。あの人たちはそれをこの事件に〝重要〟とはみなさなかったから」

「誰がそう判断した？　指揮をとった刑事は？」

「フランコという名前の巡査部長だった。エマヌエル・フランコ」

「将軍か」

「え？」

「ニックネームの由来をきかれても困る。彼は六分署に赴任して日が浅い。もちろん警官としてのキャリアは長いが。これまでニューヨーク市の路上犯罪のタスクフォースの指揮をとって相当の成果をおさめてきた。きみの耳に入っているかどうかは知らないが、深刻な経済危機を迎えてからも路上犯罪はじっさいにはさほど減っていない」

「これまでに一度か二度、誰かさんからきいて知っているわ」

「では、きみはどう考える、コージー刑事？　アルフの死は単なる金品強奪によるものではないのか？」

「吹雪のなかで彼はなぜあの通りにいたのか。あの建物の中庭でいったいなにをしていたのか。不明な点がたくさんあると思う」

マイクがしばらくわたしを見つめる――正確には、わたしを〝読んで〟いる。

「ということは、きみとフランコは真っ向から意見が対立したんだな」

「少しのあいだだけね。こちらを見下すような態度をとるから腹が立ったわ。最終的にわたしの推理に関心を示したけれど、勤務時間外にコーヒーとドーナツを食べながら話をするならば、という条件つき。下心が見え見えだった」

「ほんとうか？」マイクの両方の眉がぐいとあがる。「それで？」

「それで、って？」

「きみはわ、わたしの恋人だとはっきりいっておいたか？」

思わず笑ってしまった。「そこまで追いつめられてはいなかったわ。わたしと『なかよく』しようと意思表示を始めただけ。そこにマテオがあらわれたの。十秒後にはマテオがひと目もはばからずにわたしの胸をさわりだしたのでフランコは早合点してマテオとわたしが――」

「ちょっと待て、そこのところをもう一度！　アレグロはきみの胸になに、なにをしたといった？」

〝しまった〟。

「誤解しないで。警察の追跡に巻き込まれたのよ。犯人に倒された拍子に肋骨を折ったのではないかとマテオが心配して――折れてはいなかったけど、彼は確かめるといってきかなかったの。どうしてもわたしの胸を調べてみるといってきかなかった。つまり肋骨をね。その一部始終をフランコが見てすっかり誤解してしまったらしくて――」

「それは、このわたしも同じだ。平静ではいられない。最初からきこう」

いわれた通りその夜のことを最初から話した。犯罪現場のこと、そして雪のなかの足跡のことも。「フランコ巡査部長は『二足す二は四』といったわ。でもあの人の数学はきっと種類がちがうのね。だってこの事件は絶対にそれだけでは片付けられないはず。アルフはなにか理由があってひとけのないあの通りに行ったのよ。そしてやはりなにか理由があってあの中庭の非常階段をのぼったとしか考えられない」

「その理由を積みあげていけば彼が殺された理由があきらかになるということだね？」

「この件に関しては確かにフランコの見方を裏づける状況証拠がたくさんある。それはわかっているけれど、もっと調べることがあるはずよ」

マイクはしばらく黙っていた。「このケースがどう進展していくのか目を離さずにいよう。フランコのパートナーは？」

彼に伝えた。

「よし。チャーリー・ホンは知り合いだ。むずかしい性格ではないし、論理的で冷静な男だ」

「あのフランコという人物とは対照的ということ？」

マイクはそれには直接こたえようとしないで「チャーリーと話してみる」とだけこたえた。「追跡をかわした路上強盗犯を逮捕し起訴する際には連絡が来るようにしておこう」

「ありがとう。またあなたに借りができたようね」

彼が思わせぶりに両方の眉をあげた。「忘れないでくれよ」

わたしは笑ってしまった。でも彼は笑わない。彼の視線はせわしなくわたしの身体のあちこちを移動している。硬い指先がわたしの剝《む》き出しの腿《もも》を激しくなでる。

震えがきた――うれしい震えだ。凍てつくような気候、恐怖の名残、血まみれの犯罪現場の衝撃が潜在意識に与えたショック。そのどれにも無関係な震えは今夜初めてだ。

でもわたしは彼の手を制止した。

「まず、なにか食べない？」彼にささやきかけた。長時間勤務が明けたばかりだと知っていたから。「いれたてのコーヒーはいかが？」

ベッドから出ようとしたら彼に止められた。

「このままじっとしていろ。今回はわたしがごちそうするから」

「ふざけているの？」

マイクはベッドから立ちあがり、部屋を横切って暖炉のそばのエンドテーブルのところに行った。彼を視線で追いながら、今朝飾りつけをしたことを思い出した。象牙色の大理石の暖炉の炉棚には青々としたリース、フレンチドアをぐるりと囲む白い小さなライト、金縁のアンティークの鏡に垂らした金糸の飾り。

パチパチと音をたてる炎で部屋が明るく輝いている。今夜の身も凍るようなできごとの後、ようやく元気になれた気がする。マイク・クィンはこの部屋に火をおこし、そしてこの季節の温もりをわたしに運んでくれた——端をきちょうめんに折ってある茶色い紙袋にいれて。

「試飲パーティーに参加できなくて残念だったが」彼がベッドに腰をおろす。「きみの課題へのこたえは持ってきた」

「課題?」

彼が紙袋を持ちあげた。「クリスマスの思い出の味をスタッフにきいただろう?」

「ええ。でもまさかあなたが——」

「目を閉じて」

「ふざけているんでしょう」

「いいから目を閉じるんだ、コージー」

目を閉じた。紙袋のガサガサという音、そしてプラスチック製の容器がぱちんとあく音がしたかと思うと、ほっとするココアの香りが鼻孔をくすぐった。すぐにマイクの指がわたしの上下のくちびるのあいだにひんやりして滑らかなものをそっといれた。まるくて少し歯ごたえがある。噛んでみると軽やかに砕けた。表面のこくのあるチョコレートがはじけ、フルーツの甘くまろやかな味わいとアルコールの鮮やかな刺激が同時に口のなかに広がる。

「チェリー・コーディアルね！」

「気に入った？」

わたしは目をあけた。クィンが手にしているプラスチックの容器はチョコレートでコーティングされたお菓子で満杯だった。十数個はありそうだが、完璧とはいえないできばえだ。形がゆがんでいるもの、チョコレートがべっとりつきすぎているもの、小さすぎるものもある。でもこれを手間暇かけてつくったのだと思うと、それだけで感無量だ。

「あなたが自分でこれを全部つくったの？」

信じられない。この人が引っ越したばかりのアパートで初めてわたしがコーンブレッドを焼いた時、オーブンのタイマーの音をきいてまるで空襲警報のサイレンかと思うような反応をしたというのに。マイクは器用な人だ——たいていのことはうまくこなしてしまう。ただ、料理となるとべつだった。

彼がにっこりする。「母親がクリスマスにはかならずチェリー・コーディアルをつくっていた。先週レシピをもらったんだ。それをきみにわたすつもりだった、が」そこで彼が肩をすくめた。「手順があまりにもかんたんだったから……」自作のお菓子を口に放り込んで彼がまたにっこりした。「きみを驚かせてやろうと考えた」

わたしは二個目を味見した。「う～ん、なんておいしいのかしら」

マイクが急接近して、お代わりをくれた。

彼の温かいくちびるが愛情いっぱいにわたしのくちびるにふれる。彼の口はチョコレートの味がして甘く、舌はアルコールでぴりっと刺激的。何度かそっとわたしの味見をした後、いきなりやさしさが吹き飛んだ。マイクのキスはどんどん濃厚になり、激しくわたしを求めてきた。わたしはぞくぞくと刺激を感じながら彼にこたえた。両腕を彼の首にしっかりとからめ、膝にのる。暖炉の炎に照らされてしっかり抱きあったまま、しばらく時を忘れた。が、そこで彼の携帯電話が鳴った。

いらだたしげに呻き声を洩らしてマイクが身体を離す。発信者を確認する彼を、わたしは自分の気配を消してさりげなくうかがう。

「職場から？」とうとう小さな声できいてしまった。むずかしげな表情からはなにも読み取ることができない。

「ああ、ちょっと」

青い目はすっかり冷ややかになっている。

「どういうことだ？」マイクは窓のほうに身体を向け、長い脚をさっと組んで電話の相手にたずねる。露骨に不機嫌な声を出しているわけではないけれど、彼のいらだちは十二分に理解できた。中断されたことだけが気に障《さわ》ったのではない、そもそも彼にとってはかかってきてはいけない電話なのだ。

しばらくマイクが黙っている。相手の話に耳を傾けながらなにげなく窓のカーテンをあけて通りを観察している。〝骨の髄《ずい》まで警察官なのね〟。

「そうか」ようやく彼が口をひらいた。「いや、わたしはちがう」

もはや彼はとげとげしさを隠そうとしていない。

「それはいい案とはいえない」そして通話が切れる寸前にさらにこうつけ加えた「よせ。いまはダメだ」

なにかがうまくいっていない。それはあきらかだ。

マイクは日頃から冷静さを失うことはほとんどない。けれどこの予期しない電話は彼を心底怒らせた。部屋の暗がりのなかでも、向こうにいるマイクのいらだたしげな動作からそれがはっきり伝わってきた。肩からホルスターを荒々しく外して椅子に乱暴にかけたかと思うと、バッジ、手錠、財布をドレッサーに叩きつけるように置いた。そしてようやくこちらに来て、ワイシャツのボタンを乱暴に外す。

「わたしが」ささやきかけると、わたしのなすがままにまかせた。

彼の服をていねいに脱がせていきながら、頭のなかではめまぐるしく考えていた。誰からの電話だったのだろう、どういう用件だったのだろう。電話について話す気はあるのかとたずねてみると、あっさり拒絶された。

「たいした用件ではない。それよりいままでの続きを」

じれったそうにすっかり服を脱いでしまうと、彼はわたしの服を脱がせにかかった。くたびれたフットボールのジャージを取り去り、ヒップに沿って両手をすべらせ、慎ましく残っていた最後の一片を取り除いた。裸になった瞬間、ぎゅっと引き寄せられた。なぜいきなりこんなにも激しく求めてきたのかはわからない。でも彼の勢いにブレーキをかけるつもりはなかった。ただただ甘美な世界に没頭してすべてを忘れたかった。彼はまさにわたしの望みをかなえてくれようとしていたのだ。

彼がおこした炎がちらちらと揺れ、その影がわたしの傷を隠してくれる。わたしを苦しめる不安を彼の熱いキスが溶かしてくれる。彼の身体に覆われた瞬間、頭のなかに最後まで残っていた思考のひとかけらさえも消えてなくなった。

# 7

また夜が明けた。寒い。そして太陽の光が明るい——ただしこれは夢のなかではない。シャベルで雪かきをするリズミカルな音で目が覚めた。タッカーが店をあける前に下で歩道の雪を片付けているのだ。

昨夜の炎はもう燃え尽くしてしまった。少し鼻を刺す匂いが残る室内はとても寒い。布団のなかで寝返りを打った。マイクはまだぐっすり眠っている。わたしはごく自然な動作で彼の裸の肩にキスして大きな温かい身体にすり寄った。しかし夢の国はあっけなく終わりを告げた——。

ミャアオ!

ベッドカバーをのぼってくる軽い足の感触がして目をあけると、白いヒゲとピンク色の鼻が見えた。ローストしたアラビカ種の豆と同色のふわふわの毛のかたまりがわたしの胸の上にちょんと乗って盛大にのどを鳴らし始めた。寝返りを打って腹這いになれば、この茶色の小さなメス猫をどかせることはできるけれど、やはりそれはできない。

「わかったわ、ジャヴァ。あなたの勝ちよ。朝ご飯をあげましょうね」わたしは毛玉にささやいた。

身体を転がすようにしてベッドからおりながら、思わずうめき声を洩らしそうになった。マイクに抱かれている時には脇腹の傷のことなどすっかり忘れていられた。明るくなってみると、痛みはやすやすとは無視できない。熱いシャワーは効き目があった。アドビル（鎮痛剤）を飲み、さらにエスプレッソも効いた。起きてから三十分もたたないうちにかなり楽になった――しかし心はいっそうつらくなった。

お腹いっぱいになって満足気なわたしの愛猫は裏の窓から外の金網にとまっているハトを眺め、わたしのだいじな人は上の寝室でしあわせそうに寝入っている。でもわたしはとうてい心やすらかな気分ではない。静かなキッチンで今日二杯目のエスプレッソを飲みながら、どうしてもあの陰気な路地のことを考えずにはいられなかった。

〝いったいどういう状況だったのだろう？　犯人はアルフにまずお金を出せと要求したのだろうか、それともいきなり撃ったの？　雪のなかでわたしの友が息を引き取るまで、どれだけの時間が経過したのだろう？　彼がこの世で最後に見たのは、あの汚い灰色のゴミ容器だったの？〟

また身体が震えだした。でもそれは恐怖のせいでも寒さのせいでもマイクに触れられたからでもない。激しい憤《いきどお》りのあまり、わたしの身体はいま震えている。アルフのために、なにかしたい。ここに座ったまま、殺人犯が彼になにをしたのかをただ考えるだけではなく――

わたしはキッチンテーブルの前でがばっと立ちあがった。

〝忙しくしよう〟。

下の店にはすでにタッカーが出勤している。あたらしく入った見習いのスタッフがひとり、タッカーの開店準備を手伝っている。今日の午前中はわたしは休みの予定だった。とにかく着替えてコーヒーハウスにおりてみようか。でもまだ眠っているマイクを放っておくのは嫌だ。

〝そうよ〟。「お菓子をつくろう!」

わたしの宣言をきいてもジャヴァの両耳はほとんどぴくりともしない。ハトを見ることにくらべたら重要度ははるかに劣るらしい。確かに思考の流れとしてはつじつまが合っていない。だからジャヴァの判断はきっと正しいのだろう――。

アルフを殺した犯人をつきとめる捜査をぐいぐい進めていくべきなのに、菓子づくりをしてどうなる。でも、とりあえず正気を保つことはできるだろう。それに実用的だ。クッキーでもタルトでもマフィンでも、なにかあたらしいものを考案してベーカリーにつくらせればビレッジブレンドのペストリーケースで売れる。そして利益があがる。

チャリン!

いきなり夢を思い出して身がすくんだ——アルフが鳴らすサンタの鈴の音がレジの音に変わったあの夢を。そしてもうひとつ、昨日は店でクリスマス用のおおがかりな飾りつけをして正面のドアの鈴をクリスマス用のものに替えたことを思い出した。

〝だからあんな夢を見たのかしら？　確かにドアの鈴の音とともにビレッジブレンドにあたらしくお客さまが入ってくる。そしてお客さまが入れば店のレジがリンと鳴るチャンス……〟。

わたしは目を閉じた。

〝アルフが殺されてしまったというのに彼のファラララ・ラテのアイデアを使うなんて、とてもできない。それでは血も涙もない金の亡者も同然……。

そこでストップよ、クレア！　もう考えちゃだめ。いいからお菓子を焼きなさい！〟

小麦粉とバターを出し、菓子づくり専用の木製の台を取り出した。これは祖母ナナがイタリアから渡ってくる時に持ってきたもの。およそ一時間後、わたしは朝食用のトレイを二階に運んでいた。トレイにはマテオが毎年買い付けているジャマイカのブルーマウンテンが入ったフレンチプレスのポットと祖母直伝のビスコッティにわたしが現代風のアレンジを加えたものがのっている。

祖母のレシピは伝統的なものでアニスを使っているが、わたしはそれをバニラに替えて、さらにローストしたピスタチオを加えた。ピスタチオはクッキーに繊細なナッツの風味を与え、緑の色でさりげなくクリスマスらしさを演出できる。ドライクランベリーの赤い色はクリスマスの楽しさを、ごくごく細い糸のようにかけたホワイトチョコレートは寒い冬の時期の新雪を思わせる。わたしのとっておきの材料は細かく挽いたシナモン。きりりとしてほろ苦いこのスパイスは、かつて裕福なローマ人が媚薬として使っていたそうだ。ビスコッティに加えるのは異例かもしれないけれど、意外にもほかの材料の風味と絶妙にマッチする。そして刺激的な香りでクリスマス気分を盛りあげてくれる。

部屋はとても寒い。でもここに入ったとたんに気持ちはパネットーネ酵母のように活性化した。マイクがここにわたしのためにいる。それがまるで早めのクリスマス・プレゼントのように思える。とにもかくにもわたしの願いはかなった。少なくともそれは事実。マホガニー製の美しい四柱式のベッドで休んでいる砂色の髪の刑事にモーニング・コーヒーを運んでいくところを夢見たのは、そう遠い昔ではない。

とうてい実現するはずがないと何度も思った。それはマイクの結婚生活が完全には破綻していなかったから、というわけではない。彼は妻にうそをつかれ、欺かれ、激しく変動する彼女の気分にふりまわされ、まるで戦闘地域にいるような精神状況で暮らしていた。ふたりの子どもたちのためだった。彼らのためになんとか結婚を継続させようとあらゆる努力を惜しまなかった。けりをつけたのは彼の妻だった。

レイラ・クィンには一度も会ったことはない。結婚当初の彼女はどんな感じだったのだろうかとわたしはよく考える。彼らの結婚が終焉を迎えるいきさつはきいているけれど、最初の出会いはどんなものだったのだろう。なにが決め手となって恋に落ちたのか、どのように結婚を決意したのか、わたしは知りたかった。

マイクからは一度もきいていない。前妻のことも彼女との過去も彼は語りたがらない。その話題が持ちあがるとかならず話題を変えた。でもいまは無理にきこうとは思わない。わたしと出会った時の彼は愛情関係に疲労困憊しノイローゼのような状態だった。わたしたちの結びつきはようやく始まったばかり。だからいまは、せっかくかさぶたができかけた彼の傷をひらくようなことは絶対にしたくない。

「さあさあ起きましょう」彼の耳元で歌った。

マイクは目を閉じたまま微笑む。

トレイをナイトテーブルに置いた。

「コーヒーですよ。わたしの最新のレシピもいっしょに味見してみて。名付けてレッド・アンド・グリーン・ホリデービスコッティ」

マイクはまだ目をあけようとしない。でも小鼻が動いている。

「う〜む、いい匂いがする」彼がつぶやく。「子どものころ、クリスマスの時期に母親が家じゅうにこんな匂いを漂わせていた。まさかこんなに早くから〝なにかつくった〟

わけじゃないだろう？」

「主婦の信条の三番目を知らないの？」

「きいたことないな」

「わたしは菓子を焼く、故にわたしはわたしである」

マイクが笑う。「そのほかの二つは？」

「わたしは掃除をする、故にわたしはわたしである。わたしは食料品を調達する、故にわたしはわたしである。少なくともあと七つあるわ」（ニュージャージーで暮らしていたころ、わたしは生計を立てるためにフリーランスの物書きをしていた。その時に連載していた『クレアのキッチンより』というコラムにこうした信条をリストアップして載せていた）「でもこのお菓子作りの部分がいまでもいちばん好き」

「わたしは運がいい」彼がわたしの手首に指をまわしてぎゅっと力をいれた。「なぜなら偶然にも腹ぺこだからだ」

マイクはわたしを引き寄せてベッドカバーの下にもう一度ひっぱり込んだ。わたしはといえば、ふたつのことを理解していた——ブルーマウンテンを保温ポットにいれたのは名案だった（飲むまでにあと半時間はかかるだろうから）、そして裕福なローマ人のシナモンの使い方は正しかった。

それからしばらくしてマイクは仕事にもどっていった。そしてわたしも。ビレッジブレンドのそろいのエプロンを身に着けてタッカーの手伝いに入り、カフェインを求めてランチタイムに殺到した常連さんにカフェインを補給し、それがすむとタッカーと見習いの新人スタッフを解放した。

ダンテとガードナーは夕方から勤務に入る予定だ。いまのところスタッフが不足しているのでこれからの三時間、ビレッジブレンドはわたしひとりの肩にかかっている。お客さまがいるカフェテーブルは数えるほど、テイクアウトの注文はぽつりぽつりと続いて合計十数件。その後は注文をする人の列はなくなった。いつもなら一日のうちこの時間帯がいちばん好き――ランチとディナーのあいだの静かな午後のひととき、仕事帰りの人たちが店のドアからどっと入ってくる前の静けさに包まれる。けれど、その静けさがとても嫌だった。今日に限っては耐えられない。少しも心地よくないのだ。ひとけのないわたしのコーヒーハウスは未亡人のがらんとしたキッチンに早変わりしてしまったみたい。昔は家族のにぎやかな笑いがあふれていたのにいまでは葬儀場の最後のお別れの部屋のようにしんと静まり返っている、そんなキッチン。

二時ごろ、おしゃべりな観光客たちがおおぜい店の前を通り過ぎた。そしてクリスマス・シーズンの買い物客も凍えきった様子で歩いていたが、こちらには見向きもしない。これはいけない。歩道に出した黒板で新メニューのファラララ・ラテをアピールしてみようか。でもそこでまたアルフのことが頭に浮かんだ——クリスマスの味のメニューはもともと彼のアイデア。そう考えたら、書き加える気持ちは消えた。わたしは床を掃き、お客さまのいないテーブルを拭いた。

三時になる直前、自分が緊張しているのに気づいた。アルフは「手袋を温めるため」といいながらたいていこの時間に顔を見せた。わたしは休憩をとって彼とすごし、暖炉のそばで座ってラテを飲むことにしていた。そんなことを考えていたらドアのクリスマス用の鈴が鳴った。わたしは視線をあげた。仲のいいサンタの姿を心のどこかで期待していた。そこに立っていたのはサンタではなくマテオだった。

わたしは微笑みかけた。

マテオが笑顔を返し、雪のついたハイキングブーツでドスンドスンと音をたてながら厚板を張ったフロアを大股でこちらまでやってきて、わたしがいるコーヒーカウンターに向かって腰かけた。昔のように（ファッショニスタのブリアンの影響を受ける以前）ペンキのシミがついたジーンズと着古したパーカーという格好が少し意外だった。上着を脱いでスツールに置いた彼に、まっさきに感謝の言葉を伝えた——犯罪現場に駆けつけてくれたことはもちろん、その後も彼は助けてくれたから。

アルフの遺体を発見してしまったショックがあまりにも強くて、わたしは彼が殺されたことを店のスタッフに伝える自信がなかった。きっとひどく取り乱してしまうにちがいない。マテオはそれを理解してくれた。わたしは裏の階段から自宅にもどってベッドにばたりと倒れ込んでしまったが、彼はバリスタたちに事件を伝え、戸締まりの指揮をとるために試飲パーティーにもどったのだ。

「今朝タッカーはアルフの死についてあまりしゃべらなかったわ。どうにも気が滅入るといっただけ。ほかのみんなはどう受け止めているのかしら?」

「もちろんひどく動揺した。でもまっさきに伝えたわけではない。ともかく試飲を予定通りに進めた――」

「なんですって?」マテオの判断にあぜんとしてしまった。

「パーティーがおひらきになるころにみんなに伝えた。だってきみは試飲の結果を知りたかったんだろう? あ、そうそう――」

彼はスツールの上でもぞもぞと身体を動かして折り畳まれた紙を尻ポケットからひっぱり出した。

「昨夜の各種ラテへの反応だ。全体としてひじょうに好調だった。不評だったものはごくわずかで、レシピにもうひと工夫欲しいという提案は二件ほどあった」

わたしは折り畳まれた紙を無視した。

「試飲パーティーを続けたなんて信じられない! いったいどういうつもりだったの? 第一ビッキが――」

「ビッキ・グロックナーはけっきょく姿を見せなかったよ、クレア。もしも来ていたらすぐに父親のことを知らせるつもりだった。それはまちがいない」

「まあ」わたしは眉をひそめ、マテオが告げた事実について考えた。「どうしてビッキは来なかったのかしら？　警察はすぐに彼女に連絡を取ったのかしら？　彼女に電話で事件を知らせたのかしら？」

「さあどうだろう」

「エスターは彼女に連絡を取ろうとしなかったの？　彼女の携帯には？」

「ああ、かけていたよ。でもビッキの留守番電話にしかつながらなかった。だが――」マテオが肩をすくめる。「エスターは友だちの留守電にあなたの父親が殺されたというメッセージを残したいとは考えなかった」

わたしは目をつむった。「むろん、そうでしょうね」

ビッキの心情を思うとたまらない。今日の朝刊を見た後だけに、なおさらだ。彼女の父親の死は単に報道されただけではない。タブロイド紙の格好の餌食にされたのだ。『サンタ殺し』ある新聞の第一面には赤と緑の活字が派手派手しく躍っていた。そのライバル紙は『サンタのソリの終着点』とでかでかと報道している。ランディ・ノックスのスキャンダル誌がこれに食いつかないはずがない。彼の《ニューヨーク・ジャーナル》の見出しは『クリスマス嫌いなグリンチ、サンタを撃つ』とあり、ご丁寧にもスース博士の絵本『グリンチ』の絵を拝借してフォトショップで加工し、クリスマスが大嫌いなグリンチと銃をふりまわす街のならずものの姿を重ねている。

陽気なサンタがもはやそりに乗れない——アルフの場合は押すことができない——というテレビの報道をきいて子どもたちは動揺し、ニューヨークじゅうの親が説明に頭を悩ませていた。

「クレア?」

わたしは目をあけた。

「大丈夫か?」マテオがきく。

わたしはうなずいた。

「じゃあ、エスプレッソをお願いしていいかな」

「ええ、まかせて」

慣れ親しんでいる作業に集中できるのはありがたい。そしてこれはもっとも基本的な作業でもある——エスプレッソはイタリアの大部分のコーヒードリンクのベースとなる。豆を挽いて粉にし、適切な量をポータフィルターにいれ、完璧に均等になるように均《なら》し、ポータフィルターを機械にセットして少量の熱湯を高圧で通す。三十秒もしないうちにローストしたてのコーヒーから風味を引き出され、濃厚でアロマたっぷりの液体が抽出される。その表面は〝クレマ〟で覆われている——金色がかった褐色の泡をクレマと呼び、正しく抽出されたエスプレッソにはこれがなくてはならない。抽出が終わると白い磁器のカップをソーサーにのせる。そしてブルーベリー色の大理石のカウンターの上を滑らせるようにしてマテオに出した。

コーヒーの匂いに飽き飽きすることはないのかと、ときどきお客さまからきかれる。そんなことは一度もない。完璧に抽出されたエスプレッソはカラメルの香りや甘いアロマを漂わせ、押しつけがましくもなければ単調すぎることもない。そこが香水やお香とはちがう。まさに生きている香りだと思う。カップ一杯の命とともにたちのぼり、そして消えていく。わたしをうっとりと酔わせ、そして元気づけてくれる。いつまできいても飽きない歌のようだ。長いつきあいの友が正面のドアから何度もわたしの店に入ってくる光景のような……。

「昨夜のことに話をもどすが」マテオがデミタスを口に運びながら話しかけた。「きみの番犬は折り返し電話をかけてきたのか？　それともなしのつぶてできみはおかんむりなのかな？」

「マイクは仕事の後で寄ってくれたわ。だから〝おかんむり〟なんてことはないの。彼が犯罪現場に来なかったのは、それなりの理由があったから」

「女か？」

〝なにをいい出すかと思えば〟。

「ちがいます。わたしの記憶のなかでは、それはあなたがわたしの電話に折り返さない時のいちばんの理由ね。あくまでも、わたしたちが夫婦だった時の話だけど」

マテオが低いうめき声を洩らす。これまで何度同じやりとりをくりかえしたことか。毎度同じ道をたどって、いまや車輪が道にめり込んでマントルまで達しそう。

「それで、ブリアンは元気なの？」長い気詰まりな沈黙の末にたずねた。

「ブリアンは……」マテオは冷めていくカップを見ている。極上のクレマがゆっくりと消えていくのを。「あいかわらずさ」

「それはどういう意味？」

マテオが肩をすくめる。「いつもの彼女だよ、わかるだろ？」

「今回はなにが原因でもめているの？」

「今回の原因か？」マテオがスツールに腰かけたまま身体の重心を変える。「雑誌が主催するクリスマス・パーティーの細部の細部にいたるまで目を行き届かせようと彼女は目の色を変えている。食べ物も、音楽も、招待者のリストも――」

「招待者のリスト？　会社のそういうパーティーはスタッフを慰労するためにひらくものでしょう？　この一年間よく働いてくれたことをねぎらうために」

「それはきみのとらえかただ。ブリアンは《トレンド》誌のためのネットワーキングの絶好の機会と考えている。著名なデザイナー、プレス関係者、セレブなんかを招待してに残業させている。当日はカメラマンたちが待機して、映画のようなシーンを余すところなく撮影するはずだ。彼女は全米の話題をかっさらうつもりでいる」

「なるほどね。それで、あなたはそのプランのどのあたりを担当しているの？」

「いっさいタッチしていない。新婚の妻にすっかり無視されてうんざりしているというのが本音だ。いいか、中央アメリカのコーヒー農園に二週間出張して帰ってきてみたら、なにが待っていたと思う？　すげない仕打ちさ。彼女がベッドに入るのはぼくがぐっすり寝込んだ後だ。そしてぼくが目をさます前に起きている――」

〝ようするに、セックスレス〟。わたしは両方の眉をあげて見せた。マテオにとっては食べ物と飲み物を断たれるようなもの。

「このクリスマスなんたらの騒ぎがおさまるまで、彼女のじゃまにならないように離れているつもりだ。だがな、それがまたしゃくにさわる。十二月は出張の計画をまったくいれてない。せっかくのクリスマスだからふたりでロマンティックに祝うつもりでいた。いまから一月二日が待ち遠しいよ」

〝どこかできいたような情けないセリフね〟。

「ねえ、クリスマス・シーズンが早く終われなんて思わないで。娘がパリからわざわざ帰ってくるんですからね。わたしたちといっしょに過ごすつもりで」

「ジョイが帰ってくるのか？」

わたしはうなずいた。「昨日の朝、電話があったの——朝といっても、こちらの朝ね。パリとの時差は六時間だから。ジョイはわたしたちとクリスマスを過ごすために二週間の休暇を願い出たんですって。レストランはまちがいなく繁忙期だけど、これまでずっと休みを取っていなかったし、上司はよろこんで認めてくれたそうよ」

マテオの表情がぱっと明るくなった。

「この一週間で最高のニュースだ。きみのいう通りだよ、クレア。ぼくはジョイのことだけに集中することにしよう……」彼が手を伸ばしてわたしの手を取る。「今夜はきみについていてやろうか？　アルフのこともあったし、まだいろいろ大変だろう」

「わたしなら、大丈夫。いっしょにいてくれなくて結構よ」わたしはそっと手をひっこめた。「ねえ、わたしからの忠告、きいてくれる？」

マテオが息をふうっと吐いた。大きな音をたてて。

「ブリアンはいま、強いストレスがかかっているだけ。まともにぶつかったりしたら、よけいにこじれるわ。寛容な気持ちで彼女を受け止めてみて。そして、彼女の仕事量が減るのを待つこと。そのあいだに変なところに行って色恋沙汰に手を染めないこと」

マテオが視線をそらす。「もういいんだ」

ふと見ると彼のエスプレッソはほとんど手つかずのままだ。濃い金色の泡はすっかりしぼんで壊れ、醜いシミとなって点々と浮かんでいる。そして黒々とした液体があらわになっている。

「冷めてしまったわ」

マテオが気づいていないはずがない。エスプレッソはとても繊細だ。〝クレマ〟との美しいハーモニーが失われてしまうと、苦いだけの代物となる。

「じゃあ、あたらしい一杯をもらおう。ドッピオを頼む」きっぱりとした声だった。

その後、彼はダブル・エスプレッソと携帯電話、仕事の道具と携帯端末《PDA》を持って暖炉のそばに陣取った。時折顔をあげてこちらに視線を向け、わたしにウィンクする。いつものマテオだ。隙があればくどくという態度はちっとも変わっていない。

やがて店の仕事が忙しくなってきた。時刻通りに出勤してきたダンテを見てほっとした。彼はエプロンをつけながらカウンターに入りわたしの後ろにスタンバイして、仕事帰りのお客さまの混雑のピークに対応した。六時半には混雑が少しおさまった——店の収支を考えれば、これは少々早すぎる。ちょうどその時、またもやうれしい助っ人が正面のドアから登場した。さきに気づいたのはダンテだ。

「ガードナーだ！　それに非番の夜だというのに来てくれたのは……」

わたしはエスプレッソマシンから視線をあげた。ガードナーがのんびりした歩調でちかづいてくる。その後ろにいたのはエスター・ベスト。彼女の後ろにはもうひとりいた。凍るように冷たい風とともに意外な人物がやってきた。ビッキ・グロックナー。殺されてしまったわたしの大切なサンタクロースの愛娘だ。

# 8

「お父さまのこと、お気の毒だったわ」わたしはカウンターから出てビッキを抱きしめた。彼女は以前にこの店でバリスタとして働いていた。

彼女が頭をこくりとさせてうなずいた。そのはずみにクリスマスの鈴をかたどった小さなイヤリングが音をたてた。

「お気遣いありがとうございます、ミズ・コージー。お気持ち、とてもありがたいです」

彼女のかわいらしい顔が紅潮している。父親譲りの明るいヘーゼルグリーンの目は泣きはらして腫れぼったくなり、寝不足でくまができている。頭には毛羽立った黄色いベレー帽をかぶっている。サロンでメッシュをいれたカラメル色のたっぷりした巻き毛は絹のように光沢があってふわりとしているはずなのに、いまは風でもつれてクシャクシャだ。彼女は髪の毛をぱっと払い、洟をすすった。

空いているテーブルをすすめた。

「さあ、ふたりとも座ってちょうだい。なにか飲み物を持ってくるわ」数分後、モカチーノのカップを三つトレイで運んだ。

またすすり泣いているビッキにエスターとわたしが手を貸し、ベルトつきのベージュの長いコートをぬがせた。黄色いベレー帽とそれに色を合わせたスカーフもはずし、彼女はティッシュで目をぬぐった。エスターとわたしはビッキをはさんで腰かけた。

三人で無言のままモカチーノを飲みながら、およそ八ヵ月前にビッキに向かって最後にいった言葉を思い出していた……。

「開店準備の当番をしない。閉店作業もしない。悪いけどね、ビッキ、そんなあなたにこのコーヒーハウスのカギを安心して預けるわけにはいかないわ」

それから二週間もしないうちにビッキは辞めた――それも携帯電話のメール一本で。彼女はもっと長時間働いてお金を稼ぎたがっているのは知っていたが、わたしはそれを許さなかったのだ。

ビッキのスキルは申し分なかった。うちの店に来る前に彼女はスタテンアイランドのレストランで働いていたのだ。その店はすでに閉店しているが、そこでプロ仕様のエスプレッソマシンの使いかたをマスターしていた。彼女はビレッジブレンドの仕事をとても気に入っていた。カウンターに備えてある各種のシロップをあれこれ試し、店のコーヒードリンクのつくりかたをおぼえた。客あしらいも抜群だった（イタリア流の本格的なバリスタにはひじょうに重要な資質だ)。しかし食べ物と飲み物をサービスする店はスキルと愛想のよさだけで成り立っているわけではない。

ビッキはやがてシフト勤務に遅刻することがふえ、しかたなく同僚が彼女の分をカバーした。彼女の仕事への取り組みかたには信頼が置けなくなった。ある晩、ふと気づくとお客さまはどんどんふえているというのにガードナーがたったひとりで対応している。ビッキは補充する備品を地下に取りに行ったきり三十分ももどってきていなかった。

おりていくと彼女はちゃんとそこにいたが、焙煎機の陰でハンサムな客といちゃついているではないか。彼女はその客とつきあっていたわけではない。何度か声をかけてきたその客を自分から地下に誘ったのだ——わたしはとても慎ましやかな表現をしている。わたしが見つけた時、ふたりはたいへん盛りあがっていて、すでに彼らの関心は首よりも下に移っていた。

ビッキはとてもいい子だった。とうてい憎めない子なのだ。ビッキはサイズもたっぷりしていたが、性格もゆったりとして(いまは亡き父親に似ている)、おおらかな笑顔には魅力的なえくぼが浮かんだ。ころころとよく笑い、お客さまと気軽におしゃべりするところなどまだ二十一歳とは思えないほどの余裕だ。

ビッキが店でエスターととても仲よくしていたので、もっとまともに働くようにエスターからなんとかいって欲しいと頼んだこともある。エスターの話では、ビッキの両親はさいきん別居したということだった。もしかしたら彼女の奇異なふるまいはわたしとマテオが別れた後にジョイが「問題行動」を起こしたようなものかと推測した。反動が出るのも無理はない。そのことについては、ある日の昼下がりにアルフとラテを飲みながら話しあったこともある……。

「ビッキはこれまでずっといい子だった。ここで働いていた時にはいろいろと判断を誤ったのは知っているよ。でもあの子を責めることはできない。子ども時代というものはただでさえ不安定でつらいものだというのに、両親が子どもの宇宙をめちゃめちゃにしたんだからね」アルフはそういったのだ。

アルフの言葉にわたしは異議を唱えなかった。「子ども時代」という言葉が二十一歳にふさわしいかどうかはさておき、ティーンエイジャーの時期を過ぎても子どもの時の世界が心のなかで大きな位置を占めることはよくわかる。もちろんそれがそのまま行動に出るというわけではないけれど。

わたしはビッキの胸の内に思いを馳せた。彼女と同じくらいの年齢の時にわたしが感じていた不安と似たものを彼女も抱えているように思えたからだ。その不安がマテオとの結婚へと向かわせたといってもいい。十九歳だったわたしは美術の勉強は順調だったものの、祖母を亡くし家族で営んでいた食料品店を父が売りわたしたばかりだった。マテオの子どもをみごもり、生まれてくるジョイのために法律的にきちんとしなければという思いもあった。でも当時のわたしはとにかく心許なかった。過去を取りもどそうにも取りもどせない、そして未来は漠然としていた。絆、安定、愛し頼ることのできる誰か、家族の一員であるという実感をもう一度手にいれたかった。

けれどわたしがビッキに共感してもそれで彼女が変わることはなかった。エスターですら彼女の行動を正すことはできなかった。

「あの子はわが道を行くってタイプなんです」エスターはそんなふうにいった。

ビッキは失敗をするたびに真摯に謝罪した。その後一週間ほどはまともになるのだが、かならずまた逆もどりしてしまう。やがて彼女はクラブ、バー、それ以外のどこも知れない場所で男たちと遊ぶようになった。ある日はアッパー・イーストサイドのお坊ちゃん然とした白人の学生がビッキの勤務が終わるのを待っていた。翌日はグリーンポイントに住む黒人の若者がバスケットボールのジャージを着て待っている、翌週はオゾンパークのイタリア系のいかにも怪しげな男が待っているといった具合だった。

そしてある晩、閉店の責任者を務めた際に彼女は警報装置のセットも裏口の施錠も「忘れた」。多くのマネジャーはその理由だけでクビにするだろうが、わたしはまだその決心がつきかねた。彼女をきつく叱り、勤務時間を制限し、施錠する当番につけないようにした。彼女は自分から辞めたのだ。ビレッジブレンドを去ってアッパー・ウエストサイドのビストロでウェイトレスの口を見つけた。

以来、彼女にはずっと会っていなかった――今日まで。

「あなたのお父さんのこと、大好きだったわ。わたしでお役に立てることがあったらなんでも――」モカチーノを飲む彼女を力づけたかった。

「あります！」

わたしは大きくまばたきした。彼女のすばやい反応と威勢のよさが意外だった。

「わかったわ。いってちょうだい」

「専門家だからこそお願いしたいんです」

「専門？」そこで少し考えてからたずねた。「お葬式でエスプレッソを？」

「いいえ、そちらではないほうです」

ちらっとエスターを見ると、なぜかそわそわしている。

「どういうこと？」わたしはたずねた。

ビッキがこちらに身を乗り出して声を落とす。

「ジョイのためになさったことを、わたしにもしてもらいたいんです」

「なにをいいたいのか、よくわからないわ――」

「わたし、すべて知っています、ミズ・コージー。お嬢さんがパリで働くようになったほんとうのわけを。エスターがなにもかも話してくれたんです。ジョイにかけられたふたつの殺人の容疑を晴らしたそうですね。警察がお嬢さんの有罪を立証する証拠を積みあげても、屈しないで真犯人を突き止めたそうですね」

ビッキが鼻水を拭く。わたしは落ち着かない心地で座り直す。確かにわたしはトミー・ケイテルを殺した犯人に裁きを受けさせた。そのことに関して誇りを抱いているけれど、あのいまわしいできごとに自分の娘が巻き込まれたという事実は広まって欲しくない。エスターに厳しい表情を向けてそれをしかと伝えた。エスターはいかにもエスターらしいそぶりで肩をすくめる――しおらしく反省はしているけれど、彼女なりにいいぶんがあるのだろう。エスターの声がいまにもきこえそう。〝はい、わかりました、ボス。うわさ話をして悪かったと思います。でもしかたないじゃないですか。あれだけ新聞に出ていたんですから!〟

「父と親しくしてくださっていたのは知っています。父もとてもよろこんでいました。ビレッジブレンドでラテを飲みながらいっしょに休憩を取るのが楽しみなんだと話してくれました。父を殺した犯人に裁きを与えたいとは思いませんか?」

「もちろんよ。でも警察が捜査に乗り出しているわ。わたしも直接話を――」

「あのドゥーラグをかぶったいけすかない人と? フランコ巡査部長ですね? 彼は父を撃ったのはそこらへんのごろつきだと考えています。そんなはずはないのに。フランコ刑事も相棒の刑事もわたしのいうことを信じてくれないんです」

わたしは眉をひそめた。「具体的になにを信じてくれないの？」

ビッキが真正面からわたしを見つめる。

「父は〝処刑〟されたにちがいないんです」

わたしはまたもやエスターに視線を向ける。今回は彼女は少し怯えたような表情でかぶりをふる――〝わたしにきかないで！〟

わたしはビッキのほうを向いた。

「あなたのお父さんを処刑したいと望む人がいるの？　つまり――」

「オマール・リンフォードというのが彼の名前です」ビッキがこたえる。もうすすり泣きはすっかりやんでいる。彼女は歯を食いしばりヘーゼルグリーンの目に光が宿っている。「わたしたちの隣人です」

「どこの隣？　アップタウンのあなたのお父さんのお住まいの？」

ビッキが首をふる。「いいえ。スタテンアイランドの家の隣です。わたしが育った家でいまも母と暮らしている家の隣に住んでいる人物です」

「つまりリンフォードという人物はあなたの隣人なのね？」

「以前は父ととても仲がよかったんですが、仲たがいしたんです。リンフォードはいかがわしい実業家です。彼が自分の手で父に向かって引き金をひいたかどうかはわからないけれど、絶対に一枚嚙んでいるとわたしは確信しています。ですから証拠をつかんで欲しいんです――」

「落ち着いて、ビッキ。そのリンフォードという人物はじっさいにどういかがわしいの？　なにか証拠があるの？」

「だってそれはもう歴然としています。彼は輸入を手がけていると自分でいってますが、〝なにを〟輸入しているのかは誰も知らないみたい。それに彼はケイマン諸島で〝事業の収益〟をあげているんです」〝事業の収益〟という部分でビッキはいかにも怪しげとばかりに引用符のジェスチャーをした。

「だからといって、その人物があなたのお父さんを殺す理由にはならないわ。彼にはなにか動機があるの？」

「あります！　父はリンフォードから二十万ドル借金していたんです！」あまりにも大きな声だったので数人の頭がこちらをふり返った。そこで彼女は声を落とした。「でもけっきょくあのレストランは失ったんですけど」

「レストラン？　レストランというのは？」

「父からなにもきいていないんですか？」きょとんとしているわたしの顔をビッキがしげしげと見ている。「ずっとレストランを経営していたんです――ステーキハウスです。ワインセラーもありました。わたしたちが住むライトハウス・ヒルのそばです。スタテンアイランドのラ・トゥレット・ゴルフコースにちかい場所でした。値段は〝かなり高かった〟けれど経営は順調でウォール街の人たちが大のお得意さんでした」ビッキはそこでモカチーノをすすった。「だから父がニューヨークでスタンダップ・コメディアンみたいなことを始めてもちっとも驚かなかったわ」

「さっぱりわからないわ」

ビッキが肩をすくめる。「レストランでも毎晩やっていたんですもの。ジョークをいってお客さんたちを笑わせていた――父にとってはなによりの楽しみだったんです。そうしたらこの経済危機で金融街で働いていた人たちは失業するし資産も半減してしまった。ほんとうに、たった六週間のうちに父の足元はカラカラに干あがってしまったんです」

「それでレストランを失ったの?」

「すぐに、というわけではありません。父は自分の事業を〝文字通り〟死ぬほど〝愛して〟いました。閉店を拒んで借金を重ねて店を維持しようとしたんです。大金をかけて新聞に広告を出したり、ディスカウントのクーポンを発行したり、オンラインでなにかを仕掛けたりして。でもどれも効果はなかった。そのうち父の飲酒がとてもひどくなって、事業が傾くのと歩調を合わせるように両親の結婚もだめになったんです。わたしがこの店で働き出したころです。わたしはいつの日かレストランを継いで自分で切り盛りしていくつもりでした。だから大学への進学は考えもしなかった。自分の未来はすべて決まっていると思っていたから」

わたしはあっけにとられていた。思いもよらない事実をつぎからつぎへときかされて、まだ頭がこんがらがっている。「あなたがうちの店に応募してきた時のことをおぼえているわ。ホールの接客とバリスタの経験があるといっていたわね。でもお父さんが経営する店とはひとこともいわなかった」

彼女が肩をすくめる。「そのほうが好印象を持たれると思ったから。父親のコネでお客さまを席に案内したりエスプレッソをつくったりする仕事をしていたなんていうよりも。けっきょくそれでよかったんですよね？　だから雇ってもらえた」

〝そして限りなく解雇にちかい形で辞めさせた〟。それは口には出さなかった。

ふと、ビッキの推薦者に確認をいれた時のことを思い出した――スタテンアイランドの電話番号にかけると年配の女性がビッキをべた褒めした。あれはビッキの母親だったのだろうか？　まあ、いまとなってはどうでもいいけれど。アルフからはアルコール依存症から立ち直ったのだときいたことがある。今年前半、ニューヨークのシェルターで数週間過ごしたことも。でも過去の生活については、収入がとだえ老後の蓄えもいっさい失った末に結婚が破綻した、としかきいていない。

「だからそういうことなんです。オマール・リンフォードは父の命を奪ったにちがいないんです」ビッキがきっぱりといってまっすぐこちらを見つめる。わたしが彼女の主張をそっくりそのまま受け入れると信じて疑わないまなざしだ。

わたしは左右に首をふって否定した。

「父はリンフォードにまったく返済していません。一セントたりとも」

わたしは深く息を吸った。「きいてちょうだい、あなたの怒りはよくわかるわ。でもね、レストランの経営がリスクの多い事業というのは常識といってもいいわ。成功するよりも失敗するほうが多いのよ。破産だって珍しくない。そのリンフォードというあなたの隣人はリスクを承知していたはずよ」

「リンフォードはいわゆる銀行みたいなものとはちがいます。法の規制の外で事業をしているんです」

「高利貸しということ？　つまりそういうこと？　その人物が組織的な犯罪に関わっているのだとしたら、わたしたちはＦＢＩとコンタクトをとるべきよ」

「ちがいます。彼はマフィアではありません。ＦＢＩが乗り出して写真を撮ったりするような相手ではないんです。融資は合法的であるように、見せかけていました。手はずを整えたのはリンフォードの弁護士です。でもケイマン諸島の彼の会社の口座を通じて融資は実行されたんです」

「それで？」

「ケイマン諸島ですよ！　知ってますよね！　税金逃れに使われるタックスヘイブンで

す。不正をもくろむ投資銀行家や麻薬資金のマネーロンダリングの巣窟ですよ。しかもリンフォードは時折そこに滞在しているんです！」

「だからといってそのリンフォードという男が殺人犯とはいえないわ。あなたのお父さまからはそういう事情をいっさいきいていないし。その人物はあなたのお父さんを脅したことはあるのかしら。電話でも文書でも、とにかくどんな形でも」

「証明できるものはなにもありません。でもリンフォードが父の死に関わっているのはまちがいないはず。彼がつぎに母に矛先を向けたらどうしよう。家を売れと迫ってくるかもしれない。借金をすべて返済しなければきっと母も同じ目にあうわ」涙をこぼしながら悲痛な声で訴える。

わたしとエスターは心配そうに顔を見合わせた。

「その人物はあなたのお母さんに接触してきたの？　脅迫があったの？」

「いいえ。でもいつ脅迫されてもおかしくないわ。わたしだって狙われるかもしれない。母に借金を返済させるためにわたしを利用するかもしれない」

「フランコ巡査部長にはこのことをすべて話したの？」

「『追跡調査する』といってました」またさきほどの引用のしぐさだ。「でも、きっとわたしの単なる被害妄想だと思ったでしょうね。父を殺した犯人はいきあたりばったりの強盗だと決めつけていたから、陰謀があるなんて考えようともしていない。彼はもうひとりの刑事――中国系のコン刑事――をずっと見ていたわ」

「ホン刑事よ」訂正しておく。

「なんでもいいですけど」彼女が両手を放りあげるようなしぐさをする。「あの人たちはふたりとも表面上は親切でていねいでそつがなかったけれど、わたしの話をまともに取りあってくれていないのは伝わってきました。だから助けて欲しいんです、ミズ・コージー。あなたは父と親しかった。親身になってくれる人の力がどうしても必要なんです」

わたしは腕時計で時間を確認した。マイクがフランコとその相棒に話をして、事件についてのその後の情報を知らせてくれるといっていたのを思い出した。今朝別れて以来、彼からの連絡はない。アルフの事件はいまはニューヨーク市警の担当だ。解決に向けて動きがあるとしたら、まさしくフランコ巡査部長とホン刑事の動きしだいなのだ。

〝フランコ巡査部長か〟。彼の鼻持ちならない態度を思い出した。〝フランコね……〟。

本来であれば、この件はプロの手に委ねてビッキにもそうするように説得すべきなのだろう。現代の世の中ではわたしたちは徹底的に傍観者でいるように強いられる――ボタンひとつでコーヒーが出てくるコーヒーメーカーから不眠不休で報道するマスコミにいたるまで。けれどわたしは出産のために美術の勉強を中断して以来、傍観者でいようなどという発想はこれっぽっちもない。

「あの警察官たちには父を殺した犯人は絶対につかまえられないわ」ビッキがわたしの片腕をつかむ。「お願いします、ミズ・コージー。あのリンフォードという男を調べてください。どうかお願いします。父のためだと思って――」

「わかったわ」ほとんど狂乱状態になっているビッキをなだめた。「調べてみる。かならずやるから。ニューヨーク市警があなたの訴えを真剣に取りあげるような証拠が見つかるかどうか、やってみるわ――」

〝見つからなければ、あなたの思いちがいだと納得できるわね〟。

ビッキは元気よくうなずいた。いったいなにをしたらいいのか見当もつかないけれど、ビッキのほっとした顔を見たら、自分がまちがったことをいってはいないのだと思えた。

ビッキをもう一度抱きしめ、ほかのテーブルのお客さまのほうに視線を向けた。この街ではいたるところのコーヒーハウスで本職のジャーナリストがノートパソコンとべったりくっついている風景は珍しくない。もちろんこの店でもよく見かける。ビッキの強い訴えが――父親を殺した犯人として大きな声でリンフォードを名指しし、がむしゃらにわたしに協力を求めた――明日のタブロイド紙の紙面を飾るなんてごめんだ。

ノートパソコンに向かっているお客さまは何人かいた。それぞれ作業に没頭している。しかも彼らはみな常連さんでよく知っている人ばかり――ニューヨーク大学の学生がふたり、近所の法律事務所で働いている若い弁護士がひとり、この先にあるセントビンセンツ・ホスピタルの医師がひとり。ただ、こちらを見ている人物がひとりだけいる。三十代の華やかな雰囲気の赤毛の人物。昨夜、店の正面のドアのところであやうくわたしを轢《ひ》きそうになった人物だ。

彼女は連れもおらず、少し離れたテーブルでラテをゆっくり飲んでいる。真っ赤な巻き毛にふちどられた顔は頰骨が高く、陶磁器のようになめらかだ。人形のような目を大きく見ひらいてわたしを見ている。興味津々といった表情だ。もしかしたら、わたしになにか話があるのかもしれない。

〝無礼な態度を取ったことを謝罪したいと思っているのかも〟。

さりげなく彼女と視線をあわせた。ひょっとしたら彼女が手招きするかもしれないと思いながら。けれど彼女はすぐに視線をそらした。

わたしはそしらぬふりをした。

彼女はライターや記者のたぐいではないだろう。これまで店にノートパソコン、PDA、仕事関係のものは一度も持ってきていない。彼女がドリンクを味わいながらページを繰るものといえば、旅行のパンフレット、富裕層向けカタログ、洗練されたファッション誌。それ以外のものを見たおぼえがない。

〝資産家令嬢で社交界の常連、信託財産つきのベビーとして生まれた。誰かの見せびらかし用の奥さん《トロフィー・ワイフ》〟。この女性のこれまでの印象からレッテルを貼ろうとすると、こんな下世話な感じになってしまう。けっきょく、彼女は単に退屈だから、あるいは昨夜のわたしとの短いやりとりを根に持っているからこちらを見たのだろう。そう思うことにした。

〝すごいわ。反社会的人格のパリス・ヒルトンのおばさん版の恨みをかうとは、わたしもなかなかのもの〟。

いっぽうビッキはもう行かなくてはならないという。

「父のことでブラザー・ドミニクに会うことになっているので」

「ブラザー？」

「もちろん兄弟ではありません。父には肉親の兄弟はいませんでしたから。父の両親も亡くなっています。ブラザー・ドミニクはトラベリング・サンタの本部で父のボスだった人です」

「カトリックの修道士ね？」

「以前はそうでした。本名はピーターですがサンタをしている人たちからは『ブラザー』と呼ばれています。正式には何年も前からブラザーではないんですけど。ともかくそのブラザー・ドミニクが父の葬儀の手はずを整えてくれているんです」

「あなたのお母さまは準備をなさらないの？」

「母はいっさい関わろうとしません」ビッキがほんの少しだけ苦々しげな口調になる。「姿を見せるかどうかもわからないわ」

「まあ」それはどういう意味なのかを、少し間を置いて考えた。「お母さまにあまりきつくあたらないでね。結婚の破綻はつらい経験でしょうから。あなたのお母さんはおそらくまだ怒りにとらわれているんでしょうね。現実から目をそむけているのかもしれない。でもいずれあなたのお父さまが亡くなった悲しみに深く襲われるわ」

ビッキがきつく口を結ぶ。ヘーゼルグリーンの目が冷ややかだ。

「母はそういう人間ではないんです」彼女は立ち上がり、コートを手に取った。「引き受けてくださったことを感謝します。ミズ・コージー。自宅の電話番号は変わっていません、携帯電話の番号はエスターが知っています。いつでも連絡をください」

もう一度わたしたちは軽く抱きあい、ビッキはドアのほうに向かった。ビッキにきかれる心配がなくなった頃合いを見てエスターがわたしのほうを向いた。

「ビッキが近所の人のことで被害妄想になっているのかどうかわたしには判断がつきませんけど、ボスができる範囲でなにかしてあげられたらきっとよろこびます」

「〝わたしができる範囲〟って、どういう意味？　この件に関しては〝わたしたちが〟一丸となって取り組むのよ」

黒ぶちメガネの奥でエスターが大きく目を見ひらく。いつもの厭世的な表情はどこへやら、興奮している。「わたしたち？」

わたしはモカチーノの残りをいきおいよく飲んでカップを置いた。

「決めたわ。あなたとわたしとで、アルフの死についていまから捜査します」

「なんですって!?」

「よくききなさい、エスター。じっさいにやるとなると相棒が必要なの。そして今夜の相棒はあなた以外考えられない」

# 9

「なんて格好してるんですか？」エスターがわたしにささやいたのは、それから九十分後。

「これから取りかかることのためには黒くてみすぼらしいものを着る必要があるのよ」

「ふうん」エスターがわざとらしくわたしを頭のてっぺんからつま先までしげしげと眺める。「合格ですよ、ボス」

　店の上階の住居でプレスのきいたスラックスとセーターをぬいですり切れた黒いジーンズとネイビーブルーのタートルネック、『世界一のママ』と文字の入った色あせたトレーナー、ニュージャージーで暮らしていたころに雪かきで使っていたくたくたのハイキングブーツを身につけた。その上から黒っぽいフード付きのパーカーを羽織り、パーカーの深いポケットにはこれから出発するささやかなお出かけに役立ちそうなものをいれたので重くなった。

「わたしはどうしましょう？」エスターが自分の服装を身ぶりで指す。「着替えたほうがいいかしら？」

四角いフレームのメガネからつま先にスチールチップが入った靴まで、エスターはたいてい黒ずくめの服装をしている。今夜もいつもと変わらない。光沢のある黒っぽいパンツ（レザーか、人工レザーか、ビニールか？）に膝までのブーツだ。彼女のセーターの広くあいた胸元にしばし見とれた。ルネッサンス期をほうふつさせる豊満な胸の谷間だ――セーターの下からのぞいているのはひもで締めあげた深い紫色のビスチェらしきもの（BBガンつまりロシア人ラッパーのボリス・ボクーニンとつきあうようになって以来、エスターのワードローブにはきわどいものが増えてきた）。彼女のマフラーはドクター・フーのトレードマークとなっているマフラーみたいに果てしなく長く、黒いダスターコートの丈はくるぶしまであるのでじゅうぶんに暖かいはず。

「申し分ないわ」合格点を出した。

あいにく捜査にとりかかるまでのルートには問題がおおありだった。

正面のドア付近ではダンテ・シルバがあいたテーブルの上を片付け始めている。わたしの外出着に気づいて彼は笑い――大きな声で――こちらに移動してきてわたしたちの真ん前に立った。

「カランバ《こりやたまげた》、ボス！　殴り込みですか？」そりあげた頭を片手でさっとなでたのは、どうやらマフィアのサインらしい。「ボスはクリップス側ですか、それともブラッズ派？」

「ラテンキングスよ」エスターがすましてこたえる。「ボスのカフェ・コン・レチェに彼らが魅了されたの」

ダンテがタトゥーのある腕を組んでわたしたちを見る。

「冗談はさておき、ふたりそろってどちらにお出かけなんです？」

「ちょっとそこまで」好奇心をつのらせる画家にそれだけこたえてエスターの片腕をつかみ、せき立てた。

〝よし、これでオッケー〟。が、さらにわたしに目を留めた人物がいた。

「シスター・クレア！」男性の声だ。この陽気なジャマイカなまりにはききおぼえがある。

声がした方向を見ると、なんとデクスター・ビーティがマテオといっしょに座っている。

〝彼はいつからここにいたのだろう？〟

「こっちだ！」デクスターがにっこりしてわたしを手招きする。「ほら、来た来た！」

デックスは四十代前半で仕事中はラスタのドレッドヘアを後ろでひとつにまとめているが、いまはおろしているので浅黒い肌のアフリカ系の顔がココアブラウンのモップのような髪でふちどられている。エスターといっしょに彼のいるカフェテーブルにちかづいていくと、彼がこちらを指さしてわたしの元夫になにかいっている。

マテオが座ったままふりむいた。わたしのだぶだぶの黒いフード付きパーカーを見てすぐに怪しむような目つきになる。

「いったいのなんの装束だ？」詰問するような口調だ。

「最新ファッションよ」さらっとこたえる。「〝マフィア・シック〟というの。ブリアンからきいていないとは驚きね」

「クレア、なにをたくらんでいる？」

「なあんにも」うそをついた。「ジャヴァのキャットチャウを切らしてしまったのよ。エスターについてきてもらうわ」

マテオが顔をしかめた。「つまりきみは探偵ごっこにふたたび乗り出すためにこんな扮装をしているわけではないと、そういっているんだな？　この際だからいっておくがな、クレア。妙な考えは持たないほうがいいぞ。関わりを持ったりしたら――」

「変な妄想はやめて！　出かける目的はいまいった通りよ」〝さっさと話題を変えよう〟。わたしはマテオの友人のほうを向いた。「お元気、デクスター？」とってつけたような甲高い陽気な声を出した。

「ああ元気だとも」デクスターがにこにこしてうなずく。「ブルックリンにぜひ来てもらいたいよ。店はすっかりクリスマスの飾りつけだ。きみに見てもらいたいね」

「ええ、もちろんうかがうわ。わたしの大好きなお店ですもの！」

これはわざとらしく弾みをつける必要はない。彼の店が大好きというのはほんとうだから。わたしの祖母がいとなんでいた食料品店は地域のイタリア系の住人に新鮮なモッツァレラ、プロシュート・ディ・パルマ、シチリア産アンチョビの塩漬け、マロンパウダーなどを置いていたが、それと同じようにデクスターの〈テイスト・オブ・カリビアン〉の三店舗は西インド諸島の食材、キマメ、鶏の足、切り立てのサトウキビ、ジンジャービール、激辛のスコッチボネット・ペッパー（ジャークシーズニング用）、カラメルシロップ（ブラックケーキ用）などを扱っている。

祖母ナナと同じくデクスターも伝統的な食べ物をとてもたいせつにしている。もちろんコーヒーも。世界的なマーケットから見ればカリブは主要なコーヒー生産国とはいいがたいけれど、マテオはデクスターのために定期的にカリブ産のコーヒーを調達した――ハイチ、ドミニカ共和国、プエルトリコ、さらにはセントビンセントからも。セントビンセントではただひとりのコーヒー栽培者がコーヒーの復興に熱心に取り組んでいる。

さらにマテオは世界でもっとも高価な部類に入るコーヒーをデクスターのために調達していた。ジャマイカ・ブルーマウンテンだ。それに廉価な豆を混ぜてブレンドにする焙煎業者もいる。でもジャマイカ・ブルーはひじょうに滑らかでマイルドなコーヒーで、ほかのものを混ぜればこの豆を味わう意味がなくなってしまう。ビレッジブレンドのジャマイカ・ブルーマウンテンの値段は高いけれど、ほかの豆はいっさい混ぜていない。だからこそデクスターはこの豆の輸入に関してはわたしたちだけと取引しているのだ。

クリスマス・シーズンといえばデクスターにはかきいれ時のはず。こんな晩にここで会うとは意外だった。

「クリスマスといえば、このビレッジブレンドはたいへん魅惑的だ。あかり、ツリー、小さなジングルベル――申し分ないね、シスター！」

「ありがとう」

「それにこのシーズン限定のラテは――」デクスターがグラスを掲げる。「スイートだ！」

「スイートですって？」エスターが割って入った。「どれを飲んでいるんですか？ わたしとしてはタッカーのキャンディケーンのバージョンはギリギリの線でまずいと思いますけど」

「ふむ、そのバージョンはきっとそうなんだろう。しかしこれはじつにすばらしい！」

合点がいかない。それが顔に出たのだろう、マテオがこちらを向いて説明した。

「ガードナーに頼んで昨夜の試飲会のカリビアン・ブラックケーキをデクスターのためにつくってもらったんだ」

デクスターがもうひと口味わった。「最初はラムの味だ。それからブラウンシュガーのナッティな甘さ。そして最後にシナモンが舌をくすぐる。鼻孔をまっさきにくすぐったのはシナモンだ。濃厚な果実の味わいも――」

「クロフサスグリのシロップ」わたしが続けた。

デクスターがまたひと口味わう。「まだ感じるな。濃くて甘くてほっとやすらぐ――」

「チョコレートよ」わたしが微笑む。「正統派のブラックケーキは豊かなコクが味蕾を刺激してまるでチョコレートが使われているような印象だとガードナーとわたしは意見が一致したんです。そこで自家製のチョコレートシロップを散らして補ってみたんです」

「なんと賢い！　ほかにどんなラテがあるのかな？」彼が店内に目を走らせる。「クリスマス・メニューが見たいな」

わたしは少しためらった。「じつをいうとメニューに載せていいものかどうか、迷っているの。昨夜、友だちの身に異変が起きて、それでクリスマスの味という企画そのものが……その……まちがっているように思えてきたのよ」

「チャ！」デクスターが両手をぱっとあげる。「このブラックケーキ・ラテは故郷の島にいたころに引きもどしてくれる。これはまさに贈り物だ、クレア。お客さんへの贈り物だね。味と香りという魔法で過去の時間と場所に連れていってくれる。わたしはこれを飲んで、〝母親〟やおばさんたちと過ごした時にもどったよ。クリスマスのケーキを焼く何週間も前にみんなが総出でブラックケーキ用のフルーツをワインに漬け始めた、あの時に」

わたしがすぐにこたえられずにいると、彼はマテオのほうを向いた。

「こういうドリンクについてどう思う、マテオ？」

「悪いが」マテオが肩をすくめる。「ファラララ・ラテはぼくの好みじゃない」

デクスターは友の回答をきいて眉をひそめた。

「ふむ、なるほど……」彼がわたしの目を見た。「マテオの好みなら誰でもよく知っている、そうだね？」彼はカフェテーブルの上に書類と業界誌にまじって置かれている雑誌を指した。光沢のある表紙を見ればひとめでわかる。

思わず苦笑してしまった。まさに時と場所をさかのぼる魔法だ。わたしの元夫にとってクリスマス・シーズンの到来を告げるのは下着ブランド、ヴィクトリアシークレットのクリスマス・カタログだ。郵送されたカタログを熟読するのは彼にとって毎年恒例のイベントなのだ。

「あなたは昔から変わらないわね、マテオ」

マテオはひらきなおった表情。

「男にはランジェリーの贈り物を買う権利がある、そうだろう？」

「ええ。あなたがランジェリーの贈り物をすることに一度でも目くじらを立てたおぼえはないわ。問題は贈る女性の人数よ」

デクスターがきわどい内容のカタログをひらく。いたるところにポストイットがべたべた貼ってある。しかも色ごとに使い分けている。どういう色分けになっているのかなんて、知りたくもない。

「その子は魅力あるなあ」ほとんどなにも身につけていないモデルをデクスターがトントンと叩く。

マテオが眉をひそめる。

「目は確かか？　彼女は目が小さいし、くちびるは薄すぎる。それに脚が曲がっている」

デックスが笑う。「なにをいうか！　わたしの故郷の島の歌を知らないのか？『脚の曲がった女と泳ぐ幸せ者の俺』」

エスターが顔をしかめる。「それは『ジョーズ』という映画の一節？」

デクスターがうなずく。「とても古い海賊の歌でもある。ポートロイヤルはかつてカリブ海でもっとも多くの海賊船があつまる港だった」彼がウィンクする。「だからわたしたちの本性は海賊なんだ」

「それが〝男性〟すべてのことを指しているのであれば、心底同意しますね」エスターがそっけなくこたえる。

デクスターがさらに光沢のあるページを繰っていく。

「で、マテオ。このなかできみのお気に入りのレディは？」

マテオが脚の長いブロンドの女性を指す。

「彼女か？　チャ！」デクスターが首を横にふる。「こういうタイプはむずかしいぞ！」

「〝むずかしい〟とは？」エスターがたずねる。

「気位が高くて、周囲をふりまわすんだ」デクスターがいう。

エスターが鼻で笑い、わたしのほうに身を寄せた。

「マテオのあたらしい奥さんみたい」

「さて、わたしたちはもう行かなくては――」

「ジャマイカの古いことわざを知っているか？」デクスターはポストイットで印をつけてあるモデルをまだぱらぱらと見ている。

「もうたくさんだ」マテオがつぶやく。

「かわいい雌ヤギには腹をくだす」

「どういうこと？」エスターがたずねる。

デクスターがエスターの顔を見た。

「つまり雄ヤギにとって昼間おいしく感じられたものが、夜になると腹をくだす原因になるかもしれないということだ」

エスターが黒ぶちのメガネを手で少し直す。

「もっとくわしく」

デクスターが肩をすくめる。

「いまは好ましく感じる相手でも、後にこっぴどく傷つけられる可能性がある」

「なるほどね、わかったわ。悪い草を食べすぎたヤギが下痢になるということね」

「下痢か！」デクスターがいせいよくうなずきデッドロックがいきおいよくはねる。

「そうさ、そのことだ、シスター！」

「はい、そこまで！」わたしが言葉を挟んだ。「彼女が下痢を納得したところで、どうぞおふたりで拾い読みでもなんでも続行してちょうだい」

わたしはエスターの腕をつかんだ。

「クレア、待て！ ほんとうはどこに行くつもりなんだ――」

マテオの声は心配そうだったけれど、取りあわなかった。元夫をランジェリーのモデルとともに残し、エスターを押して外に出た。凍てつくように寒い夜だ。店のドアのクリスマスの鈴がわたしの返事がわりに鳴っている。

ようやくエスターの腕を離したとたん、彼女は歩道に張った氷に足を滑らせた。すぐに彼女をつかんで転ばないように支えた。

「大丈夫?」

「いまのところは」彼女は黒い大きなレザー製のショルダーバッグを持ちかえた。「でも、なぜこんな夜の夜中にアルフ・グロックナーが殺された現場をめざすのか、そのわけをすごく知りたいですね」

彼女の声がハドソン通りを通る車や人の往来の音より大きい。そばの川から吹いてくる強い風にも負けないのでどきっとしてしまう。しかも彼女の顔の下半分は一マイルはあろうかという長いマフラーをぐるぐる巻きにしたなかに深く埋もれているのだ。

「まだ夜の夜中ではないわ。七時を少しまわったところじゃないの」

エスターが蒸気たっぷりの息を吐き出す。「そうですね。確かに夜の夜中ではないかもしれないけれど、でも気分としてはそんな感じだわ。暗くて寒くて風が強くて。だから疑問が起きるんです。それもふたつ。ほんとうにこうして出かける必要があるのだろうか?」

「あるわ」わたしはだぶだぶの黒いトレーナーのフードをかぶった。「現場をめざすのは、あの中庭でアルフの身になにが起きたのかあたらしい仮説を立てたからなの。ふたつめの疑問は?」

「こちらは修辞学的なものです」

「というと？」

「おお、なぜにわたしは今年両親に同行してフロリダに行かなかったのか⁉」

わたしは彼女の腕を取った。「行くわよ……」

「それで、ボス」エスターは歩道を歩き出しながら甲高い声を出す。「そのあたらしい仮説はどういうものですか？」

「フランコ巡査部長は行き当たりばったりの強盗として捜査しているけれど、それはまちがいだと思う」わたしはぼそぼそとした声を保った。今夜は吹雪ではないので屋内にこもっていたいという天候ではない。いまビレッジの歩道にはおおぜいの人がそぞろ歩いている。わたしたちの後ろにもテイクアウトの袋を抱えた中年のカップルがいる。

「フランコ巡査部長のどういうところが具体的にはまちがっているんですか？」内緒話にしようというわたしの合図を読み取って、エスターがささやく。

「つまりね、犯人はアルフに見つかるとひじょうに不利な立場に立たされてしまうことになる。おそらくその犯人は重大な犯罪に関わった。逃走しているところだったのか、押し入ろうとしていたところなのか。だから非常階段に向かう足跡とそこから離れる足跡がついていたのよ」

「ということはアルフは強盗を止めようとしたということ？　そしてそのどさくさで撃たれた？」

「たぶん」

「でも……そもそもなぜアルフはあの中庭にいたのかしら？　そこで強盗事件が起きているなんて、どうしてわかったんでしょう？」

わたしはしばらく押し黙った。「フランコ巡査部長はアルフが他愛ない理由からあそこに入っていったのだと主張したわ。彼の表現通りにいうと『排水処理をしていた』」

「用を足したってことですか？　屋外で？　吹雪のさなかに？」

「わたしにはそれも信じられない。アルフは角のホワイトホース・タバーンを出たばかりだった。そこで暖かくてきれいなトイレを使えたはずよ。それに彼は老人とはいえないわ。サンタの扮装をしているから誤解されてしまうけど。だからアルフの前立腺がマクワウリくらいのサイズとはどうしても思えないのよ」

「なんのサイズですって？」

「フランコ巡査部長がそう表現したのよ」

エスターがあきれたという目つきをする。「古典派の役者ですか」

「捜査上の指揮をとっているのだから主役ね」

「でもその人のいうことはまちがっている、つまりべつの可能性があるわけですね。アルフがなぜ中庭に行ったのか」

わたしは肩をすくめた。黒いフード付きパーカーがかさばる。「歩道から不審なものを見たのではないかしら。それを確かめるために入っていった」

「強盗が入ったなら、とっくに警察に通報されているんじゃないですか？」

「そうね、通報があったかもしれない。外部の人間には確かめようがないわ。調べるといっても容易ではない」

「警察官の彼氏は力を貸してくれないんですか？」

「マイクはできる限り協力してくれるわ。ただし強盗が通報されていない可能性もある。たとえば被害者が街を離れていれば、自宅に強盗が入っても気づいていないかもしれない——」

「もしも強盗に入られていたら、ですけどね。まあ考えてみればクリスマスのシーズンだし。こういう豪華なアパートには買い物袋に入った高価な贈り物が山ほどあるんでしょう」

「そうね。おそらく現金もたくさん」

「強盗に入られた側が、じつは犯罪者だったという可能性もありますね」

「ええ。その場合は絶対に警察なんて呼びたくないでしょうね」

エスターが鼻を鳴らす。「麻薬のディーラーはだいじに隠しているものが盗まれたからといってニューヨーク市警に知らせたりしませんよね。それにしてもこんな〝夜の夜中に〟なにをしようっていうんですか？　なにをさがすつもりなんですか？」

「住居侵入窃盗の物的証拠よ。割れたガラス、かなてこでこじあけられたアパートの窓、不法侵入のあきらかな形跡。それから、いまは真夜中ではないわ。だからそういういいかたはやめて」

「でもここらへん一帯は警察がくまなく調べたはずですよね？」

「確かに路地一帯はね。中庭もくまなく調べたはず。だって警察は路上強盗を追跡してここまで走ってきたんですもの。でもフランコ巡査部長はわたしが非常階段のことを指摘しても相手にしなかったわ」

「非常階段ですか」エスターがじっとこちらを見つめる。「まさか、そこを〝のぼろう〟っていうんじゃないでしょうね」

わたしはイエスというかわりにうなずいた。

「つかまったらどうするんですか？　それって不法侵入でしょう？」

「つかまらないわ。あなたが後ろで見張っていてくれたら」

「『エスター・ベスト、不法侵入という重罪の共犯者』」見出しを読むような口調でいう。「ボリスはきっとおおよろこびですね。彼はマフィアに目がないから――」

「ねえ、あなたが手をひきたいのなら――」

「それはないです、ボス。死と隣り合わせの人生、がわたしのモットーですから」

「そうだったわね」

五分後、わたしたちはアルフが亡くなった路地のすぐ外の歩道に立っていた。

「ここでまちがいありませんか？」エスターがたずねる。「警察のテープなんてどこにもないんですけど」

わたしはぞっとする感覚をこらえた。

「まちがいなくここよ」

「なら、さっそく——」

わたしはエスターを押しとどめ、細い歩道をこちらに向かって歩いてくる年配のカップルを身ぶりで示した。

「まだ路地に入るわけにはいかないわ」ささやき声でいった。「彼らが通り過ぎるのを待ちましょう。そうすれば気づかれないし怪しまれることもないわ」

「ここでただうろうろしているわけにはいきませんよ」エスターもひそひそと返事をする。「それこそ怪しまれます。もう少し歩いて折り返しましょう。あっちの方角からは誰も来てないですから」

ちょうどその時、反対側からふたりの若者がこの一画に入ってきて通りの向かい側を歩いてきた。

「まずい」わたしがつぶやいた。

「いそいでブーツのひもを結び直しているふりをして」とっさにエスターがいった。

肩越しにちらっと見ると年配のカップルは依然としてこちらに向かって移動しているが、ひじょうにのろのろとしたスピードだ。

「三回結び直してもまだあの人たちはここまで来ないと思うわ」

エスターがそわそわした様子でしきりに動いている。

「じゃあどうします？　いったん離れるほうがいいのかも――」

「あなたのバッグの中身をばらまいて」

「なんですって？」

「バッグの中身をばらまくの。わたしは持って来ていないから。あなたがやって」

「とんでもない、わたしは――」

わたしはエスターが肩にかけていたバッグをひっぱり、凍ったコンクリートに放り出した。エスターがそれをキャッチしようとしたが、水たまりに張った氷に滑ってとんでもないことになった。バランスを取ろうとして彼女がわたしの片腕にしがみつき、ふたりいっしょに転んでしまった。

自分が情けなかった。「ごめんなさい、エスター」地面に落ちた小銭、化粧道具、ペンをのろのろと拾った。通りの向かい側でふたりの若者がくすくす笑う声がした。エスターが薄笑いを浮かべる。「女同士でケンカしたと思っているわ」

年配のカップルがとうとうわたしたちのところに来た。女性が大丈夫かと声をかけた。

「雪で滑ってしまっただけです！　どうぞおかまいなく！」わたしは甲高い声でいった。

カップルが通り過ぎるのをエスターがじっと見つめる。

「誰にも目を留められなくてよかったよかった、ですよね、ボス？」

「今夜はもう皮肉はじゅうぶんにききました」

拾ったものをいれるためにエスターのバッグの口をあけた。それにしてもバッグは異常に重い。しげしげとなかをのぞいてみた。

「ちょっと、エスター！　バッグの底に煉瓦が入っているわよ。ふつうのサイズの半分の大きさ」

「護身用です」

「護身用？　なにから身を守るの？」

「ガリガリのモデルをのせたファッション誌はなにもわかっちゃいないんですよね。〝ほんものの〟テストステロンを分泌している男たちの最悪の部分を引き出すのはわたしみたいにルーベンスの絵に出てくるようなタイプだってことを。エアジョーダンを履いた不良くらいなら軽くあしらえる。建設現場で働く作業員も手ごわくはない。でも中西部の男たちとメキシコとの国境地帯の男たちはちがうんです。わたしみたいな曲線を見ると彼らは正気を失うんですから。舌をだらりと垂らして目玉をひんむいて、テックス・アヴェリーの古いアニメの狼みたいになる」エスターがため息をついて首を横にふる。「彼らを撃退するために、やむなく煉瓦を使わざるを得ないんです。そうやって生き抜くしかないんです」

「わかったわ」わたしはバッグに中身を詰め直した。

エスターが通りをざっと見渡した。「誰もいないみたいですよ、ボス」

「よし」わたしは立ちあがった。「じゃあ、取りかかりましょう」

# 10

私道の路地へと忍び込むと、忌まわしい大きな灰色のゴミ容器を見つめた。暗がりのなかのゴミ容器は蓋があけっぱなしでなかは空っぽだ。

「ここでアルフを見つけたのよ」静かな声でわたしはいった。

「あら」エスターがゴミ容器を見てきょとんとする。「なんだか妙だわ」

「なにが?」

「もっとおどろおどろしいかと思っていたのに。わりと……ふつうな感じ」

エスターのいう通りだった。警察のテープはすっかり撤去されて雪もほとんど残っていない。コンクリートには血痕もチョークで描いた遺体の輪郭もなく、ここで凶悪な犯罪が起きた形跡はなにもない。

クィン警部補から、ここで作業にあたったのは機動捜査班だときいている。彼らは殺人の凶器や法医学的な証拠を捜索した。犯罪捜査の専門家はあらゆるゴミ、リサイクル瓶を慎重にくまなく調べたはずだ。そして初動捜査でなにかを見逃した場合に備えてゴ

ミを移動して保存したのだろう。

そういう作業の手順を頭では理解していたけれど、いざ目の当たりにするとひどく動揺する。これではまるでアルフがまったく存在していなかったみたいだ。非情な大都市のためにはたらく筋金入りのプロたちがよってたかってあのすばらしい人物の痕跡を消し去った。市民の死を悼む時間すらないのだろう。

二十四時間もたたないうちにアルフは人間から犯罪の被害者になった。そしてタブロイド紙にさんざんいたぶられたあげく、抹殺されてしまうのだ。この街ではひとりの人間の死についてゆっくりと考える間もなく消されていってしまう。〝でもわたしは決して彼を忘れない〟。固く心に誓った。

「なにかいいました、ボス？」

「いいえ。さあ行きましょう」

薄暗い路地を進んで暗い中庭に着いた。青いプラスチック製のリサイクル用の容器が並び、その横に金属製の大型ゴミ容器がある。

フード付きパーカーの深いポケットから小さな懐中電灯をさぐりあてて取り出した。昨夜のキーホルダーのライトにくらべると、こちらのほうが明るい。そのライトでゴミ容器の上の非常階段をざっと照らしてみた。それからずっと向こうの壁際に積まれた木箱のほうに移動した。昨夜見つけた通りだ。積みあげられたいちばん上の箱をひっぱりおろして青いリサイクル容器のところまでひきずっていく。これを階段がわりにするのだ。アルフもこうしたにちがいない。

「本気でのぼるつもりですか？」エスターがささやく。

「そうよ」

「ほんとうに？」

「いいから後ろから見張っていて。誰かが来たら知らせてちょうだい」わたしは壁のほうを向いてのぼり始めた。

「待って！」エスターが押し殺した声で叫ぶ。「ボスがずっと上まで行ってしまったら、ここからどうやって知らせればいいんです？　大声を出さないときこえませんよ」

「確かにそうね」少し思案した。「携帯電話をトランシーバーがわりにしましょう」さっそく回線をつなげた。「わたしが上にいるあいだは切らずにいてね」そうささやいて、回線がつながったままの電話をポケットにいれると、青い容器に乗った。うっかり片方の肘をぶつけた。

「痛っ」

「大丈夫ですか？」

「平気、平気」

いったん立ちあがる。ブーツがプラスチック製の固い蓋にあたって鈍い音をたてた。

足場が安定しているのを確認し、ポケットにしまっておいた電話を出してつながっているかどうかをチェックした。

「まだいるわね、エスター?」

「います。つぎはどうするんです?」

「これから非常階段をのぼって二階の踊り場まで行くわ」

「でも、そういう階段にはふだんは安全のためにカギがかかっているんじゃないですか?」

「ええ、知っているわ」わたしは目の前のエベレストをしげしげと眺めた。

この年代のこの種のアパートの建物らしく、鍛鉄製の非常階段だ。それぞれの階の幅の狭いバルコニーとつながっている。非常の際には住人は二階のバルコニーからスライド式のはしごで地上におりる。このはしごはふだんは地面からかなり高い位置に固定されている。わたしのような人間が不法侵入するのを防ぐためだ。

「腕力で身体を持ちあげるわ」エスターに伝えてから頭上のはしごのいちばん下の鉄棒を見据えた。「そこにいてね。助けが必要になるかもしれないから」

〝そりゃそうよね。懸垂《けんすい》なんて高校の体育の授業以来だもの。でもいまの仕事では日々身体をしっかり使っているし、たまには地元のプールで何往復か泳いでいる。まずまずの状態を保っているわ。たった一回の懸垂なんて楽々できるわよね〟。

深呼吸をひとつしてからジャンプして鍛鉄製の横棒をつかみ、ありったけの力を込めた。でも身体は持ちあがらなかった。あっと思う間もなく凍った鉄の棒が手から離れ、重いはしごはギーギーと音をたてながらレールに沿っておりていった。そしてはしごの先端が地面に激突して、ガシャーンとすさまじい音をたてた。

思わず凍り付いた。

「うわっ。すごい音！」電話の向こうでエスターが声をあげる。

「ハシゴが固定されていなかったの！　誰かが出てきたら、あたらしく越して来たばかりでゴミを捨てていたとだけいうのよ！」わたしは押し殺した声で指示した。

念のため五分ほど様子をうかがったが、誰も外に出てこない。いきおいをつけるために深呼吸をして冬の空気を吸い込み、冷たい鉄の棒をつかんでのぼり始めた。はしごの最上部まで来ると、二階のバルコニーに足を移した。その時、安全装置のフックが芯まで錆びているのが見えた。

〝ロックがかかっていなかったわけではなかったのね。壊れていたんだ〟。

鉄製の非常階段の踊り場にあたるバルコニーの手すりにはまだ雪と氷がついている。手袋をした指で手すりをつかんだ拍子に、並んでいた小さな氷柱がすべて割れた。澄んだチリンチリンという音とともにその氷がエスターに降り注ぐ。

「爆弾の破片みたいなのが散ってます、ボス！」彼女が携帯電話越しに文句をぶつける。「それから音にも気をつけてください」

「ごめんなさい」

ポケットから懐中電灯を出して小さな光を照らし、なにか異変はないかとさがした。二階のバルコニーにはふたつの窓が面している——おそらく別々の住居のものだろう。どちらもカーテンがかかって暗い。割れた窓ガラスは一枚もなく、なんの異変もない。

三階にのぼるとちゅう、おそろしく冷たい突風が中庭を吹き渡った。足の下の非常階段が遊園地のお化け屋敷の仕掛けみたいにいきなり揺れた。わたしは少しパニックになって揺れる階段にしがみつき、風が止むのを待った。

その時、下の中庭からバーンという大きな音がした。電話を耳にあてるとエスターが取り乱した様子で押し殺した声を出す。

「ボス、きこえますか？」

「きこえるわ」

「誰かが裏口のスチールのドアから出てきました」

それっきり彼女が無言になり、緊迫した時間が過ぎた。ようやくまたエスターの声がした。でもわたしに向かって話しているのではない。

「こんばんわ。わたしもゴミを捨てにきたんです」

女性の声がなにかいっている。でも言葉はききとれない。

「いいえ、引っ越して来たばかりなんです」またエスターの声。

さらに会話が続く。

「ありがとう」エスターがその人物にいう。「でもなかには入りませんから。外出するついでなので。路地を通って通りに出ます」

その直後、スチール製のドアがバタンと音をたてるのがきこえた。わたしは電話を耳にあてて待った。

「ボス?」

「きいていたわ。いまどこなの?」

「建物の前の通りにもどっています。あの女性はかなり怪しんでいました。わたしが中庭を出ていくまで建物に入らずに待ってましたから。いまは通りで立ち往生してます。イヌの散歩をしている人がうじゃうじゃいます。ひとめにつかずに中庭にもどるのは無理です」

「心配いらないわ。いまのところ無事だから——」それにさきほどの住人の反応を思えば、わたしの行動から人の目をそらすどころか、エスターはかえって注意をひいてしまうだろう。「そのまま角まで行ってホワイトホース・タバーンの前で待っていてちょうだい」

「いいですよ。でもボスさえよければ、なかで待っていたいんですけど。ここは凍りつきそうに寒いんです。もしかしてお気づきじゃないかもしれませんけど」

わたしにだってわかっている。

「とにかく、電話を切らないでいてね。いい？」

「了解」

こちらは作業を続行した。非常階段の三階の踊り場に着くと、窓の向こうから笑い声と会話の声がきこえた。ブラインドは下までおろされカーテンは閉じている。懐中電灯の明かりを消した。踊り場と窓を注意深く調べる。なにも異常はなさそうだ。先に進むことにした。

四階で、ようやく目的を果たすことができた。ガラス越しに光がもれて鉄製の踊り場を照らしている。氷柱がキラキラ光り、窓のすぐ下がスポットライトを浴びたように照らし出されている。そこに積もった雪に小さな丸い穴があいている。それを見たら、昨夜、雪の積もった歩道で見つけたあのおそろしい小さな窪みを思い出した。アルフの『募金箱』がこじあけられて中身が奪われた時に白い雪にこぼれた小銭だった。

明るい光を浴びないように窓の下に身を隠し、両手と両膝をついて雪の窪みのところまで這っていった。小さなへこみの中央に光沢のあるなにかが落ちている。いそいで拾いあげると、人影が光を横切った。

〝アパートのなかで人が動いている！〟

さっと身体をひいた。が、窓枠の下から垂れ下がっている鋭利なものにフードがひっかかってしまった。ケーブルテレビの留め金のようなものだ。フードをはずすのに少しだけ手間どった。

ようやくはずれると、べったりとお尻をつけて座り、手ににぎったものをよく観察した。白いボタンのようだ。銀色のアンソニー・ダラー硬貨よりも少しだけ大きく中央に穴が四つ、そして両面に『TS』という目立つ飾り文字が浮き彫りになっている。

〝TS――トラベリング・サンタ……ああ、やはり〟。

犯人はアルフ・グロックナーのサンタの衣装からとれたボタンだ！

アルフはアルフを殺して財布を奪おうとした際にボタンをひきちぎったのだとわたしは考えていた。けれどアルフのボタンはあきらかにこの窓の前でとれている。たったいまわたしがフードをひっ掛けたあの同じ留め金でひっ掛けたにちがいない！

「そういうことだったのね、アルフ」周囲で渦巻く冬の突風に彼の魂がまだ乗っていると半ば信じながらささやいた。「こんなところでいったいあなたはなにをしていたの？」

「なにかいいましたか、ボス？」

わたしはごくりと唾を飲み込んで携帯電話に向かって話しかけた。

「待機していてね、エスター」

〝考えるのよ、クレア。考えて……〟。

マイクは担当する事件について話す時には、〝捜査の手法〟も話してくれる。たいていの場合、発見された証拠をもとに過去にどんなことが起きたのかを筋を追って組み立てていく。

「やってみればそれほど複雑な作業ではない。想像力を使えばむずかしいことではない」彼はそういっていた。〝やってみよう。疑問を出して、それに対するこたえを想像する……〟。

最初の疑問だ。なぜアルフはこの中庭にいたのか？　なんの変哲もないこの窓の真下に彼のボタンがあったという事実から、かなり想像がつく。アルフはこの部屋の誰かをひそかに見張っていたのだ。

「それから？　つぎの疑問は？　あきらかにつぎの疑問が出てくるだろう？」挑発するようなマイクの声がきこえてきそう。

「それは誰？」夜の空気に向かってつぶやいた。「ここには誰が住んでいるの？」

ジーンズのポケットにボタンをしまい、また両手両膝をついた。鉄製のバルコニーは凍るように冷たい。震えをこらえながら這って進んだ。

窓のブラインドは半分あいている。なかの様子がよく見える。用心しながらなかをのぞくと、チェリーウッドのエンドテーブルの角が見えた。なめらかな光沢のあるテーブルにはいかにも高そうな男性用の腕時計、黒い革製の財布、カギがいくつもついたリング状の重そうなキーホルダー、小銭が少し、ひものついた写真つき身分証明証のようなものが置いてある。その向こうには堅木を張った床とデザイナーのショールームに置いてありそうなレザーの家具が見える。ハロゲン・フロアランプは核融合でつくった人工太陽のように明るく、よく磨かれたコーヒーテーブルに光が反射する。コーヒーテーブルには光沢のある小さなショッピングバッグが数個、一列に並んでいる。

ほとんど息を止めたまま、持参した小さなオペラグラスを取り出した。数年前にマダムがわたしとジョイを『コジ・ファン・トゥッテ』につれていってくれた晩、記念として譲られたものだ。そのオペラグラスを使って光沢のある紙袋の文字を判読してみる。ティファニー、トゥルノー、サックス——どれもアップタウンの高級店だ。ほかにも地元ウエストビレッジの高級ブティックの名前が印刷されたショッピングバッグがある。〝クリスマスの買い物をすでに終えたようね。それもとても値の張るクリスマスのお買い物〟。

オペラグラスを調節してエンドテーブルに焦点を合わせた。黒い革製の財布の隣にはロレックスの腕時計、そしてスタジオ19という場所のID証。スタジオのロゴの下には、三十代半ばのハンサムな黒人男性の写真が見える。身分証の名は〝ジェームズ・ヤング〟。カードにはもっと小さな文字でなにかが書かれているが、それは読めない。オペラグラスの焦点をもう一度合わせようとしていると、窓から洩れてくる光がまたたいた。誰かがフロアランプの前を横切ったらしい、見あげると、男性がすばやく部屋の外に出ていく。

〝見つかった？　きっとそうね〟。

「まずい……」

言ったまま窓から離れ、おおいそぎで非常階段をおりた。といっても鉄がとても冷たいので思うほどはやくおりられない。二階と三階のバルコニーの中間にさしかかった時、バーンという大きな音がした。

その場に釘づけになった。建物のスチール製の裏口があいてもう一度閉まったにちがいない。あまりにも暗くて下の様子が見えない。エスターはいまホワイトホース・タバーンに腰を落ち着けている。このまま手すりにしがみついて待つしかない。

その直後、金属製の大きなゴミ容器の蓋がギギッときしむような音がした。青いリサイクル容器の横にあるゴミ容器だ。ほっとして息を吐いた。〝また誰かがゴミを捨てに来ただけね〟。そう判断した。

さらに数分間待った。冷たい冬の風が吹く以外、中庭は静まり返っている。もう一度スチールのドアがひらいて閉まる音を待ったが、いつまでたっても音がしない。ゴミを捨てた人物はきっと路地のほうに出ていったにちがいない。ちょうどさきほどのエスターのように。そう判断してまたおり始めた。

突風が吹いてフードがぬげたが、そのままおりていく。二階の踊り場に着くと、いそいではしごにしがみついた。〝あと少し〟。一段また一段とおりていく。プラスチック製の青いリサイクル容器まであとほんの数メートル。これでもう大丈夫だ。

「つかまえたぞ、女め！」

わたしの両方の二の腕を二本の手が強くつかんだ。

「きゃあああ！　離して」わたしは悲鳴をあげた。

わたしをつかんだ男は放そうとしない。わたしをハシゴから引きはがし、文字通り宙に放った。悲鳴をあげながら身体が落ちていくのを感じた。そのまま金属製のゴミ容器にどさっと落ちてビニールのゴミ袋が積まれたなかに入った。蓋は外されていた。ゴミ容器は悪臭のする黒い怪物のようにわたしを飲み込んだのだ。ゴミ袋に当たったかどうかの瞬間に頭上でガチャッという音がした。

〝あの男が蓋を閉めて閉じ込めた！〟

すばやく身を起こそうとして、凍るように冷たい蓋に頭をしたたか打ちつけた。

「しまった！」

また身を伏せて臭い箱のなかをすばやく見まわした。真っ暗闇だ。懐中電灯をさがしたけれど見つからない。なくしてしまった。おそらく足元のゴミ袋にまぎれているのだろう。両手でさぐってみるしかない。上にあげて頭上の蓋にさわる。冷凍庫の金属製の棚よりも冷たい。こんなに寒いというのに腐った食べ物やそのほかの得体の知れないものからはぷんぷん悪臭が漂う。ほとんど吐きそうになりながら両手を重い蓋に押し当て、ありったけの力を込めて押した。蓋が数センチあがったが、カチャッという留め金の音がした。

〝閉じ込められた！　こんなところに！〟

「たすけて！」叫びながらゴミ容器の本体を叩いた。ガン、ガン、ガン！「ここから出して！」

「黙れ！」

男の声にききおぼえはない。ききたくもない！

「出して！」さらに大きな声を出して何度も何度も叩いた。「たすけて！　誰かたすけてちょうだい！」

そこで思い出した。携帯電話がエスターにつながっている！

おりる時にポケットに携帯電話を押し込めた。服に手をいれてさぐってみた。真っ暗闇のなかで小さな画面が光る。暴風で荒れた海から見える灯台の信号のようだ。ほっとして息を吐いたのもつかの間、すぐに行く手に氷山があらわれた。画面の左上の隅には小さな棒が一本しか立っていない！

「エスター？　もしもし？　エスター！」

〝脈無し。相棒もなし。電波がない。携帯電話が使えない〟。

また蓋を叩き始めた（ふたたび吐き気もこみあげてきた）。

その直後、複数の男性が怒鳴りあう声がきこえた。叩くのをやめて耳を澄ませた。

「彼女を出せ。いますぐに！」

〝マテオ？　マテオの声⁉〟

「口を出すな。ここから立ち去れ！」ドスのきいた男の声が怒鳴り返す。

さらに怒鳴りあう声が続く。

おたがいに威嚇し、ゴミ容器をなにかで強く打つ音。あまりの衝撃で重い容器が揺れる。わたしは悲鳴をあげて仰向けに倒れた。背骨が容器にぶつかってドスンとうつろな音をたてる。さらに何度も外から叩かれて音が響き、怒声もきこえる。

「マテオ！　たすけて！」わたしは叫んだ。

ドスッという殴る音！　取っ組みあいが続く音。ようやく動きが止んだ。暗闇のなかで耳を澄まして目を凝らした。男性の声がふえた――知らない声ばかりだ。言葉はききとれない。

「くそくらえ！」

これはわかった。マテオだ。彼が悪態をついたとたん、取っ組みあいの音が始まった。

とうとう蓋が勢いよくあいた。半ダースの懐中電灯の光を浴びて目が見えない。

「ニューヨーク市警だ！」男性の声がとどろいた。「両手をあげろ！」

まぶしい光に目をぱちぱちさせながら頭の上に両手をあげた。誰かの手が伸びてきて、わたしの指から携帯電話を取る。

「女をつかまえろ。そこから出すんだ！」別の男性が命じる。

まぶしくてまだなにも見えないまま、手荒に腕をつかまれた。制服警官ふたりがわたしを半分持ちあげ、半分ひきずるようにして容器から出して地面に立たせた。

ほっとして息を吐いた。「ありがとう。ほんとうにたすかりました——あっ！」

大柄なアフリカ系アメリカ人の警察官がわたしの両腕を背中にまわす。

「なにするの!?」

「おまえを逮捕する！」彼が叫び返す。

「理由は!?」

「不法侵入だ。とりあえずはな！」

カチャリという冷ややかな音とともにわたしの手首に手錠がはめられた。

「〝とりあえずは〟ってどういう意味!?」きかずにはいられない。でももう叫んではいない、声が嗄《か》れてしまった。

警官が肩越しにわたしをふりかえり、数メートル先にいる救急隊員を指さした。処置されているのは身長一九〇センチ、体重一三〇キログラム（少なく見積もっても）の男性だ。身につけたドアマンの制服は破れている。彼は地面に座り込んで頭を後ろに傾け、救急隊員が鼻をパッドで押さえているが、まだ血が流れている。

「ド、ド、ドアマンなの？　この建物のドアマンなの？」

「非常階段に強盗がいると彼が通報した」警官が告げる。

「じゃあ、あのゴミ容器にわたしを閉じ込めたのは彼なのね！　彼こそ逮捕されるべきよ！」

「こっちへ」警官がわたしをひっぱって路地を歩いていく。かなり手荒だ。「共犯者には暴行の容疑がかかっている」

「共犯者って、いったいなんの――!?」

「夜が明ける前にふたりにはさらに容疑が追加されるだろう。ともかくいまは分署に連行する」

さらにふたりの制服警官がわたしの横についた。歩道の縁石に着くまでに権利の告知をされた。もちろん内容はよく知っている。黙秘権の重要性も。

歩道にはおおぜいの人があつまり、パトカーが少なくとも三台、ニューヨーク消防局の救急車が一台車道に停まっていた。見物人のなかにエスターがいる。目をまるくしている。

「大丈夫ですか?」エスターの口が動く。

今夜のわたしの本来のパートナーを警官に気づかれてはまずい。エスターに目配せし、ここを去るように頭をくいと動かした。警官が警察車両の後方のドアをあけ、わたしの頭をぐいと押さえつけた。

なかに乗り込むと、さきほどからなんとなく予想していた通りだった。冷たいビニール製のシートに座ったわたしのすぐ右隣にいたのはマテオ・アレグロだった。殴られた傷跡も生々しく、手には手錠がかけられ、それでも毅然としている。

ニューヨークの警察はまちがいを犯した。彼らはわたしのパートナーを逮捕しなかった。彼らが逮捕したのはわたしの〝元の〟パートナーだ(事業に関してはパートナーという取り決めになっているけれど、もちろん事業は犯罪と無関係に決まっている)。

「大丈夫なの?」わたしはささやきかけた。

「ああ」彼は短くきっぱりとこたえた。「きみは?」

「平気よ」

「よかった」

「ねえ……ありがとう、マテオ」凍りつくような長い沈黙を挟んで、言葉を続けた。

「たすけてくれようとしたのね」

分署までの道のりは短かった。道中、マテオにいちから説明をすることも考えたが、いまの彼はそんなことは求めていないはず。これだけ長いつきあいなのだから、それくらいはわかる。

「きみがなにかを企んでいたのはわかっていた」彼がつぶやいた。

# 11

わたしたちがとりあえずいれられた部屋にエマヌエル・フランコ巡査部長がいばりくさった態度で入ってきた。片手にはまだあけていないレッドブルの缶を、もういっぽうにはドリトスのナッチョチーズの袋を持っている。わたしとマテオを見つけたとたん、傲慢なにやにや笑いが消え、十二サイズのバイク用のブーツでセメントブロックの壁を蹴った。

「確実な容疑者をふたり、ここに連行したのではなかったのか！」彼が逮捕した警察官に怒鳴りつける。

「ふたりともあの建物の中庭で確保しました。昨夜の殺人事件の現場です。男と女はグルであると思われます。どちらも武器は携帯しておりませんでしたが、女のほうは住居侵入窃盗に使うことができる機器類を所持していました」大柄の黒人警官がいいわけがましくこたえる。

わたしは咳払いをした。「すみません、わたしはどうしてもあのオペラグラスを返し

ていただきたいんですが、なんとか……」

三人の男性の視線がこちらを向いた。

わたしは肩をすくめる。「たいせつな思い出の品なので」

「彼らは逮捕にも抵抗しました」大柄な警官の相棒がつけ加える。

「たびたびすみません」わたしが呼びかけた。「誤解があってはまずいですから。わたしは抵抗などしていません」

フランコが悪態をついた。「なにがお手柄だ。容疑者をふたりしとめてわたしの前に連れてきただと。きみたちがひっぱってきたのは地元のコーヒー・レディと彼女にいちゃいちゃとまとわりつくボーイフレンドだ」

「元の夫です」わたしが訂正する。

「いいから出ていけ！」フランコが制服警官たちをどやしつける。「出たらちゃんとドアを閉めておけ！」

ふたりの警官たちはぶつぶつと言葉をかわしながら出ていった。

わたしの隣でマテオが猛烈にいらだっている。この状況を鎮めなくては。腹を立てているのはフランコ巡査部長だけではない。元夫はいまにもベスビオ火山をしのぐほどの破壊的な爆発を起こしそう。

ここまで彼はよく辛抱している。警官たちに分署に連行されても、署内をこの部屋まで歩かされるあいだもいっさい無言だった。このすり減った木製の長いベンチに強制的に座らせられた時にも口を結んでいた。警官たちが彼の手錠をベンチの後ろに走る金属製のバーに鎖でつないだ時ですら、黙っていた。

けれどわたしが同じことをされるとマテオは制服警官たちをののしった。当のわたしはあんがい平気だった。日曜日のローストチキンのように縛りあげられて、かつてスペインの異端審問で魔女と決めつけられて罪に問われた農婦の心地を味わっていた。

ちょうどその時にフランコ巡査部長がそっくり返るような態度で入ってきたのだ。そして壁をブーツで蹴った。いまや巡査部長はわたしを真っ正面からじろじろと見ている。剃りあげた頭には星条旗柄のドゥーラグをかぶり、その柄に負けないほど真っ赤な顔をしている（それにしてもこういうドゥーラグを彼は何枚持っているのだろう？）。

「弁護士を呼ぶ権利を放棄したときいた」彼がドリトスとレッドブルを隅の椅子に放る。「わたしと話をしたいのか、コーヒー・レディ？　権利を放棄したほうが利口だと考えたのか？」

「隠すことなどなにもないわ。マテオも同じです」

フランコがこちらに寄ってくる。「いいだろう。話してもらおう」

「わかりました、巡査部長。ごきげんいかが？」こういう時こそ礼儀正しくふるまわなくては。「あなたが昨夜持ちかけてきたコーヒーとジェリードーナツのお話ですけど、やはりいいかもしれないわね。すべてを説明するにはわたしのコーヒーハウスのほうがずっと快適だとは思いません？」わたしは手錠をかけられた手首をガタガタと鳴らして、意図を強調する。

「おもしろがっているのか？」

「はっきり申しあげておくわ。友人が殺されたことに関してわたしはほんの少しでもおもしろがってなどいません。でもこの逮捕はどうかしら？　まさに滑稽のひとことね。だからさっさと手錠を外してくださらない？」わたしはもう一度、ＳＭプレイのように嵌められた手錠をカチャカチャいわせた。「まさに中世そのものね。それに厚着をしているからとても暑いわ」

「では……」フランコ巡査部長が腕組みをして流し目をする。「ここでわたしのために〝ストリップ〟をしてくれるというんだな？　やるのか？　上からか、それとも下からか？　わたしとしては上からを希望するな」

「よくも――」

まずい。マテオが爆発した。手錠をかけられてベンチに座ったまま身体を折り曲げ、全身に力をこめてフランコ刑事の急所めがけて荒々しく蹴る。フランコが飛び退く。余裕しゃくしゃくだ。まるで予期していたみたいに。

「おとなしくしろ、ピット・ブル。さもなければおまえを下に連れていって〝収容する〟しかないな」

ひどい脅迫を口にするにしては、マテオとのささやかなダンスをどこか楽しんでいるような表情だ。マテオはフランコ巡査部長にこたえるかわりに悪態をつく──それも各国語で。

フランコ巡査部長がちかづいて木のベンチを思い切り蹴った。背骨の痛みをその振動が刺激する。

「おとなしくしろといっただろう！　足かせを追加して罪状もふやすのが、お望みなのかな」

マテオの顎が動く。が、気を取り直したらしく、なにもいおうとしない。

フランコがさらにちかづいた──かなり大胆な行動だ。彼の急所はわたしの元夫の足が届く範囲にふたたび入っている。

「いいか、ローバー。きみがタフだってことはよくわかった」かすかに敬意の念が感じられる声だ。「あのドアマンは以前は酒場の用心棒をしていたんだ。用心棒をやるからには、相当な相手だ。しかしよく頭にいれておけ。わたしは銃を持っている」

「そうよ、マテオ。そのくらいでもうやめて」

マテオがわたしを見る。せっかく子ネコを意地の悪い雑種犬から救ってやったのに、その子ネコにひっかかれたような顔だ。無理もない。中南米で堕落した制服警官にさんざん不愉快な目に合わされている彼は、バッジと銃をひけらかす者には容赦なくぶつかっていく。フランコ巡査部長のプロとしてあるまじき態度（そしてストリップショーについてのいやらしいコメント）が許せるはずはないだろう。でもこのままでは今夜彼がブリアンの隣で眠ることは絶望的だ。ライカーズアイランド刑務所の監房にいれられて、ブリアンとは月とすっぽんのガリガリでピアスだらけの誰かと過ごすことになる。

だから彼ににじり寄るようにして耳元でささやいた。

「これ以上わたしを守ろうとしてくれなくていいわ。ここはわたしにまかせて」

フランコが聞き耳を立てていたらしく、にやりと笑う。

「それはほんとうか？　じゃあお手並みを拝見しよう」

「きいてください、巡査部長。わたしはあの中庭で重要なものを見つけたんです。アルフの事件の密接な手がかりになるものです」

「勘弁してくれ」彼が笑いながら両目をこする。「密接な手がかりとはまた、ナンシー・ドルー（米国の作家が生んだ美少女探偵）の探偵ごっこか」

「見つけたのは非常階段の――」

フランコがわたしと視線を合わせる。「では不法侵入を認めるんだな？」

わたしは目をみはる。「もちろんです」

フランコが黙ってしまった。あっさりと認めたので肩すかしをくらったようだ。彼は隅の椅子にぶらぶらと歩いていき、ドリトスの袋をあけて少し食べてからレッドブルの缶をあけてゴクゴク飲んだ。これはたぶん、時間稼ぎ。ほんとうは、わたしをどうしたものかと考えているのだろう。ついに彼が首をふった。

「あの建物の脇で殺人事件が起きて二十四時間後に、よくもあの非常階段をのぼる神経があるものだ。頭がどうかしているのか？　それともマニキュアの除光液を嗅ぎすぎてイカレているのか？」

「わからないのか？」マテオが軽蔑しきった様子で鼻を鳴らす。「とろい警察がおそらくなにかを見落としたから彼女がさがしていたんだ。そうしたらあの最悪のドアマンがゴミ容器に閉じ込めた。ゴミ容器にだぞ！　ここにイヌみたいに鎖でつながれるべきなのはあいつだ！　この俺ではない！」

「いいか、よくきけ……」フランコが横目でわたしを見て、それからマテオと目を合わせる。「きみのかわいい元の奥さんはマフィアみたいな格好をしている。このわたしは事情を承知しているが、あのドアマンはなにも知りゃしない。だから銃をコーヒー・レディのかわいいお尻に向けたとしてもおかしくはなかった」

「それ以上妻を侮辱したら――」

「元、妻よ」わたしが正す。

「――俺が黙っちゃいない」

フランコがレッドブルをふたたび口に運ぶ。ゴクゴク飲むためではなく、どうやら笑いを隠すためらしい。

わたしはうめくような声を洩らした。ひょっとしてフランコ刑事の横暴な態度は「いい警官と悪い警官」の作戦の一部なのだろうか。でもなぜ半分だけを実行するのか。いい警官がいっこうに出てこない。

「巡査部長、元夫を挑発するのはやめて話をきいてください。お見せしたいものがあるんです。手錠をはずしてくれたら」

フランコがわたしをじっと見据え、しばらくしてから口をひらいた。

「どこにある？　わたしに見せたいものとやらは」

「このポケットのなかに」わたしは自分の顎で指し示す。

「その手錠をはずしていいかどうか、わたしには判断できないな。コーヒー・レディ。きみの動きはまったく予測不可能だ。わたしの銃を奪う可能性だってあるだろう」彼がまたレッドブルをゴクゴク飲む。「それにある種、セクシーでもある。そうやって鎖でつながれているとな」

「わかった。どうぞお好きなように。手錠をはずさなければいいわ。わたしのポケットに手をいれてご自分で取ってちょうだい」

フランコ巡査部長がにやりとした。ほがらかな、さわやかな感じの笑顔ではない。不良どもが獲物の女性を襲う時にはこんな笑いを浮かべながらファスナーに手をかけるのではないか。

マテオが歯をぎしぎしと鳴らす。「彼女に一歩でもちかよるな」

フランコ巡査部長が片方の眉をあげた。「彼女のいったことをきいたろう。そうしてもらいたがっている」

「彼女に触れるな」

〝ああ、まずい〟。「マテオ、それではよけいに事を荒立てるわ」わたしは身体の向きを変えてジーンズの前のポケットにフランコが手をいれやすくした。「ただ取り出すだけよ！」

フランコ巡査部長は尊大な態度で片手を伸ばし、さきほど自分を蹴りあげようとしたマテオの足をちらりと見た。そしてわたしの脇のほうにまわった。これならいくらマテオが蹴りたくても自分の急所は無事、というわけだ。そしてわたしのポケットに指をつっこんだ。

あれほどからかったにしては、妙な真似をすることもなく、彼の片手はすぐに出てきた。白いボタンをしっかりと握って。

「わかります？」彼にたずねた。

「サンタの衣装からなくなっていたボタンだ」フランコ巡査部長はわたしと目をあわせ

ようとしない。ついさきほどまでのスーパーコップ然としたいばりくさった態度は、すっかりなりをひそめている。「機動捜査班がこれを見落として、なぜきみが見つけられた？」

「なぜなら、地面には落ちていなかったから。それを見つけたのは非常階段をのぼった四階よ」

「きみがのぞいていたという窓のところか？」

「ええ」

フランコがうなずきながら、手のひらでボタンを裏返す。

「なるほど。つまりきみの友人であるサンタはのぞきをしていたということか。あるいは泥棒だったのかもしれない」

「ちがうわ。アルフが殺されたのは彼がなにかを〝目撃した〟からよ、きっと」

「非常階段から？　あのアパートの窓からなかを見た時にか？」疑わしげな口調だ。

「そうよ！」

「すまんが、コーヒー・レディ。これが非常階段にあったからといって、きみのいぶんの証拠にはならない。彼がある種の変質者だった可能性を示すことにはなるが」

「アルフは変質者ではなかったわ！」

「どうしてわかる？」

わたしはフランコの目をじっと見た。

「わたしが殺人犯ではないとあなたにはわかる。それと同じよ」

刑事が顔をしかめ、それから目をそらした。

「わたしはあの遺体の発見者だった。被害者とは知り合いだった。それでもあなたは一度もわたしを容疑者とは見なしていない。なぜ？」静かな口調でたずねた。

「なぜなら……」フランコの黒い瞳がふたたびわたしの目を見る。「きみは悪いことができる人間ではないからだ」

「なんですって？」

「きこえただろう」

確かにきこえた。彼の言葉をわたしはきいた。ただ、その内容が信じられなかった。

「それは……」わたしは慎重に言葉を継いだ。「あなたは悪いことをする人間かどうかを見抜けるということ？　そういう意味なの？」

「そうだ」

わたしは目の前にいる刑事をじっと観察した。彼の口調からは嘲るような調子がすっかり消えている。真剣そのものだ。少し薄気味悪くなるくらいこちらを凝視している。たいていの警官は勘をはたらかせ、自分の直感を信じて人間を理解しようとする。しかし彼の場合は少しちがうような気がする。もっと異様な感じだ。

「それを証明するための手がかりとなるものも必要なのでは？」わたしは彼にたずねた。「あなたの直感は確実で説得力があるかもしれない。でも地方検事が罪を立証する際にそれ以外の根拠を求める場合もあるでしょう。あなたは毎晩パトロールを終えた後に、悪いことをしそうな人物としそうにない人物のリストをつくって提出しているの？」

フランコ巡査部長の目が光った。

「少々アドバイスをしておこう、コーヒー・レディ。わたしに皮肉は通用しないぞ」

「ビッキ・グロックナーの申し立てについてはどう思っています？」

フランコのいらだった表情がたちまち驚きに変わった。不愉快そうな驚きに。

「グロックナーの娘についてなにか知っているのか？」

「今夜、わたしのところに来ました。自分の父親はオマール・リンフォードに処刑されたにちがいないといっていたわ。もしかしたら彼自身が手をくだした可能性もあると。だからあなたもぜひ――」

「被害者の娘とはすでに話した。彼女の告発内容も知っている。いいかよくきくんだ、コーヒー・レディ。このケースは誰も彼もが陰謀説を唱えている」

「でもビッキが話していたオマール・リンフォードという人物は調べてみてもいいのではないかしら？」

フランコ巡査部長が厳しい表情になる。「もう調べた――あなたの出る幕ではない」

「アルフ・グロックナーは友だちです。彼の娘がわたしを頼ってきたんです。だから出る幕ではないなんて――」

「いいだろう、わかった。オマール・リンフォードはいっさい脅迫をしていないし、有罪と思われる節もない。州あるいは地元で前科はない。係争中の訴えもない。麻薬取締局には彼の記録はなく、ＦＢＩに個人的に問い合わせたところ、なんの情報もなく彼らは彼に関心を抱いていない」だからおとなしく引き下がれ、とばかりの調子だ。

「でもリンフォードは金持ちなのよ」

「それなら不動産王のドナルド・トランプも同じだ。彼がその気になれば殺し屋を雇えたはず」

「ドナルド・トランプはアルフ・グロックナーに二十万ドル貸していないわ。でも、リンフォードは貸したお金を回収できていない」

フランコが不敵な表情を浮かべる。

「サンタクロースを死なせてしまったらリンフォードには金が入ってこないだろう？　そこのところを説明できるか？」

「ビッキはこれが警告だったのではないかと考えています。リンフォードという人物はアルフを殺害して彼女の母親を脅し、家を売らせようとしていると。売らなければ母親自身も、もしかしたらビッキも同じ目にあうぞと圧力をかけているのだろうと思っています」

「よくきくんだ。仮にオマール・リンフォードが殺し屋を雇ったのであれば、それはまぎれもなく犯罪だ。あるいは彼が脅迫を続けるということがあれば、その容疑で立件できるだろう。しかしものごとには順序ってものがある。まずは引き金をひいた犯人を逮捕することが先決だ。凶器が発見できればさらに一歩前進だ」

「あのアパートの四階の住人から話をきくこともできるわ。なにか知っているかもしれない。なにかをきいたり見たりしているかもしれないわ。もしかしたら、なんらかの罪を犯しているかも——」

「われわれはあの建物の入居者をすべてあたった」フランコ巡査部長がわたしをさえぎった。「あの部屋の住人にも話をきいた」

「つまりジェームズ・ヤングに」確証はなかったけれど、さらりといってみた。スタジオ19からジェームズ・ヤングに発行された身分証をこの目で見たのは確かだが、もしかしたらあの部屋の住人の友人や親戚のものかもしれない。しだいにしびれていく両手の指を十字に交差させて——まだ両手は後ろで固定されている——はったりを見破られませんようにと祈った。まんまとフランコはひっかかり、あっさりと肯定した。

「ヤングからは捜査に有意義な発言は得られなかった」

「ジェームズ・ヤングね？」わたしは念を押した。

「耳が悪いのか？　そうだ。ジェームズ・ヤングだ！」

「あそこに住んでいるのは彼だけ？」

「わたしが知る限りはそうだ」

廊下で複数の男性の声がした。ドアがひらいて男性がひとり、こちらに身を乗り出す。フランコ刑事の相棒のチャーリー・ホン刑事だった。

「将軍」ホン刑事が手招きする。

「将軍？」マテオがささやく。

フランコはレッドブルの残りを飲み干し、いとも簡単に缶を握りつぶし、マテオを見てにやにやした。

「ま、ゆっくり楽しんでいってくれ。映画の上映もあるようだぞ」

マテオがベンチに座ったまましきりに身体を動かす。

「穏やかにね」わたしがささやく。

「フランコ将軍か」マテオはぽつりとつぶやいて無表情な顔でわたしを見た。「これでやつの正体がわかった」

# 12

背後の鉄の棒に鎖でつながれたままの状態で、できるだけ身体を動かして、なんとか廊下を見ようとした。半分あいたドアから、フランコ巡査部長とホン刑事、ヒスパニック系の男性が話しあっているのが見える。トレンチコートの前のボタンをはずしたヒスパニック系の男性は四十代。彼は地方検事でこれまで一度か二度顔を見たことがある。そして四人目の男性が加わった。三十代前半でいかにも名門校出身のお坊ちゃんといった風情だ。

すでに十時ちかいというのに、四人目のお坊ちゃん風男性は朝食の絞り立てのジュースよりもさわやか。金髪の髪は完璧に整えられ、有名ブランドのスーツはきちんとプレスされ、右手には薄いアタッシェケースを持ち、左手にはハーバードのカレッジリングをさりげなくつけている。整った顔には整った笑顔。こういう笑顔はくせものだ。かならず毒をふくんでいる。

地方検事がその場を離れ、フランコ巡査部長がいやに機嫌がよさそうな表情でお坊ち

ゃん風の男性をうながして部屋に入ってきた。どうやら嫌な予感が的中したようだ。ホン刑事も続き、後ろ手にドアを閉じた。

「おふたりさん、悪い知らせだ」フランコが口をひらく。「だがまずは紹介しておこう」彼が親指をさわやかな男性に向けてぐいと動かす。「こちらチップ・キャッスル。きみが不法侵入した地所を所有する管理会社の顧問弁護士だ。そこのローバーが暴行を加えたドアマンを雇用している管理会社ということだ」

「軽く押したかどうかって程度だ」マテオがつぶやく。

キャッスルがマテオを見る、それからわたしを。まるで虫を見るような目つきだ（上下おそろいのフードつきパーカーとズボンからはまだゴミのにおいがぷんぷんしている。好ましい第一印象ではないだろう）。

「わたしどもはあなたがたふたりを告発します。不法侵入、そして重暴行の罪で」おもしろくてしかたないといった口調だ。

わたしはあっけにとられ、マテオは悪態をつく。キャッスルはにっこりする。真珠が並んだようなきれいな歯並びは矯正のたまものだろう。

「個人的に悪気はありません」彼がつけくわえる。「わたしのクライアントは法律に則《のっと》って事を進めることを余儀なくされています。地所にかけられた保険契約に含まれているのです。おわかりいただけますか？　これを実行することがわたしたちに課せられた義務なのです」

フランコ巡査部長が前に進み出る。「マテオ・アレグロ、重暴行罪で告発する――」

「おい、最高司令官だか将軍だか知らんが！　おまえはこのクソ弁護士を使って俺たちを有罪にしようっていうのか。おまえたちがちゃんと仕事をしていないから、彼女がかわりにやったんだろう！」マテオがフランコに面と向かって怒鳴りつけた。

「マテオ、事態を悪くしないで――」

「おまえたちが解決できないから、解決しようとしないから、彼女がやっているんだ」

フランコ巡査部長がこぶしを握り、いまにもマテオに飛びかかっていこうとしている。もはや歯止めがきかなくなったのだろう。このままいけばまんまとマテオの策略にひっかかって警察官による暴行という罪で逮捕されるだろう。ただしマテオのほうも一発殴られることを覚悟しなくてはならない。

「やめろ、フランコ！　落ち着け！」ホン刑事がフランコ巡査部長とマテオのあいだに割って入る。「その男は手錠をはめられている！　彼に触れることは許されない！」

「触れてみろよ、将軍！」マテオが叫ぶ。「さあ来い！　殴ってみろ！　おまえはスペインの同名の将軍と同じでただの安っぽい独裁者だ！　殴りたいんだろ、将軍！　やれよ！」

その時、弁護士の動きに気づいた。キャッスル弁護士は笑顔を浮かべたままドアのほうにじりじりと後ずさりしている。

〝さあさあ坊やたち、お遊びはここまで！〟

「ちょっと、すみませんけど！」テストステロンむんむんの怒声を鎮めるには女性特有の甲高い声に限る。「キャッスルさんにどうしてもいっておきたいことがあります！」

フランコ巡査部長は拳を握ったまま相棒の手から逃れた。が、マテオにちかづくのではなく遠のいた（よかった）。ホン刑事はその場で固まり、キャッスル弁護士はその場で足を止めた。そして無言のままわたしをじっと見つめている。

「なんでしょう」彼がついに口をひらいた。そっけない口調だ。すっかり傲慢な態度になっている。これみよがしに腕時計を確認するそぶりを見せる。「どうしてもおっしゃりたいことがある、そうなんですね？」

「わたしは事業をしています、弁護士さん。ですから世の中の仕組みもわかっているつもりです」

じっさいにそれを教えてくれたのはマテオの母親だ。マンハッタンの中心部で店を営んでいく方法をわたしに教えてくれたマダム・ドレフュス・アレグロ・デュボワは、半世紀ものあいだ女手ひとつで店を切り盛りしてきた。腐敗した役人、一癖も二癖もあるゴミ収集業者、倫理観の欠けた不動産開発業者、相手の弱みにつけこむ弁護士たちと何十年もわたりあってきたのだ。マダムだったらどうするだろうと考えてみることは、わたしの習慣だ。さてどうやってこの若造の鼻っ柱を折ってみようか。

「あなたのクライアントは保険会社から保険料を割増されることをおそれている。だから告発しろとあなたに強いている。でも、クライアントの建物のセキュリティをわたしがたやすく破ったことを保険会社が知ったらどうなるでしょう？　それもやはり保険料の値上げにつながるのでは？」

「おっしゃる意味がわかりませんね」

「第一に、通りから中庭へのアクセスを封じる防犯ゲートがない――」

「それについては少し前に対策を講じています。だから建物の脇にゴミ容器を配置したのです。それから――」

「建物の裏の壁に沿ってゴミ容器が置かれ、すぐそばには木箱が積まれていた。それではとうてい安全とはいえません。建物の管理状態そのものが非常階段への侵入をたやすくさせていたのよ」

弁護士は完璧なスタイリングでみごとに立ち上げた髪を乱した。

「それは一時的なもので――」

「なによりもひどいのは、非常階段の安全装置のフックが完全に錆びていたということよ。わたしはただはしごをひっぱりおろすだけでよかった。あんな状態では建物の管理会社は〝どうぞわれわれのテナントに泥棒に入ってください〟という看板をぶらさげているようなものでしょう。入居者は自分たちの安全と防犯について管理会社がほとんど配慮していなかった事実に関心をもつでしょうね。そしてもしもわたしたちが裁判にかけられたら……」そこで少し間を置いて、高給取りの弁護士に残忍な微笑みを向けた。もちろんこれはマダム直伝ではなく、わたしのオリジナル。「まちがいなく、彼らは気づくでしょうね」

傲慢そうににやにやしていたキャッスルが少したためらいを見せる。

「もちろん裁判の準備としてニューヨーク消防局と建物局に正式な調査をわたしは要求します。あの非常階段の調査を断固として要求します。あんなふうに風に揺れていたのだから、構造上の不備もあったのではないかしら」

キャッスルのにやけた表情が不意に消えた。彼がネクタイをゆるめる。

「よくきいてください、弁護士さん。ここからが〝本筋〟です。わたしがあの非常階段にいたのは、法的にまったく潔白な理由からです。昨夜わたしの友人が殺された件で警察が見落とした可能性のある証拠をさがすためでした。あのドアマンはわたしになにをしていたのかをたずねませんでした。いきなりわたしを攻撃してあのゴミ容器に放り込んだのです。ここにいるわたしの元夫があの人を数回強く殴った理由は、わたしの悲鳴をきいたからです。あのゴミ容器からわたしを出そうとしただけ――わたしがケガをしたり、出血したり、レイプされたり、死にそうになったりしていないことを確かめるためです。わたしをあそこに閉じ込めたのはあなたがたが雇った人物です。ゴミのなかにね。このにおいでおわかりでしょうけど。ですから、あなたがわたしとわたしの元夫を告発するのであれば、わたしはあなたがたのドアマンを民事裁判に訴えるだけではなく、あなたのクライアントに五百万ドル請求する裁判を起こします」

男性陣が神妙な顔をしている。ただひとりチャーリー・ホン刑事だけは笑みをかみ殺しているように見える。

「よくわたしを見て、ミスター・キャッスル。わたしは靴をはかない状態で身長一五七センチ。成人した娘がいるシングルマザーで、地元でよく知られた店のマネジャーです。前科はありません。あなたのドアマンは身長一九〇センチ、体重一三〇キロ、前は酒場の用心棒だった。陪審はどちらの主張を受け入れるでしょうか」

キャッスルはしばらく無言のまま立っていた。それからフランコ刑事とホン刑事についてくるように身ぶりで合図し、ドアの外に出た。ラッキーなタイミングだった。ちょうど攻撃の材料が尽きたところだった。

キャッスル弁護士はおもにホン刑事と話しあい、それから携帯電話をかけた(おそらくさきほどの地方検事にかけたのだろう)。フランコ巡査部長がふたたび声を荒らげた。

「告発しないとはどういうことですか!?」

キャッスル弁護士は小声でなにかをいっているが、ここからはききとれない。その後、彼はフランコ巡査部長に背を向けて足早に去っていった。ホン刑事とフランコ巡査部長がひとしきり話をした。きこえたのはホン刑事の言葉の最後の部分だけだ。「マイク・クィン警部補」と。その直後フランコ巡査部長があきらかにいらだった様子で大股で去っていき、ホン刑事が部屋にもどってきた。まずマテオの手錠のカギをはずす。

「あなたを釈放します、ミスター・アレグロ。いますぐここを立ち去ることを勧めます」

マテオは手首をさすりながら立ちあがる。「クレアもいっしょでなければだめだ」

「わかりました。外で待っていてください。ミズ・コージーとふたりきりで話がありまず」

マテオはじっとわたしを見つめ、動こうとしない。

「大丈夫だから」わたしが声をかけた。

マテオは戸口まで歩いていき、ドアを閉めて出ていった。ホン刑事が手錠をはずしたので、わたしは両手をふって指の感覚を取りもどそうとした。

「あなたのことを調べました」ホン刑事が話しかけながら隣に腰かけた。「警察の業務について知識があるそうですね。クィン警部補からも、今日連絡がありました。彼はいい人です。彼には一目置いています」

「わたしもです」

「ミズ・コージー、フランコとわたしはあなたの友人を殺した犯人を全力で追っています。それを誤解しないでいただきたい。わたしたちは懸命に取り組んでいます。それをご理解いただきたい。そしてあなたがこの事件に深く関心を寄せていることも重々承知しています。どうかわかってください」

「〝あなただけ〟でもそうであると知ってうれしいです」

ホン刑事がため息をつく。「フランコはさぞやつきあいづらい人間に映るでしょう」そこでホン刑事の険しい表情がゆるんだ。「残念ながら彼はお世辞にも人当たりがいいとはいえない。しかし優秀な警官で優秀な刑事です」

「その根拠がよくわからないわ」

「信じてください、ほんとうです。ただ、悪党に容赦ないという部分で少々度を越しているんです」

「〝度を越す〟とはどういう意味？」

「任務を徹底的に遂行する、とだけいっておきましょう」

もっとくわしくききたかったが、ホン刑事にその気がないのはあきらかだ。

「とっても不思議なんですけど」立ちあがった彼にたずねた。「なぜ『将軍』という言葉であんなに激高したのかしら？」

ホン刑事はすぐにはこたえない。なんといおうか迷っているようだ。しまいにため息をついて話し始めた。これまでよりいっそう静かな口調だ。

「彼はあくまでも街で自然発生的についたニックネームというスタンスを取りたいんです——スラングでは『将軍』は『リーダー』ですから」

「ということは、そうではないということ?」

ホンが首をふって肯定する。「ある晩、フランコ刑事としたたか飲んで酔っぱらった時に自分で認めたんです」

「というと?」

「幼かったのでわたしはよく憶えていないのですが、七〇年代のテレビのニュース番組のアンカーはスペインの独裁者の死期がちかいと報じ続けたそうです。そして彼がついに死んでしまうと、『サタデーナイト・ライブ』は毎週お決まりの偽ニュースのコーナーでこんなジョークをやったそうです。『たったいまニュースが入りました……フランシスコ・フランコ将軍は、まだ死んでいます』」

「あまりおもしろくはないわね。それで、それとあなたの相棒がどう関係しているの?」

「フランコが警察学校に入ってすぐに彼を受け持った教官は昔の『サタデーナイト・ライブ』の愛好者でした。その教官が彼に〝将軍〟というあだ名をつけたそうです。フランコはそれを嫌がった。何年もたって何度か異動も経験して、ようやく〝将軍〟と呼ばれることを受け入れたんです。そういうわけです」

わたしは首を横にふった。「どうかしているわ。そこまで自尊心にふりまわされなくてはならないの?」

「お願いがあります、ミズ・コージー。どうかわたしたちをひと括りにして扱わないでいただきたい」

こたえようとした時ドアが勢いよくあき、後ろの壁に激しく当たって大きな音をたてた。これはてっきりフランコ巡査部長だろうと思った。が、そこに立っていたのはマテオだった。後ろにいるのはマイク・クィン警部補だ。むすっとした表情からは感情が読み取れない。

「彼女はそこにいる」マテオがきっぱりといってわたしを指さす。「彼女にいってきかせてやってくれ」

# 13

「もう真夜中だ」

「時間なんてどうでもいいわ。夕飯を食べそこなったんですもの」

熱いシャワーを長々と浴びた湿り気がまだ髪の毛にたっぷり残っている。ゴミ容器に押し込められた時に着ていた服も靴下も下着も、いまは倍量の洗剤でがんがん洗濯されている。わたしはため息とともにテリークロスの短いバスローブのベルトを結んだ。

「あなたも食べるでしょう?」

マイクは返事をしないで砂色の眉を片方あげる。ほかの楽しみについて考えているにちがいない。

わたしはぐるりと向きを変えて寝室のドアに向かった。

「なにかつくるわ。下におりています」

彼の淫らな連想をとがめるつもりはない。彼もシャワーを浴びたばかりなのだ――わたしといっしょに。シャワーをマッサージ機能に設定して長々と浴びていたら、彼が服をぬいで入ってきた。熱いしぶきのマッサージは彼の肩にはすばらしく効いたが、わたしはまだ今夜のできごとで頭がいっぱいだ。だから彼に「おつきあい」することはできなかった。

マイクはわたしに時間が必要であることを理解して無理強いはしなかった。彼は白いTシャツと、長い脚にグレーのスウェットという格好で裸足のままでわたしの後から階段をおりてキッチンに来た。彼の濃いブロンドの髪の毛は濡れてさらに濃い色に見える。いつにも増して無骨な表情からはほとんどなにも読み取れない。

よく冷えたリースリングのボトルをあけてそれぞれのグラスに半分ずつ注いだ。彼は黙ってキッチンのテーブルに腰掛け、さわやかな果実の甘みを味わい、氷のようにさえざえとした青い瞳をわたしに注ぐ。わたしは頭のなかで祖母のレシピをおさらいする——お湯を沸かしてエシャロットとニンニクをみじん切りにしてパセリを刻む。

狭い部屋はしんと静まり返っている。彼がまだそこにいるかどうか、わたしは何度も何度もちらっと見て確かめる。彼はそこにいてわたしの動作にじっと視線を注いだまま、ゆっくりとワインを飲んでいる。

彼の沈黙が嫌で、ラジオをつけた。

あいかわらずクリスマス・ソング一色だ。おそらくガードナー・エバンスは砂糖菓子のような甘さにいまも辟易していることだろう。

わたしはそうではない。

これまでの人生でたびたび劇的な変化を乗り越えてきたせいか、季節ごとに繰り返されてすっかり新鮮味がなくなった行事を退屈とは思わない。むしろそこから安心感を得るようになっている。たとえば家庭の味となっている料理はこれまで何度となくつくり、これからもよろこんで何度でもつくるだろう。つくるたびに、心の底から愛した時間、場所、人がよみがえるから。

というわけで『リトル・ドラマー・ボーイ』をききながらタマネギとニンニクを炒め、『さやかに星はきらめき』をききながら粉と牛乳を加える、『ウィンター・ワンダーランド』にあわせてリズミカルに泡立て器でホワイトソースを混ぜてダマを溶かした。おつぎは『メリークリスマス・ダーリング』をききながら缶詰のクラム、そしてクラムの汁を加える。

リースリングのおかわりを味わい何度目かわからない『ジングルベル・ロック』をききながら、塩、コショウ、パセリを加えて混ぜ、味見をし、ひとくち味を見ては混ぜ……やがてクラム入りの白いソースがようやくじゅうぶんな濃度になったところで火を消して鍋に蓋をした。そして祖母ナナ直伝の方法でまろやかな風味が出るようにリングイネを茹でた（大きな鍋に麺と麺がつかないようにオリーブオイルを少量垂らし、地中海並みに海塩をたっぷりいれる）。

とうとうワイングラスはほぼ空っぽになり、あくまでも〝静かな男〟を演じるマイクにいい加減しびれがきたころ、わたしはクリスマス・ソングを止めた。そして警察官であるはずのマイクのほうを向いた。

「わたしが逮捕されたことについて、ひとこともないの？　今夜のあなたはなにひとつ質問しようとしないのね！」

マイクがゆっくり立ちあがる。無言のままわたしのグラスにワインを注ぎ足し、それから自分のグラスにも注いだ。

「それで？」

「さっきいっただろう」彼が静かに答える。「アレグロからたっぷりきいた」

「彼はあなたに、わたしにいってきかせろと注文をつけたわ！」

それをきいてマイクが微笑んだ。

「なに？　おもしろがっているの？」

「ああ……」わたしの頬にかかった後れ毛をマイクが片方の耳にかける。「じつをいうと、その通りだ」

「具体的に、どの部分がおもしろいの？」

「〝アレグロ〟だ。きみと十年も夫婦だったというのに、いまだに理解していない。きみに対していってきかせることなど、誰にもできやしない。それがおもしろくてな。まった《ヽ》く声帯の無駄遣いだ」

「ははは」

「いいか、コージー……」クィンがわたしの背中側に腕をまわし、硬く凝った首筋に指先をあてて揉む。「わたしがきみに出会った日――」彼がそこで言葉を区切り、笑い声をあげた。「いや、きみと出会った瞬間、強い意志の持ち主だとわかった。わたしはそれを受け入れた。そういうところが気に入った。今夜きみは自分から危うい状況をつくり出してきわめて危険な立場に立ったわけだが、説教するつもりはない。誰よりもきみがそれを承知しているはずだ。いまさら誰にいわれるまでもない」

「なぜあんなことをしたのか、その理由はわかってくれているのね」

「ああ……だが、きみが夜が明けるのを待ってドアマンに許可を得てくれていたらと思う。わかるだろう、合法的に実行するということだ」

マイクにこんなふうにとがめられるのはおもしろくないはずだが、彼の魔法の指があまりにも気持ちよすぎる。

「安全策を取った場合の難点は〝ノー〟という言葉をきかされることね。そうしたらどうなっていたかしら？　さらにひと晩ひどい嵐が吹き荒れる。今回は雪ではなく雨。わたしが見つけたボタンはおそらく雨で洗い流されてしまう」

マイクの片方の眉が持ちあがる。「その通りだ」

「そして忘れないでね、警部補さん。規則を曲げることをわたしに教えたのはあなたよ。おぼえているでしょう、ワシントンハイツの管理人にあなたはうそをついたわ。それであのアパートを違法に捜索するのに成功したでしょう？」

「わたしが悪い影響を与えていたことはわかった」

反論する前にマイクはわたしの手首に指をまわし、キッチンテーブルにひき寄せる。

彼は椅子に座り、わたしを膝に乗せた。

「今度はなに？　クリスマスに欲しいものをあなたにおねだりしていいの？」

マイクがにこにこする。「ぜひききたいね」

「わたしはアルフのケースについてあなたと話がしたいのよ」

「きみがクリスマスに望むことはそれか？」

「きかれたからこたえるわ。ええその通り。アルフを殺した犯人に裁きを受けさせて頭からジングルベルを吊ってやりたい」

「わかった……で、きみの仮説はできあがっているのか？」

「まだ。でもひとつだけ確かなことがあるわ。あのエマヌエル・『ドゥーラグ』・フランコ巡査部長は信頼できない。ホン刑事の話の様子では、彼は正義のためと称してリンチを加えるようなタイプらしいわ。どう思う？」

「うわさはきいている」

「それがほんとうだとあなたは……」わたしは口ごもった。クィンの指先がわたしの首の筋肉をまた揉み始めた。ため息が出た。あのゴミ容器の内側に背中を叩きつけられた痛みがようやく溶け去っていく。

「関係ないことをいっているようにきこえるでしょうね。それはよくわかっている。でもね、アルフが殺されたことにフランコ巡査部長が関係していたとは思わない？」

マイクは長い沈黙の末に口をひらいた。

「どうしてだ？　なぜフランコがサンタクロースを殺そうとする？」

「アルフがなにか悪いこと、違法なことをしているところをフランコが捕まえたとしたら——あるいはそういうことをしていると早合点して捕らえたとしたら？　フランコは自警団のように鉄拳制裁を与えようと決断したのかもしれない」

「彼のことを少し調べてみるか？　以前に彼が路上犯罪のタスクフォースに所属していた時の分署に知り合いがいる」

「調べられるの？」

マイクがうなずく。「何本か電話をかければ大丈夫だ」

「それからジェームズ・ヤングという人物も。アルフは殺された晩にその人が住む部屋をこっそり見張っていたのよ。フランコ巡査部長の話ではヤングは警察の捜査に対し、これといった情報は伝えていないそうよ。彼は警官を敬遠して話そうとしなかったのかもしれない。わたしならなにかききだせるかもしれないわ」

「いい線いってるぞ。しかし、きいてくれ……」マイクの低い声はわたしのお手製のホワイトソースと同じくらいすばらしく濃密になっている。耳のすぐそばに彼のくちびるが迫り、彼の低いざらついたつぶやきがくすぐったくてしかたない。「このことについてはもう話したくない――」

「そうなの？」

「ああ」彼がささやく。「だから、こういうことにしよう」

「どういうこと？」

「きみが話したいことはすべて明日に延期だ」

マイクがとてもちかい。彼の指、彼のくちびるがすべてわたしに迫っている。でもこの話題を打ち切るのは気が進まない。「じゃあ、なにを話す？」

「なにかほかのことを」

「どういうことなの」

「ただ、きみにしばらく息抜きしてもらいたいだけだ。頭を休めてみろ」

「わたしが捜査のストレスに負けると思っているのね？」

「きみだけじゃない。そういう仕事なんだ。誰だって息抜きを学ぶ必要がある。ウェイトリフティングをする者もいる。酒を手に取る者もいる」彼が首を傾げてリースリングを示す。

「わたしのどこがいけないの？」

「いいや。きみはまだこういうことに慣れていない。だからわたしのアドバイスをきき入れるべきだ。息抜きをしろ。ちょっと休憩するんだ」

「息抜き？」

「ああ、それも」彼がわたしの耳元でささやく。「わたしがいますぐ手を貸す。目を閉じてごらん……」

「マイク――」

「いいから〝閉じて〟」

いわれた通りにした。

「証拠や手続きなんてことはいまは忘れろ、犯罪行為なんてことも――」

マイクはじらすような軽いキスをわたしの耳たぶから首の後ろ、喉元へと移動させる。しまいにわたしのテリークロスの短いバスローブのベルトに手をかけ、くちびるはさらに下へと移動する。

〝マイク、そんな……〟。

マイク・クィンの場合、ストレスから解放され脳に休息を与えるにはウェイトトレーニングもフィットネスも酒瓶もいらない。数分後にはそのことをじゅうぶんに理解した。

彼のリラックス法は決して公衆の面前でできるようなものではない。自分をいじめるようなたぐいのものでもない。だからわたしも彼に倣《なら》うことにした。そしてそれからの数時間、警部補とわたしはひたすら没頭した。

# 14

「おはよう」わたしはあくびをしながらささやいた。

マイクがわたしの頭にキスをする。「よく寝たか？」

「必要なだけじゅうぶんに」

昨夜は、甘いワイン、クリーミーなクラムソースのリングイネ、エンドレスのクリスマス・ソング、そしてマイクとの濃厚なセックスが渾然一体となった後に深い眠りに落ちた。朝になって目が覚めると、カーテンの隙間から差し込む光は小妖精《レプラコーン》の黄金の光のようにまぶしく感じた。

けれどマイクはすっきりした様子とは程遠い。ベッドで隣にいる彼はすっかり目覚めて片腕でわたしを抱きかかえている。でも彼のまなざしははるか遠くを見ている。レプラコーンのいいつたえの虹の彼方を見ていないのは確かだ。

「どうかしたの？　わたしが逮捕されたことでまだひっかかっているの？」彼のおはようの笑顔があっという間に消えたので気になった。

「ちがう。そういうことではない」

「じゃあ、なに?」

「昨夜は話題に出したくなかった。もう少し様子を見るつもりだった」

「様子を見るって、なんのこと?」

「未解決の事件《コールドケース》の捜査を始めた……」

わたしは両目をこすって眠気を取り、上体を起こした。

「コーヒーをいれるわね」


十分後、わたしたちはキッチンのテーブルを挟んで向きあって座っていた。


わたしがつくったブレックファスト・ブレンドをフレンチプレスでいれたばかり。マグを手にマイクが仕事の話を始めた。こうして彼の仕事の話をきくようになって何年になるだろう。最初はバリスタとして、それから友人として、いまでは恋人として話をきいている。

「感謝祭の晩に呼び出しがあったのをおぼえているかな」

「もちろん。おかげであなたのお子さんたちと少し仲よくなれたわ」

モリー・クィンは九歳。ジェレミーは十一歳になったばかりだった。たいていはマイクひとりで娘と息子を迎えることにしていた。その理由についてはもちろん彼からきいている。マイクの妻は夫より少しだけ若く、そしてはるかに裕福なウォール街のやり手の元へと走った。子どもふたりを連れてブルックリンの家を出てフィアンセのロングアイランドの地所に移り住んだのだ。子どもたちにしてみれば、あたらしい学校、あたらしい家、そして母親のあたらしいパートナーまでいる状況だ。マイクは自分のあたらしい住まいとなった市内のアパートに子どもたちを迎える時はくつろがせてやりたいと願った。がらりと環境が変わった子どもたちにさらにあたらしい人物を紹介するのは、もう少したってからと彼は考えたのだ。

わたしは彼の意向を尊重した。彼の長い結婚生活は平坦なものではなかった。だからこそまずわたしとの土台をしっかりと築いて、それが揺るぎないものと確信できてから複雑なものへと展開していきたいのだろう。わたしはそう察していた。

ところが感謝祭の前日に、マイクの元の妻レイラが一足飛びに複雑な展開を実現してくれた。彼女はスーパーリッチなフィアンセとともにコネティカットに出かけることになったのだ。さらに裕福な人々があつまる感謝祭のパーティーに出席するために。パーティーの出席者は当然のように子どもたちをナニーに預ける。レイラはハウスキーパーに子どもたちの面倒もまかせていたのだが、その女性が一週間休暇を取っていた。そこでレイラは子どもふたりの世話をマイクに丸投げしてきたのだ。

当初わたしはマダムの招待でタバーン・オン・ザ・グリーンでの感謝祭のパーティー

に出席するつもりでいた。マイクもわたしのパートナーとしていっしょに出席するはずだった——彼の元妻がいきなり計画を変更して子どもたちを寄越すまでは。そこでわたしも計画を変更したというわけだ。

マダムのパーティーを辞退し、かわりにマイクのアパートで七面鳥とつけあわせをすべて料理した。マイクはみんなでレストランに行こうといってくれたのだが、彼のアパートで親子三人が家庭らしく過ごすには、やはり手作りの感謝祭のディナーのほうがいいにちがいない。子どもたちはたまらなくかわいらしかった。感謝祭の日の朝、わたしたちは子どもたちに厚着をさせてメイシーズのパレード見物にも出かけた。

ディナーは大成功だった。マイクと同じように彼の子どもたちもわたしの料理にうっとりしてくれた。その夜、ある事件のためにマイクが呼び出され、わたしが子どもたちふたりにつき添ったのだ。いっしょにディズニーの映画を観たり、トランプで『シーン・イット？』をしたり、わたしの手作りのパンプキン・プラリーヌ・タルトを食べたりして真夜中まで起きてお父さんの帰宅を待っていた。

「子どもたちはいまだにきみの料理のことを話すんだ」

「それはよかった」わたしはにっこりした。「トランプはさんざんの腕前だったんだけど。クレイジー・エイツをしたらあの子たちにボロ負けだったわ」

マイクはうなずくが、微笑みはあとかたもなく消えている。

「それはそうと、コールドケースの再捜査の話だったわね」彼に話の続きをうながした。

彼がうなずく。「感謝祭の晩に呼ばれて助言を求められた事件に関係している——」

彼が事実関係を説明した。名門出身の若い裕福な女性が自宅のアパートで木曜日の夜に死体で発見された。女性の名はウェイバリー・「ビリー」・ビリントン。メイフラワー号でアメリカにわたって来た人物の末裔にあたり、ピルグリム・インベストメント——「プリマス・ロックよりも確か」というオリジナリティに欠けたキャッチフレーズを掲げる投資会社だ——の創始者の相続人だという。

サンタ殺害で騒いだように、ブラック・フライデー（十一月の第四木曜日の感謝祭の翌日の金曜日）のタブロイド紙も無責任に騒いだ。『ピルグリム・ファーザーズの娘が七面鳥ではなく薬を過剰摂取。プリマス・ロックの相続人が岩よりも固くなって発見される』といった見出しが躍った。

マイクはその若い女性の無惨な死についてはあまりくわしく話そうとしない。おそらく疑問の余地のない死に方だったのだろう。過剰に薬物を摂取したり、いっしょに摂取してはいけない薬を摂ったりすることはまちがいなく自殺行為であって殺人とはいえない。

それをそのまま口にした。

「いろいろやっかいな問題が絡んでそうなっている」マイクがこたえる。

「やっかいな問題？」

「たとえば……その若い女性の家族の友人には市長、警察本部長、州議会議員がふたりいる。影響力のある市議会議員もいる。ビリントンの娘は彼らの子どもたちと同じ学校に通っていた。マンハッタンのクラブではたびたび彼らと遊んでいた。だから彼らは一刻もはやく事件が忘れられることを望んだ。うちの警部はわれわれにそのように片づけることを指示した。このケースを不慮の死として扱うようにとな」

「自殺であったかもしれないのに？」

「彼らは事件に片をつけたがっている」

マイクが固く歯を食いしばる。「〝でも〟といいたいのね……」

「このケースを調べるうちに、去年の感謝祭のコールドケースについて考えるようになった。魅力的な若い女性、ほぼ同じ年ごろ、ひとり暮らし、同じような亡くなり方をしている。コーラ・アーノルドはビリントンの娘のように財産に恵まれたわけでも人脈に恵まれたわけでもなかった。だからと第一面を飾るような報道はされなかった」

「その女性は薬物の過剰摂取をしたの？」

マイクがうなずく。「死亡したのは昨年の感謝祭の晩だ。アーノルドという娘はメイドを雇っていなかったから遺体が発見されたのは日曜日の晩だ。姉妹の誕生パーティーに彼女は姿をあらわさなかった」

「あなたは、ふたつのケースに共通点があると考えているのね？」

「ふたりとも感謝祭の晩に死んでいるが、時期のことだけにひっかかっているのではない。どちらも同じ処方薬を摂取して亡くなった。医療用麻薬のオピオイド剤だ。ふたりとも過去にこれを処方されたことがない」

「住まいにはほかに薬は？」

「なかった。ふたりの若い女性はどちらも飲酒をし、誰とでも寝ることで知られていた。どちらもその日のいずれかの時間帯に男性の客があった」

「セックスを？」

「ふたりともセックスをしていた。飲酒も。そして男はジャンクフードを食べた」

「ジャンクフード？」

「どちらの娘もとても細身でアパートにはほとんど食べ物を置いていなかった。戸棚にも冷蔵庫にもジャンクフードはない。しかし現場にはポテトチップス、プレッツェル、ドリトスの空袋があった。ふたりの娘の胃からはその食べ物は見つかっていない」

「精液は採取できた、ということね」そこでいったん言葉を区切る。「でもうまくいかなかった。要するに――」

マイクが微笑む。「きみがいいたいことはわかる。問題はＤＮＡ鑑定ではなかった。

該当者を見つけることのほうだった。ふたりの若い女性の住まいにはおおぜいの出入りがあった。友人、親戚、友人でも知人でもない人々。採取した指紋で犯罪歴のある人物に一致するものはなかった。ボーイフレンドと思われる人物の指紋とも一致しない」

「大物の子孫であれば社会階層も高く社交範囲もそれなりでしょうから、事情聴取はやりにくいでしょうね。友人と家族にどれほどつっこんできけるのかしら？」

「きみの考えは？」

「あなたのボスはそのケースを手じまいしたがっている。そうとしか考えられないわ」

マイクが押し黙ったまま長々とコーヒーを飲む。

「わたしはあの若い女性は被害者だと考えている。自殺ではない。不慮の死でもない。遊び半分で危険な薬を使っている男の存在があるとにらんでいる。ふたりの娘を殺す意図はなかったかもしれないが、結果的に死なせてしまった。少なくとも過失致死罪で有罪だ。彼はつい先日の女性の死については知っているはずだ。あれだけ見出しが出たんだからな。しかし出頭していない。おそらく出頭するつもりはないだろう。男はふたりの娘を薬物中毒にした。ふたりが自らの意志で薬を服用したとしても、その彼女たちを意識のない状態で彼は置き去りにした。彼は同じことをくり返すだろうとわたしは考えている」

「それなら、その男を見つけなくては、マイク。あなたのボスがなんといったとしても」

「わかっている」

「あなたの話をきいて上司はなんといっているの？」

マイクがさらに厳しい表情になる。

「状況に類似点があるに過ぎないと。ふたりの娘はどちらも、まれにではあっても娯楽として薬を使っていたのではないかというわたしの仮説は却下された」

「そのメイドはアパートに誰かやってくるのを見ていないの？」

「メイドは若い独身の女性だ。彼女は住み込みだがその日は休暇を与えられていた。クイーンズの姉妹の一家といっしょに過ごしていた。その日の夜の八時ごろにもどった。それで自分の雇用主を発見した」

わたしはコーヒーを飲みながら一連の事実について考えた。

「その日の被害者の行動は？」

「ビリーが午前中にアッパー・ウエストサイドのパーティーに出かけたことはわかっている。会場は大きなアパートで、感謝祭のパレードを見るには絶好の場所だ」

「パレード見物のパーティーはこの街では盛んだから。パーティーの出席者の話はきいているの？」

「ビリーはその場にいたほぼ全員と話をしている。彼女はパレードを見物した後、ひとりでパーティーを抜けた。そして住まいのある建物に帰った時はひとりだった。ドアマンは彼女に来訪者をひとりも取り次いでいないし、ロビーの防犯カメラはドアマンの話を裏づけている。建物には通用口があってそこにはカメラが備えつけられていないが、内側からしっかりと施錠されている。なにものかが侵入した形跡はない」

「それなら、その男はビリーが住む建物の住人にちがいないわ、そうでしょう？」

「われわれもそう考えている。過去にビリーが同じ建物内の誰かと深い交際をした事実はない。が、もしかしたらその場限りの性的な交渉だったのかもしれない。男性の住人からＤＮＡのサンプルを入手する努力を続けている。既婚男性も対象だ。これは厄介な法律問題が絡むから大部分が弁護士を立てて争う構えだ。かんたんにはいきそうにない」

わたしはさらにコーヒーを飲み、テーブルを指でコツコツとリズミカルに叩いた。

「ＤＮＡ鑑定をすればあなたの仮説を裏づけられるでしょう？　ビリントンとアーノルドという娘さんたちが同じ男性とセックスしていたとわかれば、その男の身元が判明しなくても、あなたが主張している仮説が証明されるでしょう？」

「ああそうだ。だからわたしはその鑑定を実行するようにはたらきかけている」

「もっとほかにも被害者がいるかもしれない。それについては考えているの？　共通点がある事件はないのかしら。もしもそういう事件が見つかれば、さらに共通点が出てくるかもしれない。たとえば殺した犯人とか」

マイクがわたしにかすかに微笑んでみせる。

「論理的にいうとこたえはイエスだ、刑事さん。サリーとわたしは同じことを考えた」

サリーはフィンバー・サリバン部長刑事を短くした呼び名だ。クィンの右腕としてOD班で活躍している。

「彼とわたしは今週はその線で業務を進めようとしている。通常の担当事件と並行して〝ひそかに〟な。コールドケースの被害者コーラ・アーノルドの友人と家族への聞き取り調査を再度検討している。コーラの人生と、ビリーが住んでいた建物の男性住人についてわれわれが入手している情報が交差する部分をつきとめるためだ。こうして話したのは、この作業で夜遅くなったり早朝になったりすることが出てくるからだ。きみにはどうしても理解しておいてもらいたい……」

「わかったわ、マイク。あまりひんぱんには来られないと知らせておきたいのね」

「アルフの件で役に立ちたいのは山々なんだが――」

「よくわかっているわ。でもわたしにまかせて。自分でやってみせる。ジェームズ・ヤングにいくつか質問をして彼の反応を見極めればいいのよね。むずかしいことではないでしょう?」

マイクがわたしをじっと見つめる。「万が一に備えて相棒が必要だ」

「わかっている。だから昨夜エスターを連れてあの中庭に行ったのよ」

「だが彼女はきみのそばから離れた」

「そうするようにわたしがいったから」

「じゃあ約束してくれ。応援を連れて行くこと。ずっといっしょにいること。いいか？」

「いいわ。そうする。心配しないで」

「それは約束できないな」彼が微笑む。「わたしはフランコについてきみの役に立つ情報があるかどうか調べてみよう」

「ありがとう。心から感謝するわ」

彼が肩をすくめる。「気にすることはない。クリスマスだからな。きみがクリスマスに望むプレゼントを贈りたいだけだ」その言葉にふたりで微笑んだ。

「クリスマスといえば、休暇の計画はまだなにも話しあっていなかったわ。お子さんたちとどう過ごすのか決めてあるの？　わたしはあなたといっしょにふたりをブライアント・パークのアイススケートに連れていって、それからロックフェラー・センターのツリーを見に行けたらと考えていたの。セレンディピティに行けばいつでもフローズン・ホットチョコレートがあるし、メイシーズのウィンドウは今年はほんとうにステキ。モリーにはサンタランドはもう子どもっぽいんじゃないかしら？　ジョイは十一歳になってもよろこんでいたけれど」

「おいおい、ちょっと落ち着いてくれ」マイクが椅子に座り直す。「子どもたちは来ない。妻がフロリダに連れていくんだ。彼女の恋人の家族がいるから会わせるつもりらしい――」

「元妻ね」

「え？」

「あなたはいま、彼女を妻といったわ」

「そうか？」マイクが顔をしかめる。「習慣かな。とにかく彼らは二週間いない。だからクリスマスと新年の勤務を引き受けることにした。これもクリスマス・プレゼントの一種だ。家族持ちの同僚はわたしが離婚していると知っている。だからこれでいいんだ」

「それでは楽しむ暇がないわね」

「かえってよかったくらいだ。きみはクリスマスにジョイがパリから帰ってくるのをずっと楽しみにしていた。女同士で過ごす時間をだいじにしたいと前からいっていただろう」

わたしはうなずいた。娘に再会したら彼女がフランスで学んだことと味わったことや、すばらしい料理についてたくさんきかせてもらおう。それを思うと頬がゆるむ。

「ええ。ジョイに会いたくてたまらなかった」

「知っていたよ。だから、ものごとのいい面を見ればいい。きみはジョイとのおしゃべりで忙しいだろうから、わたしと会えなくてもそれほどさびしくはないだろう」

それをきいて気持ちが少し沈んだ。むろん、彼に会いたくなるに決まっている。クリスマスなのだからあたりまえだ。でもそれはいわずにいよう。彼に罪悪感を抱いて欲しくない。仕事上やむを得ないことなのだ（彼の結婚生活が破綻したのはこのあたりも関係している）。超過勤務くらいでわたしたちの関係が損なわれたりしない。それをマイクに知らせて安心してもらいたい。

「あなたのいう通りね」軽い口調でいって無理に笑顔をつくった。「わたしはすごく忙しくて、あなたと会えなくて寂しがる暇もないわね」

マイクの反応はわたしの予想とはちがっていた。笑顔が消え、少し悲しげだ。いまのは冗談よ、といおうとしたところで彼の携帯電話が鳴った。

「すまん」彼が発信者を確認した。

「警察の関係？」

彼はイエスともノーとも意思表示をしない。「これには出なくてはならない」

「わかった」

なぜか彼はキッチンでそのまま電話に出ずに、部屋を出ていった。わたしは戸口に移動して聞き耳を立てた。

「そうではない。コーヒーを飲んでいる」間があく。「ああ。そのつもりだ」さらに長い間があいた。「ああ、そうだ。そうだとも。とにかくいまは話せない」間があく。「無理だ」

わたしは顔をしかめた。どう考えても警察の業務のことを話しているようにはきこえない。

ちょうどその時わたしの電話が鳴った。といっても携帯電話ではない。携帯電話は寝室で充電中だ。鳴ったのは住居の固定電話だ。キッチンの子機を取った。

「もしもし?」

「ママ!」

「ジョイね!」

なんというタイミングのよさ。彼女の声をきいただけで力が湧いてきた。おたがいの近況を少し話したところで、折り入って話があるとジョイが切り出した。張りつめた声だ。

「ほんとうに申し訳ないんだけど、ママ。ほんとうに悪いんだけど、でも……」

「どうしたの?」

「じつはね、クリスマスの休暇にもどれなくなったの。やはりレストランで働かなくてはならなくて。許してくれる?」

ああ、ショック。数秒間、口がきけなかった。「あたりまえよ」なんとか立ち直った。「こちらも今年はすごく忙しいのよ……だから気にしないで」

数分後、ジョイとの電話を終えてマイクをさがしに行った。さきほどとは打って変わって心もない気分だ。なんということだろう。わたしは初めて愛娘と離ればなれのクリスマスを過ごすことになる。

マイクに伝えなくては。計画を変更してもらいたいわけではない。ただ親身になって耳を傾けてくれる人、愛情深く抱きしめてくれる人がどうしても必要だった。それに彼とわたしのあいだにはいっさい食い違いがないと自分を安心させたかった。超過勤務に対するわたしのコメントを誤解されてはいないだろうか。

居間で電話に出ていたはずのマイクはそこにはもういなかった。彼は寝室にいた。身支度を整え、肩をすぼめるようにしてホルスターを装着している。

「もう行ってしまうの? いそいでゴールデン・ジンジャーブレッド・メープル・マフィンをつくろうと思っていたのに。クリスマスのスパイスをきかせた熱いシロップを添えて。あなたにはふたつくらい味見してもらえるだろうと思っていたわ」

「すまない。いくつか取っておいてくれ、いいかい?」彼は感情を見せないままドレッサーに置いてあったバッジと財布をつかむ。「問題が起きた。行って片づけなくてはならない」

「なにを？」

「重大なことではない。後で電話するよ」

「でも、あなたに話したいことが——」

「あとできくよ、クレア。約束する」わたしの頬にすばやくキスをすると、彼は行ってしまった。

## 15

たいていのニューヨーカーと同じくジェームズ・ヤングという人物とコンタクトをとるのはかんたんではない。第一に彼の電話番号は電話帳には載っていない。インターネット上にはスタジオ19の住所などたくさんの情報が出ている。ただ電話番号は一般向けの代表番号だけ。かけてみるとオペレーターにつながったが、直接ヤング氏には取り次いでもらえない――とはいえ、彼がそこで働いていることは確認できた。

わたしはその人物の自宅の住所もアパートの彼の部屋番号も知っているのに、その場所に行く決心がつかないところがわれながら歯がゆい。マテオが叩きのめしたドアマンにふたたび見つかったら、今度こそ彼はわたしを逮捕させるにちがいない。おそらくアパートの住人に「しつこく嫌がらせをする」というもっともらしい理由をつけるのだろう。

彼のアパートを漠然と張っている（彼が建物に入る前か出ていく際につかまえるために）時間的余裕はない。そこでマイクのアドバイスを尊重して相棒に連絡を取ることにした。

マダム・ドレフュス・アレグロ・デュボワはわたしのボスであり、家主であり、元の姑であり、わたしの娘の最大の味方。そしてわたしの真の親友だ。そしてまたワシントンスクエア・パークの近辺でマダムほど愛すべき人柄でしかも探偵ごっこが好きな人物はいない（しかもエレガントでおしゃれ）。

マイクが出ていくと、彼が残したコーヒーを捨てた。冷めてすっかり味が落ちてしまっている。そしてモカ・エクスプレスを取り出した。いろいろな意味で自分の体内組織に熱い刺激を加える必要があった。アルフォンソ・ビアレッティが発明したコンロ用のエスプレッソ・メーカーで素朴なエスプレッソをつくった。店で使っている豆だが、こうするとイタリア人がほぼ一世紀にわたって楽しんで来た味になる。

起きてから三杯目のエスプレッソで活力がじゅうぶんにみなぎったところでマテオの母親に電話した。そしてこれまでに起きたことを洗いざらい話した――アルフが殺されたことからわたしが昨夜不法侵入容疑で逮捕されたことまで。マダムは最初、少々眠そうな声を出していたが、事実をひとつまたひとつ知るにつれて、すっかり元気になった。

「ほんとうに真夜中に非常階段をのぼって知らない人の部屋をのぞいたの？　さぞや刺激的な光景を見たのでしょうね」

「がっかりさせて申し訳ないんですが、わたしが見たのは写真つきの身分証だけです。スタジオ19という場所で働いている男性のものでした。独立系のテレビ局十一番街の十九丁目のそばにある――」

マダムが声をあげて笑った。

「なにがそんなにおかしいんですか？」

「スタジオ19のことなら、なんでも知っていますよ」

あやうくデミタスを落としそうになった。

「どうしてマダムが？　霊能力でもあるんですか？」

「それよりずっとくわしいわ。わたしは知りたがり屋なの。それによき隣人でもあるわ」

「どういうことでしょう？」

マダムはまた笑ったが、それ以上はなにも話してくれない。ただ、「何本か電話して」それからもう一度わたしに連絡するといって電話を切った。

ゴールデン・ジンジャーブレッド・メープル・マフィンを三十六個つくり、バリスタとして四時間のシフトの半分をこなしたあと、わたしは壁に小さな穴が規則正しく並ぶスタジオ19にいた。隣には凜としたたたずまいで風格のある銀髪の女性が座っている。わが国でもっとも人気が高いテレビ番組のひとつ、『ザ・チャッツワース・ウェイ』の収録現場をマダムといっしょに訪れたのだ。

マダムによればここの入場許可をもたらしてくれたのは規則違反の一匹のペキニーズなのだそうだ。「わたしが住んでいる建物ではね、ペットは二匹までという規則があるのよ」その説明だけではよくわからない。

「マダムのアパートの建物の決まりがどこでどう化けて、参加視聴者のウェイティングリストが三ヵ月先まで埋まっているテレビ番組に即座に参加できるチケットになったんでしょう?」

「それはね、誰かが管理人に密告したからよ」マダムが内緒話をするように声を落とす。「二階の音楽プロデューサーの愛人が密告の主にちがいないわ。その人は昼まで寝てパーティーから帰るのは午前四時。ね、あきれてしまうでしょう。わたしはボヘミアンたちには寛容よ、でも彼女は――」

「ペキニーズのお話ではないんですか」

「ああ、そうだったわ。誰かが管理人に、デューベリー氏と奥様のイーニッドが三匹目のイヌを飼っていると密告したのよ。だからわたしがそのイヌの飼い主のふりをしたの。すべてがまるく収まるまでわたしはミンを一日に二度か三度散歩させたのよ」

「それでは、収録のチケットを手配してくれたのはデューベリー氏なんですか?」

マダムがうなずく。「デューベリーさんはこの番組を配給している会社の大株主なのよ。わたしがミンを助けたことでそれはそれは感謝してくださったの。それでわたしたちはここにいるというわけですよ」

わたしもおおいに感謝しなくては。

わたしたちは最前列の席に座っている。暗いステージを技術者たちがせわしなく動きまわり、数台の大型モニターが天井からステージの脇に下がっている。モニターにはパステルピンクやパウダーブルーの背景に『ザ・チャッツワース・ウェイ』というロゴが入っている。

「つくづくマダムの凄腕には脱帽です。チケットと楽屋への許可証を二十四時間以内に調達してしまうとは」

「最初からあなたの探偵稼業にわたしを加えておけばよかったんですよ、クレア」少しそっけない口調だ。「今日わたしに連絡してくれたのはまったくもってラッキーよ。明朝にはオットーといっしょにバーモントの魅力的な小さな朝食付きホテル《B&B》に行く予定ですからね」

オットー・ヴィッサーはマダムの目下の恋人だ。年下のオットー（七十歳ちかい）は美術品のディーラーと鑑定をしているすてきな人物だ。マダムとの出会いはフレンチレストランのダイニングルーム。そこそこ込みあった店内の離れた場所からマダムを「目でくどいて」ふたりはたちまち恋に落ちたのだ。

「オットーへの『完璧な』贈り物は見つかりました？」

「中世の装飾写本のコレクションをしている人になにを贈ればいいものやら」指輪をはめた手をふりながらマダムがいう。「でもね、とことん考えて彼をペテンにかけることにしたのよ」

「いまなんとおっしゃったんですか？」

「中世の写本に見える聖母子の絵を手に入れたのよ。じつはスペインの贋作者が偽造したもので、伝説的なその偽造者は十九世紀のフランスで何百も贋作をつくったのよ」マダムがにっこりした。きれいな青い目の周囲にいたずらっぽい表情でやさしいシワがあらわれた。「オットーは確実に褒めそやすにちがいないわ。彼の仕事仲間のあいだでもきっと話の種になるでしょうね」

「すばらしくユニークだわ」

「ところでジョイはいつ着く予定なの？」

この瞬間をわたしはひどく怖れていた。マダムにもマテオにも、がっかりする知らせをまだ伝えていなかった。

「残念な知らせがあるんです。ジョイから今朝電話があって、けっきょくこちらにはもどらないそうです。休みが取れなかったそうで」

失望した表情が浮かぶと思ったのに、マダムはわけ知り顔でにっこりしてうなずいている。

「だからあの子の飛行機のチケットはちゃんとオープンにしておいたのよ」

こんどはわたしがわけ知り顔にうなずく番だった。

「あの子が仕事で自由に身動きが取れなくなるだろうとわかっていらしたんですね」

「仕事？」マダムが首を横にふる。「ジョイは仕事ではないわ、クレア。男の子よ。彼女は突如激しい恋に落ちて彼と一時も離れていることに耐えられないのよ」

「ジョイからきいたんですか？」

「いいえ！　自分の孫娘のことがよくわかっているだけよ。彼女と同じ部門ではたらく仲間ね。魅力的で女性の気持ちをつかんで離さない、たまらなく自信過剰なフランス人のコックにきっと首ったけになったのよ。願わくば、おたがいがそういう気持ちでありますように。あの子の気持ちを思うとね……どうかした？」

「わたしはただ……そんなことちっとも思いつかなかったので」

「あの子は巣立ったのよ。自分自身の人生を生きることを望んでいるわ」マダムが身体をそばに寄せた。「心配することないわ。マテオも同じだったもの。ヨーロッパにひと夏まるまる行ってしまって、とてもつらかった。でもあの子はあなたと帰って来たわ。そうだったでしょう？」

長い夏の物語を短縮すればそうなる。わたしの妊娠が夏を終わらせたのだ。わたしのお腹というオーブンのなかの甘い〝女の赤ちゃん〟の存在がなければ、自由奔放に生きエクストリーム・スポーツが大好きな二十二歳のマテオ・アレグロはわたしとともにママの元に帰ったかどうか、はなはだ怪しいものだ。

わたしはさらに深刻な気分になった。つかの間、昔をふり返ってよけいに心配になってしまった。ジョイは避妊についてわたしと話したことをちゃんとおぼえているだろうか。

マダムがわたしの腕をぎゅっとつかむ。「これだけはおぼえておいてね、クレア。ジョイが結婚して子どもを産んだら、いままで以上にあの子はあなたを必要とするはずよ」

会場のスタッフが来たのでわたしたちは話を中断した。彼は観客のあいだを移動しながら番組についてのパンフレットを配布している。マダムがそれをパラパラめくっているあいだ、わたしはスタジオ全体を見わたし、あの身分証の写真のジェームズ・ヤングに似ている男性はいないかとさがした。

「今日はクリスマス・シーズンのストレスについて取りあげるそうよ」読書用メガネをかけたマダムが教えてくれる。

「タイムリーですね」

「これによればドクター・チャズは南カリフォルニアで生まれ育った人で経験豊富な心

理カウンセラーなんですって。彼の妻のフィリスはツィンシティーズ出身の結婚セラピスト。ふたりは大学時代に出会い、『ザ・チャッツワース・ウェイ』はもともとミネアポリスのローカル番組として始まった。いまのように全米で放映されるようになってからは夫婦の不和を解消し関係を修復することにしぼった内容ですって」

「なるほどね……」周囲の人々の熱心な様子を眺めてみた。「観客の五分の四を女性が占めている理由はそこらへんにありそうですね」

「去年『ザ・チャッツワース・ウェイ』は連続番組になって、いまや昼間の番組としては『オプラ・ウィンフリー・ショー』、『ドクター・フィル・ショー』、『レイチェル・レイ』に続いて四番目に人気があるのよ」マダムが銀色の眉の片方をあげてみせる。「そしてどうやらジェームズ・ヤングというあなたがさがしている人物はこの番組のエグゼクティブ・プロデューサーのようね」

驚きをあらわす間もなく、メインステージの中央にスポットライトがあらわれた。高いスツールが並び、そこに腰かけている男性と女性が明るく照らされる。ふたりをおおぜいの番組アシスタント、数台のカメラ、二台のテレプロンプターが囲んでいる。観客席から興奮した声があがりぱらぱらと拍手が起きたところを見ると、彼らが名高いカウンセラー夫妻なのだろう。

「愛しています、ドクター・チャズ!」スタジオの客席のまんなかあたりから女性が呼びかける。

「わたしも愛していますよ！」彼がこたえる。

どっと笑い声が起きた──大部分が女性の声だ。

ドクター・チャズのネクタイの下に技術スタッフが小さなマイクを着けているあいだ彼は笑顔を絶やさず、手をふる女性たちに手をふってこたえている。長身でがっしりした体格の彼は少年らしさの残る人なつこい魅力をふりまいている。ハンサムな顔、そしてウェーブのかかった髪。歳の割りに白髪が多く、それが知的な印象を与える。

対照的にセラピストのフィリスは背が低く細身でブルネットの髪を思い切りよく短くカットしている。表情豊かな夫とはちがい、彼女はステージ上で最後の準備をしているあいだ観客を完全に無視している。夫がファンの注目を浴びていることには無頓着で、男性との会話に没頭している。シルエットしか見えないが引き締まった体格の男性だ。

やがてガラス張りのコントロールブースにいるディレクターから指示があり、ステージにいたスタッフが去っていく。フィリス・チャッツワースと話していた人物は彼女の腕を愛情のこもったしぐさでぎゅっと押さえ、スポットライトの光のなかに入った。ジェームズ・ヤングだった、実物は身分証の写真とほぼ同じだ。

その直後、明るいテンポの番組のテーマソングが流れ出した。デジタル式のプロンプターに『拍手！』という表示が出て観客が拍手をする。

そしてアナウンサーの声。「夫婦問題のセラピストとして二十年の経験を持つドクター・チャズ・チャッツワースとセラピストのフィリスがあなたを愛、ロマン、結婚の落とし穴とよろこびへと誘っていきます。いま、テレビ界でもっとも〝共感的で〟、〝親身で〟、〝鋭く本質を見抜く〟このカップルは……」

ここでスポットライトがふたたびあらわれてすばやくカップルを照らす。するとドクター・チャズとフィリスはちょうどキスのまっさいちゅう。しまった、とあわてたふりをしてから、ふたりは手を高くあげてつなぎ、スツールからぴょんと飛びおりて観客と向きあった。

「請求書！　贈り物のリスト！　会社のパーティー！　厄介な家族！　それよりも厄介な義理の家族！　『完璧な』クリスマスやハヌカーやクワンザにしなくてはというプレッシャーを感じていますか？」ドクター・チャズがたずねる。

フィリスが一歩前に出る。

「この季節の緊張感すべてが、あなたの結婚や愛情関係を追いつめていると感じているのであれば、どうぞお見逃しなく。今日、わたしたちはこのシーズンにつきもののストレスに取り組み、問いかけます。愛はそれを乗り越えられるでしょうか？」

「わたしたちの『チャッツワース・サバイバル・ガイド』でクリスマスのシーズンが離婚というエンディングを迎えてしまう事態を避けることができるかもしれません」ドク

ター・チャズが続ける。「これは『ザ・チャッツワース・ウェイ』ですからね、『ナンシー・グレース』（元検事によるニュース番組）とはちがいます」

モニターが点滅して『拍手！』と表示される。

ほぼ同時にすみやかにVTRがスタートする。カップルがクリスマス・パーティーや買い物先で口論している場面だ。ドクター・チャズとフィリスは統計データをたくさん引用して、「完璧なクリスマス」をめざす危険性と、幻滅を引き起こしがちな現実について話しあっていく。機能不全に陥っている家族の再会、離婚して離ればなれになった家族が公平に行き来しようとしてかえってトラブルになってしまう例、義理の家族との確執、要求が多い祖父母への対応。気がついたら自分たちのセックスライフが昏睡状態になっていた、という事態を避けるにはどうすればいいのか。オープニングのコーナーが終わるころには観客はすっかり納得している——。

〝クリスマスはわたしたちの心の健康に有害である！〟

「ここでお休みをいただきます」ドクター・チャズがいったん締めくくる。「休憩後、二組のカップルに登場していただきます。クリスマス・シーズンのストレスとのつきあい方を学んだご夫妻と——」

「〝学べなかった〟カップルです」フィリスがことさら顔をしかめながら続ける。

それからふたりは観客に背を向けて仲睦《むつ》まじく手をつなぎ、ぶらぶら歩きながらスツールにもどる。そこでステージは暗転。カメラが後ろに下がるとスタッフはその日のゲスト用のスツールを運ぶ。

ドクター・チャズとフィリスは椅子に座ったままだ。見ているとこのカップルはカメラがまわっていない時にはさほど仲がよさそうではない。フィリスは台本を手に夫のアシスタントを脇に呼び、つぎのコーナーの問題点を指摘している。彼らのマイクがオフになっていることがつくづく残念。彼女はほぼ三十秒間も強気でなにかを主張している。

ジェームズ・ヤングが登場してその場を収めた。すらりとしたアフリカ系アメリカ人のエグゼクティブ・プロデューサーはどうやらステージのムードを落ち着かせる存在であるようだ。頭をくっつけるようにして数分間話しあった後、ヤングは番組の看板スター夫妻の顔をつぶさないように変更を加えた。そこへ技術者が舞台裏のトラブルを知らせにきたのでエグゼクティブ・プロデューサーはふたたび退場した。

収録が再開し、ゲストのカップルが紹介される。昨年のクリスマスが列車事故並みの危機的状態となった典型的な例だという。

「メンフィスから来たトレイシー」とだけ紹介された三十代の金髪の女性は自分にとって「史上最悪のクリスマス」となった昨年のクリスマスについて、すすり泣きしながら話をする。

「クリスマスの前の週にわたしは真相を知ってしまいました。夫の会社のパーティーに遅刻して到着すると、会社の休憩室の赤鼻のトナカイのディスプレイの下で夫が同僚と〝汚らわしい〟ことをしていたんです！」

観客たちが息を飲む。

ドクター・チャズがふむふむという表情でうなずく。

「どんなふうに感じましたか、トレイシー？」

「怒りです！」

憤慨した観客から声が洩れる。トレイシーの隣に座っているのは別居中の夫トッドだ。彼は椅子に座ったまま身体をもぞもぞと動かし、けしからんという態度の観客（大部分が女性）をおどおどした表情で見ている。

「ではトッド、あなたにききましょう。どういう気持ちでしたか？」

トッドは落ち着かない様子で肩をすくめる。顔をしかめているおおぜいの女性をちらっと見て、それからおもむろに咳払いをした。

「傷ついていたのだと思います、ドクター・チャズ。とてもとても傷ついていました」

わたしたちの周囲の観客がまたざわめいた。さきほどとはちがい、今度は興味津々で前のめりになっている。

「傷ついたのですか？」ドクター・チャズは大変に好奇心をそそられたといった様子

だ。「傷つけたのは誰でしょう?」

「妻です」

観客の女性たちからささやき声が洩れる。トッドはこれ以上話すのはつらいというそぶりを見せる。しかしドクターが少しだけうながすと、彼は堰《せき》を切ったように話し始めた。

「妻に傷つけられたと感じたのは、彼女のせいでクレジットカードの請求額がふくれあがったからです。家族と友人のバカバカしいほど長いリストのためにわれわれにはとうてい支払いが間にあわないほどの贈り物を彼女は買ったのです」彼が首を横にふる。

「わたしは子どもたちの将来が危機にさらされていると感じて、愕然としましたよ。そんなわたしを責められますか?」

「なるほど、ほかには?」ドクター・チャズがうながす。

「あります！ ツリーの飾りつけをしたり靴下にプレゼントをいれたりするのに忙しくて、妻はわたしの要求を満たす時間をまったく取れなかった!」

「どうやら、あなたがたおふたりはどちらもまちがいを犯したようです」ドクター・チャズがすべてを見通しているといった表情でうなずく。

番組の後半はもう一組のカップルが登場し、セラピストのフィリスが質問した。「コロンバスから来たモナとビル」は幸福で〝うまくいっている〟夫婦だった。が、皮肉にもこちらはあまり観客の関心をひきつけることができなかった。

「悲しいけれど真実ね」マダムの見解だ。「列車事故は第一面を飾るニュースだけれど、時刻通りの到着ではニュースにならないわ」

最後のコーナーは「それでも人はセックスをする」というレギュラー・コーナーで、ストレスの強くかかる時期でもロマンティックな時間を持ち続けようとドクター・チャズとフィリスがアドバイスする。「愛する人と親密な時間をわずかでも見つけることは重要です。目がまわるような忙しいこのシーズンだからこそ、だいじなのです」

ＶＴＲが流れ、カップルがクリスマス・ツリーの傍らでキスしているところ、そりに乗って抱きあっているところ、完璧にラッピングされたプレゼントをベッドで交換しているところが映る。

「ヤドリギ（クリスマスに飾る植物。その下にいる男女はキスをしていいという風習がある）と音楽」を用意しましょうとセラピストのフィリスが提案する。

「キャンドルライトのそばにはキャンディケーンも」ドクター・チャズがつけ加える。

軽やかなエンディングのテーマがスタジオに流れホストたちが観客に手をふるころには、観客はすっかり心地よくなっている。プロンプターに『拍手！』という表示が出るといっせいに立ちあがった。

音楽が止むと出口のドアがあき、観客たちがぞろぞろと出ていく。マダムとわたしは手荷物を持って係員にちかづいた。

「すみません」マダムが声をかける。「わたしと義理の娘は舞台裏に入る許可証を持っているんです。ですから――」

「ああ、それではハイディが対応します。あそこにいるハイディ・ギルクレストです」彼が身ぶりで示した先にはアイスブロンドの髪の女性がいた。細身の身体にぴったりフィットしたグレーのビジネススーツを着ている。

彼女はハイヒールをカスタネットのようにカツカツ鳴らして狭い歩幅でスタジオの向こうからこちらまで歩いてきた。「こんにちは！」ハイディは真珠のような歯を見せてにっこりする。目もぱっちりしている。「お見えになることはデューベリーさんからうかがっています、ミズ・デュボワ。デューベリーさんはすばらしい方ですね。それにペットのイヌたちはたまらなくかわいいんですよね。どうぞわたしについてきてください、ご案内します」

手足が長くエネルギッシュな彼女が先頭に立ってケーブル、幕、各種機器が入り組んだなかを歩いていく。金属製の防火扉の前で立ち止まり、わたしたちが追いつくのを辛抱強く待ってくれた。

「こちらです」さらにカーペット敷きの長い廊下を進んでいく。「舞台裏には楽屋や事務室があります」廊下に沿って並ぶドアを彼女が指し示す。大部分のドアは閉まっている。「ここでお待ちください。いま確認を――」

わたしのすぐ脇の銀色の星のついたドアがいきなりあいた。飛び出して来たのはフィリス・チャッツワース。

「あぶない」彼女が叫んでぶつかってきたので倒れそうになった。

「ミセス・チャッツワース！」ハイディが呼びかけた。「デューベリーさんの親しいお友だちおふたりを紹介しますね。こちらがミズ・デュボワ、そして――」

フィリス・チャッツワースはわたしたちを完全に無視してハイディに話しかける。

「ミネラルウォーターのことでサイモンにメールを送ったのに、届いていないのかしら？」

ハイディの頭がすばやく上下する。「まちがいなく受信しています。確実に見てもらうためにプリントアウトして彼のデスクにわたしが置きましたから」

「でもわたしの楽屋には水が全然ないわ！　冷蔵庫は空っぽよ、ハイディ。空っぽなのよ！　収録がスタートする前からずっと空なの」

「どうなっているのか確認します――」

「夫のスナックをまちがいなくあなたが手配してくれたことは認めます。でもなぜわたしはミネラルウォーターが届くのを待たされなくてはならないの」

「ご安心ください、ミセス・チャッツワース。かならずご満足のいくように――」

「ではサイモンに解決させなさい。いますぐにね。それから営繕係にいってわたしの化粧室の天井の電灯を替えさせて。ほんとうに使えない人たち。組合員だかなんだか知らないけれど、一度くらい時間外にはたらいたって罰は当たらないでしょう。今日中にあたらしい電球をつけ替えさせてね！」

優雅なアシスタントがボスにしおらしくしたがう前に「共感的で親身になって考え、鋭く本質を見抜く」セラピストはわたしたちの目の前でドアをバタンと閉めた。

# 16

フィリス・チャッツワースが気むずかしさを炸裂しているあいだ、マダムとわたしはいたたまれない心地だったが、高飛車な態度を取られたハイディ・ギルクレストはまったくめげてはいない。

「ごらんの通り、とにかくここはあわただしいんです！」彼女は張り切った声でいった後、壁に取りつけてある電話の受話器をあげた。「サイモンに電話しておきますね。それからさらにご案内します」

すぐにべつのドアがあいた。やはり星がついている。

「フィルは今度はなにをイライラしているんだ？」チャッツワース夫妻の夫のほうだった。口いっぱいに食べ物を詰め込んでいるので言葉が不明瞭だ。彼はわたしたちがいることに気づいて棒立ちになった。

正直にいってドクター・チャズは至近距離で見るとますます魅力的。ステージで見た通り人をひきつけるおおらかさと人なつこさにあふれている。そしてたまらなくエレガント。頬にお菓子が詰まってシマリスみたいにふくらんでいてもまったく気にならないほど。

電話中のハイディは、わたしたちを紹介できなくてすみませんとドクター・チャズに身ぶりで謝る。彼はこの状況をおもしろがっているようだ。むしゃむしゃと咀嚼してようやくポテトチップスを飲み込んだ。

「行儀が悪くてすみません」彼が恥ずかしそうに笑う。「収録の後はいつもひどく空腹なので。たぶん番組でエネルギーを消耗するんでしょう。いかがですか?」

ドクター・チャズはまずマダムに袋を差し出す。

「どうぞおかまいなく。わたしは〝ポム・フリッツ(フライドポテト)〟派ですから!」

ドクターがそれをきいてうれしそうにクスクス笑う。わたしもスナックを辞退すると、彼は半分空になった袋を自分の楽屋に放り込み、ハンカチで両手を拭いた。そしてなにごともなかったようにわたしたちにウィンクしてみせる。

マダムは自己紹介し、それからわたしのことを紹介してこうつけ加えた。「今日の番組はとても楽しませていただきましたよ。どうしてもね、毎日欠かさず観るということはなかなかむずかしいんですけど、再婚後も初婚の時の妻を愛し続ける男性たちについて取りあげた時はとてもよかったわ」マダムはそこでわたしに意味ありげな目配せをした。

〝まあ、まだそんなことを〟。

「あれはとくに反響が大きかったんですよ」ドクター・チャズがこたえた。「とりわけ、初婚時の妻たちのあいだで好評でした!」

マダムが声をあげて笑った。わたしは笑わなかった(マテオの結婚でそれについての論争には終止符が打たれたはず。けれどマダムの表情を見ると、長らく続いた習慣はおいそれと消えるものではなさそうだ)。

ドクター・チャズがわたしと目を合わせた。

「今日の収録は楽しんでいただけましたか、ミズ・コージー?」

「ええ、とても印象的でしたわ」わたしは如才なくこたえた。

電話中のハイディはどうやら込み入った話し合いをしているらしい。彼はハイディを身ぶりで示した。「どうやらツアー・ガイドにほっぽらかしにされているようですね」

「サイモンと話があるようで」わたしが説明した。

「サイモンは好人物ですよ。ただあまりにも忙しい。だから毎日みんなのためになにかしらなにまでこなせなくてもしかたない」ドクター・チャズが大きな声を出した。あきらかに、星のついたドアの向こう側にいる妻にきかせようとしている。それから彼の口調がぐっと穏やかなものに変わった。「わたしでご案内できるところはありますか?」

マダムがわたしをちらりと見る。「じつは——」

「じつはですね」わたしがマダムの合図を受けて切り出した。「こうして舞台裏にうかがったのは番組のエグゼクティブ・プロデューサーのジェームズ・ヤング氏にお目にかかるためだったんです。彼とわたしは……じつは〝ご近所〟なんです。直接お会いしたことはないんですけど、わたしのほうは、ええと、お見かけしています」

ドクター・チャズがかなり長いあいだわたしをしげしげと観察し、それから片方の眉をあげた。「ジェームズは幸運です、彼は独身ですから」

「え？」

彼がこちらに身を寄せて声を落とした。

「あなたはジェームズに関心がおありだ、そうでしょう？　だからこうしてたずねてきた、ちがいますか？」

「その通りです」無理矢理に笑顔をつくった。

「ふう！　よかった」彼が笑う。「『男女関係のスペシャリスト』がそのあたりを見誤ってはまずいですからね。それに自分がなにを求めているのかを自覚し、行動を取る女性がわたしは好きです」彼がまたウィンクする。「来月の収録ではそのことを取り上げる予定です。よろしければゲストとしていかがですか？」

「いえ、それはちょっと」

「ジェームズはきっとよろこびますよ」彼はわたしの片腕を取ってやさしく自分の腕に

巻きつける。「いますぐ引きあわせましょう。あなたもごいっしょにいかがですか、ミズ・デュボワ?」

「いいえ、やめておきます」マダムが返事をする。「ふたりの邪魔をしたくありませんからね。わたしはここでハイディといっしょに待たせていただきます」

ドクター・チャズはわたしをともなって廊下を進み、マホガニーに似せたドアのところまで来ると、一度ノックをしてなかに入った。ちょうどジェームズ・ヤングは仕立てのいいスポーツジャケットをぬいでいるところだった。

「きみに会わせたい人がいるんだ、ジェームズ」ドクター・チャズは張り切っている。

「どうやらきみとこの美しいミズ・コージーはご近所同士のようだ。彼女はデューベリー氏ともお知り合いだ」

「デューベリー氏ですか、なるほど」ジェームズ・ヤングはうなずきながら片手を差し出した。「お会いできて光栄です、ミズ・コージー」

「クレアと呼んでください」

ドクター・チャズは腕時計をちらっと見る。「時間がないな。クラブでスカッシュをする予定なのでね。幸運を祈りますよ、ミズ・コージー」そしてもう一度、ウィンク。

ドアが閉まり、わたしはヤングの執務室を見わたした。広い部屋なのに狭く窮屈な印象だ。散らかっているせいだろう。デジタル式の録音機器、台本、山のような書類が部屋を埋め尽くしている。このなかでこの男性はどう仕事をこなしているのだろう。

「どうぞ掛けてください、クレア」

彼が椅子をすすめ、自分はデスクの向こう側の椅子に座った。落ち着き払った様子で左右の手のひらをあわせて長い指を立てる。

「それで、ウエストビレッジにはいつからお住まいなんですか？」

「数年前からです。といっても、出もどってきたんです。ビレッジブレンドというコーヒーハウスのマネジャーをしていました、ハドソン通りの大学のすぐそばです。それからニュージャージーに移って娘を育てていました。いまはまた街にもどっています」

ビレッジブレンドの名前をきいて彼の表情がぱっと明るくなった。

「そのお店は知っていますよ。近所の友人がおおぜいおたくのラテにやみつきになっています。わたし自身はお茶にはまっているもので——さいきんは白茶《バイチャ》に——ですからあまりたびたびはうかがっていませんが。悪く思わないでください」

「どうぞお気遣いなく」

彼の腕のロレックスを見なくても可処分所得が多いことはわかる。白茶《バイチャ》といえば世界中でもっとも稀少でもっとも高価なお茶のひとつだ。

ヤングが怪しむような表情でこちらを見ている。わたしが誰なのかを思い出そうとしているのだろう。

「同じ建物にお住まいということですか。チャズはご近所だといっていましたが」

「正確には数区画離れた場所に住んでいます。でもあなたがお住まいの建物とその周囲にはくわしいんです。市内でもかなり安全とされている地域ですよね。先日お宅のそばで人が殺されました。ご存じでしょう？」

ヤングがうなずく。「人が撃たれたという記事は読みました。どうやら、わたしが住む建物のすぐ脇の路地のようです」

「被害者はわたしの知り合いでした、ヤングさん。彼はわたしの友人だったんです」

「それはなんともお気の毒です」

「ええ」

被害者の知り合いときいて、彼にかすかな変化があらわれたのをわたしは見逃さなかった。冷静さが徐々に消え、そわそわし始めた。

「被害者の名前はアルフレッド・グロックナーといいます。彼は熱心なスタンダップ・コメディアンで、トラベリング・サンタの活動もしていました。彼の名前にききおぼえはありませんか？」

ヤングが口を結び、それから顔をしかめた。

「グロックナーという知り合いはいません。なぜわたしが知っていると？」

「わたしもそれを知りたいんです。じつは彼が殺された件について個人的に捜査をしています。昨夜、警察はアルフが銃で撃ち殺される数分前にあなたの部屋のすぐ外の非常階段にいたことを示す証拠を入手したんです」

そわそわしていたヤングの表情が凍りついた。彼はしばらく押し黙り、それから口をひらいた。

「それをきいて唖然としています。ほんとうです。あの晩はとくに変わったものを見たりきいたりしたおぼえはないですね。サイレンすらきいていない」

「でも不思議ですよね。なぜアルフはあなたのところのバルコニーにいたのでしょう?」

ヤングの片方の眉があがり、少々冷酷な表情を浮かべた。

「彼はプレゼントを届けに来たわけではなさそうですね、ミズ・コージー? プレゼントを届けに来たのなら、サンタは煙突を使うでしょうから。そうじゃないですか?」

「わたしは真剣にうかがっているんです」

「わかっています。ただ、そういう疑問を持つことが意外だと申しあげているんです。クリスマスのシーズンには泥棒がふえます。今日の番組のためにおこなったリサーチからもそれはわかっています……」

ヤングはしゃべりながら、腕のロレックスを何度かちらりと見た。彼の視線が落ち着きなく執務室のドアとわたしを交互に行き来する。〃なにか邪魔が入るのを期待しているの？　それとも誰かがいきなり入ってきて会話に加わることをおそれているの？〟

「あの日、わたしはずっと外出していました、クリスマスの買い物です。おそらくそのグロックナーという男はわたしが買い物袋をたくさん持って近所を歩いているのに目をつけたのでしょう。そして後からつけてわたしが住む建物まで来た。わたしの部屋に強盗に入るつもりで」

ホワイトホース・タバーンのバーテンダーの話を思い出していた。アルフはあの晩、あの酒場にいた。クランベリー・ジュースを注文し、それを全部飲み終えないうちにあわてて出ていった。それからジェームズ・ヤングのコーヒーテーブルに置かれた小さなショッピングバッグのことも思い出した――ティファニー、トゥルノー、サックスというロゴのついた袋を。

〝あの晩アルフはジェームズ・ヤングが自宅に歩いて帰るところを見たのかしら？　ビッキ・グロックナーの話はほんとうだったの？　オマール・リンフォードはアルフに貸したお金のことで脅したり圧力をかけたりしていたの？　アルフはリンフォードに返済できなくて絶望的になり、それで強盗を企てたの？　もしそうならばジェームズ・ヤングはアルフが初めて強盗を企てた相手なのか、それともこれが初めてではなかったの？〟

ヤングのデスクの電話が鳴った。

「すみませんが、ミズ・コージー」彼が受話器に手を伸ばす。「仕事がありますので」

わたしは渋々とジェームズ・ヤングの執務室を出てマダムをさがして合流した。手助けしてくれたハイディに礼をいい、わたしたちは十一番街でタクシーをつかまえた。

「なにか収穫はあったの？」後部座席にふたりで乗り込みながらマダムがたずねた。

「ジェームズ・ヤングは魅力的で、自信にあふれ、金銭的にとてもめぐまれている人物です。それがわかりました」

「そういう人たちは殺人をしないでしょう？」

「そういうことではないんです。仮にアルフ・グロックナーが強盗を企てているところをジェームズ・ヤングが見つけたら、路地まで追いかけて撃って、それからトラベリング・サンタのカートからお金を奪い、まるでゆきずりの路上強盗のように見せかけるでしょうか？」

「あきらかにバカげているわ」

「賛成です。昨夜はヤングは自宅の外の非常階段で暗い人影を見て――わたしですけど、――なにをしたかといえばドアマンを呼んだだけです」

「あなたをひどい目にあわせた人物ね？」

「はい、あの粗野な男にゴミ容器に閉じ込められました。でも彼はわたしを撃たなかった。ニューヨーク市警に通報したんです。きっとアルフに対しても同じことをしたにちがいないわ……ただ、ジェームズ・ヤングはなんだか怪しくて……」

「どういうこと？」

「わたしがアルフのことを持ち出したらぎくっとした様子でした。なにか隠しているみたいに。わたしに話した内容よりもっと多くのことを知っているような感じです」

「自宅のすぐ外で起きた凶悪犯罪についてあなたに厳しく追及されて不安になっただけじゃないかしら」

わたしはタクシーのビニール張りのシートを指でトントンと打ちながら、レストラン、商店、アパートが流れるように遠ざかっていくのを眺めた。

「ヤングはわたしに怪しまれているとわかったはずです。少なくとも、アルフが彼のバルコニーにいた理由をわたしが納得していないのはわかっています」

「自分が殺人事件に関係しているようなことを誰かににおわされたら、誰だって平静ではいられないんじゃないかしら？」

「そうでしょうね」

「それで、どうするの？」マダムが車のシートに座ったまま向きを変えてわたしと向きあう。「この手がかりはまだ期待が持てるんでしょう？　ヤング氏はあなたにあたらしい糸口を与えてくれたのではない？　こんどはどんな仮説を組み立てたの？」

わたしは片方の眉をあげた。「なんだか刑事みたいな口調ですね?」

「まあね」マダムが片手をひらひらとふる。「コーヒーハウスのマネジャーとして、警察関係者に刺激的な飲み物を日々提供していましたからね」

ボヘミアンの時代のマダムの痛快なエピソードはいろいろきいている。それといまの発言はどう関係しているのだろう。マダムに確かめようとした時、わたしたちが乗ったタクシーは歩道の脇でぴたりと停止した。支払いをすませて車をおりたとたん、わたしたちははっと息をのんだ。ビレッジブレンドへの入店を待つお客さんが長蛇の列をなしている。

「まあ!」マダムがぽかんとしている。「不況になって以来午後のお客さまが減ったとあなたからきいたわね」

「確かにそういいました」

「こんなに熱狂的に飲食店に人があつまるなんて。どこかのテレビ番組がビレッジブレンドをとりあげたのかしら?」

「さあ、きいていませんけど……こちらから行きましょう」

人ごみをかき分けていくのではなく、わたしは先に立ってマダムとともに裏の路地にまわり、カギを取り出して裏口をあけた。保存庫を抜けて地下と上階のわたしの住居に続く従業員用の階段の吹き抜けを通った。

「上に行って話をしましょうか？」わたしはたずねた。

「この大騒ぎがなにごとなのかを確かめずに？　とんでもない！」

# 17

「みなさん！　みなさん！」タッカーが叫び、手をパンパンと叩く。「どう〜か、ご注文の品はこのカウンターに着くまでに考えておいてください！　それからわたしのところに来るまでに、お金あるいはクレジットカードをご用意ください！」

コーヒーカウンターはカフェインたっぷりの動物園のような状態だ。それも景気のよさそうな動物園。店がこんなに混雑しているとは、いまだに信じられない。さきほどスタジオ19に出発した時には、いかにも平日の午後らしい眠たい空気に包まれていた。いまメインフロアはわいわいと人でぎっしりだ。タッカーのシフトがすでに始まっているが、まだエスターが残ってエスプレッソマシンの後ろでダンテとともにドリンクをつくっている。彼女は勤務終了後も、喉をからからにして津波のように押し寄せる人々をさばく手伝いを志願してくれたにちがいない。

わたしはマダムのほうをふり返った。

「わたしも助っ人に入ります。でも、その前に大切なことをきいておきたいんです」

「わかったわ」マダムがうなずく。「わたしはテーブルを見つけるわ」

一階をすばやく見わたして、マダムは難なくテーブルを見つけた。行列はドアの外まで続いているけれど、空いているテーブルはまだたくさんある。バリスタたちがつくっているドリンクの大部分は「羽つき」、つまりテイクアウトなのだ。初めてのお客さまもおおぜいいるが、以前の常連さんたちも同じくらいたくさんいる。しばらくぶりに顔を見せてくださったのだ。

タッカーの友だちもいる。以前にテレビの昼のドラマに出演していたシェーン・ホリウェイという俳優だ。くしゃくしゃの金髪といま流行の顎の無精ヒゲを生やした彼はあいかわらず若くて魅力的。マフラーを粋に巻いて暖炉のそばでドリンクを口に運んでいる。わたしに気づくと、満面の笑みを浮かべてウィンクをした。

〝またもやウィンク〟。テレビ関係者はいったいどうなっているんだろう？　あのスポットライトのせいで視覚がどうにかなっているの？〟

わたしはお行儀よく手をふってこたえた。三十代の赤毛の人物に気づいたのはその時だ。アルフが殺された晩にぶつかった女性だ。彼女はずっと向こう側の奥の隅に座っている。今日も華やかな姿だ。そして今日も怒った表情。まるでわたしが彼女の顔に〝マキアート〟でもぶちまけたかのようにこちらを睨んでいる。

わたしも彼女を見返した。動じたりしない。すると彼女が目をそらした。

執念深い高貴な女性のことなど頭のなかから追い出して、アシスタント・マネジャーの肩をポンポンと叩いた。「いったいなにごとなの、タッカー？」

「ああ、クレア！」彼がようやくわたしに気づいた。「ファララ・ラテですよ！」

「まさか。そんなはずないわ。あの黒板を歩道に置いたのは今朝よ！」

クリスマスの味のラテはアルフのアイデアだった。それを使って利益を得ることには気乗りしなかったけれど、ふたつの理由から気持ちを変えた。ひとつには店の売りあげのテコ入れのためにカンフル剤がどうしても必要だった。この店を維持し従業員の職を守る責任を負うマネジャーである以上、なんでも積極的にトライしてみなくては。第二の理由は、昨晩デクスター・ビーティがガードナーのブラックケーキ・ラテを飲んで故郷を懐かしむ様子を見たから。アルフのアイデアでたったひとりのお客さまでもいいから幸福なクリスマスの記憶がよみがえるなら、メニューに加えるだけの価値があるはず。それにしてもこんな大反響は露ほども期待していなかった。まったくわけがわからない！

「タッカー、この人たち全員がたまたま通りかかったはずがないわ！」

「この店のことはネット上にバンバン出ているんです。食通のブロガーとして有名なふたりがビレッジブレンドに足しげく通っているんです。彼らが今朝まっさきにうちのラテについて書いたんですよ。ファララというクリスマスならではのテーマを絶賛したんです。じっさいには、ひとりが絶賛して、もうひとりは『センチメンタル』だと揶揄《やゆ》した感じででした。でもどちらもラテの種類と味を高く評価しています。それからさらにふたりの美食ライターが取りあげました。こちらはずっと規模が大きい。グラブストリート・ダイジェストとフィードバッグ・コムですよ！ 彼らはデジタルカメラで写真を撮りました。ビデオを撮ってユーチューブにアップした人もいたんです！ この店のことでウェブ上の美食の世界は持ち切りです！ 《ポスト》紙の記者がさきほどまでいて、《タイム》紙のカメラマンが電話で店の住所を確認してきました！」

「すみません！ ちょっと！」ストッキングにハイヒールの若い女性がブランドバッグをレジの上にどさっと置いた。「仕事の休憩時間なのよ。わたしの注文を受ける気があるの、ないの？」

タッカーがいきおいよくそちらをふり向く。

「落ち着いてください！ いますぐにうかがいますから」彼が指を鳴らした。「それから、そのケイト・スペードをレジからどけたどけた！」

「十分だけちょうだい、そうしたらエスターと交代するから。マダムをテーブルで待たせているのよ」

「大丈夫ですよ。目下わたしたちは最高のスピードでこなしています。あとひとり分の手がふえてもダンテはこれ以上速くエスプレッソを抽出することはできません」

「そうね、速くしてはいけないわね」

「わかっていますとも。高い品質があってこそ百年以上もこの店が続いてきたのですから。しかしいっておきますが、わたしは七時きっかりに振り付けのリハーサルをスタートしなくてはならないんです。いま製作中の『北極へのチケット』のリハーサルです。踊る妖精《エルフ》と歌うサンタの助手はみなスタンバイしています」

寄付金集めのパーティーは今度の火曜日の晩なので一刻の猶予もないんです。踊る妖精《エルフ》
「だからシェーンがここにいるの？」わたしは隅のほうを指した。シェーンがまだこちらを見ていたので、あわてて人差し指をおろした。

「おやおや、シェーンはもうここに？」タッカーが部屋の向こうに視線をやって手をふった。「リハーサルの場所は目と鼻の先なんです。それから、おっしゃる通り彼は踊る妖精《エルフ》のひとりです。ディッキー・セレブラトリオがどうやら――」

「あのパーティー・プランナーの？」

「ええその人です。この盛大なパーティーは彼の企画なんです。その彼にどうしてもと頼まれてシェーンを起用することになったんですが、かえって好都合でした。寄付金あつめのパーティーにいらしたご婦人がたは彼のタイツ姿を見てさぞやよろこぶでしょうからね。ともかくリハーサル会場はすでに料金を支払っているので、超過勤務はどうしてもできないんです」

「大丈夫よ、タッカー。わたしがカバーするから」わたしはエスターのほうに身をかがめ、シフトが終わった後も残ってくれたことにお礼をいった。

「お礼なんてやめてください。ちゃんといただくものはいただきますからね」

彼女の肩をつかんで思いを込めてぎゅっと力をいれた。わたしはセーターの袖をまくりあげた。数分後、つくりたてのファラララ・ラテをふたつ持ってマダムのところに行き、店が突然大混雑になったわけを手短に説明した。

「なるほどね」店のメニューに加えた最新のラテを味見してからマダムが口をひらいた。「あたらしいラテがどれもこのチョコレート・チェリー・コーディアルのように心弾む味わいなら、わたしたちは金鉱を掘り出したようなものね」

わたしは笑ってしまった。「それならぜひアプリコット・シナモン・ルガラーとラズベリー・ジェリードーナッツ・ラテを試してみてください」

「ハヌカーのためね！　すてき！」マダムが歓声をあげる。

「エスターのアイデアです」わたしはにっこりした。でも行列が心配でどうしてもそちらを見てしまう。

「もういいわ、クレア。こんなに店が忙しい時にわたしをもてなすことありませんよ。ききたいことをきいて、仕事にもどりなさい」

わたしはマダムに身を寄せた。「オマール・リンフォードという人物をご存じかどうか知りたいんです」

マダムがしばし思案し、そして顔をしかめた。「その名前には心当たりはないわね」

「残念。これで手がかりはなくなり、アルフのお嬢さんの推理が現実味を帯びてきました」

「どういうふうに？」

「アルフ・グロックナーは温かい人柄で、寛大で、思慮深く人道主義的な人でした。彼が押し込み強盗に豹変するとしたら、その理由はひとつしか考えられません。圧力をかけられたか、脅されたか。彼はリンフォードという男に多額の借金をしていました。アルフはそれを返すために犯罪に走ったのかもしれません。が、仮にそうだとしても、どうやら彼はリンフォードに速やかに支払いをしていなかった。だからリンフォードは見せしめとしてアルフをこらしめた」

「警察はその男を調べたの？」

「ええ、でも前科はなく、ゆきずりの路上犯罪に見える事件の容疑者である可能性はなさそうだと考えたのです。いまはとくに路上犯罪がふえている時期なので」

「警察の判断が正しいとは考えられない？　アルフはあのジェームズ・ヤングというすてきな男性のところに押し込み強盗をはたらこうとした。でも考え直した。その後、彼自身が襲われて殺されたのかもしれないわ。なんとも皮肉なことだけれど」

「ええ、そんなふうにシンプルだった可能性はあります。でもビッキ・グロックナーは、そうではないと主張して——」

そしてマダムにはいわなかったけれど、この事件の捜査の指揮を執っている刑事への不信感をわたしは捨てられずにいる。フランコ「将軍」は自警団を地でいく人だ。それは彼の相棒も認めている。捜査に口を挟んだという理由でわたしにあれほど敵意をむきだしにした。かと思えば、わたしには「きみは悪いことができる人間ではない」と奇妙なほど真剣に断言した。どうも釈然としない。アルフが殺された晩、フランコは勤務についたばかりだといった。彼が路上の犯罪に彼流の制裁を加えようとしてアルフを撃った可能性はあるのだろうか？　あるいはアルフの殺害についての真相を隠すことに関わっているのだろうか？　賄賂を受け取って見て見ぬふりをする警官がいないわけではない。撃たれた人物は別の事件の犯人と彼が判断していたらどうだろう。

「リンフォードと話してみる必要があります。なにかがわかるかもしれません。たとえ彼が否定しても、うそを見極めるための材料になります」最後にわたしはマダムにいった。

「それにも相棒が必要でしょう？」

「まずこの男性に関する情報をあつめる必要があります。住んでいる場所はわかっています——ビッキ・グロックナーの隣ですから。でもビッキは彼の背景についてはあまりわからないらしくて。彼自身のこと、彼の事業、仕事仲間についてもっと調べなくては。どういうふうに話をきけばいいのかも考えておかなくては」

ちょうどその時、金髪をツンツンと立てた青ざめたような肌の若者がわたしたちのテーブルにちかづいてきた。細身だがバネのありそうな身体つきだ。バギージーンズとレーシングブーツをはき、マンハッタンではあまり見ない光沢のある革製の黒いブレザーを着ている。若者は礼儀正しく頭をぺこんと下げ、それから前屈みになってヒップホップのポーズを決めた。

「クレア・コージー、クレア・コージー、あなたはビレッジのさわやかな花束、どうぞわたしのツァリーナ(ロシアの皇后)を解放してください、そうしたらいっしょに帰れます！」

マダムが目をみはる。彼女はわたしをちらりと見ると、ラッパーに話しかけた。

「誰があなたのツァリーナなのかしら、お若い人」

「ウエストビレッジのベスト・ガール！　あのたまらなくかわいいお尻と胸を持った彼女！」若者は片方の手を拳に握って突きあげ、小指と人差し指を伸ばしてカウンターの方を指さした。

「エスターなの？」マダムがわたしに視線を向けて、いちおう確認する。

「こちらはボリス・ボクーニン。ロシアから移住してきたスラムの詩人にして都会のラッパーです」マダムに紹介した。彼はブライトン・ビーチのベーカリーでアシスタントとして熱心に働いているのだが、彼がそう紹介されたがらないことはわかっている。

「それで正しいかしら、ボリス？」

ボリスが小さくお辞儀をする。「ＢＢガンです。ヒップホップのニックネームです！　レディのみなさま、どうぞわたしにおまかせください」彼が両手を打ち鳴らしてわたしたちを指さす。「あなたがたのキャンドルをともしてみせましょう！」

マダムがわたしをちらりと見る。「ビートを思い出すわ！」

ボリスが目をまるくしている。笑いじわができている。「誰かをやっつけろ《ビートダウン》と？」

「〝ビート詩人〟のことよ。でも、もう前世紀のこと」わたしは椅子から立ちあがった。

「すぐエスターと交代するわ。エスターにそう伝えてちょうだい」

ＢＢは満面の笑みを浮かべた。わたしに敬礼し、マダムにお辞儀をして、レーシングブーツでくるりとまわれ右をしてカウンターに向かった。

マダムがわたしの腕に触れた。「アルフを殺した犯人の捜査の進みぐあいを欠かさず知らせてね。できることがあれば力になりたいから」

わたしはマダムの手を軽く叩いた。「オットーといいご旅行を。バーモンドのＢ＆Ｂに泊まるなんて、とてもすてき。マダムの恋人はクリスマス・シーズンにロマンティックな関係を維持する方法をちゃんとわかっているんですね」

「ヤドリギと音楽よ」彼女がウィンクする。「キャンドルのそばにはキャンディケーンも」

わたしはうなずきながら、複雑な思いが湧いてくるのに気づくまいとした。ジョイは遠いところにいる。マイクはコールドケースの解明に取り組んでいる。今年のクリスマスはあまり心弾むものにはなりそうもない。そっとため息をついて、身をかがめてマダムにハグをしてお別れした。

パリのジョイがニューヨークにいる祖母が味わっているような幸福を見つけていますように。わたしにはそう願うことしかできない。今日の『ザ・チャッツワース・ウェイ』のテーマとはべつに、一年のうちでもっともロマンティックな日々をクリスマス・シーズンに過ごす女性もいるのだ。残念ながらわたしはそのひとりではないけれど。

# 18

マダムに旅の幸運を祈ってから数日後、オマール・リンフォードとランチをともにするためにスタテンアイランドに向かうことになった。もちろん相棒もいっしょだ。マダムはまだ長いロマンティックな週末を旅先で過ごしているので、身の安全をはかるために今回もエスター・ベストに出番を願った。

朝の勤務をいっしょに終えて、彼女に運転してもらうことにした。ライトハウス・ヒルまでの道中、わたしがつくった〝ストゥラッフォリ〟を彼女の膝に載せてぐらつかせるリスクを避けたかったからというのがおもな理由だ。

デクスター・ビーティによれば、お手製の焼き菓子を贈り物として持参するのは好意の印だという。リンフォードはジャマイカ系の血をひいているのでブラックケーキであればもっといいのだろうけれど、三週間かけてマニシェウィッツのワインに漬け込んだり、ブルックリンに出かけて西インド諸島の本物のバーント・シュガーの瓶入りを手にいれる余裕はなかった。

そのかわりに子どものころからの大好物を焼いた。「イタリアン・クリスマスツリー」というお菓子だ。これでさいさきのいいスタートが切れますように（ダッシュボードにぶつけておじゃんにするようなミスをわたしがおかさなければ大丈夫）。

エスターの運転はブルックリン橋ののろのろと渋滞する道路ではまずまずだったが、いまや二七八号線をおそろしいスピードで疾走している。

「エスター、スピードを落として！　わたしたちはただロウアー・マンハッタンからブルックリンハイツに来ただけよ。モナコ・グランプリに行くわけじゃないんだから！」

「すみません」彼女が返事をしてペダルにいれた力をゆるめる。「ただ、ここの道を走るのはどうにも退屈で……」

スタテンアイランドはその名の通り、島だ。ブルックリンとはヴェラッザノ・ナローズ・ブリッジで結ばれている。車を使わない人々は有名なスタテンアイランド・フェリーで通勤する。

「バッテリー・パークからフェリーに乗るほうが絶対に楽ですよね」

エスターのいう通りだ。しかし九月十一日の同時多発テロ以後は車のフェリー利用は禁じられている。それは彼女にもわかっているはず。

「ほかに選択肢はないわ。ブルックリンから行くしかないのよ」

エスターがため息をつき、ふたたびアクセルを踏み込んだ。

「ところでボス、この招待をどんなふうに取りつけたのか、まだきいてませんけど」

「デクスターのはからいなのよ」ハイウェイを快調に走る車中でわたしは説明する。「少々調べてみたら、彼とリンフォードは知り合いだとわかったの」

「なるほど。じゃあ、かんたんだったんですね」

じっさいには、かんたんではなかった。

わたしは土曜日の朝にリサーチをスタートさせた。リンフォードの名前をインターネットの検索エンジンふたつに打ち込んだところ、彼がリンバンタージというヘッジファンドを創設し経営していることがわかった。ファンドはアンティグアを本拠地とし目論見書をインターネットに載せている。どうやらひじょうに利回りが高いらしく、最低投資額を高く設定してクライアントの層を絞り込んでいるようだった。

さらに調べてみると、リンフォードは半ダースの貿易会社の取締役として名簿に名を連ねていた。どれも西インド諸島に本社を置いている会社だ。

西インド諸島といって思い浮かぶのはマテオの友人のデクスターだ。彼はブルックリンの西インド諸島のコミュニティではまちがいなく中心人物だ。西インド諸島出身でニューヨーク近辺にいる有力者はまちがいなくデクスターを一度や二度訪問して自己紹介し、パーティー、家族のあつまり、伝統的なお祝いのために西インド諸島のほんものの品を購入しているはず。

さっそくその日の午後にデクスターに電話してオマール・リンフォードという名に心当たりはないのかとたずねた。ところがデクスターはそんな人物はまったく心当たりがないときっぱりといい、丁寧にわびながら電話を切った。最初、わたしは彼の言葉を信じたが、その夜調べているとリンフォードはジャマイカに本社を置く高級食品を輸入する会社を所有しているとわかった。ブルーサンシャイン社だ。

ジャマイカ産の〝アキー〟という果実は毒をふくむのだが、二〇〇〇年にアメリカの食品医薬品局が輸入を解禁した直後、デクスターはアキーの缶詰を一ケース七十五ドルで売る「大物の輸入業者」と契約したと自慢していた。

低い卸価格のおかげでデクスターはブルックリンの各店でジャマイカのその特産品を一缶六ドルあるいは七ドルで小売りすることができた――全米のよそのどこの相場と比べてもおよそ半分の価格だ。デクスターの〈テイスト・オブ・カリビアン〉の各店でそんな破格で手に入るとなると、とくに需要が高まるクリスマス・シーズンには大変な人気となった。なにしろよそではアキーの価格が軒並みあがってしまうのだ。

「わたしはうさんくさいものは決して売らない。うちのお客さまのためにトップブランドを手に入れてる。十九オンスのアイランドサンの缶をね」デクスターは胸を張った。

ブルーサンシャインという会社のウエブサイトでは、自分たちはアイランドサンというブランドのジャマイカ産のアキーを東海岸でもっとも安い卸売価格で売っていると自慢している。わたしはここから自分なりに結論を導き出して（今回は伝統的スタイルで二足す二は四というこたえを導き出した）、忙しいデクスターの邪魔になるのを承知で二度目の電話をした。

「二度目の電話ではかなり圧力をかけてみたの。そうしたらデクスターはついに、オマール・リンフォードと『秘密の取引』があると認めたわ。ブルーサンシャインという会社だけではなく、オマール自身ともね」

「なんだかうさんくさい感じ。どんな関係なのかしら」エスターが片方の眉をあげる。

「ビッキ・グロックナーが想像していたような関係ではないわ。デクスターはリンフォードからマリファナを仕入れて店で売っていた、なんてことはないはず」

「ほんとうに？」

エスターが疑うのも無理はない。リンフォードが関わっている取引はどうも怪しい。リンフォードの会社との取引は何年も前からあったはずという状況証拠を突きつけても、デクスターには取引の内容をぼかされた。

リンフォードの事業はすべて合法的に見える。でもそれがどうしたというのだ。合法的なビジネスに見せかけて違法な活動をおこなうことなど、いくらでもできる。地元のスポーツの賭けの胴元をしていた人物を父にもつわたしがいうのだからまちがいない。

デクスターへの二回目の電話のさいちゅうに思い出した。ビッキ・グロックナーが父親の殺害について、犯人をつかまえる協力をして欲しいとやってきた晩、デクスターもビレッジブレンドに姿をあらわした。とつぜん、思いがけずあらわれたのだ。それで一気に頭がはたらいてデクスターに単刀直入にたずねた。オマール・リンフォードのために〝情報収集〟もしているのかどうかを。

デクスターはリンフォードとの関わりについて言葉を濁していたが、動転したのは確かだ。けっきょく月曜日午後一時きっかりに「フルコース」の昼の会食をセッティングすると約束してくれた。これでリンフォード本人に「ストレート」に問いただすことができる。デクスターは「ダイバーと真珠の板挟み」になるのはごめんだといって同席を断わった。

日曜日、わたしはマテオに電話してみた。デクスターがオマール・リンフォードとの関係をなぜか否定したことを報告するつもりだった。でもマテオと話せたのはほんの数分だけ。ブリアンが週末を「田舎で」過ごしたいといって急遽コネティカットに行くのだそうだ。といってもヤドリギと月の光の下で過ごすためではなく、彼女の雑誌を発行している出版社の社長と理事たちとの人脈づくりのため。

「火曜日にもどるからビレッジブレンドに行くよ。デクスターがそのリンフォードという人物と知り合いだったことも、取引があったことも知らなかった。が、そこらへんの事情はなんとなく察しがつく。いまはいえないが」

「どうしていえないの？　その人物とは月曜日に会うことになっているのよ。どうして説明できないの？」

「携帯電話で話せるようなことではないからだ。それが理由だ！」

エスターが運転するわたしのボロボロの十年もののホンダはいまヴェラッザーノ・ナローズ・ブリッジを走っている。まもなくラトゥレット・パークを通過する。リッチモンド・クリークの周辺の森やラトゥレット・ゴルフコースのよく手入れのいきとどいた芝生を含むスタテンアイランド・グリーンベルトの一部だ。いまは凍るように寒く雪で覆われているけれど、数年前の夏に訪れた時このあたりがどれほど美しい光景だったか、どれほどみずみずしく青々と葉が繁っていたのかをよくおぼえている。

ライトハウス・ヒルの地域には一度だけ車を運転してきたことがある。歴史的建造物のクリムゾン・ビーチハウスを見に来たのだ。フランク・ロイド・ライトが設計したニューヨークで唯一の家だ。大学で美術を学んでいた時にあこがれた建築家のひとりがフランク・ロイド・ライトだった。この家のもともとのオーナーが五十年前にキットの形態でつくらせたもので、これまでにこうして建てられたプレハブ住宅は一ダースに満たない。

リンフォードの家はプレハブ式ではない。グーグルマップで見た限りでは、建築面積はフランク・ロイド・ライトの家よりもはるかに広い。その一帯でもっとも高級な場所で海が見える。

「あそこで曲がるのよ。左よ左！」わたしが叫んだ。

エスターが思い切り急ハンドルをきったので、片側の車輪が地面から浮きそうになった。わたしは〝ストゥラッフォリ〟が傾かないように必死に守った。危ういところだった。

「ごめんなさい」エスターがお菓子をちらっと見る。「それはそうと、ドーナツの穴でできたその山はなんなんです？」

エスターはむろん、わざとそんなふうにいっているのだ。〝ストゥラッフォリ〟の小さなボールドーナツはドーナツの穴よりも小さい。ハチミツをからめたドーナツを伝統的なクリスマス・ツリーの形（丸いピラミッドのような形）に積み、七色の色鮮やかなスプリンクルをまんべんなく散らした後、全体を乾かして慎重にラップで覆った。

「〝ストゥラッフォリ〟というのはとても古くからの伝統なのよ」エスターに説明した。「ハチミツを絡めるのは家族の関係を『甘く和らげる』という意味が込められているの――」

エスターが鼻を鳴らす。「じゃあ、今年は姉に少し持っていこうかしら！」

「イタリアではかつて修道院で尼僧たちがこれをつくり、クリスマスの時期に貴族に配っていたのよ。彼らの慈善行為に対する感謝のしるしとしてね」

「では、ある意味ではリンフォードにぴったりですね」エスターがこたえる。

「どういう意味かしら？」

「リンフォードがアルフを殺すように指示していなければ、それだけのお金を貸したことはある種の慈善行為といえますからね」エスターが肩をすくめる。「回収する気が満々だったなら、見当ちがいだろうけど」

「揚げたボールドーナツにハチミツを絡めて積んだものが二十万ドルの埋め合わせになるとは、ハナから考えていないけれどね」わたしはぼそっといった。

エスターがオーシャンビュー・コートへと曲がり、すてきな住所の目的地へと車を走らせる。めざす家の前庭の芝生を見てふたりそろって目をみはった。

　エスターがわたしをちらりと見る。

「この人は、クリスマス・マニアなのかしら、でなければいったいなにごと？」

　低い木立も高い木もすべてライトで飾られている。実物大のそりが二台、陽気な感じの妖精が三体。大きなサンタクロースとミセス・クロースは明るく光っており、八頭の小さなトナカイは赤鼻のルドルフを先頭に勾配のある屋根を走っている。

「巨大な電気式メノーラ（ハヌカーに使う燭台）を加えたら、ウエストチェスターのわたしの姉のところとそっくり。姉が結婚した相手はカトリックなので夫婦して『マルチ・トラディション』ってやつを全面的に実践しているんです。ハヌカー・ブッシュやドレイドル

（木製の独楽）、キリストの降誕の光景もね。昨年はクワンザのためにアフリカの収穫の象徴とやらを加えてました。賭けてもいいけれど、今年は前庭にチベットのマニ車もまわっていますよ、きっと」エスターがきっぱりという。

わたしはシートベルトをはずしてドアをいきおいよくあけた。十二月の凍てつく空気が痛いほどだ。その日はビレッジでも寒いと思ったけれど、ここライトハウス・ヒルの崖の上では風は容赦なく、大西洋から身を切るような突風が吹きつける。

わたしは今日のランチのためにキャリア風の装いをしてきた、チャコールグレーのピンストライプのパンツスーツ、その下にはクリーム色のキャミソール。高いスタックヒールとベルトつきのスレート色のコートもじゅうぶんに都会的だ。けれどこの装いは決して暖かくはない。ハイヒールのとがったつま先も、ボタンを上まではめてもなお胸元をこれみよがしに露出する深いVネックのジャケットも寒々しくて、わたしは北極気団に身を切り裂かれながらガチガチ震えた。

エスターが車をおりて助手席側にまわり、わたしが車を出る際に〝ストゥラッフォリ〟の皿を持っていてくれた。

「一時間もかからない予定ですね、ボス？　そう約束しましたよね？」

「心配いらないわ、エスター。あなたの四時の試験に間に合うように三時までにはマンハッタンに着けるようにします。時間はじゅうぶんにあるわ」

ふと見るとドライブウェイにど派手なＳＵＶが停まっている。前庭にクリスマスのごてごてした飾り物があるのですぐには気がつかなかったけれど、その派手さにわたしはあんぐりと口をあけてしまった。

「あれはいったい、なに？」

ドライブウェイをいっしょに歩きながら、エスターは興味津々でその車を見ている。

「着色ガラスのウィンドウ、エレクトリックブルーのレーシングストライプ、クロムメッキのスポイラー、電飾つきのホイールカバー」

「あれは弾痕かしら⁉」わたしは少し身をかがめて、車のサイドにある穴らしきものをじっくりと見た。

「あれはフェイクです」エスターが教えてくれる。

「フェイク⁉」

「ええ、車の装飾用のエフェクトパーツです。後部の大傑作も同じです」エスターが指さした先には、ヴァイキングの戦士たちが村を略奪して半裸の女たちを奪うシーンがエアブラシで描かれている。

わたしは頭を左右にふった。「フェイクの弾痕のつぎにはなにが売り出されるのかしら？　遺体の輪郭をあらわすチョークの跡と足首につけるタグ？」

「おそらく」

わたしはまた首を左右にふる。「デクスターによればオマール・リンフォードは五十代の保守的な実業家だそうよ。まさか彼の車ではないでしょうね」

「ちがいますね」彼女がささやく。「これはあの彼の車にちがいないです」

エスターが身ぶりでさした先を見ると、ティーンエイジャーを卒業した年頃の若者が正面玄関から肩をそびやかせて出てきた。背が高く、肩の筋肉が盛りあがっている。スタッズつきのレザージャケットを着てダメージ加工の黒いジーンズをはき、ウェーブのかかった髪を太いポニーテールにした上にＤＪ用のボロボロのフェドーラ帽をかぶっている。肌は明るい茶色で、目はフレンチローストよりも濃い色。そしてクロームのチップがついたブーツは石畳のドライブウェイを歩くとともにカチカチと音をたてる。わたしたちが車をしげしげと眺めているのに気づいたようだ。彼は立ち止まり、こちらをじっと見ている。しかし無言だ。

わたしは手をふってみたが、やってみるだけ無駄だった。彼は不審そうな目つきでこちらを見ている。最初はわたしを、それからエスターを。エスターのことは上から下までねっとりした視線でなめまわすように見る。彼女が肩にかけた大きなバッグを持ちかえた。

「まだ煉瓦は入ってます」彼女がわたしにささやく。

若者がわたしたちに背を向けてＳＵＶのドアをあけた。運転席に乗り込む前にレザーのシートを片手でさっと払い、そこにあったジャンクフードの包装紙をドライブウェイに全部落とした。それからドアをバタンと閉めて高性能のエンジンをふかした。その直後、周囲の高級住宅地の静けさを轟音が破った。反抗精神あふれる若者が発進したのだ。

「なんて魅力的な遭遇かしら」エスターはハラペーニョ味のコーンチップの空き袋をブーツで蹴散らす。

「あれはなにもの？」

「リンフォードの息子のドウェインですよ、きっと。ビッキが前に彼のことを話していたわ。ハイスクールの時につきあっていたんですって」

「それは興味深いわね」わたしはふたたびドライブウェイを歩き出した。「さあ、エスター。あのマフィア志願の息子がどれほど一族の鼻つまみものになっているのか確かめにいくわよ……」

# 19

リンフォード家の正面玄関は両開きのドアだ。よく磨きあげられた重厚なオーク材のドアにはメイシーズの売り場以外ではお目にかかれない特大のクリスマス用リースが飾られている。威厳のある音の呼び鈴をエスターが鳴らす。わたしはイタリアの〝ストゥラッフォリ〟を載せた皿を持って彼女の隣に立つ。手書きの模様のあるお皿だ。

ドアをあけたのは平均的な身長の男性だ。肩幅は広くはない。

「ミズ・コージー、ですね？　オマール・リンフォードです」

リンフォードの薄茶色の肌はたったいまドライブウェイを出ていったばかりの若者と同じ色だった。しかし似ているのはそれだけ。オマールは二十代ではなく五十代で、ごま塩頭を五分刈りにしている。きちんと整えられた茶色い小さな口ヒゲにも白いものが混じり、それが彼の口もとを上品に見せている。やぼったいスリーピースのスーツを引き立てているのは真っ赤なボウタイ。少々ベストがきつそうだ。丸いふちの小さなメガネは一九三〇年代風のレトロなスタイル。おかげでいかがわしい実業家というよりは博

物館の館長のようだ。

「どうぞクレアと呼んでください。こちらはわたしの仕事仲間のエスター・ベストです」

「どうぞお入りください……」

なかに足を踏みいれると、リンフォードはわたしの〝ストゥラッフォリ〟を指さしてニコニコした。

「おみやげを持ってきてくださったんですね！　お持ちしましょう」

けれどリンフォードは自分の手をあげようとしない。メイドの制服を着たモカ色の肌の女性がわたしの脇にあらわれ、皿を受け取り、あらわれた時と同じくしずしずと去っていった。

「おふたりにお目にかかれてうれしいですよ。どうぞ、ダイニングルームにご案内しましょう。昼食の支度は万事整っています」

やたらに広々とした室内はガラスと石がふんだんに使われ、外と同じく異様なほどクリスマス・ムードたっぷりに飾りつけられている。居間の巨大なクリスマス・ツリーはフロア全体をマツの香りでいっぱいにしていた。値の張りそうなアンティークのヴィクトリア朝様式のオーナメントがそこかしこに飾ってあり、広いダイニングのスペースにはイルミネーションをほどこした小さめのツリーが置かれている。

よく磨き込まれたマホガニーのテーブルの前まで案内された。繊細なレースのテーブルクロスの上には三人ぶんのテーブルセッティング。その傍らには大きなサービスカートに銀製のビュッフェのトレイがずらりと並んでいる。煉瓦づくりの暖炉では炎が燃えさかり、部屋を暖ためている。ガラスの壁からはスタテンアイランド・グリーンベルトとその先の青緑色のニューヨーク湾が一望できる。

「どうぞ、くつろいでください」リンフォードがわたしのために椅子をひいてくれる。

さきほどのメイドがわたしの〝ストゥラッフォリ〟を運んできた。皿が純銀製のトレイにうやうやしく載せられている。揚げたボールドーナッツに絡めたハチミツが日の光を浴びて光る。伝統的に〝ストゥラッフォリ〟はディナーの後でみんなでいただくお菓子で、ゲストは熱く濃いエスプレッソを楽しみながらこの菓子をつまむ。

しかしメイドがわたしの小さなクリスマス・ツリーをテーブルに置いたとたん、リンフォードはてっぺんのボールをつまんでひと口かじった。「さっそくいただいてしまって失礼」彼がにこやかにいう。「昔から大好物だったんですよ！」

飲み込んだ後、彼は指と口についたハチミツを白いナプキンを押し当ててそっとぬぐう。

「おいしい！　柑橘系の味がかすかに感じられます。ツリーの形に盛る時にレモンを切って使いませんでしたか？」

わたしは目をまるくした。「どうして知っているんですか？」

リンフォードが声をあげて笑う。

「教えてあげましょう。わたしは十七歳の時に船乗りになりました。若かったのでロマンティックな空想ばかりしていました」

「誰でもそうではないかしら」わたしはつぶやいた。

「でも、ものごとは計画通りにはいかない。わたしはシチリア島で肺炎になり、船はわたしを置き去りにして出航してしまった。見知らぬ土地での孤独なクリスマスになるはずだったのですが、ある漁師と彼の家族がわたしに同情してくれましてね」

リンフォードはここで品よくふくらんだお腹の部分をポンと軽く叩いた。「白状しますが、人生であれ以来、そこで食べたものよりもうまいものは食べていませんね」

「まあ、シチリア島」やっぱりね、という表情でエスターがこちらをちらりと見る「そこで〝マフィア〟のボスにばったり会ったりしたんですか？」

あまりにも露骨なききかただったけれど、わたしはリンフォードの反応を注意深く眺めた。彼は愉快でしかたないという様子で頭をふって否定し、楽しげに笑う。そしてメイドのほうを向いた。

「セシリー、始めてくれ」

クリスタル製のゴブレットにセシリーが注いでくれたものはグァバとマンゴーのネク

ター。彼女が銀のトレイの蓋をはずすとダイニングルームいっぱいに潮の香りが広がり、いかにも塩とコショウが利いていそうな料理のにおいがした。

「素朴なにおいだわ。なんのにおいかしら」エスターが遠慮なしにたずねた。

「アキーとソルトフィッシュ（アキーの実と塩漬けのタラ）です」リンフォードがこたえる。

セシリーが魚と果実のシチューをエスターのボーンチャイナの器にスプーンでよそう。

「アキー？　これって有毒なんでしょう？」エスターがわたしにささやく。

わたしはエスターのほうを向いてナプキンで口を押さえるようにしてささやいた。

「熟していない時だけよ、それは」

「すみません」エスターが大きな声を出す。「このアキーは〝熟して〟いますか？」

リンフォードがうなずく。「もちろんですよ。ジャマイカで缶詰にされ、アメリカ食《F》品《D》医《A》薬局から輸入の許可が出ています。まちがいなく正しく処理されていますよ。そうでなくてはアキーは毒を含みますからね」

エスターがごくりと音をたてて唾を飲み込み、自分の前の料理を見つめる。

「じつはわたしはこの料理には〝生の〟アキーを使いたいんですが、ただこの果実は暑い時期にしか収穫されないんです」リンフォードがわたしに説明する。

アキーの実はスクランブルエッグのような濃度があり、魚は身がしっかりしている。

〝バッカラ〟というイタリアのタラの干物に似ている――子どものころに食べたことがあるが、はっきりいって懐かしい食べ物ではない（人生には残念な真実もある。つまり食にまつわるすべての記憶がおいしい記憶とは限らない）。あきらかに、エスターも同感のようだ。

「これは〝ダグマルカー〟に似ているわ。ユダヤ版のソルトフィッシュですよ」エスターがそこでそっと目配せした。〝この手の食べ物は何語でいわれても苦手です〟と。

ちょうどリンフォードはソルトフィッシュの料理に焼きたての固いドウブレッドと茹でたバナナを添えてよそっているところだった（プランテーンだと思ったのだが、バナナだった。茹でたグリーンバナナも伝統的なつけあわせだとリンフォードが説明してくれた。皮のまま両端とサイドを切って茹でると後で皮が剝きやすいそうだ）。リンフォードが食事を始め、わたしもごちそうになった。エスターは魚を皿の脇に押しやりもっぱらバナナとパンを食べた。これはどちらもとてもおいしかった。

会話がとぎれるとわたしは咳払いをした。

「アキーについてですが、リンフォードさん――」

「オマールと呼んでください、クレア。わたしたちには共通の友人がいます、ですからわたしたちも友だちです、そうでしょう？」

「ええ、もちろんです。そしてわたしたちの友人デクスター・ビーティはあなたから輸入品を仕入れているんでしたね？」

リンフォードは椅子に座り直した。「わたしの会社からですね、ええそうです。あなたもお店で使う西インド諸島の食品の調達のことでこうしていらしたんでしょう？　デクスターからはわたしのブルーサンシャイン社について質問があるときいています。商品手配に関して、デクスターが当社の信頼性を保証してくれると思います」

「あなたとデクスターはいろいろなつながりがあるようですね」

「デクスターとわたしは個人的に便宜をはかる間柄です」

「輸入と輸出に関してですか？」

「お友だちのプライバシーを侵害するためにわざわざいらしたわけではないでしょう。デクスターがわたしとのつきあいをあなたに知らせたければ、本人の口から伝えていると思いますよ」

「リンフォードさん。わたしがここに来た目的は、あなたのもうひとつの投機的事業のお話をうかがうためです」あまり利益があがっていない事業のほうです」

リンフォードの笑顔が消えていく。「といいますと？」

「アルフレッド・グロックナーです」

リンフォードがほっとした表情で大きく息を吐いた。銃弾を無事に避けたような安堵の表情だ。ビッキは彼のことを「いかがわしい」と表現していたけれど、やはりなにかあるのだろうか。

彼が咳払いをした。「こういってはなんだが、亡きグロックナー氏とわたしとのプライベートな取引にどうしてあなたが関わってくるんです？」

「わたしはグロックナー氏とは友人でした。彼が殺された後、彼の身近な人物から頼まれたんです……内情を調べて欲しいと」

「わたしがグロックナー氏にお金を貸している件ですか」

わたしはうなずく。「けっきょくあなたが回収できなかったお金です」

リンフォードがわたしと目を合わせる。

「最初に申しあげておきます。アルフレッドはわたしにとっても友人でした。それは確かです。それからわたしの投資はすべて利益をあげるものばかりではない。率直にいってアルフのケースでは、もともと返済してもらおうなんて考えていませんでした」

意外な言葉だった。「アルフを助けるのであれば、なぜ融資という形にしたんですか？　彼にお金をあげてしまえばよかったのでは？」

「わたしはそういうことはしないのです。わたしは慈善目的で寄付をする際にはかならず税の控除を念頭に置くような人間です。しかしアルフの場合は慈善が目的ではなかった。理解しにくいでしょうが、あの時点でアルフに融資することはビジネスとして理にかなっていたのです」

「どのように理にかなっていたのですか、あなたはお金を失ったというのに？」

リンフォードが微笑む――今回は少々ぎこちなく。

「とても率直な方だ。デクスターから忠告された通りだ。要するにわたしはそれなりの計算があってアルフに手を貸したのです」

「どういうことでしょう？」

「わたしたちの友人デクスターとも同じ理由で仕事上のつながりを築いています。わたしのヘッジファンドが顧客として求める人々がいるコミュニティで知名度をあげるためです。ここスタテンアイランドのコミュニティは、つまりアルフのコミュニティは昔とはずいぶん変わりましたが、やはり混血の人間はかならずしも歓迎されてはいない」

「具体的になにをおっしゃりたいのかしら？」

「アルフのステーキハウスの常連客は大半が裕福な白人でした。わたしは彼の店を人脈づくりに活用していたのです。金持ちの隣人たちと親しくなる場所としてね。アルフはスタテンアイランドで生まれ育ち、コミュニティのなかでは慕われていました。そんな彼がわたしのためにドアをいくつかあけてくれることを期待していたのですよ。それにアルフが事業を継続させていくことも期待していました。しかしこの不況でそれは無理だった。そして彼の個人的な問題も足をひっぱった」

「別居したことと離婚の問題についてはアルフからきいています」

「彼の飲酒についてはきいてませんか?」リンフォードが首を横にふる。「彼の結婚が破綻する少し前ですが、ある朝アルフがうちのドライブウェイを歩いているのを見かけました。彼はひどく酔っ払っていたので、シェリーに——彼の妻です——締め出されたのです。彼は寝る場所を求めてうちに向かっていたのでしょう。わたしはよろこんで迎え入れただろうと思います。しかしうちの玄関のドアまでたどり着くことができなかった。わたしの息子のドウェインが彼を危うく轢《ひ》きそうになったのです。あの時もちょうどクラブのDJをしてもどってきたところだった」

アルフ・グロックナーはレストランの経営に失敗しただけではなかった。アルコール依存症すれすれのところにいた彼は、レストランが倒産してしまうともはや歯止めがきかなかった。飲酒がひどくなるとともに結婚生活は破綻した。そしてとうとう急性アルコール中毒で入院してしまった。

「アルフを見舞いにいった際にある男性と出会いました。ハイスクールのころからの仲間だそうです。カール・コヴィックという名前だった。アルフはカールのところに転がり込み、それから間もなくカールに誘われてマンハッタンであのサンタクロースなんとかを始めたのです」

「トラベリング・サンタですね」カールという人物に事情をきこうと決めた。なにかを知っているかもしれない。

「わたしはアルフが順調に回復していくものと思っていました」リンフォードが話を続ける。「ところが二週間前にかなり気がかりな手紙が届いたんです」

「アルフがあなたに手紙を？」

「彼の署名はありませんでしたが、まちがいなく彼からのものです」リンフォードが張りつめた表情を浮かべる。

「その手紙にはなんと？」

「内容ですか？」彼が首を横にふる。苦悶に満ちた表情だった。「脅しでしたよ、クレア——アルフはへたくそな脅迫をしてきたんです」

「まさか」

「わたしは冗談で脅迫なんて言葉を持ち出したりはしない。あの手紙は借金をすべて帳消しにしろと要求していました。少し早い『クリスマス』プレゼントとして。そして違法な活動について黙っていて欲しければクリスマスまでにさらに五万ドルを用意しろと」

「あなたがおこなっている投資のこと？」

「わたしのことではありません」リンフォードの口がひきつる。「手紙は、わたしの息子が違法行為に関わっているとほのめかしていました」

「どんなことでしょう？」

リンフォードが首を横にふる。

「それはどうでもいいことです。彼の主張はすべてうそでしたから」

ど派手なマフィアのような車を運転する息子と遭遇した後だけに、そのまま素直に信じるのはむずかしい。とはいえ、オマール・リンフォードでなくてもわが子の違法行為からは目をそむけたいというのが親の気持ちなのだろう。

「いまはその手紙は警察に？」

リンフォードが首をふって否定する。

「アルフをやっかいな立場に立たせたくなかった。だから警察に通報などしません」

「わかりました」でもやはり彼のいいぶんには腑《ふ》に落ちない部分がある。

「ほんとうのアルフはとても善良な人間でした」リンフォードがわたしの目をじっと見つめる。「そしてあの手紙は意味をなしていなかった。だってもともとアルフのほうからどうしても返済するといい出したんですから」

「では、彼はあなたに返済していたのですか？」

「多くはありませんが――ある週に千ドル程度、べつの週に数百ドルといったぐあいです。彼の誇りを尊重してわたしは金を受け取りました。彼は眠れない夜にあの手紙を書いたにちがいない。そう思いますよ。ふたたび酒に手を出して溺れてしまったのか、自暴自棄になったのかもしれない。アルフと話をしてみようと考えました。警察に持ち込んだりしないで解決するつもりでした。そんな時に彼の死があんなにむごい報道をされたのです。それを読んでわたしはこの件はもうファイルにしまって過去のものにしようと決めました」

オマール・リンフォードの話を信じていいのだろうか。それをはっきりさせる方法がある——。

「まだアルフの手紙をお持ちなんですね？」

リンフォードがうなずく。

「わたしに預からせてください。この件についてわたしはニューヨーク市警に助言をしています。その手紙はアルフの事件を解決するのに役に立つかもしれません」きっぱりと告げた。

「アルフを殺した犯人をつかまえるのに役立つのなら、よろこんで預けましょう」

リンフォードがメイドを身ぶりで呼んだ。「マックはもうもどっているか？」

いいえ、というかわりにメイドは首を横にふった。

「ご要望にこたえたいのですが、ひとつだけ問題があります。秘書のミセス・マッケンジーがどこにファイルしているのかわからないんです。わたしの妻なら見つけられるかもしれないのですが、あいにくまたもやクリスマスの買い出しに飛び出しています。暗くなるまでに帰ってくるかどうか、はなはだあやしい！」彼は妻のことを考えてにっこりし、それから腕時計を見た。「マッケンジーはじきにもどるでしょう。一時間以内にはきっと。そうしたら手紙を出してもらい、おわたししましょう」

彼がここまで事情を説明しているあいだ、エスターはずっと黙っていた。その彼女が大きな咳払いをして口をひらいた。

「それまでわたしたちはどうしているんですか？　外は凍るような寒さですよ」

「ぜひこの家でこのままくつろいでいてください……」リンフォードが立ちあがった。

「さて、たいへん申しわけないがわたしは書斎でまだ仕事がありますので」

# 20

　エスターが腕時計にちらっと目をやるのはこの五分間で三回目。彼女の膝までの黒いブーツは一秒過ぎるごとにタンタカタンタカ音をたてる。彼女のいらだちがわたしには理解できる。ただし、わたしたちは不快な状態で待たされているわけではない。

　リンフォードのメイドに案内されてこのサンポーチに来てから一時間ほどになる。ガラス張りのこの部屋からは、周囲の落ち着いた風景が見える。メイドのセシリーはわたしたちのために最新の雑誌と魅力的なだるまストーブを用意してくれた。ストーブではパチパチと音をたてて火が燃えている。さらにセシリーはいれたてのジャマイカ・ブルーマウンテンが入ったポット、焼きたてのチョコレート・ジャマイカ・ラムケーキのスライスも運んで来てくれた。彼女によればデクスターの「テイスト・オブ・カリビアン」の店のレシピを使ったそうだ。熱々のコーヒー・ラム・ソースを適量敷いて盛りつけたこのケーキは罪深いほどリッチで甘くやわらかい。

　なにもかもが心地よく、おいしく、非の打ちどころがない——ただし、リンフォード

の個人秘書「マック」ことマッケンジーはまだあらわれない。つまり、リンフォードがわたしたちにわたすと約束した脅迫状もいまだに出てこない。

「すみません。でももう車で出なければ」エスターが立ちあがった。「最終テストが始まるまで一時間もないんです。わたしにとってはこのテストは全然むずかしくないですけど、〝現場に行かなくては〟合格はできません！」

怖れていた瞬間だった。エスターがマンハッタンに帰らなくてはならないという事情は最初からわかっていた。そもそも「ファイルの場所がわからない」というのはほんとうなのか。わたしたちをあきらめさせるための策略なのではないだろうか。そんなふうに思い始めた矢先だった。わたしたちが手ぶらでここを立ち去ることを待っているのだろうか――わたしは絶対にそんなつもりはない。

しかし店のいちばん優秀なバリスタが大学のテストを受け損なっては大変だ。

「わたしの車を使って行きなさい。わたしは残ってリンフォードの秘書を待つわ」

「どうやって帰るんですか？」

「かんたんよ。カーサービスに電話してフェリーの乗り場まで連れていってもらうわ」

「本気ですか？」

「手紙を持たずにここを出るわけにいかないでしょう。手紙がほんとうに〝ある〟かどうかを確かめなくてはね」

エスターがうなずいた。メイドを呼んでエスターのコートを持ってくるように頼み、わたしはひとりで残ると説明した。コートを待っているとエスターが隣家の様子に目を留めた。

「あれはビッキのお母さんだと思います」エスターが指をさす。

長身で金髪を短くカットした少し太めの女性がトレーニングウェアにランニングシューズ、ピンクのヘッドバンドという出で立ちで、広大な庭を二等分するタイル張りの通路を歩いている。ふと立ち止まって身をかがめ、雪が積もった芝生に乱暴に置かれた《ウォールストリート・ジャーナル》紙を取りあげ、雪をふり払った。そのまま新聞を持って立ちあがり、彼女は家にもどっていった。

「まちがいなくシェリー・グロックナーです。去年ビッキの誕生パーティーで会ったわ」

しめた、と思いながらうなずいた。このチャンスを逃す手はない。はるばるウエストビレッジからライトハウス・ヒルまでやってきたのだ。有力な手がかりが目の前にもうひとつあるというのなら、揺さぶりをかけたほうがいいに決まっている。

ちょうどメイドがエスターのコートを持ってきた。わたしはエスターにささやいた。

「行くわよ。あの女性と話してみたいわ」

サンポーチからはぐるりと家を取り巻くシダー材のウッドデッキに出られるドアがあ

る。数歩で広大な家の周囲に広がる芝生におり立った。もう身体が震えている。コートもなしでパチパチと音をたてる火から離れたものだから、十二月の寒さが身に沁みた。

「わたしの車はアンティークにちかいから」エスターに忠告しておいた。「最低五分間エンジンを暖めてから発進させてね、でなければエンストするかもしれない」

「了解です。でもボスをこんなふうに残していくのはすごく嫌なんですけど——」

「行きなさい！」わたしはそっと彼女を押した。「テストを受けるのよ。ビレッジブレンドには数時間後にはもどるわ」

渋々うなずいてエスターは縁石のところに停めたホンダに向かって歩き出す。わたしは雪で覆われた庭を突っ切った。新雪に小さなつま先立ちの足跡がつく。リンフォードのエレガントな邸宅とグロックナーの地味なたたずまいの家の境まで来て、葉の落ちた低い茂みを慎重に乗り越えた。

むろん、〝地味〟という言葉はあくまで比較のために使っただけのこと。グロックナーの家は段差のある平屋の煉瓦づくりのランチハウスで、ダブルガレージ、プールらしき設備、別棟のサウナ、その奥にはガラス張りのホットバスも見える。ニューヨーク市の標準からするとまぎれもなく大邸宅だ。この地域の地所の価格はゆうに百万ドルはするだろう。この借金漬けの時期の相場でもそれ以下ということはないはずだ。

すぐにミセス・グロックナーの家の玄関に着いた（こちらはドアが一枚だけ）。申しわけ程度の小さなリースが架かっている。

呼び鈴を鳴らし、礼儀正しく十を数えてからもう一度鳴らした。出窓のカーテンが揺れた。

「すぐに行きます」女性が大きな声でいう。

おそらくミセス・グロックナーは身なりを整えているのだろう。しかし一分以上待ってもドアはあかない。玄関前のポーチで身を凍らせながらわたしは一秒二秒と数えた。ようやくミセス・グロックナーがドアをあけた。なぜかさきほどのスウェットのままだ。短くカットした金色の髪の毛はまだピンクのゴム素材で押さえられたまま。〝ではいままで彼女はなにをしていたのかしら？〟

「こんにちは」彼女がいう。

「ミセス・グロックナーですね？　わたしはクレア・コージーと申しまして――」

「どうぞなかへ」彼女がさえぎり、わたしの手を取って力強い握手をした。「シェリーと呼んで」

〝よかった。彼女のせいで消化不良になることはなさそう〟。

彼女はわたしよりも三十センチほど背が高く、体重は少し重そうだ。しかしサイズなど問題にならないほどシェリー・グロックナーの身のこなしは優雅だ。わたしを案内して家のなかへと歩いていく彼女はまるで主役のダンサーのよう。誇らしげで自信たっぷりでエレガントだ。

以前にアルフから彼女についてきいているが、彼のいった通りだ。彼と同年輩（五十代半ば）にしてはとても若い。頬骨が高く彫りの深い顔立ちで、ビッキと同じふっくらとしたくちびる、そして左右の頬にはえくぼも浮かんでいる。ノーメイクの状態でも熟練の形成外科医が手を入れた形跡は目、顎、首の周囲にかすかに残っているだけ。

玄関ホールを抜けて広々とした居間に入ると、隅に小さなアルミ製のクリスマス・ツリーがある。一九五〇年代のレトロなタイプだ。堅木を張った床はとても濃い色のマホガニーで真っ白な壁がよく映える。壁には額に入れた白黒の写真が一面に飾られている。家具は大部分が白。テーブルと照明はすべてクロムメッキとガラスだ。大きな暖炉は白い煉瓦づくりで広い部屋の壁一面を占めているが、火はない——これまでに一度も火は熾《おこ》されていないようだ。暖炉は女子修道院の厨房の床のようにきれいに見えた。炉棚には銀の重厚な写真立てが並んでいる。幼いころからのビッキの写真だ。友人や親戚らしい人々の写真もある。アルフの写真は一枚もない。

ミセス・グロックナーは黒い装飾用クッションをきちんと脇にどけてから光沢のある白いレザーに座った。ソファには傷もシミもひとつもない。おそろいの椅子をわたしにすすめる。

「もっと遅い時間帯にいらっしゃると思っていたわ。でもこうしてもういらしているわけだから、さっさと片づけてしまいましょう」彼女が満面に笑みを浮かべる。「小切手はお持ちになっているんでしょうね！」

わたしは目をぱちくりさせた。わたしが署名する書類を持っていらしたんでしょう？」

「なにをいっているの。わたしが署名する書類を持っていらしたんでしょう？」

「いくつかおききしたいことがあります、ミセス・グロックナー。それだけです」

彼女の明るい雰囲気にかげりが見えた。むっとした表情が美しい顔によぎった。それを見たとたん、彼女の娘ビッキの移り気なところを思い出した。わたしの店で働いていた時にはこういう表情をよく浮かべていた。

「質問にはすべておこたえしたと思いますけど」ほとんどふてくされた態度になっている。

「お話しするのはこれが初めてです、ミセス・グロックナー」

「同じ会社なのだから話は通じているはずでしょう！」あきれたといった表情で、彼女が両手をぱっと上にあげる。「こんなにもたもたして、それでちゃんとお仕事になっているのかしら！」

「といいますと？」

彼女がわたしを見据え、わたしも彼女を見返す。「あなたは保険会社の人でしょう？わたしの亡き夫の保険契約を終了させるために来たのでしょう？」

「失礼ですが、それは誤解です、ミセス・グロックナー。わたしは保険会社の人間ではありません。あなたの亡くなったご主人とは友人でした」

彼女が座り直し、つくり笑いをし、長い脚を組んだ。

「アルフレッドの友人、ですって？　どういうお友だちなのかしら？」

「アルフはわたしどものコーヒーハウスのお客さまでした。お嬢さんのビッキも一時はうちで働いていました。じつをいいますと、ビッキはお父さんが殺されたことについて調べて欲しいとわたしに依頼してきました。この事件を担当する刑事の捜査方針が誤っていると心配しています——」

「そうね、娘のいう通りよ！　わたしが経営している不動産の会社にあのふたりの刑事がやってきて、いろいろきかれたわ。よりによってわたしの仕事が最高に忙しい日に！　赤、白、青のかぶりものをしたあの男がすごんだせいで、危うくお客さまをひとり失うところだったのよ！」

「それはフランコ刑事のことですか？」

「ええ、そういう名前だったわ」

それをきいて思わず片方の眉をあげてしまった。〝なぜフランコ刑事はシェリー・グロックナーにわざわざ話をききにきたの？　街をうろついてはゆきずりの路上強盗をはたらく凶悪犯をつかまえるといっていたはずなのに。変ね〟。

ミセス・グロックナーが首を横にふる。「ビッキには昔からそういうところがあったわ。あの子の問題は〝たくさん〟あるけれど、そのうちのひとつね」

「なにがですか？」

「彼女は父親そっくりなの。なにごともあきらめるということができないのよ！」

わたしはアルフの写真がまったくない炉棚を身ぶりで示した。

「あなたにはそういう問題はなさそうですね」

「なぜ？」ミセス・グロックナーがいぶかしげな目つきをする。「夫の写真をずっと飾って感傷にひたっていないから？」

「わたしは知っています。彼はもう少しであなたの元の夫になっていたんですよね」

「ニューヨーク州の法律では夫婦は一年間別居した上でなければ離婚させてもらえないのよ。だから待ちこがれた期限がようやく来るという矢先、アルフはわたしの弁護士たちを巧妙に避けるようになったわ。いまとなってはどうでもいいけれど」彼女がため息をついた。「ねえ、ミズ・コージー、わたしはアルフとハイスクールで出会ったの。結婚したのは卒業して一年後。それからビッキが生まれた――妊娠は〝無理かもしれない〟とずっと思っていたからびっくりしたし、うれしかったわ」彼女は大きく息をついて立ちあがり、炉棚のほうに歩いていく。そして並んだ写真立ての後ろに手を伸ばし、隠してあった写真立てを手に取った。「わたしたちは三十年間以上いっしょだった。でもね、アルフがほんとうに愛したのはこれよ」

彼女はその写真立てをわたしの両手に押しつけた。古い写真だ。若くやせているアルフが彼のレストランの入り口の前に立っている。頭上には緑色の日よけがある。レストランの名前は〈アルフレッズ〉。店名の下に小さな字で『ステーキ、チョップ、高級ワイン』と書かれている。

「伝統的なニューヨーク・スタイルのステーキハウスで、ラトゥレット・ゴルフコースとの境にあったわ。彼は借金に借金を重ね、この家を抵当にいれ、あのレストランをオープンした。長いことうまくいっていた。お客さんたちはアルフのことが大好きでよく来てくれた。毎晩パーティーのようだった。このあたりの人たちはいまでも懐かしいといってくれるわ。レストランを存続させるだけの力にはなってもらえなかったけれど……」彼女が押し黙る。

「なにがあったんですか？　アルフのレストランに、という意味です」

シェリー・グロックナーは写真をわたしから取りもどしてじっと見つめる。

「不況よ。ニューヨークの金融業界全体が大打撃を受けたわ。それに加えてアルフの飲酒。レストランが傾くにつれて飲酒も悪化していった。十五年間メニューをまったく変えようとしなかったこと、それからあの暗くていかめしい装飾に手を加えなかったこともさらに輪をかけた。好まれる味は変わってゆくし、あのしょうもない店はあまりにも古くさかった！　彼にそういったわ。何度もね。アルフはようやくわたしのいいぶんに耳を傾けてくれた。二度改装し、メニューを変え、さまざまなサービスを提供し、広告を出した。でもどれひとつとして効果はなかった」

彼女は写真立てをほかの写真の後ろに置いてわたしと向きあった。「愚かだったわ。彼に茶番劇を続けさせたりして。ほんとうに愚かだった、だってわたしたちはろくに貯えなどなかったんですもの」

「なぜ？」

彼女が片手をふる。

「休暇、スパ、プレジャーボート、家の改造、裏庭のホットバスとサウナ――」

〝あなたの美容整形手術〟、わたしは声に出さずにつけ加えた。

「マンハッタンの金融業界が破綻するなんて、万にひとつも予想していなかったわ！　街じゅうの何十件というレストランが道連れにされてつぶれるなんて！　アルフは頑として閉店を拒み、わたしたちのわずかな貯金を切り崩しながら店をなんとか浮上させようとしたわ。あれは彼だけのお金ではなくてわたし、、、が苦労して得たお金でもあったのに。けっきょくレストランはつぶれ、彼のアイデンティティも崩壊した」

「アイデンティティが崩壊したとはどういう意味でしょう？　アルフは夫であり、父親であり――」

「よしてちょうだい。あの人がその程度で満足できるはずがないわ。アルフはレストランのあるじをやることしか頭になかった人よ。店を失った時、彼は――」彼女が肩をすくめる――「自分という存在も見失った」

ちょうどその時、電話が鳴った。「ちょっと失礼」彼女が電話に出た。相手の話をききながら立ちあがり、宙を見つめる。そして受話器に向かって怒鳴った。「そんなことありません！　どちらの側にもすでに話を通してあります。ミスター・マハウドが手をひきたいのであれば、それはそれで結構です。でも保証金はうちが預かります。これまでの半年で手数料はいっさい請求していないんですよ。ですからわたしに責任はありません。裁判所で会いましょうと彼に伝えておいてください！」

彼女は電話を切り、わたしを見た。「もうよろしいかしら？　二十分後にパーソナル・トレーナーとのセッションを控えているので」

「あと少しだけ質問があります。アルフがあなたたちの貯えをレストランに使った後、どうなったんですか？」

ミセス・グロックナーはいらだちをあらわにしながら息をふうっと吐く。

「アルフはこの家を二重抵当に入れたいといい出したのよ。二十五年かけてようやくローンの支払いが済んだばかりだというのに。とんでもない話だわ。わたしは断固として譲らず拒否した。彼はどの銀行からも相手にされなかった。だから隣人からバカげた借金をしたのよ」

「バカげた？　どうしてですか？」

「だって、あのレストランはすでに命運が尽きていることがあきらかだった。だからよ！　オマール・リンフォードには決して返済できない。わたしにはそれがわかっていた。この家を売るしかなくなるということなのよ！　アルフは現実を見ようとしなかった。彼は負け犬で酒に溺れ、そしてあの借金でさらに自分を追いつめた。それでわたしも決心がついたわ。このままずるずるしているわけにはいかないとね。だから弁護士に書類を作成させて判事に別居の申し立てをしたの」

自分の配偶者がシェリー・グロックナーのような人物だったらと想像して、わたしは顔をしかめた。もちろん、わたしが彼女を批判するのは筋ちがいというものだろう。第一わたしは彼女と同じ経験をしたわけではない。が、ある男性の最初の妻だったという点ではわたしも同じだ。依存症を患う配偶者との不幸な結婚生活はいやでも女性を非情にしてしまうのかもしれない。でも長年連れ添った――そして娘の父親である――アルフが殺されたというのに、ミセス・グロックナーはなぜこんなに平然としているのだろう。

ふたたび、脅迫状のことが頭に浮かぶ……。

「ついさきほど、オマール・リンフォード氏と昼食をごいっしょしました。彼はアルフから脅迫されたといっていますが、ご存じですか？」

「バカげているわ」

「わたしは本人からすべてききました」

「あの海賊のいいぶんを信じるの？」

「リンフォード氏は証拠があると主張しています。そして――」わたしは腕時計をちらっと見た。「わたしはこれからその脅迫状を受け取り、それをニューヨーク市警にわたします。彼らは脅迫状を分析するでしょう。今日の科学捜査ならほんとうにアルフが送ったものかどうかがわかります。指紋、繊維、ＤＮＡ判定で。おそるべき分析力です」じつをいえば警察がどこまでやれるのかはわからないが。ミセス・グロックナーという小さな冷たいツリーを揺さぶりたかった。なにが落ちてくるのか確かめたかった。効果はてきめんだった。ニューヨーク市警と口にした瞬間、彼女の顔は赤鼻のトナカイよりも赤く染まったのだ。

「あなたはなぜこんなことをしているの？」

「いまいった通りです。あなたのお嬢さんから頼まれて犯人を――」

「だって、いまはクリスマスでしょう！」彼女がランニングシューズをはいた足を強く踏み鳴らす。「どうしてよけいなことに首をつっこみたがるの。なぜアルフを安らかに眠らせてあげないの！」

腹立たしげな彼女の目をしかと見据えた。「なにかわたしに話すことはありませんか？　アルフを殺した犯人を警察がつかまえる手がかりとなることです」

反応あり。真っ赤だった彼女の顔がほとんど真っ白になった。すっかりおとなしくなり、声は低く静かになった。「いますぐ、ここから出ていってちょうだい」

「ミセス・グロックナー――」

「予定が詰まっているのよ」

〝そうね、パーソナル・トレーナーとの約束があったわね。それから大金が手に入ることになっているのね。保険の書類に署名して、殺された夫の死をお金に換えるのね〟。

わたしは立ちあがった。「気持ちが変わってわたしに話したくなったら、マンハッタンのビレッジブレンドを訪ねてください。お時間をいただきまして、ありがとうございました、ミセス――」

わたしの背後でドアがバタンと大きな音をたて、クリスマスの小さなリースが落ちた。

冬の空気を深く吸い込んで、自分のブーツのつま先でつけた足跡を逆にたどって雪で覆われた庭を突っ切り、リンフォードの家のサンポーチへと向かった。外に出たことを気づかれていませんように。ところが、それどころではなくなった。サンポーチにちかづくと、怒声がきこえてきた。足を止めて、よく手入れの行き届いた茂み越しにのぞいてみると、オマール・リンフォードと息子のドウェインがさきほどエスターとわたしがいた部屋で言い争っているのが見えた。

「……それに、やめるつもりはない！　そういっただろう！」ドウェインが叫ぶ。

「話をききなさい」父親のリンフォードが静かな口調でこたえる。「おまえの人生について話をしているんだ。だいじな一生じゃないか。そんなふうに自分の一生を粗末にしたら――」

「だから説明したじゃないか。週末にかけてずっと話したはずだ。思い通りにやらせてもらう！」ドウェインは叫び、それから部屋から飛び出していった。

「バカなことはするな！」リンフォードが去っていく息子に向かって叫び、それから首を横にふるとどさりと座り込んだ。

〝サンポーチには行かないほうがよさそうね。立ち聞きしていたとばれてしまう〟。向きを変え、家の周囲をまわって正面の玄関をめざすことにした。呼び鈴を押し終えたかどうかというタイミングで両開きのドアがいきなりあいた。けわしい表情でわたしを見おろしているのは、がっちりした体格の白人の女性だ。髪はストロベリーブロンド、ノーブルな鼻にはそばかすが並んでいる。

〝スタテンアイランドというところはアマゾネスの産地なの？　きっと水のせいね！〟

「ミズ・コージー？」かすかなイギリスなまりでたずねる。

「はい」

「いったいどこに行ってしまったのか、みんなで心配していたんですよ！」

「ごめんなさい。アシスタントが出発しなくてはならなかったもので」あわてて説明した。「彼女が出る前に、ふたりだけで話しておきたかったもので」

「そうですか。わたしはミセス・マッケンジーです、ミスター・リンフォードの秘書です。ご所望の手紙はこちらです」彼女がわたしの手に小型の茶封筒をぐっと押しつける。

「ありがとうございます」わたしは封筒をバッグに押し込んだ。「なかでカーサービスに電話をして待たせていただいていいかしら？　フェリー乗り場に行かなくてはならないもので」

彼女が頭を横にふる。「タクシーを呼ぶ必要はありません。わたしはこれからミスター・リンフォードの車を出して用事を足しに行くところです。どうぞごいっしょに。なかに入ってコートを持っていらして」

いわれた通りなかに入ると、リンフォードの息子が玄関ホールにいた。ほんの数メートル先に立って太い腕を組み、無言でこちらを睨みつけている。そのまま玄関から出ていったが、すれちがいざまいきおいよくぶつかられた。

その直後、エンジンをふかす音がしてタイヤがキーッと鳴った。窓からのぞくと、フエイクの弾痕、エアブラシで描いたヴァイキングの侵略の絵とともにドウェインのSUVが並木道を去っていくのが見えた。

# 21

「送ってくださってありがとう」わたしは車のドアを軽く押して閉めた。

「どういたしまして」ミセス・マッケンジーはにこりともしない。「今日は用事がたてこんでいるんです。これもそのひとつですから」

わたしがセントジョージ・フェリーターミナルに続く通路を歩き出すと、マッケンジーが車を発進させた。けれど、どうやら彼女は去っていくわけではないらしい。急ハンドルを切ってＢＭＷをターミナルの駐車場の方に進めるではないか。

〝どうするつもりなのかしら〟。

ミセス・マッケンジーもフェリーに乗る予定だがわたしの連れにはなりたくないのか。それとも到着する船に乗って来る誰かを迎えに来ているのか。

彼女の車が駐車場に入るのを目で追っていると、ど派手な装飾をしたＳＵＶが目に留まった。まちがいなくリンフォードの息子の車だ。彼はすでにマンハッタン行きのフェリーに乗って出発したのだろうか。それともわたしと同じ便に乗るのを待っているとこ

ろなのだろうか。

ターミナルのネオ・デコ調の待ち合いスペースはあまり混みあってはいない。天井の高い広大なスペースは大型スーパーのコストコを連想させる。ただし倉庫然としたコストコとはちがい、こちらは『宇宙家族ジェットソンズ』を思わせる。ピカピカに磨かれたスチールが走り、投光器で照らされている。

フェリーはすでに入港していたので、すぐに乗船した。といっても出航まであと十分あるので急ぐ必要はない。さっそくデッキを横断して飲食物を売っている小さな売店に行った。列に並んでホットココアのカップを買い、最初のひと口を飲んだところでフェリーがようやくエンジン音とともに出航した。

二十分の航海だ。乗客はあまり多くはない。この時間帯ならそれも無理はない。フェリーの乗客の大部分は通勤客なので、ラッシュは午前九時前と午後五時以降だ。エンジンの振動を感じながら、がらんとした船内を早足で移動して人がまばらなベンチのあいだを抜け、船尾のちかくに陣取った。

凍りつきそうな気温だ。外の手すりのそばに立つと、真下には打ち寄せる波が見える。いまのビレッジブレンドは朝から晩まで満員だ。それに加えてアルフ・グロックナーの一筋縄ではいかない人生を理解しようとして頭が超過勤務の状態になっている。つかのまの安らぎはほんとうにありがたい。

両目を閉じてみた。潮の香りのすがすがしい風が髪の毛を巻きあげていく。頭のなかのもやもやも吹き飛ばされていく様子を想像した。それから金属の手すりにもたれ、海からあがってくる冷たい空気を頰に感じ、ホットココアをくちびるに感じ、そのコントラストを楽しんだ。

もしも毎日このルートで通勤していたら、フェリーで渡ることに飽き飽きしてしまうのかもしれないけれど、いまはまったくそんなふうには思わない。船はスピードをあげてアッパー・ニューヨーク湾に航跡を残していく。わたしは目をふたたびあけて、午後の太陽の光を受けて輝くコバルトブルーの三角波を堪能した。

はるかに黒い海がぼんやりと線を描いている。どうやら目的地であるアッパー・ウエストサイドの改装された埠頭らしい。流線型の白いプレジャーボートがフェリーの倍のスピードで進み、イーストリバーに向かって進路を変える。水面をスライスするように泡がきれいな線を描く。フェリーの後ろではオレンジ色の小型のタグボートが軽快なエンジン音を響かせている。ニューヨーク消防局の消防艇がその後ろに続く。

やがてリバティ島と隣接したエリス島のかつての移民管理局がちかづく。いまは国立公園局が運営している歴史的建造物になっている。そして自由の女神。わたしの真上にそびえ立っている女神は、うちひしがれた人々をいまもなお見守っている。

鉄骨の枠組みで支えられた女神像をわたしはつくづく眺めた。この持ち場を一世紀以上も守り続けた女神の表面の銅板は酸化して緑色になっている。湾の中央のその姿はとても強くたくましく見える。港への進路をたいまつを掲げて照らしてくれているのだ。エマ・ラザラスはこの女神を「追放者たちの母」と呼んだ。この国に来た何百万人もの人々が（わたしの祖母もそのひとり）、金箔を貼ったたいまつを高く掲げて海にそびえる自由の女神を初めて見た時にどんなふうに感じたのだろう。それを想像すると、ラザラスの言葉に深くうなずいてしまう。

自由の女神の気高い姿が遠ざかり、それほど気高くない用件にとりかかることにした。手袋をしたままショルダーバッグに手を入れて、マッケンジーからわたされた茶封筒をさがし慎重に指ではさんで取り出した。

なかには小さな真っ白い封筒が一枚入っていた。リンフォードの名前と住所がプリントされている。標準的なコンピューターのプリンターを使っているようだ。「サンタクロース」の切手には中央郵便局の消印がある。マンハッタンの八番街の大きな郵便局だ。

手書きの手紙を期待したが、その期待はあっさり裏切られた。書き手は文をタイプした後、封筒の宛先に使ったプリンターで印刷したらしい。

親愛なるオマール様

あなたにある提案をしよう。息子さんの将来を気遣うのであれば、この手紙を一言一句もらさず読んで指示された通りにすることだ。わたしはジュニア・リンフォードのささやかな趣味についてすべて知っている。ああいうクラブで彼がなにをしているのか、ご存じだろうか？　わたしは知っている。ニューヨーク市警と麻薬取締局に知られたくないのであれば、わたしの借金を帳消しにすることだ。早めのクリスマス・プレゼントと呼ぼうじゃないか！　それを了承するのであれば、クリスマスまでにわたしの口座に五万ドルを電信で送金したまえ、そうすれば永遠に口をつぐんでいよう。わたしの銀行の口座番号はつぎの通りだ。これがわたしたちの最後の取引となる。わたしを困らせたり、支払いに応じないようであれば、わたしが得た情報をしかるべき人々に告げるつもりだ。あなたの息子の将来がかかっている。わたしに直接コンタクトを取ろうとするな。この手紙の通りにすればいい、そうすれば今度二度とあなたに関わることはない。

二度、手紙を読んだ。わたしが知っているアルフとはどうも一致しない。まったく一致しない。署名もない。手紙の一番下に印字された銀行の口座番号はまぎれもない手がかりだ。ニューヨーク市警はまちがいなく調べることができるはず――それがほんとうにアルフレッド・グロックナーが管理している口座かどうかを。おそらくちがうと判明するのではないだろうか。そしてその予想が正しかった場合、わたしが追うべき殺人の容疑者はさらにひとりふえるということだ。

スタテンアイランドまで足を運んだ甲斐があり、手ごたえのある情報が手に入った。この手紙を待つという判断はわれながら賢明だった。首尾よく仕事をこなした満足感とともに注意深く手紙をたたみ、封筒にそっともどした。それをショルダーバッグにしまってしっかりとファスナーをしめた。

マイク・クィン警部補にまっさきにこの手紙を見せよう。それから彼といっしょにホン刑事のところに行けばいい(わたしはまだフランコ巡査部長を信頼していない)。こうなったらオマールがいった通り彼の息子が潔白であることを願うだけ。きっとホン刑事から麻薬課と麻薬取締局に情報が伝わるだろうから。

冷めてしまったカップからもうひと口飲み、シェリー・グロックナーのことへと思考を切り替えた。正直なところわたしには彼女もオマール・リンフォードと同じく、アルフを殺した容疑者のように思えてならない。夫の生命保険の契約はあきらかな動機となる。といっても彼女が自分の手でアルフに向かって引き金をひいたとは想像できない。そう、そういう場合にはシェリーのような人は共犯者を使うはず――。

さまざまな可能性を検討するのに夢中で、デッキの後方からちかづいてくるカンカンという足音にはほとんど気づかなかった。ぐるりと後ろをふりむく間もなく、肩に衝撃を感じた。誰かにショルダーバッグをつかまれた！

スローモーションの映像を見ているようだった。手袋をした自分の両手からココアのカップが離れ、泡立っている水面に落ちていく。その後からわたしも落ちていく。当然、自分から進んで落ちているわけではない。

力強い両手がコーヒーの生豆が入った袋を持ちあげるようにわたしを持ちあげて、手すりの上から放り投げたのだ！　日がさんさんと当たる港が一瞬ぼやけ、渦巻く波にぶつかった。凍ったコンクリートのほうがよほどやわらかく感じるのではないか。

フェリーにかき乱された水がわたしの身体をクルクルとまわす。凍るような水が鼻、耳、口に充満する。あまりの冷たさに頭が麻痺する。でもわたしはひどく腹が立っていた。その怒りが活力となってなんとか衝撃に耐えた。

〝パニックになっちゃダメよ、クレア！　あなたは泳ぎの名手なのよ！　パニックになってはいけない！〟

でもどちらが上なのかわからない。水のなかは暗く濁っていて、わたしはまだクルクル回転している！　もう息も続かない。どうしたらいいの――。

〝コートだ！〟

長いコートの厚い生地は海水を吸って重く、すでに半分ぬげている。それをすっかり身体からはがして手を放した。視覚よりも感覚で、コートが沈んでいく方向を確認した。

〝あっちが下なら、それなら上はこちらにちがいない！〟

すぐに足で水を蹴り、泳ぎながらブレザーとスラックスをぬいでできる限り手足を動きやすくして、身体を上へ上へと進ませた。

〝明るい！　光が見える！〟

息が苦しい。肺が焼けつくように痛み、いまにも衝動的に水のなかで息継ぎをしてしまいそう。けれどそんなことをしたら一巻の終わりだ。すべてを放棄することになるのだ。上方でちらちらとまたたく日の光を見据え、自由の女神が金色のたいまつを持っている姿を思い浮かべ、必死にもがいた。

水面を割った。わたしはあえぎ、口から唾を吐き出した。三角波の立つ青い波がはてしなく広がっている。それを見たとたん恐怖をおぼえた。フェリーは行ってしまった！通勤客はほとんど乗っていなかったので、わたしが側面から落とされたことには誰も気づいていない。

必死で立ち泳ぎしながらきょろきょろ見まわした。どちらに向かって泳いだらいいのか見当もつかない。そして身を切られるような冷たさ。無数のつららが身体じゅうの毛穴を刺しているようだ。とっくに身体の芯まで凍えて筋肉が硬直し、呼吸するのが苦しい。浮かんでいることもままならない。

〝冗談じゃない！　このまま死んでたまるものですか！〟

娘のことを考えて必死で理性を保った。立ち泳ぎを続けて死ぬまいとした。その時、オレンジ色のタグボートと消防艇が見えた！　二艘の船はフェリーのすぐ後ろを航行していたのだ！

「たすけて！」叫んでみたが、弱々しい声は波のしぶきと旋回するカモメの鳴き声にかき消されそう。

もう一度叫んだ。しょっぱい海水がうねりとなって襲いかかり、むせてしまった。凍えて死ぬか溺れてしまうのか、分単位の——秒単位とまではいかなくても——問題だ。そう思った瞬間、タグボートの大きな警笛と男性が叫ぶ声がきこえた。

「右舷だ、ショーン！」

「ドニー、フックをこっちに投げてくれ！」

「彼女めがけて綱を投げろ！」

「それでは間に合わない、コナー！　彼女は溺れそうだ。俺が行く！」

水のなかでエンジンの轟音とディーゼルの排ガスのにおいを感じた。なにか大きく、重く、明るい黄色のものがすぐ脇の水面にあたった。そのしぶきで、またもやわたしは沈みそうになった。そして力強い腕の感触。ほぼ裸でもう感覚もなくなったわたしの身体がしっかりと抱えられた。

「つかまえたよ」はっきりとした低い声だ。

顔をあげると、がっしりした男性がわたしを抱えている。高い鼻とふさふさした黒い眉のある顔が頼もしげににっこりしている。

「ここで意識を失うな！　しっかりつかまれ！」

その瞬間にわたしは失神したのだと思う。つぎに感じたのは、背中と裸足の下の冷たい鉄の甲板だった。キャミソールはずぶぬれでビリビリ、レースのブラジャーは男性の想像力の出番がないほどの状態。しゃべろうとしたが、強く温かい手に横隔膜を押されてしゃべれない。強く押されて塩っぱい水が喉からあふれた。

喉がつまり、むせながら唾を吐いた。そこでようやく、たくましい消防士が六人ほどわたしを取り囲んでいるのに気づいた。全員、ニューヨーク消防局のあざやかな黄色のライフジャケットを着て立っている。

「もう大丈夫だ。さあ、身体をあたためよう」

身を起こすと、大きな手がたくさん伸びてきて厚手の毛布をわたしに巻きつけた。

「誰に連絡をとればいいですか？」消防士のひとりがたずねる。

「マ、マ、マイク」口がまわらない。「マイク・クィンに。彼は――」

「ビッグ・マイクか！」そういってわたしの肩を軽く叩いたのは、海に飛び込んで救助してくれた黒っぽい髪の男性だ。「よく知っているからわたしが電話をしよう。あなたの名前は?」

弱々しい声で名乗った。わたしは毛布をしっかりと身体に巻きつけた。甲板は寒くてしかたない! 立ちあがろうとしたがよろけてしまった。数人の消防士が即座に駆け寄り、そのうちのひとりが軽々とわたしを持ちあげて消防艇の船内に運んでくれた。船内は暖かかった。アルミ製の枠にキャンバス地を張ったストレッチャーにわたしを乗せると、彼はもう一枚毛布をかけてくれた。ありがたかった。ただ、それを言葉で伝えることができない。

あまりにもひどく震えて、もうなにもしゃべることができない。ものを正視することもできない。おそらく海水がしみて目がちくちくしているからなのだろう。さらに毛布がばさっとかけられた。電気毛布だ。ぬくもりがおいしく感じられる。栄養価の高い飲み物をゴクゴクと飲んでいるみたい。

数分後、少し気持ちがしゃんとして身を起こせるようになった。海からわたしを引きあげてくれた黒っぽい髪の消防士はずっとつきそってくれている。すぐにスウェットとTシャツに着替えて来てくれたのだ。首にタオルを巻いたままの姿で。そして濃いお茶の入ったカップを手渡してくれた。

「もう心配ない。大丈夫だ。名前はクレア・コージー、ですね?」

「クレアです」

「ショーンです。たったいまビッグ・マイク本人と連絡が取れましたよ。ニューヨーク消防局のドックで待っているはずだ」

「ありがとう」

「わたしたちが発見できて運がよかった。あのままではあと五分ももたなかっただろう」

わたしはお茶をすすった。またぼうっとしてきた。「わたしはどうしても――」

ショーンがカップを受け取り、わたしはそのままストレッチャーに仰向けになった。

また目を閉じると彼が毛布を巻きつけるようにかけてくれるのを感じた。

「まだショック状態にあるんだ。とにかく休むといい……」

消防艇がドックにぶつかった衝撃で意識がもどった。男性の声が飛びかい、消防艇が固定される。数分後、ささやき声の会話がきこえて上のほうに人影を感じた。

目をあけると真上に男性の巨体が見えた。四十代後半といった年ごろだ。あざやかな赤毛、がっちりとした顎、そしてあきれるほど大きなカイゼル髭（これが流行したのは一八九〇年ころか）。彼もわたしを見つめている。ブルーグレーの目のまわりに愉快そうな表情のしわができている。彼の後ろには消防艇の隊員たちがあつまり、あきらかに好奇心満々だ。

「最悪の時に、あるいは夜の闇のなかでわたしの名前を呼ぶ乙女はこれまで数多くいたわけだが」大男が聴衆にきかせるように朗々と述べる。「しかし、これほどの乙女であれば記憶にないはずがないんだが」

「なんですって？」わたしは肘をつっかえ棒にして身を起こした。「あなたはどなた？」

「ニューヨーク消防局のマイケル・クィン隊長です。友人にとってはビッグ・マイク、その他おおぜいには泣く子も黙るアイリッシュのクィン隊長です」

彼がにっこり笑った拍子に金歯がひとつキラリと光った。赤毛の口ヒゲをなでながら彼が続ける。

「クレア・コージーというお名前だとききました。そしてわたしに連絡を取りたがっていると。なんでまたこんなことになったんです？」

「フェリーから突き落とされたんです。バッグを盗まれました」

ビッグ・マイクはクルーのひとりに身ぶりつきで指示した。

「フェリーのターミナルはクルーのひとりに無線で連絡だ。襲った人物の足止めはもう間に合わないだろうが、この気の毒な女性のバッグは取り返せるかもしれない」

貫禄のある消防士がまたわたしを見た。

「どうやらここにいる彼らは誤解したようです。念のためにここに来る前に電話を一本かけておきました。あなたが呼んだのはリトル・マイキーでしょう？　六分署の。わたしの従兄弟でお巡りをやっているマイク・クィンでしょう？」

「刑事です」正確にこたえた。

「ひねくれ者ですよ」

「ひねくれ者?」わたしがおうむ返しにこたえる。「マイクはひねくれ者ではないわ。それに彼を〝リトル〟と呼ぶのはまちがっています。ニューヨーク市警の一員の彼を」

周囲の消防士たちが愉快そうに目を見交わしている。ビッグ・マイクはぼさぼさの赤毛の眉を片方上げた。

「わたしに比べれば彼は小さい。それにクィン一族は消防士の家系だ。ニューヨーク消防局のわが一族のなかでリトル・マイキーだけが〝お巡り〟ですからね」彼が若い隊員たちをちらっと見る。「つまりひねくれ者だ」

隊員たちが笑う。甲板で誰か叫んだ。「警察のみなさんのご到着だ!」

その直後マイク・クィン警部補が消防艇のキャビンに入ってきた。心配そうにわたしを見守る消防士たちの壁をかき分けてすぐそばに来ると、ストレッチャーの脇にかがみぎゅっとわたしを抱きしめた。

「クレア、大丈夫か? いったいなにがあったんだ?」

「大丈夫よ」彼のぬくもりに包まれてほっとした。「フェリーに乗ったの。そうしたら誰かにバッグをひったくられて、身体を持ちあげられて船の脇から落とされたのよ」

「誰にやられた? その人物を見たか?」

「いいえ」それから声をひそめてささやいた。「でも見当はついているわ」

「よし、いいぞ。その人物を当たろう。だがその前にきみはERに行くんだ――」

返事をする前にショーンが歩み出た。

「彼女はたいしたものだ。フェリーの三角波の立つ凍りつくような海に突き落とされて自力で表面に浮かびあがったんだ。自分で自分の命を救った」

「ちがうわ」わたしが正す。「あなたが救ってくれたのよ、ショーン。みなさん全員のおかげです。どうもありがとう」

マイクがわたしといっしょに、彼らに礼を述べた。そこで彼らとともに赤毛の大柄な隊長が立っているのに気づいたのだ。

「これが消防士の仕事だ、マイキー坊や。おまえたちは駐車違反の切符を発行する。わたしたちは命を救う」彼がにやりとしていい切った。

マイクはわたしから手を離しぎくしゃくとした動作で立ちあがると、もうひとりのマイク・クィンと向きあった。

「マイケル」感情を抑えた口調だ。

「なんだリトル・マイキー」クィン隊長がこたえ、腕組みをする。「あいかわらず交通違反の取り締まりで忙しいのか?」

周囲では隊員たちがそわそわとした様子でたがいに見交わしている。従兄弟同士のあいだに流れる不穏な空気を感じているのだ。とげとげしいやりとりにわたしは顔をしかめ、もう少しで声に出してしまいそうになった。

〝どうしてそんなに険悪なの？　同じ一族だというのに！〟

けれどわたしは声に出さず、口をつぐんでいた。いまは大いなるクィン一族の歴史を深く掘り下げて学ぶ時でも場所でもない。

さいわい女性の救急隊員ふたりがわたしたちのあいだに割って入ってきた。

「あなたを病院に搬送しましょう」ふたりのうちひとりがいった。

「とんでもない」わたしは頭を左右にふった。「大丈夫です。そんな必要は――」

「おとなしくするんだ」マイクがわたしをたしなめ、救急隊員たちのほうを向いた。

「本人がなんといっても耳を貸す必要はない。わたしの言葉に従ってもらう。彼女をストレッチャーに乗せて救急車に。いますぐに」

ＥＲの医師は「一晩経過を観察する」ために入院を指示した。ここでもわたしは反論しようとした。そしてここでもマイクはそれを許さなかった。

彼は病院を一歩も離れようとしなかった。わたしが検査を受けているあいだ、彼が警察無線で連絡をとり、携帯電話で相棒のサリーに連絡を取っている声がきこえた。病院スタッフがわたしをＥＲのストレッチャーから病室のベッドに移してくれた時にはすでに盗まれたハンドバッグを取り返してくれていた。

「制服警官が駆けつけた時には、すでに船には誰もいなかった」彼は説明しながらわたしのベッドの端に腰かけた。「きみを襲った犯人はとうにいなくなっていたが、警官たちはフェリーを捜索してきみのバッグを発見した。甲板のベンチの下に押し込められていた」

バッグを手に取って調べてみた。ストラップはちぎれている。財布、現金、キャッシュカードはなくなっている。ブラシ、化粧道具、そのほかのものは無事だ。ビレッジブレンドと住居のカギも、ファスナーつきの小さなポケットに入ったままだ。

はっとした。ほかになくなっているものがある。

「手紙よ!」

マイクが顔をしかめる。

「なんの手紙だ?」

「このバッグに手紙をいれていたの。なにものかがオマール・リンフォードを脅迫していた証拠よ」わたしはまだ、あの手紙を出したのはアルフではないと強く信じている。

「それも盗まれている! わたしを襲った犯人をつきとめるなによりの証拠になるわ!」

「どういうことなんだ? 最初から説明してくれ」

わたしはこれまでにわかった事実をすべてマイクに話した。

「……だからわたしを手すり越しに落としたのはドウェイン・リンフォードにちがいないと思う。駐車場に彼のど派手なＳＵＶがあったわ。あれはまちがいなく彼のものよ。家から飛び出していく前に彼の将来が関わっていることで父親と口論もしていた。そしてわたしを殺してまで手に入れようとしたあの手紙の内容は彼を告発するというまぎれもない脅しだったわ」

「それでその若造はきみを船から落として口を封じようとしたのか」

「彼は、わたしが父親と会っていたのを知っていたわ。わたしがアルフが殺された件を調べているのも知っていた。そして彼の父親はわたしに、息子が麻薬の売人であるとはっきりわかる手紙をわたした！」

マイクがうなずく。

「犯行の動機も機会もそろっている」彼が警察無線に手を伸ばした。「ホン刑事とフランコ巡査部長にこのことを報告する。これは彼らの担当の事件だ」

「ドウェインがアルフのことも撃ったとは考えられないかしら？」

「あるいはなにものかに彼を撃たせた。そうだな。そして強盗であるように見せかけた――まさにきみの推理通りだ、刑事さん」

わたしは頭を横にふる。

「フランコ巡査部長はきっと腹を立てるでしょうね」

「なぜだ？　彼も正しかった、そうだろう？　考えてもみろ。もしもドウェイン・リンフォードが麻薬の売人なら、マフィアの知り合いもいるだろう。そのひとりを雇ってアルフを撃たせ、路上犯罪であるように見せかけたのかもしれない。令状を取ってドウェインの地所を捜索しよう。彼に事情聴取をする。運がよければ自白が得られる、もしかしたら凶器についても、実行犯の名前も」

「彼を街から排除してちょうだい、マイク」

「そうするとも」彼がにっこりして片手を取り、ぎゅっと握った。「どうやらきみは願い通りクリスマス・プレゼントを手に入れることができそうだな」

わたしが彼に身を寄せてさらに親密なムードが高まりそうになったところで、半分あいたドアを軽くノックする音がした。焼き立てのパイ生地のすばらしい香りだ。ピリッと辛いトマトソース、オレガノのフローラルな香りがたまらない。そしてよく知っている声がした――。

「ピザを二枚配達してきましたよ」

顔をあげると巨大なピザの箱がふたつ、こちらに向かってくる。箱の上に見えるのはフィンバー・サリバン部長刑事の顔とニンジン色の髪だった。

「フル装備のピザか？」マイクが相棒にたずねた。

「〝完璧に〟フル装備です」サリーがにっこりして請けあう。

マイクがもっとちかくに寄れと彼を手招きし、それからわたしのほうを向いた。

「お腹空いているか?」彼が箱をあけながらたずねた。

わたしは目を閉じてペパロニとソーセージ、ピーマンとマッシュルームが香ばしく焼けたにおいを吸い込んだ。「ああ、マイク……」口をひらくと同時に空っぽのお腹が鳴った。

この人はわたしを恍惚とさせる方法をいつも完璧に知っている。

# 22

「それからどうしたって?」

「海にまっさかさま」

元夫が歯噛みする。「クレア、どうしてエスターといっしょに帰らなかったんだ?」

「だってエスターといっしょに帰ってしまったら、アルフを殺した犯人を突き止めるための情報が手に入らなかったでしょう! それにわたしはごらんの通り、ぴんぴんしているわ」

「単に運がよかっただけだ。〝単に〟だぞ、単に」

翌日は火曜日でビレッジブレンドはいつにも増して混雑した。その混雑が一段落した朝の遅い時間帯にマテオが立ち寄った。わたしは短い休憩をとって彼の隣のスツールに陣取り、大理石のカウンターに向かってカフェインたっぷりの一杯を飲みながら、スタテンアイランドとニューヨーク湾の真ん真ん中での冒険をくわしく説明した。

「それでドウェイン・リンフォードはいま身柄を拘束されているのか?」

マテオがフィッシャーマンズ・セーターをぬいだ。心地よいコーヒーハウスの暖かさのなかでは分厚すぎる。ぬいだセーターを広い肩にかけシャツの袖をまくり、よく筋肉の発達した腕を出した、先週あのゴミ容器に閉じ込められた際にお世話になった腕だ。

わたしはマテオのようなわけにはいかない。うなるような音をたてて燃えさかる火も湯気の立つ熱いコーヒーも、熱すぎるとは感じられない。不思議なくらい感じないのだ。凍るような水に浸かったせいで、まだじゅうぶんに身体が温まっていない。

「警察は昨夜マンハッタンのクラブでドウェインを逮捕したそうよ。彼はとても有能な弁護士をつけた。予想できたことだけど。刑事さんたちはスタテンアイランド・フェリーの防犯カメラで録画されたデジタル画像を入手して片っ端からチェックしているわ。彼の自宅とSUVを捜索する令状を取り、麻薬に関する容疑で彼を逮捕した」

「どういう麻薬だ？」

「マリファナよ。マイクの話では、逮捕された時に彼は『ニッケルバッグ』を所持していたそうよ。どういう意味かしら？」

わたしの元夫は筋金入りの女たらしだ。世界の広大なコーヒーのベルト地帯のはるかな辺境の地でも、いちばんちかいパーティー会場に難なくたどりつける。そういう彼だからドラッグについての俗語などめずらしくもなんともない。

「ニッケルバッグというのは五十ドル相当のマリファナのことだ。最大でジョイント

四、五本ぶんってとこだ。それだけでは長く勾留はできないだろう。ただの所持だからな、売っていたわけではない」

わたしは顔をしかめた。

「きっと警察はもっと証拠を見つけるわ」

「投げ落とされる時にほんとうに彼を見なかったのか？　ほんの一瞬でも見なかったか？」マテオの茶色い目が鋭くわたしを見つめる。「見ていればボーイフレンドのお巡りは首尾よく立件できるはずだろう？」

「うそをつくわけにはいかないわ。マイクに対してうそはつけない。警察の彼の仕事仲間にも。法廷では宣誓するのだから、絶対に無理」

「あほらしいな」マテオがまたぶつぶついう。「きみは彼のしわざだと確信しているんだろう？　それなら少々のうそをついてもかまわないじゃないか」

「そんなことできないわ！　そういううそは偽証と同じくらいに悪質よ。マイクも同じ考えのはず」

「高潔ぶって」マテオはカップに残っていたエスプレッソを一気に飲んで、頭を左右にふる。「きみはあのことを知らないから……」

わたしは眉をひそめた。彼の言葉にひっかかったのだ。

「なにを知らないの？　マイクに関すること？」

「気にするな」マテオが目をそらす。

「よけいなことをいうんじゃなかった」

わたしは元夫を見つめた。

「いいから、白状しなさい。なにを知っているのか――」

「待て」マテオがわたしを遮る。「きみはデクスターのことを知りたかったんじゃないのか？」

「話題をそらすのね、でも、ええききたいわ」

「じゃあ、それについて話そうじゃないか。なにを知りたいんだ？」

なんだか気に障《さわ》る。マイクのことでマテオに隠しごとをされているのがおもしろくない。でも言い争っている暇はない。休憩時間は限られている。交替してくれる助っ人が到着したらいそいで着替えてユニオン・スクエアに行き、アルフの告別式に参列することになっている。すでに箱入りのお菓子は送ってある。保温ポットにいれたコーヒーはタクシーで持参するつもり。

「わかったわ、マテオ」彼と目をあわせた。「デクスターがひた隠しにしているオマール・リンフォードとの『秘密』の取引のこと。そこまで伏せたがる理由よ。デクスターが麻薬を売っているのだとしたら、つかまるのは時間の問題だとあなたから警告したほうがいいと思って」

「彼は麻薬は売っていないよ、クレア。彼とは話をしてみた。思った通りだった。リンフォードはデクスターの〈テイスト・オブ・カリビアン〉の店舗すべての共同出資者だ。匿名にしているが」

「そのことを、なぜそこまで伏せなければならないの？」

マテオが身を乗り出して声をひそめる。「デクスターは市から設備改良のための補助金を得ている。リンフォードがデクスターの共同経営者だと役人たちに知れたら、店の改装資金とあたらしい冷凍庫を購入する資金を出してはもらえないだろう」

「それなら改装資金をリンフォードに出してもらうというわけにはいかないの？」

「オマール・リンフォードはそういうやりかたでブルーサンシャイン社を築きあげた。だからデクスターとしてはこれ以上リンフォードに出資してもらいたくはない」

「でもデクスターとオマールが市から補助金を得るのは犯罪行為にあたるわ」

「だから彼との事業上の関係を認めたがらなかったのさ、わかったか？」

「ここにいましたか、コージー・レディ！」

知っている声がしたので顔をあげた。思わずぎょっとした。

一八〇センチの妖精《エルフ》がいる。緑色のタイツ、ベルベットのチュニック、そしてフェルトの帽子には羽飾りもついている。サンタの助手としてはパーフェクトな出で立ちで、こちらを見てにこにこしている。

「シェーン？　シェーン・ホリウェイね？」

「それは生身のわたしです。もしくはタイツの中身です。どちらでもあなたのお好みで、クレア」

昼のドラマに出たこともある俳優の彼がわたしの隣のスツールに腰かけると、マテオは警戒するような目つきになる。シェーンはトレンディな無精ヒゲをすっかり剃ってしまっていた。ヒゲがなくなると、なかなかさまになっている。もつれた金髪、贅肉のないすっきりした頬のえくぼ、キラキラ光る青い目は妖精《エルフ》を演じるにはもってこいの素材だ。

「通りの先でタッカーと衣装を着たリハーサルをしているのだと思っていたわ」

「よくわかっていらっしゃる」シェーンがウィンクする。「タッカーからきいた通り、腕ききの探偵ですね」

わたしが笑った。「あなたのタイツが決定的な証拠よ」

「今夜の寄付金集めのパーティーは四十二丁目の公立図書館の本館であるんです。いらっしゃるんですか?」

「いいえ、とんでもない。そういうパーティーは富裕層向けよ。招待客しか入れないわ」

「タッカーならなんとかしてくれます! 行きましょう、クレア。わたしの硬く引き締まった緑色のお尻が小道具のキャンディの上を飛ぶのを見逃したくないでしょう?」

また笑ってしまった。「そんなことをいわれたら見たくなってしまうわ。考えてみましょう、それでいいわね？　ところで、なにか飲物は？」わたしは立ちあがった。「飲むも飲まないも、わたしのミドルネームは〝成りきる〟ですからね。キャンディケーン・ラテを――ホイップクリームはほどほどで。なにしろこの衣装ですから油断できない」

「心配いらないわ」わたしはコーヒーカウンターのなかに入った。「その衣装、とてもすてきよ」

「ありがとう」

ラテを手早くつくっているとシェーンがダンテに呼びかけた。

「やあ、シルバ。ユーチューブできみを見たよ！　きみはウェブ界のスターだ！」

「そうなんです！」エスプレッソマシンの向こう側から彼がこたえる。「ルームメイトからきいてます。アッパー・ウエストサイドのキース・ジャッドのクリスマス・ショッピングと同じくらいのヒット数らしくて」

「あれならわたしのガールフレンドも見ている」レジを担当しているガードナーが加わった。「十年前にジャッドがつくった映画の時からのファンなものでね。あの戦闘機のパイロットの映画ですよ。その彼が入ったブティックを彼女はひとつ残らずチェックしたがってますよ」

「それ、ほんとうなの？　そういうことにみんな興味があるの？」わたしはたずねた。

「そうですとも」ダンテがいう。

「もちろんですよ」ガードナーがうなずく。

「信じられないわ」

「ほんとうなんですよ、ボス」ダンテは細かく挽いたコーヒーをエスプレッソマシンのポータフィルターにトントンと詰める。「ジャッドが入っているところが写っている店はどこも、その日はドアの外に行列ができているんですから」

それをきいてわたしは目をまるくした。〈ニューヨーク・ワン〉のニュースは、今年のクリスマス・シーズンのショッピングの低迷ぶりについて伝えたばかりだ。多くの店が倒産の危機にさらされているのだ。

ガードナーがお客さまに釣りをわたしながらいう。

「あのキース・ジャッドの映像を撮った人物は映っている店にいって分け前を要求できますね」

「そうかもしれないわね。この店がいまこんなに流行っているのもインターネットのおかげなのよね」わたしはつぶやいた。

ミスター・エルフのためのキャンディケーン・ラテが完成した。抽出したてのエスプレッソにクレーム・ド・マント、チェリーとバニラのシロップも少量、限りなくきめ細かく泡立てた完璧なフォームミルクを合わせたものにホイップクリームを少量のせ、キャンディケーンを砕いたスプリンクルと削ったチョコレートを散らす。できあがったラテをカウンターに置いて滑らせた。

「これは店のおごりです。サンタの助手へのせめてもの気持ち」

「なんてすてきな人なんだ」ラテを少し味わった彼が歓声をあげた。「すばらしい……」

わたしはにっこりした。「おいしい？」

「おいしいかって？　慈善パーティーが終わったらまた飲みに来ますからね。ところで今夜わたしの〝工房〟でいっしょにひと仕事っていうのはどうです？」

マテオがあきれたような顔をしている。

「サンタの〝おもちゃの工房〟のことかしら？」

「いいえ、とんでもない」

〝まあ、あきれた〟。

「お気持ちはとてもうれしいわ。でも、わたしには特別な人がいますから」

マテオがそれをきいて鼻を鳴らしたので、すばやく睨みつけた。

「いいじゃないですか」シェーンがたたみかける。「〝真剣に〟なる必要はないですよ。ただ、たがいにちょっと、ね……」彼がまたわたしにウィンクする。「遊びで」

「わたしは本気でいっているのよ」わたしはきっぱりといった。「お断わりします」

それでもシェーンはにこにこしている。

「また会いに来ますよ、コージー・レディ。なにしろわたしのミドルネームは〝チャレンジ〟ですからね」もういちどウィンクして、彼は去っていった。

マテオがにやにやする。「あれがハリウッド式のメソッド演技法ってやつか」

わたしは肩をすくめた。

「それはともかく、考えてみてもいいんじゃないのか？」

「考えるって、なにを？」

「エルフの誘いだ」

「冗談にしてはおもしろくないわ」

「半分は本気でいっている」

「たとえ半分でもあなたがそんなことを本気で提案するのは、なぜかしら？」

「きみが傷つくのを見たくないから」

「傷つく？」

「クレア……」空っぽのデミタスをマテオが見る。そしてふと視線をあげて、わたしを見つめた。「きみとあの番犬は同じページにいるようには思えない」

「同じページ？」

「相手を独占できている、というページだ」

「なにをいい出すのかと思えば」

「こうなったらはっきりいうよ。クィンが女といっしょにいるところを見た」

「どういう意味なの、『女』って?」

「きみはぼくにいっていたじゃないか。あの男はずっと超過勤務でとても忙しいと。でも、先週エノテカのバーに立ち寄ったら彼が赤毛のとんでもない美人と食事していた」

「赤毛?」わたしははっとした。店で何度も見かけた美しい女性が頭に浮かんだ。目を奪われるほど美しいあの女性はわたしに対してあきらかな敵意を示した。〝まさか、同一人物ってことはないでしょうね?〟

「その後もまたふたりでいるところを見かけた、イーストビレッジで早朝に朝食をとっていた。早朝だ。その前夜ふたりがなにをしていたのかを想像できてしまうほど早い時間帯ってことだ。やつはあのあたりに住んでるんだろう?」

「ええ彼のアパートはアルファベットシティよ。でもなにかわけがあるはず。その女性は事件の関係者かもしれない」

「二度ともクィンはその女性とじっくりと話し込んでいた。仕事の話をしているようには見えなかったな。もっとプライベートな感じだった。その赤毛の女性だが、なんだか見覚えがあった。それで思い出したんだ、どこで見たのかを。だから調べてみた」

「どういう意味なの、調べてみたとは?」

「彼女は十五年ほど前にヴィクトリアシークレットのモデルをしていた。すごくセクシーだった。表紙を飾るほどの逸材だ。ぼくはクリスマス・シーズンのカタログは全部とってある。彼女はサンタの帽子とかわいい黒いブーツ、ミセス・サンタのベビードールのみだらなネグリジェを着せられていた」

「あなたのせいで吐きそう」

「すまん」マテオはふうっと息を吐き出して、短いシーザーカットにした黒い髪を片手でなでる。「きみにいうつもりはなかった。ただ、あのエルフの誘いは絶好のタイミングだと思うんだ」彼が肩をすくめる。「きみは誘いにのる資格がじゅうぶんにある。複数の異性と堂々と関係を持ちたがる男のために遠慮なんかすることはない」

わたしは目をまるくして、しばらくあぜんとしていた。

「それ、正気でいってるの？」ようやく言葉が出てきた。「あなたのいうことは信じられないわ」

「勝手にすればいい」マテオがまた肩をすくめる。「だが、ぼくが警告したことは忘れるなよ」

「ボス！」いきなりダンテが呼びかけてきた。「また手が足りなくなりました！　渋滞が起きてます」

「わかったわ！」立ちあがったものの、なんだか両足がわなわなしている。ここはひとまずマテオからきいたことは頭の隅に押しやり、きっとわけがあるはずだと自分にいいきかせた。さあ仕事だ。

マテオは悲しそうに小さく手をふって出ていった。一時間後、彼の母親がこちらも手をふりながらやってきた。でもマダムのしぐさには悲しげなところもなければ、小さくもない。とても大きな動作で、興奮気味だ。

「クレア！」エスプレッソマシンのところにいるわたしを大きな声で呼んで手招きしている。

「交代、お願いね。すぐにもどるから」ふたりの男性バリスタに後を頼んだ。

今朝のマダムはホイップクリーム色の柔らかなスウェードのジャケットに、同色のスラックスを着てじつに魅力的。帽子と手袋はカプチーノの泡の色。どちらも繊細な人工の毛皮で縁取りされていて全体が統一感のあるスタイルだ。

「とても華やかですてき」わたしはマダムの頬に軽くキスした。

「ありがとう！　そりに乗るための衣装なのよ」マダムが笑う。「オットーとのバーモントのささやかな休暇のためにわざわざ用意したの」わたしたちは暖炉のそばのカフェテーブルに着いた。「今朝もどったばかりよ」

わたしはにっこりした「キャンドルとキャンディケーンの日々でした？」

「ええ、ええ。ほんとうにロマンティックだったわ。でもそれをあなたにいいに来たわけではないのよ。大ニュースなのよ」

「フェリーの一件のことをおっしゃっているんですか？　マテオからきいたんですか？」

「フェリーの一件？　いいえ、フェリーにはまったく関係していないけれど……」マダムが金色の革製のトートバッグに手を伸ばしてタブロイド紙を取り出した。《ゴッサムゴシップ》のコラムに黄色いポストイットが貼ってある。「これよ！」

「まあ」

タブロイド紙の紙面をでかでかと飾っているのは数枚のカラー写真だった。連続写真のように並んでおり、そこに写っているのはフィリス・チャッツワースと番組担当のエグゼクティブ・プロデューサー、ジェームズ・ヤングとの親密そうな様子だった。ふたりは店の入り口のスペースに立って宝石を見ている。ジェームズは片腕でフィリスをぎゅっと抱き寄せている。彼女は彼の肩に頭を載せている。そして彼らの手にはショッピングバッグ——トゥルノー、サックス、ティファニー。アルフが殺された翌日、ヤングのアパートの部屋をのぞいた時に見た袋と同じだ！

「アルフが殺された日、ミスター・ヤングはショッピングに行っていたと話していたのでしょう？」マダムがささやく。「高級店の袋を持っているのを見たアルフが強盗に押し入ることを思いついたのだろう、と話したのではなかった？」

「はい」

「カメラマンにもつけられていたとはさすがに話していなかったということね」

写真のクレジットに目を走らせた。「ベン・タワー！」

マダムがうなずく。「デューベリー氏は激高しているわ。『ザ・チャッツワース・ウェイ』は彼にとってとても価値のある資産ですからね。この写真はその資産の価値を脅かすわ」

マダムのいう通りだ。コラムを斜め読みしてみた。執筆者はマダムとわたしとで以前にわたりあった人物──スキャンダルを漁《あさ》るランドール・ノックスだ。トップクラスの人気を誇るテレビ番組の司会をしている結婚カウンセラーは、自分たちをカウンセリングする気がないらしいとノックスは揶揄《やゆ》している。

これでつじつまが合った。

「マダム、デューベリー氏がこの件でマダムにアプローチしてきたんですか？　マダムになにか便宜をはかってもらいたいと期待しているんでしょうか？」

「ええ、でもまず説明が必要ね。こういうことなの、オットーとわたしはデューベリー夫妻と何度もとてもすばらしいディナーをごいっしょしているのよ。とても心の広いご夫妻ですよ。そしてデューベリー氏はとても記憶力がよくて、わたしたちが以前にランドール・ノックスとこの写真の撮影者のベン・タワーを追いつめた時のことを思い出したというわけ」

「わたしたちが探偵みたいに事件を捜査したことを会食の席で話題にしていらっしゃる、ということですね?」

マダムがばつの悪そうな表情をする。

「だって話題としてもってこいなんですもの。とてもよろこんでいただけるのよ!」

「わかりました……」わたしはカフェ・チェアに座り直した。「それでマダムの計画は?」

「例のベン・タワーにさぐりをいれるためにプランを立てているのよ。あなたもいっしょにどう? アルフが殺されてからすぐのこの時期にこんな写真が出て、あなたとしても関心があるんじゃないかと思って」

「関心はあります。タワーは犯罪につながることをなにか見ているかもしれません。もしかしたらそれを撮っている可能性もあるわ……」ドウェイン・リンフォードが逮捕された件について現段階の情報を手早くマダムに伝えた。「でも警察はいまだに凶器を発見していないし、あの若者から自白も得ていないんです。だからどんな小さな証拠でも、彼がアルフを殺した犯人と特定することに役立つはずです」

わたしは腕時計で時間を確認した。

「シフトが終わりしだい、アルフの告別式に出席します。マダムはベン・タワーと会って計画通りになさってください。その後で連絡を取りましょう。どんな収穫があったのか教えてください」

マダムが青い瞳を輝かせてうなずいた。

「おもしろそうね！」

# 23

「会っていただきたい人がいるんです……」

ビッキ・グロックナーがぎこちない笑顔を浮かべてちかづいてくる。父親ゆずりのヘーゼルグリーンの目はまだ充血して腫れぼったい。教会でおこなわれた告別式は感動的なものだった。出席者は教会の地下に移動してアルフを偲ぶ会が催されている。明るい照明で照らされたスペースの壁は色鮮やかに塗ってあり、隅には大きなクリスマス・ツリーがある。

二百人以上のトラベリング・サンタがあつまっている。ホームレスの人々とスープキッチンのスタッフも来てアルフを偲んでいる。彼はシェルターを訪れては「スタンダップ・サンタ」としてみんなを楽しませていた。スタテンアイランド時代の友人も何人か駆けつけている。案の定、オマール・リンフォードの姿はない。シェリー・グロックナーもここにはいない。今日の告別式には来ないだろうと、先週ビッキがいっていた通りだ。

ビッキもわたしと同じくシンプルな黒いパンツスーツ姿だ。彼女はカラメル色のふさふさとした巻き毛を地味なポニーテールに結っている。その傍らには大柄な男性がいる。背が高く禿《は》げあがっていて、少々太鼓腹気味のその男性は黒いスラックスと黒い開襟シャツという簡素な服装だ。頬は血色がよくていかにも快活そうな印象。ふさふさとした眉の下では茶色の目が生き生きと輝いている。ふんわりした茶色の口ヒゲは顔の輪郭に沿って刈り込まれ、ほんの少々銀色のものが混じっている。

「クレア、ピーター・ドミニクです」ビッキが彼を紹介した。

「ブラザー・ドムと呼んでください」彼がわたしのずっと上のほうから微笑みかける。とても低くやわらかくやさしい声だ。「おいしいクッキーとマフィンを箱いっぱい、そして保温ポットに入った熱々のコーヒーを提供してくださったレディですね。お礼を申しあげなくては」

「そう、この方です！」ビッキがうなずく。その拍子にクリスマスの鈴の形のイヤリングが鳴る。

ビッキは先週アルフが亡くなった翌日にもこのイヤリングをしていた。きっと父親からのプレゼントなのだろう。ということは彼女はこの先もとうぶんのあいだはこのイヤリングをはずさないにちがいない。

「クレアにはほんとうによくしていただいているんです。いまも父のことで〝どてもとても〟お世話になっています」

「というと?」

ビッキが声をひそめる。「父を殺した犯人を見つけたんです」

ブラザー・ドムが目をまるくして、ふさふさとした茶色の眉毛がいっぺんにあがった。「では、あなたは警察官もしていらっしゃるんですか?」

「いいえ、ちがいます!　わたしはコーヒーハウスのマネジャーです。わたしはただ少し話をききにいって、警察に協力しただけです」

「ビッキ!」トラベリング・サンタのひとりが彼女に手をふり、ごちそうのあるテーブルのほうに呼んでいる。「きみに会いたいという女の子がいるんだ!」

「すぐに行きます!」彼女が大きな声で返事をしてからわたしたちに声をかけた。「ちょっと失礼します」

ブラザー・ドムとわたしはそのまま少しアルフのことを話した。この機会にいろいろきくことができたのは幸いだった。ブラザー・ドムは数年前にトラベリング・サンタを創設した。彼は元フランシスコ会修道士で、いまは市と市のいくつかの教会と協力してホームレスの人々と飢えた人々を援助する活動をおこなっている。

「妙なんです」わたしはブラザー・ドムにいった。「アルフの人生について知れば知るほど、そのギャップに驚いてしまいます。アルフという人にはつじつまが合わないことがあまりにも多いんです」

「たとえば？」

「たとえば、彼はレストランを経営していましたが。事業に失敗しています。アルコール依存の問題を抱え、結婚生活は破綻してしまいました」

「そうです。アルフはアルコール依存症でした。十二段階のプログラムをひとつひとつステップを踏みながら依存症を克服しようと苦闘していました。初めて会った時の彼は多くの問題を抱えていました」

「でもわたしが彼に会った時にはまったく苦闘していませんでした。彼は人生に対して鷹揚にかまえているように見えた。とてもしあわせそうで冷静沈着な人でした。どこまでも楽観的で、めざすこともはっきりしていました。いつ彼と話しても、ほかの人々を助けることをいちばんに考えていたんです。それなのにつぎからつぎへと別人のような過去の彼があらわれるんです。わたしが知っているアルフと、いえ知っていたつもりのアルフとはかけ離れた行動ばかりです」

「あなたにはききたいことがあるのですね、クレア。たずねてごらんなさい、そうすればこたえを得るでしょう――」彼が微笑む。「わたしがそのこたえを提供できるのであれば……」

「わかりました。アルフをがらりと変えてしまったものはいったいなんだったのでしょう？　つまり、なぜ彼はいきなり慈善活動をしようと考えたのでしょう？」

『クリスマス・キャロル』です」

「歌ですか？」

「物語のほうです」誰かがブラザー・ドムになにかを話しかけ、彼の注意がそちらにそれた。

ちょうどその時、いきなりわたしの携帯電話がポケットのなかで振動した。式のあいだサイレントモードにしていたのだ。発信者のＩＤを確かめるとマイクからだった。

「マイク？」

「悪い知らせだ」

思わず緊張した。マテオからきかされた赤毛の女性のことを唐突に思い出してしまった。でもマイクの知らせはプライベートな内容ではなかった。

「ドウェイン・リンフォードの釈放が決まった」

〝なんてこと〟。「どういうことなの？」

「あの若者を拘束するだけの理由がない。セントジョージ・ターミナルの駐車場のカメラの記録は、彼の主張を裏づけている。ドウェインは到着したフェリーに乗っていた男性を迎えた。彼の父親がニューヨーク大学のカウンセラーを呼んで彼と面会させる手はずを整えていたんだ。父親は、息子にクラブのＤＪとして生計を立てるのではなく、音楽の学位を取らせたがっている。きみがきいたというふたりの口論はそのことについてだったとドウェインは述べている。彼の父親は、息子にカウンセラーとのアポイントメントを守らせようとしたんだ」

「彼のアリバイは確認できたの？」

「もちろんだ。裏付けを取った──グラント・バスという人物はニューヨーク大学で勤務している。彼とは話をしたんだ。オマールの頼みにこたえてフェリーに乗ってドウェインに会いに行ったそうだ。あの若者は腹を立てていたが父親の希望には逆らわなかった。フェリーまで迎えに行き、話しあいをした。ドウェインがあのフェリーに乗るのは不可能だ。だから彼があの脅迫状を奪ってきみを船から落とすことはできない」

わたしは目を閉じて必死に考えた。

「リンフォードには秘書がいたわ。ミセス・マッケンジーという人。彼女はわたしをおろしたあと車を出さなかったわ。彼女はＢＭＷを駐車場に停めた」

「どうかな」マイクがはあっと息を吐く。「女性の力ではきみがいったような方法で投げ落とすことはできないだろう」

「あの女性は大きかったわ、マイク。彼女ならできたかもしれない」

「いそいで六分署に来てデジタル録画された映像を確認してくれ。外見を手がかりに彼女の動きかどうかを判断できるかもしれない」

「わかったわ。一時間以内にあなたのところに行きます」

「入れ違いだな。サリーといっしょにアップタウンの会議に出なくてはならない。ホン刑事かフランコ巡査部長を訪ねてくれ。彼らが力になってくれる」

フランコの「ドゥーラグ」をもう一度見ると思うだけで身震いしてしまう。「ホン刑事を訪ねるわ」わたしはこたえた。

「いいだろう──とにかく慎重にな、クレア。今日はひとりではどこにも行くな。いいね？　わたしのいっていることがきこえるか？　きみをあの船から放り投げた犯人と思われる人物はいまだに勾留されていない。わかるか？」

「わかっているわ、マイク。わかっていますとも。無茶はしないわ」

マイクとの電話を終えると、ブラザー・ドムがまだいるのに気づいた。彼はべつの人との会話を切りあげて、わたしとの話を再開しようとしていた。

「読んだことがありますか、クレア？」食べ物が並ぶテーブルにわたしを招き寄せながらブラザー・ドムがたずねた。

〝読んだこと？〟「なんのことでしょう？」頭のなかはマイクからの知らせで混乱していた。「読むって、なにをでしょう？」

「『クリスマス・キャロル』を読んだことがありますか？」

「ああ、そうでしたね。あの本がアルフにとって重要だとおっしゃっていましたね……

いえ、じつはディケンズの本は読んだことがないんです。でもスクルージは有名ですよね。クリスマス嫌いの厭世的な人物でしょう?」

ブラザー・ドムが紙コップふたつに熱いコーヒーを注いでひとつをわたしにわたす。

「ほかにどんなことを知っていますか? スクルージについて」

「ええと、そうですね……彼はとてもお金持ちだった、でも彼はとても不幸でもあった。強欲でエゴイストで皮肉なものの見方をする人だった。彼はお金を愛して、慈悲の心や人道的な考えには価値がないといって認めなかった。〝くだらない〟といって」

ブラザー・ドムはにっこりして、コーヒーを飲む。「つづけてください」

わたしは懸命に物語を思い出そうとした。そしてカフェインたっぷりのコーヒーをゆっくり飲んだ。誰かといっしょに熱いコーヒーを味わうという、ただそれだけのことでこれほど心安らぎ、そして元気が湧いてくるものなのかとつくづく不思議な心地だった。

「確か、スクルージには共同経営者がいたはず、そうでしたよね?」

ブラザー・ドムがうなずく。「彼の名前はマーレイ」

「そう、やっと思い出したわ……物語はマーレイがすでに亡くなっているところから始まった。その日はクリスマス・イブで、スクルージはひとりぼっちで家に帰る。するとマーレイの亡霊が彼の家にあらわれて彼を驚かせた。それからなにが起きたのだったかしら？」

「マーレイはスクルージに、ほかの亡霊たちがあらわれるだろうと伝える――」

「そう、そうだったわ！　過去のクリスマス、現在のクリスマス、未来のクリスマスの精霊たちね」

ブラザー・ドムがうなずく。「そして精霊たちによって、スクルージは過去の自分を思い出し、いまの自分を思い知り、このままではどんな人間になってしまうのかを考えた。なによりも重要だったのはね、クレア、スクルージは自分が決してこうはなりたくないという自分と決別したことなんです」

「そして、そのたった一冊の本でアルフはものの見方を変えたとおっしゃるのね？」

「じっさいは、たったひとつの章です。いいですか、アルフはすべてを失った。世俗的な成功者としての地位ははぎ取られてしまった。そうなるとどんな人間でも生身の自分をさらすしかなくなるんです。そして自分はなにものなのかという究極の問いかけに直面させられます。自分はなにものか？　服も仕事も財産もない自分はなにものか？　友も家族もいない状態の自分はなにものか？　なにをもって自分とするのか？　さらに重要なのは、この人生において、この世において、自分はなにものでありたいと望むのか？」

ブラザー・ドムの声は低く、力強く、真摯な情熱に満ちていた。彼の瞳に燃えさかる炎が見えた。この世界で生きる目的と自分がいるべき場所にいっさいの迷いがない人の目だった。生まれながらの聖職者なのだ。ブラザー・ドムの話をきいて、わたしは亡き友人を深く理解することができた。アルフレッド・グロックナーはたったひとりで暗黒の森から出たのではなかった。道を知る人物の足跡をたどったのだ。

「初めてアルフと会った時、彼はあくまでも仕事としてやるつもりでいました。トラベリング・サンタは活動した時間だけお金になります。彼らはよく働き、あつめたお金の歩合を受け取ります。しかしサンタたちがあの口ヒゲと赤い上着を身につける前に、わたしはコーヒーを飲みながら一対一でじっくりと話をします――」

彼が自分の紙コップを持ちあげて、わたしにウィンクする。

「そして意欲に燃える彼らに『クリスマス・キャロル』を読んで欲しいといいます。アルフはわたしと話をしたその日に本を手に取り、それからわたしのところにまたやってきたのです。彼は一章読んだところで読むのを止めました」

「なぜ?」

「なぜなら、それ以上読む必要がなかったからです」

「わからないわ」

ブラザー・ドムはわたしに後をついてくるようにというしぐさをしてドアの外に出た。ざわざわというにぎやかな話し声が遮断された静かな廊下だ。昔は真っ白に塗られていた空間だったのだろう――いまでは色鮮やかなポスターや写真ですっかり覆い尽くされている。家族の写真や子どもの写真はどれもはじけるような笑顔だ。微笑む老人、手をふる男性たちの写真もある。ブラザー・ドムの組織がこれまでに援助してきた人々なのだろうか。その通りだと彼がいった。彼が立ち止まり、ドアをあけて上半身だけをすっとなかにいれ、また出てきた。

「この本を読んでみてください」彼がわたしたのは一冊のボロボロの本だ。広く愛されてきたチャールズ・ディケンズの物語。「あなたにも、アルフがなにを見出したのか、きっとわかるでしょう。第一章の終わりのほうに、彼が感動して涙をこぼした一節があります。ものの見方を変えるのはいつになっても決して手遅れではないと気づかせた一節です。アルフは死ぬ前に和解をすることができたのです。わたしはそれをうれしく思っています」

「ありがとうございます」わたしは本を持ちあげた。「このところ目がまわるほど忙しい毎日ですが、なるべく早く読みます」

「クリスマス・シーズンにつきものの難点ですね」ブラザー・ドムがにこやかにいう。「人々はすっかり目的を忘れてしまっている――」

「――クリスマスの目的、ですね」

さきほどの会場にもどるとちゅう、わたしはふたたび廊下の壁に並んだ人々の写真に目を留め、今年の寄付の状況をたずねた。この不景気なのであまりはかばかしくはないだろうと思ったけれど、やはりその通りだった。

「今年の寄付は低調ではないかと思います。目標を達成できるかどうか深く危惧しています」

「残念なことですね」

「悲しく皮肉なことです。はしごの最上段にいる人々は危機を感じると手にぎゅっと力を入れて握りしめます。しかしいちばん下の段の人々は、いつにも増していまこそ助けが必要なのです。その意味でもアルフを失ったことは痛手です。彼が街であつめる募金の額はトップクラスでしたから。トップは彼のルームメイトのカール・コヴィックでした」

〝カール――そう、カールよ〟

「カールと話をしたいと思っていました。でもどの人なのかわからなくて。紹介していただけますか?」

「そうしたいのは山々ですが、カールは今日の式には出席していないのです」

わたしは足を止めた。それは妙な話だ。

「ルームメイトの告別式に出席していないんですか?」

「そうです」ブラザー・ドムがふり向いてわたしと向きあう。

「なぜなんでしょう？　ふたりは仲違いしていたのでしょうか、ご存じですか？」

ブラザー・ドムはため息をついて腕組みをした。

「ふたりは長年の友人でした。ハイスクール時代から。アルフをわたしに引きあわせ、トラベリング・サンタの仕事を紹介したのはカールでした」

「それなら、なぜ彼はここにいないんですか？」

「おそらく、わたしのせいです」

「あなたのせい？」

ブラザー・ドムがうなずく。「数日前にうわさが耳に入りました。カールがずっと前から〝悪質な行為〟をしていたと」

「悪質な行為ですか？」

「罪を犯したわけではない、そう、ただわたしとしては認めがたいことです。彼はトラベリング・サンタをしながら有名人を撮影してそれがユーチューブで公開されていました」

「有名人を撮影？」

ブラザー・ドムが困惑した表情で首を横にふる。

「トラベリング・サンタの衣装を着た彼はアッパー・ウエストサイドの景色にすっかり溶け込んでいました。彼はもう何年もその地域を担当していましたから。どうせ一日じゅう街を歩きまわっていることだし、どうせなら有名人、俳優、テレビのスターがブティックや店に入ったりレストランで食事したりしているところを撮ってしまえと考えたようです。彼は小型カメラで撮影し、有名人が出入りした店に接触して映像を買わないかと持ちかけた。多くは買い、公開した。たいていは口コミを狙ってインターネットで流したのです」

「カールは有名人を撮ってキックバックを要求していたということですか?」そういえばビレッジブレンドでもキース・ジャッドがアッパー・ウエストサイドのブティックで買い物をする映像のことを若いスタッフが話していた。

「でも合法的なんです。彼は公共の場で撮影していた。そして店のオーナーが金を支払うか支払わないかは、彼らの裁量に委ねられます。ある形態の宣伝というわけです。しかしわたしたちの慈善活動にいい影響を及ぼすとは思えない。ですから彼の行動を制限することに決めました。外の活動ではなく、内勤を指示したのです。彼はそれが気に入らなかった。わたしたちは議論をして、彼は辞めた。カールは忍耐力が並外れて強いわけではないということです。わたしは聖職者として彼に援助しようとしたのですが、彼は頑なだった。アルフなど比較にならないほど彼のケースはむずかしかった」

会場にもどるとブラザー・ドムのもとにつぎつぎに人がやってきて話をしたがった。わたしは時間を割いてもらったことと本の礼を述べて離れ、ブラザー・ドムの話をよく考えてみた。

〝カール・コヴィックが金銭を目的にアッパーウエスト・サイドでビデオを撮影していたのだとしたら、アルフもビレッジで同じことをしていたのだろうか？　ふたりは古くからの友人だった。アパートで共同生活していた。ふたりともトラベリング・サンタだった……〟。

小売店はこの不況のさなか、少しでも宣伝材料があればそれを活用して買い物客をふやしたいと考えている。そのためなら大部分の店がお金を出すだろう。おそらくアルフはそういうことが店のたすけになるのだと気づいたにちがいない――確かにわたしの店も恩恵を受けている。

ブラザー・ドムがいった通り、違法ではない。しかし仮にカールとアルフがさらに大金を望んだらどうだろう？　ベン・タワーのようなプロのカメラマンは有名人の写真を撮って大金に換えることができる。たとえばマダムがさきほど見せてくれた《ゴッサムゴシップ》のジェームズ・ヤングとフィリス・チャッツワースの写真のように。

〝カールとアルフがそういう写真の撮影に一枚嚙んだという可能性はあるだろうか？〟

その時、あっと思った。ヤングとフィリスの写真、それが撮られた時間――すべてのつじつまが合う！　なぜアルフがジェームズ・ヤングの住居のバルコニーにいたのか、わたしはようやく理解した。泥棒に入るためではなかった！　携帯電話を取り出して静かな廊下に急ぎ足で出ると、短縮ダイヤルでマダムの携帯電話にかけた。

マダムがすぐに出た。「もしもし？」

「クレアです。もしかして、ベン・タワーといっしょにバーで飲んで――」

「あら、その通りよ。いまちょうど、いっしょにバーで飲んでいるのよ」

「タワーに伝えてください。この電話は彼がアルフレッド・グロックナーとカール・コヴィックから写真を買っていた事実を裏づける情報源からのものだと」

「わかったわ。ちょっと待っていてね」

向こう側でぼそぼそという話し声がする。そしてマダムの声が鮮明にきこえた。

「情報源を明かすわけにはいかないわ、ベン」

マダムが電話口にもどってきた。「ベンはその通りだと認めたわ」

〝ああ、なんてこと〟。「彼に替わってください」

「本気なの？　身元を伏せておくつもりではなかったの？」

「もうかまわないんです」

「もしもし？　どなたですか？」よく知っているベンの声だ。少しためらいがちで、少しろれつがまわっていない。さすがマダム、ベンのような人物にアルコールつきのランチをごちそうすれば彼の口はたちまち軽くなるはず！

「クレア・コージーです、タワーさん」

「おやおや」彼がつぶやく。「詮索好きのあのコーヒー屋さんか」

「そうです、おひさしぶり」

それ以上好意的なやりとりに展開することもなく、話はあっという間に終わった。しかしやはりわたしの思った通りだった。アルフ・グロックナーは殺された日にデジタル画像をベン・タワーに売っていた。

「アルフはジェームズ・ヤングとフィリス・チャッツワースの写真を午後、送ってきた。彼はふたりをしばらく見失ったんだが、ホワイトホース・タバーンの向かいのビストロに彼らが入るところにまた追いついた。アルフレッドからの写真はあれが最後だ」

ベンの話で、なぜアルフがあの酒場にずっと腰を落ち着け、なぜ急に立ちあがって駆け出したのかがはっきりした。彼は強盗目的でジェームズ・ヤングを追っていたのではなかった。ジェームズ・ヤングとフィリス・チャッツワースを尾行していたのだ。ヤングのアパートまでつけて、もっとふたりの写真を撮ろうとしたのだ。

アルフの遺体を見つけた晩のことを思い出した。雪についた彼のブーツの足跡は中庭へと続いていた、そこでいったん足を止め、少し歩きまわっている。〝おそらく闇のなかでそこに立ち止まり、建物の窓のどの明かりをめざせばいいのかを見ていたのだろう。それから非常階段をのぼった。ヤングの住まいの居間でふたりがいっしょにいるところを何枚か撮るつもりで〟。

これですべてつじつまがあう。オマール・リンフォードはアルフが一度に少額ずつ返済していたと話した。ある時は千ドル、ある時は数百ドルというふうに。アルフはアルコール依存症を克服するために十二段階のプログラムも実践していた、そのステップのひとつは〝償う〟だ。彼はあきらかに隣人に返済しようとしていた、オマールが善意で実行した融資を完済しようとしていたのだ。

アルフがしたことをとうてい容認はできないけれど、そうすることを選んだ理由は理解できる。そういう写真でつくったお金はオマールへの償いの足しになっただけではなく、返済を続ける限り、アルフは自分の妻と娘を守っていると実感できた。自宅を売却して借金を清算しろという圧力を封じることができる。

残る疑問はひとつ。誰がアルフを撃ったのか？　やはりジェームズ・ヤングが自分で撃ったのか？　それともフィリス・チャッツワース？　それを証明する方法はあるのだろうか？　そしていったい誰がわたしをあのフェリーから投げ落としたのか？　いまのところいちばん怪しいのはリンフォードの秘書をしている大きな女性だ。

「やっと見つけた！」

ブラザー・ドムがいる混雑した会場にもどると、声がした。視線をあげるとビッキがやってきた。後ろにはエスター・ベストもいる。

「ボス！」エスターが驚くほど元気な声で呼びかけた。「午前中いっぱい試験を受けていました。これでわたしの期末試験は終了です。うれしくって！」

「どうりで告別式にいないと思った」

「ええ、でもこの会には間にあいました」彼女はビッキの肩に片方の腕をまわし、ぎゅっと抱いた。「ほんとうは昨夜、電話しなくてはいけなかったんですけど、一夜漬けしていたもので」

「なんの電話を？」エスターはまだフェリーの一件を知らない。でもいまここでくわしく説明するわけにもいかない。

「なんだか変なんですよ。見てください」

「これです。見て！」ビッキがエスターの携帯電話を指さす。

小さな画面に目を凝らした。「これは？」

「ビッキのお母さんの家の通用口から男が出てくるところです。昨日ボスが正面の玄関から入っていった時、わたしはまだボスの古い車のエンジンを暖めていたんです。そうしたらこの男が出てきたんですよ。ほら……」

エスターが手を伸ばして写真をどんどん切り替えていく。アルフにとてもよく似ている男性がコマ送りのように写っている。アルフとよく似た背格好で、灰色がかった長めの茶色の髪、そして口ヒゲ。白いテリークロスの丈の長いバスローブを着てスリッパをはき、シェリー・グロックナーのランチハウスから家の裏へと移動していくところがデジタル画像で写し出される。向かったさきはガラス張りのホットバスとサウナだ。

「この男性は？」わたしがささやいた。

「カールです！」ビッキがあまりにも大きな声を出したので、数人の頭がこちらを向いた。「父のルームメイトです。カール・コヴィックです！」

頭のなかでアラームが鳴った。

「あなたのお母さんはカールとおつきあいしているの？」

「そんなこと、きいていません」ビッキがかなりパニックになっているようだ。「それに、わたしはそんなのお断わりだわ。あいつは人でなしです。あんな人、耐えられない！」

わたしはビッキのそばに寄った。

「人でなしなの？　あなたのお父さんをひどい目にあわせた可能性は？」

「いえ、それはないと思います。ふたりは仲がよかったわ。でも父に会いに行くとカールはほとんど出てこなかったんです。わたしがいっているのは子ネコのことなの。あの人は人でなしなんですよ」

「子ネコ？」エスターがたずねる。

「父は数週間前に白い小さな子ネコを見つけたの、ある路地で――」

「ああ、その子ネコのことね！」子ネコのことはアルフからきいていた。アルフはカールのアパートにやむを得ずこっそり子ネコを持ち込んだ。その建物ではペットの飼育が禁じられていたからだ。

「わたしはカールに、少しのあいだだけあの子ネコを置いてくれるように頼みました。母は家でペットを飼わせてくれなくて。でもわたしは一ヵ月もしたらこっちに引っ越すつもりなんです。そうしたら子ネコの面倒を見ることができるわ。それなのにカールはそれまで子ネコを置いておくのを断わるんです！　街の保護施設に捨てるっていうの」

わたしは顔をしかめた。「確かに、人でなしね」

告別式で泣きはらしてまだ充血しているビッキのヘーゼルグリーンの目がふたたび涙ぐんでいる。

「もう一度わたしをたすけてくれますか、クレア？」

わたしはうなずいた。

「もちろんよ、今夜カールのところに立ち寄るわ。わたしのところにはネコが一匹いるのだから、あと一匹ぐらい、あなたが望むだけいつまででも面倒を見るわ。それにカール・コヴィックとたくさん話すことがありそうだし」

# 24

「いたわ、ありがとう！」

マテオが見えたのを確認して運転手に支払いをすませ、アイドリングをしているタクシーをおりた。六時を過ぎており、すでに暗い。元夫にまちがった場所を電話で教えてしまったのではないかとこの数分間、気をもんでいた。

住所を教えてくれたのはビッキだった。しかしその住所がどうにも腑に落ちない。アルフからはアップタウンに住んでいるときいたことはあった。けれど、もっと北だと思っていた。ハーレムの周辺のどこか小さなアパートで家賃も手頃な地域だろうと。

アッパーウエスト・サイドのこのあたりは、ミッドタウンのすぐ北でセントラル・パークの西側にあたる。風格のある歴史的な建造物が多く、それを挟むように光り輝くあたらしい高層マンションと高層のオフィスビルがそびえている。この近隣一帯はしがないトラベリング・サンタがおいそれと出せるような家賃ではないだろう。

周囲を見まわせば仕事を終えて帰宅を急ぐ若いプロフェッショナルの姿が目につく。

たがいの肩を叩きながら酒場にすばやく入っていくビジネスマン、いかにもパーティーの常連といった感じの女性たちは一流ブランドのアンサンブルを身にまとってこれみよがしに歩き、イブニングウェアのカップルはちかくのリンカーンセンターでヘンデルの『メサイア』をききにいく前にどこで軽食を取ろうかとひそひそ声で相談している。

くたびれたジーンズにみすぼらしいスニーカー、古いパーカーという自分の姿がとつぜん場違いに感じてしまった。ところが元夫はしっくりと収まっている。身長一八〇センチで肩幅が広いマテオ・アレグロはブラックタイのフォーマルウェアと仕立てのいいトップコートに身を包んでじつに粋な姿だ。きどって歩いている令嬢たちのふたりほどが、歩道で彼とすれちがいざまサロンで整えた頭をくるりと向けている。わたしが片手をふると彼が気づいて足を止めた。肩からバッグがすべり落ちてしまった(フェリーの一件後に買ったあたらしいバッグだ)。

「電話した時、どこにいたの?」飼い猫のジャヴァ用のキャリーを歩道におろし、ショルダーバッグをふたたび腕にかけた。「あなたの電話からパーティーみたいな様子がきこえたわ」

「当たりだ」

「やっぱりね……」彼の一流ブランドのタキシードをざっと眺めた。「いらしてくれてありがとう、007さん」

「おもしろいことというね」

「ふざけてなんかいないわ。こうしてたすけてもらえて感謝しているのよ」

彼は手袋をしたままの片手をふる。「メインイベントはまだ始まっていない。そっちは公立図書館で八時からだ。ブリーとぼくは、あのディッキー・セレブラトリオが企画したプレパーティーのハッピーアワーにいたんだ」

「セレブラトリオ?」わたしは片方の眉をあげた。「あなたが彼の大々的なパーティーに行くとは知らなかったわ」

「ぼくもさ。ブリーが招待を受けたんだ。ぼくは彼女のエスコート役だ。といってもこの『慈善』の催しはじつは子ども向けのクリスマス映画の宣伝活動だから、ブリーはVIPなゲストというわけだ」

「彼女がマスコミ関係者だから?」

「そういうこと。彼女は記者とカメラマンを会場に行かせている。イベントそのものもだが、セレブの出席者の写真もできるだけたくさん欲しいんだろう」

「それならタッカーも報道してもらう側ね。彼は何時間もかけてこの催しのためのサンタの工房のなんとかという作品のリハーサルをしていたのよ。彼のショーが終わったら絶対に盛大な拍手を送ってね」

マテオは凍るような空気に熱い息を吐く。

「そのショーが始まるまでいるかどうかわからないな。ブリーはサメみたいなところがあるんだ。つねに動いていなければ気がすまない」

「どう動くの？」

彼が肩をすくめる。

「たいていはパーティーに行くと飲み物をひとつ注文して、会場をぐるぐるまわり、こっちがようやく落ち着いてきたころに彼女が指をパチンと鳴らして、そろそろつぎの催しに移ると告げる。このごろはせっかちな放浪者みたいな気分だ」

「世界各国を旅してまわるあなたの遺伝子にはぴったりじゃないの」

「ぼくにとってニューヨークといえば、しばし動きをストップして休める場所だったんだ。以前はな」

「とにかく来てくれてうれしいわ。どうしてもあなたの助けが必要だったの。そうでなければ電話したりしないわ。でもね、今回はあなたが逮捕されるようなことはしない。約束するわ」

「本音をいうと、変わり映えしなくて退屈なマンハッタンのパーティーにくらべたら、きみとゴミ容器にダイブするほうが愉快なくらいだ」彼がにっこりする。「それで、どうするんだ？」

「ゴミ容器にはダイブしないわ。アルフの以前のルームメイトだったカール・コヴィックと少々お話をするだけよ。みなしごになってしまったアルフの子ネコをわたしにわたすように説得するの。街の収容施設に引きわたすよりもそのほうが彼にははるかにいい選択だとね」

「ぼくたちは〝子ネコ〟を奪うためにここに来ているのか？」

「そうよ」

マテオがうなる。「そしてなぜきみがぼくを必要とするかといえば……」

「いてくれるだけで説得力があるわ。わたしはコヴィックにいくつかききたいことがあるの」

「たとえば？」

「たとえば彼の行きすぎた課外活動の詳細について」ブラザー・ドムからきいた驚くべき事実をマテオにくわしく伝えた。「それに、この高級な地域に住んでいるという事実もカール・コヴィックを追いつめる材料になるはず。ベン・タワーはコヴィックから有名人の写真を買い取っていたと認めたわ」

「アルフの友だちのカールという人物は世界じゅうの大都市に生息しているペテン師のひとりだってことがわかったよ」

「ええ、きっとそうね。悪だくみの問屋みたいな人物ね」

マテオの微笑みが急に消える。「そういうやつらは一筋縄ではいかないぞ、きっと」

彼が手袋をはめた手をほぐすように動かす。「ぼくを呼んだのは正解だな」

「ええ、用心しろとマイクからいわれている。彼のいうことにしたがうつもり」

「あいつのいう通りだ。ほかにこの男について知っておくべきことは？」

「彼とアルフの妻、シェリーのあいだにはある種の関係、おそらく性的な関係がある。彼が否定してもこちらには証拠があるわ」

「写真か？」

わたしはうなずく。

「エスターが携帯電話で撮ったのよ。しがない私立探偵にしては上出来でしょ」

マテオがまたにっこりする。「きみの筋肉になるほうがブリアンのお飾りとしてパーティーに行くよりはるかにわくわくするよ」そこで濃い色の眉をショーン・コネリーのように片方だけあげてみせる。「しかし、やはりベレッタを持ってくればよかった、ミス・マネーペニー」

「あなたの左フックで威嚇すればじゅうぶんよ」わたしはジャヴァのキャリーをもちあげた。「行きましょう……」

マテオをうながして通りから脇道に入った。数分後、めざす住所に着いた。

「ここよ。ワイズマン・アパートメント」

マテオがそっくり返るようにして六階建ての煉瓦づくりの建物を見あげる。改修工事で大きな窓、ペディメントが復元され、鍛鉄部分はペンキを塗り直したばかりらしい。彼がちらっとわたしのほうをふり向く。

「トラベリング・サンタにしてはたいそうりっぱな住処だ」

「同感」

ワイズマン・アパートメントのロビーの壁は淡黄色、床ははめ込み式のタイルで白と黒の市松模様が描かれている。さいわいドアマンはいない。若い女性がちょうどアパートを出るところだった。コートの前を留めていないのでドレス姿でクリスマス・パーティーに向かうのだとわかった。彼女は親切にもわたしたちのために（じっさいはマテオのために）ドアを押さえてくれたので、楽々となかに入ることができた。きれいに磨きあげられた真鍮《しんちゅう》の郵便箱が並び、それぞれの下のボタンが各戸の呼び鈴となっている。

「K・コヴィック、5のC」マテオが声に出して読む。「呼び鈴を鳴らすか？」

「頼んでもなかにはいれてくれないでしょうね。だから有無をいわせない方法をとりましょう」

一機しかないエレベーターは三階で止まっているようなので階段を使い、数分後には五階に着いた。わたしはへとへとだが、マテオはすっかりハイになっている（高地のコーヒー農園の急勾配の山道をさんざんのぼった経験が彼をこういう人間にしたにちがいない）。

「ネコを奪ってやろうぜ！」彼が革の手袋をしたまま指の関節を鳴らす。「奪うのではないわ」踊り場から出ながら念を押した。「説得するのよ」めざすドアの前まで来て彼が一度ノックする。鋭く叩く彼の指の関節におとなしくしたがうように、すぐに木製のドアが内側にあいた。困惑した表情でマテオがちらっとわたしを見る。

「こんにちは！　コヴィックさん！」薄暗い照明で照らされた静かな室内に向かって呼びかけてみた。「カール・コヴィックさんのお宅ですか？」

戸口から足を踏みいれると、別の部屋でなにか揉み合うような音がきこえた気がした。照明のスイッチがあったのでつけた。壁に埋め込まれた電球が玄関ホールと廊下を照らす。マテオがわたしの後から続いてなかに入り、ドアを閉めた。

「こんにちは！」さきほどよりも大きな声で呼びかけた。

もう一歩、先に進む。すると白い毛でできた小さなボールがぴゅんと飛んできて、左右のスニーカーのあいだを抜けていった。思わず悲鳴をあげてしまった。

「よしよし、子ネコちゃん」マテオがやさしく話しかける。

子ネコは傘立ての後ろに駆け込んで、そこで座ってわたしたちをしげしげと眺めている。ピンク色の鼻でクンクンとにおいを嗅いでいる。

「ぼくをこわがっているんだろうな」内気そうなネコにちかづこうとしてマテオがい

う。

「アルマーニをまとった山が自分に迫ってきたら、あなただってきっと怯えるわよ」

マテオがはっとした表情になる。今度は彼がにおいを嗅いでいる。

「このにおいがわかるか？」

「なに？」

「コルダイトだ」

わたしは眉根を寄せた。「コル――？」

「火薬だ」

「ということは――」

マテオがシッといってわたしを黙らせる。「ここにいろ。なにもさわるな」

マテオが短い廊下を忍び足でゆっくりと進む。わたしは彼の後を追って移動し居間の入り口まで来た。

どことといって不自然なところはない。安楽椅子の脇には汚れたコーヒーカップがひとつ置いてあり、床には古い新聞と雑誌が積まれ、ソファの端にはドライクリーニングの袋に入ったサンタの衣装、その隣に男性のコートが置かれている。

マテオがわたしに気づいて渋面をつくる。彼は散らかったコーヒーテーブルのまわりを歩いてさらに奥へと移動する。さきほどの白い子ネコがまたあらわれた。元夫の黒い靴の後を小さな白い影のように追っている。

〝きっとメスね〟。

わたしはコーヒーテーブルのところで足を止めた。キャンバス地の薄っぺらい財布、複数のカギ、小銭の山を観察する。すばやく手袋をはめて、指一本で財布を慎重にあけた。カール・コヴィックのニューヨーク州の運転免許証の写真が透明なシートの下からこちらを見つめている。

彼とアルフは兄弟といっても通りそうだ。瞳の色はアルフよりもくすんでいて緑というより茶色がかっているが、顔は同じような丸顔だ。アルフと同じようにカールにも口ヒゲがある。ただ、ぼさぼさのセイウチヒゲではなく、顔の輪郭に沿ってU字型に刈り込まれている。髪の毛も長く伸ばしているが、アルフのように六〇年代を思わせるレトロなポニーテールを結べるほどではない。

マテオが悪態をつくのがきこえた。「ちくしょう——」

「どうしたの？」

彼がまたこちらに出てきた、顔が青ざめている。

「コヴィックがいた。少なくとも、ぼくはコヴィックだと思う。彼は寝室にいる。死んでいる」

# 25

マテオにつかまれるよりすばやく、わたしは彼の傍らを通って進んだ。

「きみは見ないほうがいい」

「見る必要があるのよ！」

わたしはさらに奥の寝室に移動した。ここまで来るとにおいがはっきりわかる。硫黄のような、髪の毛が焦げたようなにおい。そして新鮮な血液のかすかに金属的なにおい。そのふたつがいりまじっている。コヴィックはベッドの脇の床に横たわっている、うつぶせで頭が横に向き、目はあいている。一瞬、両脚が床に張りついて動かなくなった。

「玄関ホールにも居間にも、血痕も争った跡もない」わたしはぶつぶつとつぶやく。

「殺害した犯人は玄関のドアのところでコヴィックと会い、銃口をつきつけて彼をこの寝室へと行かせた……」

室内はめちゃくちゃに荒らされている。引き出しという引き出しはすべて飛び出し、なかに入っていたものは床にまき散らされている。マットレスも動かした形跡があり、枕カバーははがされ、シーツと毛布は放り出されている。

「あきらかに、撃った犯人はなにかをさがしている。はたしてそれが見つかったかどうか」

マテオがすぐ後ろに歩み寄る。「そんなことは問題ではない。この哀れな男にとってはな」彼が遺体のほうに身を乗り出す。「後ろから二発撃たれているようだ。この弾痕は弾が出てきた時の傷にしては小さい」

マイクからは犯罪現場での作業についてきいている。それを思い出して、身体の前面から弾が出た傷がどうなっているのかを遺体に触れて確かめようとするマテオを制止した。わたしは低く身をかがめてべつのことを確かめてみた。亡くなっている男性の顔をじっと見つめた。コヴィックの大きく見開いた両目には涙がある。顎には唾液がついている。まだ乾いていない。唾でまだ濡れているのだ。

「撃たれてからあまり時間がたっていないわ」わたしはささやいた。「わたしたちは犯人を一足違いで逃したようね」

マテオが張りつめた声を出す。「やはりベレッタを持ってくるべきだった」

彼が部屋から廊下に出る。わたしもついていく。するとバスルームのドアがひらいているのに気づいた。その隣のドアは閉まっている。

「感じる?」わたしはささやいた。

彼がうなずく。「空気の出入りがある」

閉まっているドアを押してあけてみた。とたんに、凍るように冷たい風がわっと廊下に吹き込んだ。そこは第二の寝室だった。コヴィックの亡骸があった寝室の半分ほどの広さだ。この部屋も荒らされている、非常階段に面した窓は大きくひらき、カーテンは夜の凍える風に吹かれて激しく揺れている。

「しまった。ここに来た時にどこかの部屋ですり足で歩くような物音がしたわ。コヴィックがたてた音だと思った。でもあれはコヴィックを殺した人物の音だったにちがいない。わたしたちが来たのをききつけて窓から逃げたのよ!」

マテオが外をのぞき、暗い非常階段の下のほうを見る。「人の姿は見えない」

わたしは手袋をした手で床に落ちていた銀の写真立てをひろった。ビッキ・グロックナーがハイスクールの卒業式で輝くような笑顔を浮かべている写真だった。彼女の父親が横に立ち、片腕を彼女の肩にまわしている。彼の顔はとてもしあわせそうで、とても誇らしげだ。

「ここはアルフの部屋よ」ささやいた声がたちまち消えた。

マテオがけげんそうな顔でわたしを見ている。「なにかいったか?」

わたしは首を横にふり、あふれてきた涙をぬぐうと、写真をドレッサーに置いた。

「殺人犯の目的がなにかはわからないけれど、それは見つかっていないようね。カールの寝室をさがして、それからアルフの部屋をさがしていた。そこへわたしたちが入って来た。それで逃走したにちがいない……」

マテオがわたしの片腕を取る。「ネコをつかまえてこんなところから出よう」

「ダメよ」わたしは身を離した。「警察を呼ばなくては」

「どうしてだ？　そうしたら彼らはこの殺人の罪をわれわれに負わせるだろう？　考えるんだ、クレア。ぼくたちは不法侵入を犯している。これで二度目だ」

わたしたちはしばらくああでもないこうでもないと議論し、ようやく話がまとまった。マテオはアルフの子ネコをビレッジブレンドの上のわたしの住居に連れて行く（ブリアンのエスコート役が一時的に彼女を置き去りにしたと本人が気づいたら、天地を揺るがすほど怒り狂うだろうから、それを未然に防ぐ）。わたしは九一一番に緊急通報して警察が到着するまでここに留まる。

しかしまずは子ネコをさがさなくてはならない。どこかに姿を消してしまったみたいだ。

「おいで、ネコちゃん」猫なで声で呼んでみる。「かわいいネコちゃん……」

チュッチュッと音をたてたとたん、耳になじみのある音がした——。

リンリンリンリン……。

キッチンからきこえてくる。行ってみると小さな毛玉が銀のそりの鈴を叩いていた。ペット用の赤と緑のクッションからはずれたものだ。サンタクロースがそりに乗っている絵が刺繡で片面に描かれていて、縁にクリスマス用の鈴が縫いつけられている。子ネコ用の皿にはバンブルビーのツナ缶が置かれ、すでに空っぽだ。反対側の隅には靴箱が置かれ悪臭を放っている。その隣のゴミ箱は分別されないままいっぱいになっている——たくさんのツナ缶の空き缶やほかにもリサイクルにまわすべきものがいっぱい入っている。靴箱に敷かれた新聞紙は汚れ、ネコのウンチがあった。水のボウルは見当たらない。

キッチンに入った時から子ネコのしぐさがどうもおかしい。わたしは手袋のまま空き缶をひろい、水道の水を少しそのなかに滴らせた。子ネコは舌をぴちゃぴちゃさせながら水を飲み、マテオがジャヴァのキャリーを手に入ってきた時にはすでに飲み干していた。

「ニューヨーク市警の科学捜査班は子ネコの毛を見つけるでしょうね。カールが処分したと思わせなくては。だからそう見えるようにしておきましょう」キャリーを下におろすマテオにわたしはいった。

「どういう意味だ?」

「あの靴箱もいっしょに持っていって欲しいの」

マテオは箱を一目見て身震いした。「無理だ」

わたしはマテオを睨みつけた。「できるわ」

「いいか、われわれが来た時にはドアにカギはかかっていなかった。警察には、ドアが少しひらいていたといったらいい。そうすれば彼らはペットは逃げ出したと思うだろうよ」

「どこに逃げるの？　ここはアパートの建物の五階よ。子ネコはエレベーターのボタンには届かないわ」

マテオが腕組みする。「でもあの汚らしいものを持ち出したら犯罪現場を乱すことになる。そんなことをしたら刑務所に送られてしまう」

わたしは両手を腰に当てて彼と向きあった。「それなら子ネコを盗むことも同じよ。わたしたちは証拠を改ざんしているわけではない。犯人はあのネコのウンチのそばには絶対にちかづいていないはず」

「そりゃあそうだろう」ぶっきらぼうな口調だ。「そんなことをするバカ者はぼくたち以外いない」

「どんな奥地にでも乗り込んでいくミスター・ワイルドは潔癖性というわけ？」

「そうだ。どんな奥地にでも行くミスター・ワイルドは高価なアルマーニを着てネコの排泄物のにおいつきでカクテル・パーティーにもどれといわれたら、シャーリー・テンプル並みに清潔な自分に目覚める」

わたしは愛らしい子ネコを持ちあげて抱きしめた。かわいい小さなネコはすぐに喉をゴロゴロ鳴らし始めた。「アァァァウ……」やわらかな毛はラテの細かな泡のように白く滑らかだ。「この子をフロシーと呼ぶことにするわ」

子ネコはジャヴァのキャリーにいれられても平気だ。わたしが子ネコを引き取りに来たことをちゃんと知っているみたいに。ただ、キャリーのサイズがフロシーには大きすぎたので、はずれていた鈴とサンタクロース柄のクッションもそっといれた。子ネコもこれならダウンタウンへのおっかなびっくりの道中、なじんだものにしがみついて乗り切ることができるだろう。

マテオがキャリーを持ちあげた。「行くぞ」

「待って！」

「なんだ？」

「カギよ！」

マテオがキャリーをおろす。わたしの住居のカギをわたすと、マテオがわたしと目を合わせた。「いいのか？」

「あたりまえでしょう！　ほかにどうやってなかに入るつもり？」

「確かにそうだ」

「いちおういっておくわ」わたしは彼の腕を覆っているアルマーニの極上の布地に触れた。「スペアキーはマイクに預けてあるの。だからそのカギはいそいで返してもらわなくても大丈夫よ。そのまま持っていて」

「そうか？」元夫がそこでじっとわたしを見つめる。いやに力のこもったまなざしだ。

「ほんとうにいいんだな……」

「ええ、もちろんよ」マテオはあたらしい妻とともに一晩じゅうパーティーをはしごするのだろう。これ以上引き止めるわけにはいかない。それにしても、なぜこんなふうに見つめるのだろう。「まだなにか？」

彼はなにもいわず、なぜか満足そうな様子で片方の眉をあげた。そしてキーホルダーを取り出してカギをつけると、またキャリーを持ちあげた。

「待って！」

「もう待たないぞ！」

「靴箱！」

子ネコのウンチの入った箱は蓋を敷いた上に重ねてある。厚紙製の箱を持ちあげて底から蓋を取り、くさい箱にかぶせた。

マテオはその箱をできるだけ身体から離して持つ（それはまあ、しかたないだろう）。

「ぼくが出発してから五分余裕を見て、警察に電話してくれ」彼はこっそりと玄関から出た。フロシーのクッションについていたサンタの鈴がリンリンリンと鳴り、マテオが廊下を歩いて遠ざかるとともに小さくなった。

マテオがここを離れるのを誰も気づきませんようにと願った。しかしタキシード姿のセクシーでたくましい男がチリンチリンと音をさせてネコのキャリーを片手に、もういっぽうにくさいネコのウンチの入った箱を持っていたら、どんなに心がすさんだニューヨーカーでも興味を持つにちがいない。

待ち時間が五分ある。手袋をしたまま、亡くなった男性の住まいのなかをさぐってみることにした。寝室はすでにひっかきまわされている。しかし殺人犯は居間をあさるだけの時間はなかった。

〝ここになにかの手がかりがあるかもしれない〟。

留守番電話をチェックしてみた。メッセージはすべて消去されている。コンピューターをさがしてみたが、プリンターとアダプターコードしか見つからない。ノート型パソコンがあったのかもしれない。それを殺人犯が持ち去ったとは考えられないだろうか。

五分後、なんの収穫もないまま携帯電話を取り出して警察に電話することにした。携帯電話の画面のメールボックスのアイコンを見ると、知らないあいだに電話の着信があったようだ。バイブモードを解除するのを忘れていた。もしかしたらマテオがもっと時間が必要だと連絡してきたのかもしれない。心配になって再生してみた。メッセージは元夫からではなかった。元の姑からだった。

「もしもし、あなたに話を（雑音）ベン・タワーがいなく（雑音）待ってから……」

受信状態がとても悪いので少しでもよくしようと窓にちかづいた。移動するとちゅう、サンタの衣装の入ったドライクリーニングのビニールの袋を軽くこすった。ツルツルしたビニールと、そばにあったコートがずるずると床に落ちた。その時だった。コートのポケットから白い封筒がのぞいているのに気づいた。封筒の隅のサンタクロースの切手には見覚えがある。

マダムからのメッセージのことなどすっかり忘れて、前屈みの姿勢で慎重に封筒を抜き取った。封筒には『オマール・リンフォード』とタイプされている。身体じゅうの毛が逆立つのを感じた。封筒をひらいて手紙を引き出す。

親愛なるオマール様
あなたにある提案をしよう。息子さんの将来を気遣うのであれば、この手紙を一言一句もらさず読んで指示された通りにすることだ。わたしはジュニア・リンフォードのささやかな趣味についてすべて知っている。

〝あった〟。オマール・リンフォードへの脅迫状だ。なにものかがわたしをフェリーから投げ落としてまで手に入れようとしたものだ。いま、そのなにものかの正体がわかった。

「カール・コヴィック、あなたって人は――」

わたしは首を横にふった。これでようやくすべてがあきらかになった。わたしがシェリー・グロックナーの家を出た後、彼女はあわてて裏庭に駆けつけたにちがいない。コヴィックがジャクジーに向かって出ていくところはエスターが目撃している。そしてコヴィックはわたしがリンフォードの家を出るのをじっと待っていた。わたしをつけてフェリーに乗り、バッグを奪い、シェリーの家のホットバスよりもかなり冷たい水のなかへとわたしを投げ落とした。

怒りのあまり歯をギリギリと噛みしめながら、自分のバッグからペンとメモ用紙を一枚取り出して手紙の末尾の銀行口座の番号を乱暴にメモした。この口座はアルフとシェリー・グロックナーが管理していた共同名義の口座にちがいない――オマールが振り込めばすぐに彼女の手にわたるというわけだ。

〝おそらく彼女とカールはアルフを裏切っていた。でも……彼らはアルフのことも殺したのだろうか?〟

そうだとしたら理屈に合わない。〝アルフを殺したら彼らの計画は台無しになってしまう。オマールがＦＢＩに駆け込んだ場合、彼らはアルフに罪を着せてしまえばいい。

なぜ彼を殺すのか？〟

生命保険のお金のことを思い出したが、いまひとつ説得力に欠ける。彼らはオマールからの支払いがあるまで待ってもよかったはずだ。ただし、彼がすでにアルフに対し支払うつもりはないと宣言し彼らが自暴自棄になっていればべつだが……。

筋立てて考えていくことが苦痛だった。誰がカールを殺したのかという問題のこたえも出ない。シェリーが自分でそんなことを実行するだろうか？　たとえ彼女が殺したとしても、アパートを荒らす理由がわからない。なにか狙いがあってカールを甘い言葉でだまし彼を殺した、という可能性はあるのだろうか？

ではオマール・リンフォードを悪人と想定すればどうなるか。やはりつじつまがあわない。息子のことを警察に通報するとカールに脅されたから殺したのか。となると目的を果たした後でなぜアパートをあさるのか？　脅迫状をさがしていた、とも考えられる。脅迫状が発見されればリンフォードがカールとアルフを殺す動機があきらかになり、彼はひじょうに不利だ。しかし、それならなぜオマールはわたしに、自分は脅迫されていたと認めたのか？

うまく話を整理することができず、わたしは頭をふった。とはいえ銀行口座の番号は重要な手がかりだ。慎重に手紙を元通りにたたみ、カールのコートにもどした。

深呼吸をひとつして、ようやく九一一番に電話して殺人を通報した。警察の通信指令係に、警察が到着するのを待っていると伝えて電話を切った。サイレンの音がしないかと耳を澄ましているうちに、ふとマダムが残したメッセージのことを思い出し、再生してみた――。

「もしもし、ベン・タワーがいなくなってからあなたに話をしようと思っていたのよ。ようやく彼をタクシーに乗せてしまったから、電話できたわ。おごってもらうとなるとモービー・ディック並みに飲めるものなのね、驚いたわ！」

〝意外ではないわね〟。

「とにかく！　あなたの話に出てきた男について――カールね、あら、苗字が出てこない――タワーからもひとつきき出せたわ。なにかの役に立つのかどうかさっぱりわからないけれど。最後のほうでタワーはしきりに、カールが〝大金〟を手にいれるんだといっていたわ。それで彼の税率区分が変わるほどの金額だとタワーは表現していたわ。そのスキャンダルにはディッキー・セレブラトリオも関係しているみたいなのよ。中心人物ではないらしいけれど」

〝ディッキー？〟

「ディッキーの名前にききおぼえがあるでしょう？　大物のパーティー・プランナーよ、まさにPRの帝王。デユーベリー氏の話では、ディッキーはあらゆる有名人と政治家に顔がきくそうよ。彼らを援助し、彼らのために便宜をはかり、その見返りとして彼が宣伝目的で企画するにぎやかな催し、慈善パーティー、オープニングパーティーに出席してもらうの。なにかと注目があつまる人よ。カールがどんな種類のスキャンダルをつかんだのか、誰に関わるものなのかタワーは口を割らなかったわ。じつはあまりくわしく知らないのではないかしらね。ただ、タワーが取引しているタブロイド紙はそのスキャンダルと写真を高値で買い取るはずだとカールは確信していたそうよ。タワーがそういっていたわ……」

新しい情報をきいてわたしは顔をゆがめた。九一一番に通報するのを待てばよかったと悔やんだ。すでにサイレンが遠くから響いてきている。マダムの電話をもとにあらためて家捜しする時間はほとんど残されていない。ほんの数分で手がかりになりそうなものが見つかるだろうか？　周囲をさっと見まわした。サンタの衣装に目を留めたとたん、ひらめいた。

〝コートよ。決まっているじゃない！〟

脅迫状はカールのコートの左のポケットから見つかった。どうしてそこでストップするの？　わたしは必死にカールのコートの残りのポケットをあさった。出てきたのは小銭、メトロカード、のど飴、そして……たたまれたメモ用紙。

サイレンの音はさらに大きくなっている、ほんの数区画先だ。いそいで紙を広げた。かろうじて判読可能な殴り書きだ――

午後六時　$$$　ディッキー。CCに注意

メモには日付もあった。今日の日付だ！　腕時計を確認した。ほぼ六時半。この悲惨な状況のなかでわたしは勝利の笑みを浮かべた、ほかの人間がこれを読んでも意味がさっぱりわからないだろう。でもわたしは何日もこのケースに関わっている。だからわかる——。

カールは誰かを恐喝していた。ディッキー・セレブラトリオはそのスキャンダルに関与している。仲介役のようなことをしていたのかもしれない。カールは今日の六時にたぶんこの住まいで誰かに会ってお金と引き換えになにかを手わたすことになっていた（おそらく、デジタル写真かビデオファイルを）。しかしその交換はおこなわれなかった。なにかがこじれてカールは殺された、あるいは——。

〝カールはわなにはめられて冷酷に殺された。そして彼のポケットにあったメモから判断して、彼をはめた人物は「ディッキー」〟。

外でサイレンがついに止んだ。複数の声が下の通りでなにかを叫んでいる。

〝時間切れだ〟。

カールのポケットから出したものを元通りにして、最後にメモをもう一度読んで頭の

なかを整理してみようとした。そこではっとした。『CCに注意』というあの文字。「CC」声に出してつぶやいたとたん、全身が冷たくなった。「クレア・コージー」

# 26

三十分後、わたしはワイズマン・アパートメントのすぐ前の歩道に出た。カール・コヴィックの住まいのある建物の前にパトカーが三台と捜査車両のバンが一台居座っている理由を知りたくてたまらないやじ馬をかきわけて進む。興味津々の視線を浴びながらその区画を駆け抜け、おおいそぎでブロードウェイをめざす。ダウンタウンに向かうタクシーをひろうには、それがいちばん早そうだ。

現場に到着した二十分署の刑事たちにはアルフ・グロックナー、カール・コヴィック、ベン・タワー、ディッキー・セレブラトリオのつながりを長々と説明している暇はなかった。だから事のしだいをダイジェスト版にして伝えた。

「ここにはミスター・コヴィックをさがしに来たんです。ルームメイトの告別式に姿を見せなかったので、どうしているのか様子を知りたくて……そうしたら、カールの遺体を見つけてしまったんです」うそではない。

さいわいにも刑事たちはわたしの話に納得して開放してくれた。全容を正しく理解で

きる警察官はいまのところマイク・クィン、チャーリー・ホン、そして（あのいまいましい）エマヌエル・フランコだけだ。

とにかく〝今夜〟が勝負だ。この悲惨な騒動にディッキー・セレブラトリオがどのような役割をはたしているのかを確かめる貴重なチャンスなのだ。リッチな彼がクリスマス休暇を過ごすために自家用ジェットでリオ、ドバイ、アンティーブ岬などに飛んで行ってしまう前にどうしてもけりをつけなくては。

懸命に歩きながらショルダーバッグに手をいれて携帯電話を取り出し、短縮ダイヤルのボタンを押した。「出てちょうだい、お願いだから出て、出て」呪文のように唱えた。

「もっしも〜し」タッカーは発声練習のさいちゅうらしい。背後ではほかの俳優たちがウォーミングアップをしている声がきこえる。

「タッカーね、ああよかった」

「クレア！」彼が驚いている。「お願いですからビレッジブレンドで緊急事態が発生したなんていわないでくださいね。もうショーの準備にかかっているんですから」

「店は万事うまくいっているわ。ディッキー・セレブラトリオのクリスマスの大パーティーになんとかいれてもらえないかしら。大至急お願いしたいの！」（ゴールドシールドを身につけた友人たちが到着したら、怪しいパーティー・プランナーを独占することはできないだろう）

「もちろん入場できるように手配しますとも」タッカーがこたえる。「ただし、その見返りとして、それなりの便宜をはかっていただく必要があるんです」

「なにをしたらいいの？」

「ロングアイランド鉄道に大変な遅延が生じています。わたしのキャンディケーン・ガールズふたりが、間にあいそうにないんです。なんとしてでも彼女たちの衣装にあなたを押し込んでみせます」

「いま、〝押し込む〟といったの？」

「はい。クレアが〝グラマー〟であるという事実から目をそむけることはできません。わたしは今夜のショーの仕事のためにプロの若い女優を雇ったんです。どんなタイプなのかはおわかりですよね、完全菜食主義者でレモン・チャイ一杯飲んだだけでも吐いてしまうようなタイプです」

「わからないわ、タッカー——」

「お願いです！　わたしを助けると思って」

自分の古びたジーンズ、履き古したスニーカー、くたびれたパーカーを見おろした。これではパーティーに招待された上流階級の人々との格差がありすぎる。わたしは大きくため息をついた。気乗りはしないけれど、ショーの出演者の扮装をしてみよう。そうすればにぎやかなパーティーのなかで浮いてしまうこともないだろう。

「わかったわ。やりましょう」

「まさに天のめぐみです、クレア！　心配いりませんからね、わかりましたね？　歌も踊りも必要ありません。ただ、サンタの愛らしい助手の小さな衣装を着てキャンディケーンを子どもたちに配るだけでいいんです」

　ここでふたたび躊躇した。内容は問題ない。子どもは大好き。〝小さな衣装〟という部分にひっかかったのだ。

「どこであなたに会えるかしら？」

「公立図書館の四十二丁目の側のエントランスのさいしょのドアから入ってください。すぐ内側にデスクがあってそこにスタッフが二名います。いまからすぐに電話してキャスティング・リストに名前を加えるように指示しておきます。わたしたちが楽屋として使っている地下室に誰かが案内してくれるはずです」

　話がついたところでタクシーをひろった。ダウンタウンに向かうとちゅう、さらに電話をかけた。まずはマイク・クィンに。残念ながら留守番電話につながった。わたしかホン刑事に電話して欲しいとメッセージを残し、つぎにホン刑事の番号にかけた。

　チャーリー・ホン刑事も本人にはつながらず、ツーストライク。こちらは長くくわしいメッセージを吹き込んだ。アルフ・グロックナーのルームメイトが自宅のアパートで亡くなっているのを発見したこと、殺された彼が有名人の写真とビデオを売っていた事実があきらかになったことも……。

「アルフとカールの殺害はつながりがあると思います。わたしの情報源によれば、カール・コヴィックは誰かを恐喝していました。そのカールのコートのなかからメモを見つけました。カールを殺すことにディッキー・セレブラトリオが協力していると読み取れる内容です……」

そこであっと思った。マテオはメインイベントにさきだっておこなわれたカクテル・パーティーの会場にブリアンを置いてアッパー・ウエストサイドまでわたしに会いに来たといっていた。そのカクテル・パーティーはディッキーが企画したものだ。

「ディッキー自身が手をくだすことはできないはずです」わたしはホン刑事へのメッセージにつけ加えた。「彼は完璧なアリバイを用意しています。カールが撃たれた時刻には慈善パーティーの前のカクテル・パーティーで何百人もの人が彼を見ています！　誰が撃ったのかはまだわからないけれど、ディッキーはほぼまちがいなく……」

ディッキーの事情聴取をしてもらうために居場所もくわしく伝えた。

「公立図書館の本館に至急来てください。わたしはパーティー会場にいます、あなたが到着するまでディッキーの行動を監視しています。わたしはショーの出演者として参加するのでサンタの助手の衣装を着ています。それを目印にさがしてください」

ホン刑事への電話を終えて、エマヌエル・フランコ巡査部長の携帯電話の番号をじっと見つめた、ホン刑事が名刺に書いてわたしてくれたものだ。最初に三つの数字を押したところで手を止めた。

〝ダメだわ〟。わたしはぎゅっと目をつむった。〝どうしてもできない〟。

それに、正義の味方ぶっているドゥーラグ刑事に援護してもらわないほうがうまくいきそうだ。

電話をバッグにしまった。ちょうどタクシーは四十一丁目と四十二丁目のあいだで停車するところだった。五番街のほうに視線をやると、ニューヨーク公立図書館の壮大な本館がやわらかな金色の光を浴びている。巨大な窓越しにシャンデリアがきらめき、『北極へのチケット』の濃いワインレッドの垂れ幕がボザール様式のファサードにはためいている。

リムジンが四十二丁目の角のあたりに列をなしている。キャンディカラーの高級なドレスをまとった女性、黒いディナージャケットの男性、同じようにドレスアップした彼らの子どもたちが万華鏡のようにきらびやかな行列をつくり、図書館のエントランスを守る有名な石のライオンの間を通って広い石の階段をのぼっていく。階段にはさくらんぼが流れているようにレッドカーペットが敷かれている。道路上では制服警官がつくる垣根の向こうから若い女性たちが手に手にボードを持って有名な俳優やミュージシャンに呼びかけている。

わたしは通りを突っ切り、車をかわしながら横断してタッカーに教えられたように通用口をめざす。パーティーのスタッフにはすでに名前が連絡済みだった。地下のメンテナンスエリアに行くように教えられた。そこが今夜の楽屋を兼ねているという。ドアをあけて入ったとたん、タッカーが駆け寄った。

「いそいでこれを着て！」彼がわたしの手に服を押しつける。白い毛皮で縁取りされた赤いベルベットの小さな布きれだ。「ほかのエルフとサンタの助手はすでに上の会場にいます！」

わたしは親指と人差し指で布きれをつまんでブラブラさせた。

「〝下〟はどこにあるの？」

「そこです」彼が指さした先には、フリルのついた白いパンツがハンガーにクリップで留めてあった。彼は自分の顎に指を一本あてて品定めをするようにわたしを見る。「プッシュアップ・ブラはいりません。万が一こぼれたりしたら大変ですからね」

「こぼれる!?　タッカーったら！」

「すみません」彼が肩をすくめる。「あくまで現実問題としていったまでです。それから楽屋に肌色のタイツと黒いゴーゴーブーツがあります」

「それだけ？　わたしが着るのはそれがすべてなの？　まさか本気でいっているんじゃないでしょうね!?」

タッカーがぱっと両手をあげた。「ラインダンスの踊り子《ロケットダンサー》になったつもりで！」

わたしは布切れにしか見えない衣装を身体に当ててみた。

「どちらかというと、ポールダンサーみたい」

わたしとしてはこれが精いっぱいの抵抗だった。タッカーは可動式の樹脂製の間仕切りでつくった楽屋にわたしを案内した（押し込んだ）。長いテーブルにはメイク用のライトつきの鏡、テーブルの周囲には折りたたみ椅子が散乱している。

「あそこのロッカーに服とバッグをいれてください。それからサンタの帽子をピンで留めておくのをお忘れなく」テーブルの上のヘアピンを彼が指さす。「宣伝用のキャンディをわたすためにかがんだ時に脱げてしまうかもしれませんから」

「かがむ？　これを着て？」考えただけで身震いする。

五分後、楽屋から出た。身体にぴったりフィットした衣装に文字通りわが身を押し込め、わたしの顔はその衣装よりも赤くなっている。

「すばらしいです、クレア」タッカーが褒めてくれる。彼は両手を自分の腰に当てた。

「しかしですね、イベントのあいだじゅう、そうやって片手ですそを押さえ、もう一方の手で胸の谷間を隠しているわけにはいきませんよ」

「あら、どうして？」

「第一に宣伝用のキャンディをわたすには片方の手をあけておかなくてはね！」

鏡に自分の姿を映してみた。ドレス（よりも適切な言葉があればいいのだが）は長袖で、フェイクの白い毛皮が袖口についている。おかげで両腕は露出していない。そして上半身で適切にカバーされているのは両腕のみ、といってもいい。脚にはタイツをはいているけれど肌色なのでまるで素足をむき出しにしているみたい――きっとそう思われるだろう。大きくあいた襟ぐりには毛皮の縁取りがついている。ここまであいていると見る者の想像を刺激することもなさそう。それに毛皮がくすぐったい。

「なんの心配もいりませんよ。たまらなくすてきに見えます」タッカーが大げさにまくしたて、メイク用のテーブルにひっぱっていく。「さあ、じっと立っていてください」

三分きっかりで、彼はわたしの顔と胸のあたりにメイク用のパンケーキをスポンジでのばし、目にはマスカラ、アイライナー、真っ白なアイシャドー（やりすぎだ）、それにくちびるにはグロス、頬には頬紅、むき出しの肌にはもれなく透明感のあるキラキラのパウダーをはたいた。

「タッカー、メイクのやりすぎよ！」

「これがサンタの助手のステージ用メイクなんですよ」

「助手？　これではサンタの情婦みたいに見えるわ！」

「この袋を持ってください、キャンディケーン・ガールですからね！」ふくれた赤いベルベットの袋をわたされた。肩にかける長いストラップつきだ。ぎっしり入っているのは、チョコレートつきの赤と白のキャンディケーンと緑色のペパーミント・スティック。ひとつひとつのセロファンの包みには『北極へのチケット』と印刷されている。

「あら、重いわね」

「すみません――でも宣伝用のキャンディガールふたりぶんの仕事をこなすわけですから」

「まいったわね。エルフの組合とか、ないのかしら?」

「これでよし。さあ上に行きましょう、〝笑顔〟でね。ハリウッド仕込みのすばらしいクリスマスをたっぷりみなさんにごらんいれましょう!」

大理石の広い階段を上り、広大なローズ・ルームに入った。大きな窓と堂々たるシャンデリアのあるこの厳かな部屋はふだんは図書館らしく静かで、濃い色の重厚な木製のテーブルには真鍮製のランプが並ぶ。今夜は騒々しい笑い声と子ども向けのクリスマス・ソング(『フロスティ・ザ・スノーマン』、『赤鼻のトナカイ』、『ジングルベル』)が高い天井に大きくこだましている。

部屋のシャンデリアはふだん通りあかるく輝いているが、読書用のテーブルは片づけられて四メートルの高さのキャンディケーン、おもちゃの兵隊、ぬいぐるみ、わたしのホンダと同じくらいの大きさのサンタのそりが置かれている。部屋の端にはオープンバーが設けられており、その後ろには子ども向けの絵本の表紙を壁いっぱいの大きさに拡大したものが置いてある――ハリウッド映画の原作となった絵本だ。長細い部屋のもう一方の端には仮設のステージがあり、その両脇に発泡スチロール製の「雪」の山がつくられている。

「やあ、かわいいエルフさん。なにか甘いものをもらえるかな?」男性が呼びかけてきた。

ふり向くと、よく日焼けしたタキシード姿の男性が人さし指でわたしを撃つ真似をする。

わたしは歯ぎしりしながら自分にいいきかせた。このけばけばしいPRイベントは募金集めの慈善活動でもあるのだ。それでも十五分ほど子どもたちにお菓子を配っていると、自分が「大きな男の子」たちの関心を一身に浴びていることに気づいて決まり悪くなった。どこか身を隠す場所はないかときょろきょろした。

ブリアンを見つけたのはその時だった。いつものごとく彼女は驚異的に美しい。パインベージュのタフタのドレスはおしゃれなフレアスカート。ボレロジャケットにはたくさんの宝石がひとつひとつ手で縫いつけられている。長いブロンドの髪を高く結いあげ白鳥のような憎らしいほどのラインの首をみせびらかしている、そして彼女のほっそりした背中はわたしに向けられていた(これはラッキー)。

彼女に見つからないように巨大なおもちゃの兵隊の裏に移動していると、アルマーニをさっそうと着こなした黒っぽい髪の男性がわたしの胸の谷間をじろじろ見ている。数秒後、彼はやっと胸の上のわたしの顔に気づいた。

「クレアか⁉」

「マテオ！」

「ここでなにをしている？」彼がささやく。「それに、どうしてこんな格好をしているんだ？」

「ディッキー・セレブラトリオと話をするために来たの」

「セレブラトリオと？　どうしてだ？　待て！　いうな――」マテオは手に持ったタンブラーの中身をぐっと飲み干した。「知りたくないな」

「奥さまのところにもどったほうがいいわよ」

「わかっている」不満そうな口調だ。「ぼくがきみのあたらしい子ネコを引き取りに行ったことで彼女はカンカンだ。その子ネコはきみのところで気持ちよく安全に過ごしている。ジャヴァの餌用のボウルに餌をいっぱいにいれてコンビニで子ネコ用の食べ物を買った。箱は食器棚のなかだ」

「ありがとう。心からお礼をいうわ」

「いいんだ」彼がため息をつく。「ともかく、きみは正しい。ブリーのところにもどったほうがいいな。いまきみと話しているのを彼女に見つかったりしたら、しかもそんな格好をしているきみと――」彼はたっぷり時間をかけてわたしを上から下まで眺め、それからふうっと息を吐いた。「クリスマスの朝にぼくのナニは彼女のイヤリングにされてしまう」

「みなさん、こんばんは！」

真っ白なタキシード姿の小柄な男性が仮設ステージのマイクの前に立った。

「わたしはディッキー・セレブラトリオと申します。本日はようこそおいで下さいました」かすかにブロンクスのアクセントがまじっている。

拍手喝采が彼に贈られる。盛大な拍手をききながら著名なパーティー・プランナーをじっくりと観察した。黒っぽい髪を後ろになでつけ、肌は日焼けメイクでラテ用のバーント・オレンジシロップにちかい色。ナポレオン・サイズの小柄なセレブラトリオ（若いころの彼の写真はディーン・マーチンのそっくりさんみたいに写っていた）はボトックス注入で感覚が麻痺したような表情だ。ジョージ・ハミルトン、『オースティン・パワーズ』のミニ・ミー、マダム・タッソーの蠟人形を足して三で割ったような印象だ。

もっとステージのそばに寄ろうと移動した。セレブラトリオがいきなり逃走するつもりなら、追跡できる位置にいたかった。でもとちゅうで進めなくなってしまった。わたしの二の腕を誰かが指でぎゅっと締めつけ、男性の熱い息が耳にかかったのだ。

「いっしょに来て、ね」

〝勘弁してちょうだい！　確かに露出度は高いけれどサンタの助手の衣装がここまで男性の性欲を暴走させるの？〟

相手をつきとばしてやるつもりでふり向いた。すると一八〇センチ、金髪のエルフがわたしの首筋をぽーっと眺めているではないか。

〝ああ、まずい！　シェーン・ホリウェイだなんて。よりによって、いまこんな時に！〟

# 27

「いっしょに来て。話をしたい」シェーンが耳にささやきかける。

「放して」

「そういわずに」彼がまたわたしの腕をひっぱる。

数人がわたしたちの押し問答を見ている。〝よりによってこんな時に！〟騒いで目立つのはまずい。だからシェーンに腕を取られるまま隅へと移動した。ガラス製の巨大なクリスマス・ツリーの裏に彼がぐいと力いっぱいひっぱり込んですばやくこちらに身をかがめてきた。彼の顔をひっぱたいた。

彼が甲高い声をあげた。「どうしてこんなことを？」

「わたしはあなたに関心がないのよ、シェーン！　わかった？」

「待って、クレア！　あなたは思いちがいをしている――」

わたしは向きを変えて駆け出した。すると彼がわたしの前に飛び出した。

「きいてください。お願いです、重要なことなんです」

「十秒ね」

「あなたの命が危機にさらされている」

コツコツと音をたてるゴーゴーブーツの歩みを止めた。

「それはどういう意味かしら」

シェーンがまたそばに身を寄せ、わたしの耳にささやきかけた。

「きいてください、わたしはパーティーから抜け出すことはできない。あなたに話をするチャンスはいまだけなんです」

「それなら、話して」

「信じてくれますか、クレア。わたしには誰かをひどい目にあわそうなんてつもりはまったくなかった。自分がなにに関わっているのか、全然わかっていなかった――」

「いいから話して」

「感謝祭の直後、ディッキー・セレブラトリオから電話があり、彼の友人を助けて欲しいと頼まれました。その人は有名人だと」

「誰だったの？」

「セレブラトリオはいおうとしなかった。男性か女性かすら、教えようとしなかった。わたしはただ、その有名な人物が困っていたこと、嫌がらせを終わらせたがっていたことしか知りません。セレブラトリオはその人物の力になると約束し、わたしはセレブラトリオの力になると約束した……」

「具体的には〝なにを〟約束したの？」

「彼の友人である有名人を困らせている男の尾行です。その男の行動を調べたんです」

「彼の行動を調べる？」

「芝居で演じるようなものです。テレビで私立探偵の役をした時に、役になりきるためのリサーチはしていました。だからたいしてむずかしくはなかった。セレブラトリオは
すでに男の情報をつかんでいました。名前と住所について詳細に調べていた。セレブラトリオの友人はその男の毎日の行動パターンも知りたがった。だから二日連続でわたしはその男の住まいがある建物の外で待ち伏せた。彼が仕事用の格好で出てくると、尾行して彼がどこにいつ行ったのかをメモした。しかしわたしは後ろめたい気持ちなどまったくなかった。自分は潔白だ、〝こっち〟は正しい側だと思っていたのです」

「どういう意味かしら？」

「クレア、わたしが尾行していた男はけっきょく、殺されました」

「ひどい」吐き気がして目を閉じた。「あなたはアルフレッド・グロックナーを尾行していたのね」

「はい。わたしはトラベリング・サンタを尾行していたのです。アッパー・ウエストサイドのアパートからユニオン・スクエア、それからビレッジまでつけた。その行動パタ

ーンをセレブラトリオに伝えました。わたしは知らなかったんです。同じ住所に〝ふたりの〟トラベリング・サンタが暮らし、べつべつの順路で活動していたなんて！　彼らはわたしになにを期待したっていうんだ？　こっちは本物の探偵なんかじゃないのに！　テレビで一度演じただけなのに！」

〝あきれた〟。「あなたは共犯者なのよ、シェーン、それがわからないの？　アルフが殺された後、どうしたの？　セレブラトリオと話をしたの？　サンタが撃たれたことに彼が関係しているかどうか、確かめた？」

「まさか。そんなことできるはずがない。わたしは昼メロくらいにしか出られない、しがない俳優ですよ。そして調査の仕事の報酬をすでに彼から受け取っていた。彼はビレッジブレンドまで送ってくれてタッカーに紹介までしてくれた。ギャラのいい臨時の芝居の仕事をタッカーにもらえるはずだといってね。彼のいう通りだった。わたしは金に困っていたし、あの人を怒らせたくなかった。だからエルフの衣装を着て――」

「彼はあなたにお金をつかませて口封じをするつもりだったのよ――」

「ええ、そうに決まってますよ！　いまならそれがわかります。そうしたらたまたまタッカーから、グロックナーの娘があなたに父親の殺害について調査を依頼したときいてしまって――」彼はエルフの帽子をかぶった頭を横にふる。「こわくなってしまった。あなたがなにをつかんでいるのか知りたかった。だから今日あなたをくどいたんです。

今夜、もう一度トライしてみるつもりでした、でもいまとなってはもう、すべての状況が変わってしまった——」

「なにをいっているの？」

「三十分前に、セレブラトリオがわたしを脇にひっぱっていき、もう一度やってくれといったんです」

「なにをもう一度やるの？」

「監視です。ある人物の行動を報告するんです」

「それは、コヴィック？　カール・コヴィックを？」

シェーンがきょとんとしている。「誰ですって？」

「アルフのルームメイトよ。今夜、わたしはカール・コヴィックのアパートで彼の死体を発見したの。背後から撃たれていた」

キラキラした粉をはたいたシェーンの肌からさっと血の気がひく。

「そういうことか。明日まで待ってはいられない。ショーが終わりしだい、わたしはロサンゼルス行きの深夜便に乗ります！」

「待って！　行かせるわけにはいかないわ！」今度はわたしがシェーンを巨大なツリーの裏に押し込む。「その前に警察にその話をしてちょうだい。いますぐにでも彼らはここに到着するから」〝わたしはそう願っている〟。

「それで、彼らになにを話せと？　サンタクロースをつけまわしてメモを取ったと？　それは犯罪ではない。彼らはわたしを逮捕できないし、そのことでセレブラトリオを逮捕することもできない――」

「ええ、でも」

「いいですか、クレア。あなたがセレブラトリオと、彼がひた隠しにしている謎の有名人の友人を逮捕させることができれば、わたしはもどってきてあなたのために証言します。でもそれまではハリウッドを離れない」

「シェーン、待って、行かないで！」

「かわいいクレア、あの男の本名を知っていますか？」彼がステージを指さす。「セレブラトリオが話を締めくくろうとしているところだ。『リチャード・トリオです。ファイアーアイランド出身のお坊ちゃんなんてでたらめです。彼はブロンクス育ちです。あの危険な地域ですよ。あそこでは『サブウェイ・パニック』のリメイク版のロケができず、クイーンズのウッドサイドで撮影されたほどです！『ザ・ソプラノズ』のプロデューサーにほんものの凶悪犯そっくりのエキストラを手配した連中がやつのバックにいるんです」

「わかったわ！　あとひとつだけ教えてちょうだい。セレブラトリオがあなたに依頼した第二の人物は誰なの？」

彼はわたしの肩に片手を置いた。

「あなたですよ、クレア。わたしはあなたが捜査していることを彼に伝えてはいない。誓います。しかし彼はなんらかの方法を使ってすでにつきとめている。あなたがアルフ殺害のことを熱心に調べていること、警察の人間たちをけしかけていることをね。彼らはあなたの顔を知っている。どこで働いているのか、暮らしているのかも」

シェーンがわたしと目を合わせる。「セレブラトリオ本人か、彼が雇った人間があなたを見つける前にわたしはここを脱出します。気をつけて、クレア」

あぜんとしているわたしの頰にキスをひとつして、金髪のエルフは行ってしまった。

〝さあ、どうする?〟いま隠れている場所からホン刑事を見つけようとした。が、会場は人でいっぱいだ。見つかるだろうか? おそらく彼はわたしに電話で連絡を取ろうとしているだろう。でもわたしの携帯電話は地下の楽屋のロッカーのなかだ。

〝ここを出なくては……〟。

うまいぐあいに会場の照明が薄暗くなった。タッカーのショーがもうすぐ始まろうとしている。わたしは群衆をかきわけて出口に向かって駆けた。進みながら目を皿のようにしてマテオをさがした。だがみつからない。パーティーをサメのように移動するブリアンの姿も見当たらない。ふたりはおそらくつぎのイベントに向かったのだろう。またもや集団にぶつかってしまい彼らをよけて迂回したら、タイミングの悪いことにセレブラトリオの真横を通ることになってしまった。彼は男性と打ち合わせのまっさいちゅうだ。相手は一流デザイナーのスーツを着ているが、つぶれた耳とあばたのある顔は隠しようがない。実録犯罪本に「マフィアの準構成員として知られている」というキャプションがつくような風貌だ。

ふたりの男は人込みのなかでずっとわたしを目で追っている。〝こんなサンタの情婦みたいな衣装のせいで！〟

そこでまたパーティー出席者の集団にぶつかってスピードが落ちる。彼らは子どもたちをタッカーのショーのそばまで連れていこうとしているのだ。右に左に身をかわしながら集団を抜けた。ようやく人気のない大理石の階段に出た。黒いゴーゴーブーツのヒールが石に当たってカツカツとせわしなく音をたてる。遠くまで行かないうちに、体重のありそうな足音が追ってくるのがきこえた。肩越しにちらりとみて、ぞっとした。マフィアの下っ端のような男が追ってくる。「待ってください！　セレブラトリオ氏があなたとぜひお話をしたいと……」男が叫ぶ。

地下の楽屋に着いたが、なかには入らない。出口がもうひとつあるかどうかわからない。ここで行き場を失うのはごめんだ。だからひとけのない長い通路をそのまま進んだ。男の足音はまだついてくる。

最初の角を曲がると行き止まりになっていた。ドアがあったがカギがかかっている。

これでは袋のネズミだ。くるりと向きを変え、もとの通路に向かって突っ走ろうとした。しかしマフィアの下っ端のような男がすぐそこに迫っている。

「走るのを止めて」彼が大きな二本の手を伸ばし、こちらに飛びかかってきた。

わたしの唯一の武器といえば宣伝用のキャンディを入れた巨大な袋だ。エスターの煉瓦を思い出して、ありったけの力をふりしぼって袋をふりまわした。彼の顔に命中！そのいきおいで袋の口があいてセロファンでくるまれたお菓子が四方八方に飛び散った。一部はわたしにも直撃した。〝ペパーミントの逆噴射！〟

男がよろけ、わたしは彼の脇を走り抜けた。彼は大声をあげながら向きを変えて追いかけてくるが、磨きあげられた床一面に散らばったセロファンに足をとられて転んだ。わたしはさきほどの角を曲がり、もとの長い通路を進んで二枚の木製のドアのところまで来た。ドアの上には『非常口』という表示がある。

男は立ちあがってこちらに走ってきている。わたしはドアを押して向こう側に出た。そしてくるりと向きを変え、からになったベルベットの袋で二枚のドアの取っ手を大急ぎでしばった。そしてさらに数メートル先のスチール製の防火扉まで全力疾走した。背後ではマフィアの下っ端らしき男がドアをガタガタと荒っぽく揺すっている。

〝彼は出て来られないわ〟。

警報音が響くなか、防火扉のバーを下げて極寒の十二月の夜のなかによろよろと出た。重いドアが背後でバタンと閉まり、外に閉め出されたのだとわかった——これでいいのだ。武装したＳＷＡＴチームといっしょでなければ、あのクレイジーなクリスマス・パーティーにもどるつもりはない。

# 28

「やあ、かわいいエルフさん！　すてきな衣装だ！」

「クリスマス・パーティーから抜け出したのかな？」

「北極から来たんだろうよ」

「乗っていかないかい、かわいい子ちゃん」

「おれが彼女を乗せる。〝すてきな〟乗り心地を試してみてよ！」

四人の男たちが笑う。人通りのとだえた薄暗い四十丁目を彼らが乗ったSUVはわたしと並ぶようにずっと同じスピードで走っている。少なくとも三人はオフィスのパーティーかなにかでべろんべろんに酔っている。わたしは薄っぺらい赤い衣装のままぶるぶる震え、ベルベットで覆われた両腕をぎゅっと組み、黒いゴーゴーブーツで精いっぱい急ぐ。

ブライアントパーク・グリルは暗い。この区画のレストランはどこも閉まっている。タイムズ・スクエアの警察署をひたすらめざす。運がよければとちゅうで警察官かパト

カーに出会うかもしれない。

いまのところ、ついていないことばかりだ。

携帯電話、財布、はんぱな小銭もいまは公立図書館の地下のロッカーのなかだ。ブライアント・パークは雪に覆われている。長方形の公園の一辺に沿ったこの静かな通りには、人っ子ひとりいない。そしてこの三分間のあいだに四十丁目を走ってきた唯一の車が、この黒い大きなSUVなのだ。乗っているのは二十代後半の会社員が四人。ほとんど全員がしたたかに酔っぱらっている。そして全員がわたしの職業を勝手に決めつけている——もちろん彼らは〝勘違い〟している。

「いくらなのか彼女にきけよ」仲間うちでもめている。

「どうしたんだい、かわいいエルフちゃん？　俺たちのこと、気に入らないのかい？」

わたしは目線を前方に向けたまま、頭を横にふる。「関心ないわ！」

「そんなこといわずに！」

四人が声をひそめて相談を始めた。「現金持ってるか、どうだ？」

「彼女はいくら請求するかな？」

わたしはますます歩調を速め、六番街のもっとずっとあかるい光があるほうへと急いだ。けれどSUVはしつこくスピードを合わせてついてくる。

「俺たちはきみを乱暴に扱ったりしないよ」彼らのひとりが叫ぶ。「いいから、乗って！」

ようやく角まで来た。これで彼らから逃れることができるだろう。ところがＳＵＶは急ハンドルを切って角を曲がり、縁石のところでわたしの行く手を遮った。酩酊した男が助手席のドアをいきおいよくあけて飛びついてきた――。

「さわらないで、この酔っぱらい！」わたしはつんのめるように足を止めた。

ヒューン！

耳をつんざくようなパトカーのサイレンが夜を切り裂くように響いた。濃いブルーのセダンが信号を突っ切り、全米自動車競争協会《NASCAR》顔負けのドリフト走行のテクニックでスピンした。そして数秒のうちにセダンのドライバーはキーッという音とともに車をＳＵＶの前に停め、進路をふさいだ。

セダンのダッシュボードで赤い回転灯がちかちかしているのを見たら、ほっとして力が抜けた。覆面パトカーから降り立ったのはエマヌエル・フランコ巡査部長だった。肩をそびやかしてＳＵＶの男たちにちかづく。ゴールドシールドがきらりと光る。これまでの人生で、赤、白、青のドゥーラグを見てこれほどしあわせに感じたことはない。

「さあ、きかせてもらおうじゃないか、紳士諸君。これはサンタの助手に対してふさわしい態度かな？」彼の黒っぽい目が四人を突き刺すように睨む。「恥を知れ。おまえたちには厳しい罰が必要だ。お抱え運転手に酒気検知器の検査も受けてもらおうか」

四人のオオカミたちは急にしおらしくなった。

「なにも企んだりしてませんよ、お巡りさん」

「これは誤解です」

「わたしたちはただ、彼女を車で送っていこうとしただけです」

「そうですよ、それだけです――」

「いいか、ジャージーの坊ちゃんたち。だいじなものはパンツにしまっておうちに帰れ。さもなければ、リンカーン・トンネルを走るかわりに拘置所での一夜が待っているぞ」

フランコ巡査部長が仁王立ちで睨むと、SUVはバックし、四苦八苦して覆面パトカーの脇をまわり、走り去った。フランコ巡査部長がこちらを向いてわたしの服を見る。無表情であまりにも長々と見ているので、落ち着かない。彼が腕組みし、口をひらいた。「で、コーヒー・レディ、車に乗るか?」

「はい!」

すっかり凍えたわたしは彼のセダンの助手席にすばやく乗り込んだ。彼は運転席に座ってドアを閉め、それからわたしをちらっと見た。そしてなにもいわずヒーターを強くした。

「ありがとう」

「どういたしまして」

「じつは図書館のなかで男に追われて――」

フランコが手のひらを空中に置いてストップをかける。「ちょっと待って」彼が警察無線のヘッドセットをつかんだ。「至急。酒酔い運転の疑いのある車両が六番街を北上中。黒のフォード・エクスプローラーの最新モデル。乗っているのは四人、ナンバープレートはニュージャージーの……」

フランコが無線の通信を終えてこちらを向いた。「なにかいおうとしていたな？」

「ホン刑事は？　ホン刑事に来てもらうつもりで電話をしたのに」

「知っている。きみが残した留守番電話のメッセージをわたしもきいた――何度も」フランコ巡査部長がにやにやと笑う。「サンタの助手の格好をしているという部分をきいて、ホンに宣言した。『チャーリー、この件はわたしが対処しなくては』とね」

「この格好は『北極へのチケット』のパーティーにもぐりこむ唯一の手段だったから――」

「わかっているさ、コーヒー・レディ。それで……」もういちどわたしを眺めて、彼が目配せをした。「わたしの家に行くか？」

「いやです」

「冗談さ。どこに行く？」

「イーストビレッジに連れていって。道中でくわしく話すわ……」

フランコ巡査部長は一言一句もらさず最後までわたしの話をきいてくれた。カール・コヴィックの死体を発見したこと、サンタのエルフが殺人の片棒をかついだ可能性があると本人から告白されたこと、そしてディッキー・セレブラトリオの部下でいかにもマフィアの下っ端らしき男の頭を高級チョコレートつきの大量のキャンディケーンで殴ったことまで。正義の味方ドゥーラグ刑事は一度も軽口を叩いたりしないで、なにからなにまですべてきいてくれた。これはまさにクリスマスの奇跡だ。

マイク・クィンの住まいがある建物に着いてもまだ話し終えていなかった。彼は歩道の脇に停車してエンジンを切らず車の暖房をそのままつけていてくれた。

「……というわけで、あなたがわたしを見つけたというわけ」ようやく話を終えた。

「なるほど。それで終わりか？」

「物足りないですか？」

彼がにっこりした。今回はにやにやした薄笑いではなく、ほんものの笑顔だ。

「大変に勇気ある行動だ、コーヒー・レディ。本心からそう思う」

「わたしはただ、友だちを殺した真犯人を見つけようとしているだけ」

「わかっている。ささやかな朗報を伝えよう。われわれは凶器を発見した」

わたしは座ったままぴんと背筋を伸ばした。「アルフを撃った銃ね？」

フランコがうなずく。「寄付を受け付けるいれものから発見された。誰かがそこに投げいれたんだ。われわれの計算では殺害のあった夜に投げ込まれている。製造番号から洗ったところ銃はノースカロライナである男が購入したものだ。その男は二年前に亡くなっている」わたしが彼を見ると、こうつけ加えた。「そこらへんで違法に売買されている銃はたいていそんなふうにして出まわる」

「指紋は？」

フランコが頭を横にふる。「きれいに拭き取られていた」

わたしはシートに沈み込んだ。「あなたはさぞや気分がいいでしょうね」

「なぜだ？」

「わたしがこれだけ調べても、あなたはまだ行き当たりばったりの路上犯罪だと主張できるということでしょう」

「だが、わたしはもう路上犯罪とは考えていない」

「そうなの？」

フランコがこちらを向いて、真正面からわたしを見る。

「拳銃のように貴重なものを捨ててしまう路上強盗犯はいない。近場で転売するか、犯行のほとぼりがさめるまで自宅に隠しておく可能性はあるだろう。しかし寄付の品をいれる容器に投げ入れるような真似をすると思うか？　それは数百ドルを捨ててしまうように等しい。いかにもアマチュアの手口だな。行き当たりばったりの路上犯罪を装った計画殺人を企てたのだろう」

わたしは身体をまっすぐに起こした。

「つまりあなたもわたしと同じ考えということ?」

フランコ刑事がうなずく。「シェリー・グロックナーの事情聴取をした」

「ええ。怪しいでしょう?」

フランコ刑事が笑った。「確かに彼女は実行犯あるいは黒幕といってもおかしくないほど非情な人物だ。しかし……動機を持つ者はほかにいるように思える。きみはひじょうに香ばしい容疑者の一味を動揺させた」

彼のいう通りだ。セレブラトリオはわたしを狙った。しかし彼にはカールを撃つことはできない。なぜならカールが殺された時間にセレブラトリオには確実なアリバイがある(公立図書館での盛大なイベントにさきだって彼が企画したVIP向けのカクテル・パーティーだ)。そしてセレブラトリオがアルフに向かって引き金をひいた可能性も低いとわたしは思う。フランコ巡査部長からいまきいた凶器の状況から判断して、セレブラトリオの手下のマフィアの息がかかっていそうな男が犯人である可能性も低そうだ。警察が怪しむような方法でプロの殺し屋が銃を処分するようなミスは犯さないだろう。シェーン・ホリウェイによれば、セレブラトリオはあくまでも仲介役を務めただけだ。

カールはほぼまちがいなく有名人を恐喝していた（ベン・タワーがそう白状している）。セレブラトリオはその有名な人物に力を貸したに過ぎない。問題はそのもうひとりの人物だ。プロではないが、カールが自宅に隠していたなにかのためであれば引き金を引く意志があった人物――一度ではなく、二度も。

「アルフを殺した犯人とカールを殺した犯人は同一人物だと思うわ。あなたはどう思う？」

「きみの捜査をもとに考えれば、同一人物だろう。ただし注意が必要だ。犯人がだれかは知らないが、その人物は同一の銃は使用していない」

「せめて、拭き取られた指紋を鑑定できる方法さえあれば！」

「じっさいには、ある」

「なんですって？」

「ジョン・ボンドのことをきいたことあるか？」

「ジェームズ、ではなく？」

フランコが首を左右にふる。「ジョン・ボンドはノーサンプトンシャー警察の科学捜査をサポートする責任者でレスター大学の名誉研究員だ」

「レスターって、イギリスの？」

「その通り。彼はアメリカの警察とともに、未解決事件の解明に取り組んできた」

「具体的にはどのようにして？」

「彼は指紋を検出するためのあたらしい方法を開発した。コピー機に使うような導電性のある細かな粉末を利用する。それで金属の表面を覆い、電気を通す。するとどうなると思う？　じつは指紋を拭き取っても、洗ってしまっていても、金属はほんのわずかに腐食している――電荷をかけるとそこに粉末が集まり、残された指紋が見えるというわけだ」

「つまりそのボンドという人物は拭き取られた指紋も判読できるというの？　アルフを撃った銃を取り扱った人物を突き止められるの？」

フランコ巡査部長がうなずく。「その技術は、弾薬筒からマシンガンまですべてに使える。われわれが追う殺人犯がジャンクフード好きなら、なお効果は高い」

「どういうこと？　ただの冗談？」

彼がにっこりする。でもまじめにいっているようだ。

「冗談ではない。包装されている加工食品を食べると汗に含まれる塩分が多くなる。塩分の多い汗は、顕微鏡レベルの腐食のプロセスを促進する」

それをきいてわたしは顔をしかめた。オマールの好物のランチはジャマイカのアキーとソルトフィッシュだった。彼の息子ドウェインはＳＵＶの車内に散乱していたチップスやスナックの空き袋を父親のドライブウェイにまき散らしていった。

「ともかく、通常の手がかりが熱で蒸発していても、ボンドはその金属を扱った人物の指紋を読み取ることができる。その技術はアフガニスタンの道路脇に散った爆弾の破片に使われるそうだ」

「なるほど。それはほんとうに……すごいわ」

フランコ巡査部長がにっこりする。「どうだ、きみが思ったよりも有能だろう」

「それは誤解よ。ただ――怒らないでね。じつはあなたが撃ったのではないかと思っていた。ある種の自警団みたいに、街にはびこる犯罪行為に制裁を加えたのではないかと」

「それをきいても、あまり驚かないね」彼が肩をすくめる。「きみがボーイフレンドに頼んでわたしについてあちこちに問いあわせたのは知っている。わたしがいい警官かどうか調べたんだろうな」

「それで?」

「マイク・クインはこたえを見つけた。彼にきくといい」

「その必要はないわ。もう、わかっている」

フランコ巡査部長がうなずき、満足そうな表情を浮かべている。「それで……」マイクの建物に彼が視線をやる。「きみの恋人は在宅しているのか?」

「いないと思うわ。彼に電話をしたいのであなたの携帯電話を貸していただけるかしら？」

　彼はポケットのなかをさぐりながら、にやにやとした。

「市内通話に限り許可しよう……」

　マイクはわたしからの連絡を受けてほっとしたような声だ。

「きみの留守番電話にメッセージを五件も残した」

「ごめんなさい、マイク、携帯電話は置いてきてしまったの——」

「きみに連絡が取れなかったので、とうとうホン刑事に連絡を取ってみた。彼からくわしくきいたよ。よくやったな、コージー」誇らしそうな声だ。「きみが突き止めた事実をもとにホン刑事はアルフを殺害した犯人とカールを殺した犯人を結びつける証拠をさがしている。いずれ警察はそういう結論に達したかもしれないが、そのプロセスをスピードアップさせたのはきみだ。そしてどちらの犯罪も、解決の可能性はぐんと高まった。まだ事件が——」

「熱いうちに、でしょう。セレブラトリオのほうはどう？」ニューヨーク公共図書館での冒険をくわしく話した。マフィアの下っ端らしい男をキャンディケーンで殴りつけたことも。

「ホン刑事がすでにその件で二《トゥー》ー〇《オー》にはたらきかけている——」

「つまり二十分署、ということね」

「そうだ、すまん。コヴィックの殺害の情報を最初にキャッチしたのは彼らだ。いまごろ事情聴取をするためにセレブラトリオを連行しているはずだ。これからホン刑事に電話して、公立図書館の地下できみを襲おうとした男のことを伝える。もしもセレブラトリオが名前をあかさなければ、顔写真のなかからきみに見つけてもらう。二十分署は八十二丁目だ。明日、わたしがいっしょに行く。いいな?」

「わかったわ……」わたしはほっとしてため息をつき、いま直面している問題を相談した。「じつはね、カギを持っていないから自分の住まいにもあなたの所にも入れないの」

彼はどうすればいいのかをわたしに指示し、フランコ巡査部長に電話を替わるようにいった。

いわれた通りにしてフランコ巡査部長にもう一度、たすけてくれた礼をいい、覆面パトカーをおりた。マイクのアパートの玄関のオートロックを解除してエレベーターに乗った。そしてドクター・メル・ビリングの住まい(マイクの隣人で、同僚で、彼の家の合鍵を預かっている人物)を訪ねた。

メルはマイクのワンベッドルームの住まいにいれてくれた。なかに入ると内側からロックし、すぐさまタッカーの携帯電話にかけた。図書館を出る際にわたしのハンドバッグと服をいっしょに持ってきて欲しいとメッセージを残すと、熱いシャワーに直行した。

タオルでふいていると玄関のカギがあいてドアがひらく音がした。ほっとして、思わずにっこりした。ようやくマイクが帰ってきたと思うと、それだけで気持ちが軽くなる。小型のドライヤーを使って数分間で栗色の髪の毛をふわふわにした。それから香水を少々スプレーし、くちびるにグロスをつけ、テリークロスのバスローブを身体にまきつけてバスルームから寝室に続くドアを少しあけた。

「ハーイ、こんばんは！　わたしは誰でしょう？」

ききおぼえのない女性の素っ気ない声にぎくりとして足がすくんだ。そのままドアを最後まであけてみた。

マイクのキングサイズのベッドに座っていたのは、長身で細身で三十代の女性。まっさきに目を奪われたのは絹のような光沢のある赤毛。カールのかかった髪がふわっとひろがり、繊細な彫刻を思わせる完璧な陶磁器のような顔を縁取っている。ほっそりとした胴をかろうじて覆っているのはミセス・クロースのベビードールのネグリジェだ。彼女はロケットダンサー並みに長い脚を組んでいる。美しい足の爪にはクリスマスらしい赤いペディキュアがつやつやしている。そして大きく青くお人形のような目には激しい動揺の色を浮かんでいた。

いや、それをいうなら、〝おたがいに〟激しく動揺していた。

「誰？」きつい口調になった。その時あっと思い出した。ビレッジブレンドに客として訪れ、この一週間わたしに不快な表情を向けていた女性だ。アルフが殺された晩にいい争ったことが原因で恨みを買ったのだと思い込んでいた。そうではなかったのだ。

「レイラよ！」彼女が名乗った「レイラ・クィン！」

「マイクの元の奥さん！」

わたしは目を閉じた。マイクは彼女について頑として話そうとしなかった。彼女の写真も飾っていなかった。くわしいことを話せと彼に強くせがんだことはない。嫌な記憶から距離を置けば少しでも彼が癒されるだろうと思っていた。ああ。すべては浅はかな思い込みだったということ。

わたしは目をあけて睨みつけた。「な、な、なぜあなたがここにいるの？」

「なにをおっしゃるのかしら。あなたこそなぜここにいるの？」彼女がぴしゃりという。

「マイクに来るようにいわれたのよ！」

「あら、わたしもそうよ。彼に招かれたわ」レイラがたたみかけるようにいう。「あなた、知らないの？　三人はトラブルのもとっていうでしょ！」彼女が片方の手首をわざとらしく見せてわたしの目の前でマイクのベッドの支柱に手錠で固定した！

〝ああ。マテオのいった通りだった。彼はマイクが赤毛の女性と会っていると警告してくれた……〟。

「お言葉ですけどね、三人目はトラブルのもとよ」

傷つき、屈辱にまみれ、猛烈な腹立たしさに襲われてクラクラしてきた。マイクがわたし専用にしてくれた引き出しのところに行ってジーンズ、セーター、ソックスをひっぱり出した。ここには靴は置いていない。でも黒いゴーゴーブーツで大丈夫だろう。バスルームにもどって着替え、一刻も早くこの場を立ち去ることにした。

正面のドアに着いたところで彼と鉢合わせした。

「どいてちょうだい、邪魔よ――」

「クレア！」マイクがわたしの両肩をつかんで止めた。「どうかしたのか？」

「どうかしたのかって？」憤慨して涙で目がかすむ。うそつきで浮気者で愚かな男を睨みつけた。「たったいま、あなたの元の妻があなたのベッドにミセス・クロースのネグリジェ姿の自分を〝手錠でつないでいる〟ところを目撃したところよ。それでも〝どうかしたのか〟というの？」

耐えがたい思いでマイクを見つめた。彼の困惑した表情が一変してがくぜんとした衝撃の表情になった。そして激しい怒りで真っ赤に染まった。

「ここで待っているんだ」けわしい声だ。

「いいえ！　わたしは出ていく――」

「お願いだクレア、待っていてくれ。きみはちゃんと見ておかなくてはいけない！」

わたしは怒りの涙をぬぐい身体をこわばらせ、ひらいたままの玄関のドアのそばに立った。彼がこれからどんな離れ業をやってみせるとしても、三十秒以上は待つものかと固く心に誓いながら。

# 29

マイクが寝室のドアを蹴ってあけた。

「出ていけ」

「落ち着いてちょうだい」レイラが小さな女の子みたいな声でこたえる。「あなたはわたしがここにいることを望んでいるのよ、マイク。それを認めなさい……」

「どういうつもりだ。きみにはわたしのプライバシーを侵害する資格はない」

「わたしにカギをくれたわ！」

「きみにカギをわたしたのは、あらかじめ取り決めた時間になってもわれわれの子どもたちを車でここに連れてくる気配がないからだ。あくまでもモリーとジェレミーのためであって、きみがわたしのベッドの支柱に自分を手錠でつなぐためではない」

マイクはたいへんな剣幕だ。彼が手錠のカギをはずす音がきこえた。「着替えろ――」

「あなたの気持ちは変わるはずよ。きっとあなたは――」

「よくきくんだ、レイラ。先週、十回以上話したはずだ。わたしは自分の寝室に今後二

度ときみに入って欲しくない。わかったか?」

「あなたがそんなふりをして見せるのは、彼女が隣の部屋できいているからよ」

「出ていけ。いますぐに。さもなければ、きみを不法侵入で逮捕させる。神に誓ってもいい」

レイラが笑う。

「どうぞ続けて。どうしておもちゃの手錠を持ってきたのか、わかる? わたしたちが結婚したばかりのころのこと、憶えている? あれはあなたの大のお気に入りで――」

マイクがまたどなった。「出ていけ!」

わたしは歯を固く食いしばりながらそれをきいていた。マテオとの生活が終わりを迎えるころの醜い状態が鮮明によみがえった。レイラが大きな足音をたてて寝室のドアにちかづいてきた。全身が硬直する。その直後、彼女の彫像のような姿があらわれ、気取った足取りで居間を歩いてくる。いまはきちんとした身なりだ。カシミアのセーターと短いスカートという出で立ちにボックス型の優美なバッグをほっそりとした腕からぶらさげている。

「これもだ!」ソファにあったコートをマイクがつかみ、彼女に向かって投げつけた。

こんなに怒っている彼を見たことがない。怒ったふりをしているのではない。心底激怒している。

レイラは床からコートをひろいあげ、ゆっくりとした動作で着た。彼女の大きな青い目がわたしの目とあう。彼女が挑むような目つきをする。

「彼はいずれ心変わりするわ」その声にはもはや少女のような甘ったるさはない。喉から押し出すような声で、冷酷で、威嚇するような口調だ。「その時には、わたしがここにいるはず」

わたしはなにもいい返さなかった。これはわたしの闘いではない。

「いいから行け。出ていくんだ」

「行くわ」レイラが甘い声でクィンにいい、わたしには容赦ないまなざしを浴びせ、ひとことつけ加えた。「いまのところはね」そしてドアを閉めた。

部屋がしんと静まり返った。しびれたような感覚だ。マイクはまだ激しい怒りがおさまらない。荒い呼吸の音がする。やっとのことでわたしは勇気をふりしぼって彼と目をあわせた。

「すまない、クレア。彼女はきみについて知ったばかりだ」

「なんですって？　いままでずっと、一度も話していないの？」

「座ってくれ。説明する」

正直なところ、あまりききたくない。今夜は身も心もすり減らすような目にあって、いまはただ熱いジンジャーブレッド・スチーマーとやわらかなマットレスを求めている。そしてマイクの両腕に抱きしめられたい。でもそれは実現しそうにない。今夜は。いや、おそらく今後二度と無理だろう。

「お願いだからよくきいてくれ」マイクの顔にはもう憤怒はない。わたしをじっと見つめながら、苦しげで無力感を漂わせた表情へと変わった。「頼む、お願いだ……」

けっきょく彼の頼みをききいれ、ソファのところに移動して堅苦しく端に腰をおろした。「話して」

マイクが大きく息を吸い込み、髪の毛を手でくしけずる。

「いいか、二週間前にレイラが計画の変更を通知してきて子どもたちを感謝祭によこしただろう。きみはせっかくの計画を変更してわたしに協力してくれた。子どもたちをメイシーズのパレードに連れていったり、すばらしい七面鳥のディナーをつくってくれたりした。『ピルグリムの娘』が薬物の過剰摂取で死亡した事件でわたしが呼び出された時には子どもたちと遊んでくれた……」

「もちろん、おぼえているわ」

話をしながら彼が室内を行き来するように歩く。

「そう、モリーとジェレミーはきみにとてもなついた。つぎの晩にレイラが子どもたちを引き取ると、あの子たちはきみにつくってもらった料理、いっしょに遊んだゲームのことをしゃべり続けた。それでついにレイラは、わたしには私的につきあっている女性がいると気づいた――」彼は足を止めてわたしの目を見つめた。「信じがたいほどすばらしく、途方もなく美しい女性がいるのだとね……」

「マイク――」

「レイラは自制心を失った。きみについてあらゆることを知らなければ気がすまなかった――」

わたしは目をつむった。感謝祭の週末以来わたしのコーヒーハウスで彼女を見かけた時のことをすべて思い出してみた。ただわたしを偵察に来ていただけなの？　それともマイクが入ってきたらひと悶着起こすつもりで待っていたの？　おそらく、その両方にちがいない。

「彼女はわたしのアパートに姿を見せるようになった」マイクが続ける。「のべつまくなしに電話をかけてきて、自分自身をわたしに向かって投げ出した」

「なぜ？」

「元の妻は甘やかされた駄々っ子だったからだ、それが理由だ！」

「それではわからないわ」

マイクが頭を横にふり、また行ったり来たりを始めた。

「レイラとはそもそも仕事で出会った。彼女は父親の金でこの街にやってきた。パーティー好きで、モデルをしていた。彼女に虜になる男たちはたくさんいた――」

「そうでしょうね。あなたがとても美しい赤毛の女性とレストランにいるのを二回見かけたとマテオがいっていたわ。レイラという名前は知らなかったけれど、ヴィクトリアシークレットの十五年前の表紙に彼女が写っていたことを彼は思い出したのよ」

「そう、その身体的な美しさが男のよからぬ関心を引きつけもした。彼女はしつこいストーカーにつきまとわれていた。ほんとうにたちの悪いやつだった。当時のわたしはまだ制服警官で、彼女の事件の担当を命じられて張り込みもこなした。そしてその男をつかまえ、刑務所にぶち込んだ。彼女はわたしに電話してデートに誘った」

「なるほど、わかったわ。警察のバッジが騎士の盾というわけね——」

「たがいに自分の役割を演じていただけだ。わたしはヒーローと庇護者の役割を気に入っていた。彼女は気味の悪いストーカーに危うくレイプされそうになったあと、男性の注目を浴びることに臆病になった。彼女はわたしから離れようとしなかった。しばらく交際して、結婚した。数年間はすべてがうまくいっていた。やがてわたしが昇進しゴールドシールドを得て、ブルックリンにブラウンストーンの家を購入した。彼女はある朝目が覚めると、マンハッタンの外でおむつを替えている自分に気づいた。しかも結婚相手は激務の公務員だ。彼女は強い人間ではなかったんだ、クレア。本来の彼女がなじんでいた暮らしといえばパーティー、旅行、ショッピングに明け暮れ、男性の注目を浴びる日々だ。ところが彼女が手にいれたのは、泣きわめく赤ん坊たちとくたびれてストレスまみれになってもなお仕事に命がけの夫だ。だから彼女は裏切りを始めた。何年間もつづいた。わたしは我慢した。そうされてもしかたないのだと自分にいいきかせて。ある時点で彼女が去ってくれることを期待した。そしてその通りになった」

「でも、いま彼女はあなたを取りもどしたがっているのね」

「いっしょになりたいと思っているわけではない」

「理解できないわ。彼女はしあわせなのだろうと思っていた。望むものを手にいれたはずでしょう。ウォール街のやり手で、とても裕福で、もっと若い男性と婚約したのではなかったの――」

「そうだな。しかし彼はベッドのなかではうんざりする相手だ。彼女と同じで利己的なんだ。限度枠のないクレジットカードを持つ男たちは自分が勝ち取った女にはディナーをごちそうし勘定を持つ。そして〝奉仕〟を期待する。レイラは彼をよろこばせることにうんざりし、あらゆるものを手にいれてもたいして満足できなくなった――クローゼットいっぱいの靴とバッグ、スパめぐり、目の玉が飛び出るほどの値段のレストランでの食事。彼女はようやく、人生において真に価値あるものを理解できる年齢になった。わたしを捨てた時に自分が失ったものにいま気づいた。彼女はわたしの〝愛情〟を取りもどしたがっている」

「そんな」

「きみにも知っておいてもらいたい。これが彼女のパターンなんだ。金持ちの男と浮気し彼を利用してマンハッタンでパーティーを楽しんで十九歳の時の気ままな人生を取りもどす。そしてわたしのベッドにもどってくるというくり返しだ。浮気して、もどる。これまではいつも彼女を迎えた。毎回彼女を許した。今週、初めて彼女に失せろといった。もうわたしは彼女のものではない。彼女にはそれが信じられないんだ。しかしわたしはもう彼女を求めてはいない。わたしが求めているのは、きみだ。ようやく、そう考えることが自分には許されるのかもしれないと思えるようになった」

わたしは頭をふった。「あなたをうんざりさせたあの謎の電話はすべて——」

「彼女からのものだった」

「そういう状況だと話してくれればよかったのに。なぜ？」

「レイラは毒だ、クレア。彼女の毒がわたしたちに及ぶのは耐えられなかった」

「そうかしら。いいわけのようにきこえるわ」

「ちがう！　わが子に会うためには彼女との交渉はどうしても避けられない。彼女の電話と要求、彼女が訴える不満に対処するのはあくまでもわたしの責任の範囲内だ。きみを巻き込むわけにはいかない。ただでさえきみと過ごす時間が取りにくくなっている。せっかくいっしょに過ごす時間を、レイラに毒されたくなかった。悲劇の主人公ぶっている彼女の行動を話題にするのは耐えがたい」

「でも彼女のことがあなたの問題というのなら、わたしの問題でもあるわ。わたしたちはいっしょに解決していくのだと思っていた。今夜までは、あなたに頼りにされているものだと……」

マイクが無言のままわたしをじっと見つめる。わたしの苦しげな表情を見て、ようやくわかってくれたようだ。「すまない、クレア。きみを傷つけることだけは避けたかった。わたしはきみをかばっているつもりだった」

「いいえ、マイク。あなたはわたしを閉め出していたのよ。危機的な問題を解決するためにあなたは反射的に行動した。感情をシャットダウンしておいそぎで防火扉で囲ってしまった――」

「わたしは警察官だ。警察官としてそれは当然のことだ。わたしたちは……」静かな声がとぎれ、彼が頭を横にふる。

「すべてをさらけ出したりしない。ええ、わかっている。あなたはそういうふうに自分を調整するのよ。仕事を乗り切るにはそれが要求されるから。でもわたしたちの関係を本気で続けたいと望むなら」

「望んでいる。ほんとうだ、信じてくれ」

「それなら、わたしをあなたの人生から切り離さないで。あなたの身に起きることをすべて共有させて。いい部分も、厄介な部分も、有毒な部分も。一部だけを共有するなんてあり得ないわ」

「〝すべて〟を分かちあいたい、クレア」彼は間髪をいれずにいった。「わたしの人生にはきみが必要だ。それがわからないのか？　きみがいなければ、わたしの人生など存在しない」

「そんなふうにいってもらえて、とてもうれしい。でもあなたの人生は確かに存在している。あなたには仕事がある――あなたが全身全霊をかけている仕事がね。それに子どもたちがいる。モリーはあなたのことが大好き、ジェレミーはあなたをとても尊敬している。あなたには、あのチェリー・コーディアルのレシピをくださるお母さまがいる――」

「母に会ってもらいたい」

「よろこんで。つまり、もう隠しようがないもの。あなたの従兄弟の消防隊長には会ったばかりだし。もうひとりのマイク・クィンに」

それをきいてマイクがしかめっ面をした。

「彼についてはべつの機会に話すことにしよう」

「わかった。わたしがいっている意味をちゃんと理解してくれているのなら」

「理解している、クレア。いまはひとまずこの件を乗り越えたい」彼はそこで言葉を区切り、息をふうっと吐いて片手で髪をなであげた。「食事は？」

「まだよ。お腹はぺこぺこ、でも今夜はここにはいたくない」

マイクが落胆した表情になる。

「クレア、お願いだ……」

「いまはただ家まで送って欲しいの。とにかくすべてをよく整理して考えなくては」わたしは玄関のドアをめざす。「少し時間が必要なのよ、マイク。時間をちょうだい。お願いだから」

マイクはなにもいわない。顎がかすかに動いただけ。彼は首筋をこすり、うなずいた。わたしたちはドアの外に出た。

# 30

マイクの車に乗りながら、道の向かい側に向かって彼がすばやく手をふるのに気づいた。それにこたえるようにヒューンという大きなサイレンの音が短く鳴った。どうやらフランコ巡査部長はずっとここに待機していたらしい。離れてもいいというマイクからの合図を待っていたのだ。彼の青いセダンがアップタウンの方面に走り去っていく。

「彼はセレブラトリオの取り調べに向かっているのね」

マイクがうなずく。「おそらく彼らはすでに勾留されているだろう」

「わたしも立ち会いたいわ」

マイクが車を発進させる。「ああいう男が素直に自白するとは考えにくい。うなるほど金があるからな。弁護士におまかせだろう」

わたしはシートに沈み込み、残りの十分のドライブのあいだ、たがいにむっつりと黙り込んでいた。ビレッジブレンドに着くとまだあかあかと照明がついている。エスターとビッキはちょうど店じまいにかかろうとするところだった——バリスタのコンビの復

活だ（じつはビッキ・グロックナーはクリスマス・シーズンのために少々資金を必要としていた。そしてわたしには技術のしっかりしたバリスタがどうしても必要だった。というわけで、もう一度仕事の仲間として組んでみることにした）。

店にはボリス・ボクーニンもいて、彼のベスト・ガールがシフトを終えるのを待っていた。

マイクが歩道にぴたりとつけて停車したところで、わたしはバッグを手に取ろうと無意識に手を伸ばした。でもバッグはない。そこでようやく思い出した。

「カギ！」

「持っていないのか？ ああ、そうだったな。きみのバッグはあのロッカーのなかだったな。公立図書館まで行くか？」

「いいえ……」バッグを取りもどしても無駄だ。住居のカギをマテオにわたしてしまっている。「あなたのところからスペアのカギを持ってくるつもりだったのに、レイラがいたから、すっかり……」

マイクが手を伸ばしてわたしの脚に置いた。

「わたしのところにもどろう。いいから行こう」

「あなたはわたしの住まいのカギを持っているでしょう？ わたしてあったわね」

マイクが固い声でこたえる。「ああ」

「返してもらえるかしら？」

すぐには返事がかえってこない。長い沈黙の末、彼はわたしの目を見つめた。そしてぎくしゃくとした動作でキーホルダーを取り出した。重苦しい沈黙のなかで彼がキーホルダーからわたしのカギをはずし、差し出した。

「ありがとう」

それを受けとると、彼がこちらに身を乗り出した。「クレア――」

「おやすみなさい！」わたしは車をおりてドアを閉め、それっきり車のほうに視線を向けることなく、急ぎ足でビレッジブレンドの正面のドアからなかに入った。彼の車のアイドリングの音をききながら。

リンリン、リンリン……。

「お帰りなさい、ボス！」

「クレア・コージー、クレア・コージー、ウエストビレッジの花……」

ボリスとエスターとビッキに短く挨拶して、そのまま裏の従業員用の階段に向かった。精根尽き果てて、いまにも涙があふれてきそう。でも彼らにはそんなところを見せたくない。

そんなことをこらえるのもやっとのことだった。疲労と空腹、マイクに隠しごとをされていたという失望感。彼のうぬぼれた元妻の異常なふるまいで神経をずたずたにされ、あれほど努力したというのにアルフを殺した犯人に裁きを与えることもできず焦燥感はつのるばかりだ。

くたびれきったわが身を一段一段持ちあげるうちに、胸をしめつけられるような感覚におそわれた。とてもなつかしい食べ物のにおいだ。ニンニクとハーブを利かせたこってりとした食べ物。祖母ナナの家のクリスマスを思い出す。一瞬、祖母の幽霊がキッチンにいるのではないか、わたしの大好物をつくっているのではないかと錯覚した。

「バカなことを考えないの、クレア……」

〝空腹がもたらす幻覚にちがいない〟。お腹があまりにも空きすぎて食のフラッシュバックのようなものが起きて五感が混乱しているにちがいない。マイクから受け取ったカギをカギ穴に差し込んでまわすと、今度はどこかの部屋から音がきこえるような幻聴も。鍋、フライパン、笑い声、話し声——。

「フライパンに入れすぎよ！」

「そんなことはない」

「〝がまん〟がだいじなのよ、パパ！　少量ずつ揚げるのがコツなんだから。油の温度が下がったらエビが油を吸ってぎとぎとになるわ……」

「エビの揚げかたくらい知っているよ、お嬢ちゃん」

「わたしはプロですからね。だからわたしがパパのために料理をします」

「ああ、そうしてもらおう。今度の日曜日にはフルコースのフランス料理を期待している！」

あかりのついたキッチンに駆け込んだ。本物だった！　これは現実だ。わたしの娘がパリから帰っている！

「ジョイ！」

「ママ！」

ジョイは一段と美しく、すっかり大人っぽくなっていた。アルフの白い小さな子ネコをだっこして立っている。栗色の髪の毛は前よりも長くなって肩にふわっとかかっている。緑色の目はあかるく輝き、ハート型のみずみずしい顔はにこにこしている。

彼女の向こう側では父親のマテオがコンロに向かっている。大量のガーリックを利かせてなにかを揚げている。

「これは夢なのかしら!?」わたしはつぶやいた。

マテオがにっこりした。「ようやく帰ってきたな、よかった！」まだタキシードのズボンを穿いている。アルマーニの上着を椅子の背にかけ、ブラックタイをはずしてそのまま首からぶらさげ、白いシャツの胸元を少しあけている。

わたしは両手を広げた。「ジョイ、お帰りなさい！」

ジョイがぎゅっと抱きついてきた。「驚かせたかったのよ、ママ。携帯電話にかけてみたんだけどつながらなくて。パパに電話してみたの」

「きみのカギをもっていたからね」マテオがいう。「だから帰ってきてジョイをなかにいれた」

「それからパパはこのすばらしく新鮮なエビを二ポンドも持ってきたのよ！」

「スシと生の魚介類のバー、完全菜食主義者《ベーガン》向けの料理には飽き飽きだ。ジョイの電話をもらって、自分がほんとうに望んでいるのはかわいい娘においしいイタリア風のフライドシュリンプをたっぷりつくってやることだとわかった」

わたしは首を横にふった。ここでこうしてジョイに会えるなんて夢みたい。

「こんな時間にいったいどこで新鮮なエビを手にいれたの？」

「かんたんさ、レストランでのプライベートなパーティーにいたんだ。こっそりキッチンに入り込んでスタッフにすばやく五十ドルをわたして冷蔵室から二ポンド持ってこさせただけだ」

ジョイとわたしは笑いながら腰かけた。マテオは戦利品の特大のエビにパン粉をまぶして揚げ、サクサクした熱々のできたてをわたしたちはぱくついた。その後わたしが店のホリデー・ブレンドを大きなポットいっぱいいれて、クッキージャーからお手製のビスコッティを出した。それからの二時間、ふたたび家族のひとときがもどってきた。マテオとわたしは娘の近況報告をたっぷりときいた！

ついにマテオがあくびを始めた。

「アップタウンにもどったほうがよさそうだ。ブリーには帰るといってあるしな」彼が腕時計を確かめる。「明日、また会おう、いいね？」

ジョイが父親の頬にキスし、わたしは彼をハグして見送った。

ジョイと腕を組んで階段をのぼり、予備の寝室のベッドメイクをした。でも、ジョイがどこか上の空だ。そこで思い出した。ジョイが最初に予定を変更した時にマダムがその理由を推理していた。あのマダムの読みははずれていたということ？（思いちがいだとしたら、マダムらしくない）

「それで」わたしは水を向けてみた。「ほんとうに上司が休みを取らせてくれたの？店は大丈夫だということ？」

「どうしてそんなききかたをするの？」

「あら、だって先週あなたがあんなふうに計画を変更するから、マダムは恋人のせいだと睨んでいるみたい」

ジョイがはっとしたような表情を浮かべる。「なにもいいたくないわ」

〝ということは！〟「なにかあったのね？」

「男の人と出会ったの。彼はフランス人」

〝あらあら〟。

「厨房のラインでいっしょに働いている人よ。だからずっといっしょに過ごしてきた――」

〝マダムは二ポイントゲット先取ね。やれやれ、ほんとうに勘が鋭い……〟。

「彼はとてもステキなのよ、ママ。わたしたちはとてもうまくいって……」

「いっていたのに？」

「それなのに彼が距離を置くようになった。今回もいっしょに来るはずだったのよ。ママやみんなに紹介するつもりだった。でもぎりぎりになって彼は来たくないといい出した。アメリカに拠点を移すつもりはないからそういう妄想はやめてくれ、もうつきあう気はないといわれた」ジョイの目に涙があふれる。「彼はただこわくなっただけだと思う……それで、わたしも帰りたくなくなってしまった。クリスマスを台無しにされたみたいで」

「座って」ジョイが腰をおろすと、わたしは片方の腕で抱きしめた。「よく話してくれたわね。とにかくあなたが帰る気になって、ほんとうによかった」

「どうして男の人はあんなに勝手なの？」

「女の人も勝手よ。好きな人に対しては誰でも身勝手になるわ。そうしてたがいに失望したり、させたりする。それでもあきらめず相手を真に愛する方法を学んだ時に、愛の奇跡は起きるのよ」

ジョイがわたしの肩に頭を載せる。「帰ってきて、ほんとうによかった、ママ」

「わたしもうれしいわ」


翌朝早く、バスルームの洗面台のところにいるとジョイがやってきた。すでに着替えてダメージ加工のジーンズとセーターを着ている。スーツケースから出したばかりなのでしわがついたままだ。

「ママ? もう起きているの?」

「起こさないように気をつけていたんだけど。まだ六時にもなっていないわ。もう少し眠っていなさい。疲れているでしょう」

ジョイは伸ばしかけの髪をさっとふり、ポケットからゴムを出して手慣れたしぐさできりりと結び、キッチンに立つのにふさわしいポニーテールにした。

「まだフランスの時間のままなの。だから体内時計がすっかりイカレちゃっている。せっかくだから今日はコーヒーハウスのお手伝いをしようと思って。いい?」

昨夜の再会のわくわくした気分が続いているところにジョイからこんなふうにいわれて、さらに舞いあがる思いだった。クリスマスのためにジョイが帰国しただけでもしあわせでたまらないのに、まる一日わたしといっしょに過ごしてくれる? こんなにすばらしいクリスマス・プレゼントは生まれて初めて。

ジョイが洗面台を指さした。

「フロシーのジングルベルの枕でしょう、どうかしたの？」

「ジャヴァがこれにマーキングしたのよ。おしっこをかけるなんてしかたないわね。女の子同士で仲よくしていたはずなんだけど……」

昨夜わたしのベッドの下でフロシーは喉をゴロゴロ鳴らしてジャヴァの隣にまるくなっていた。わたしの愛猫のジャヴァはフロシーよりも年上で身体も大きい。今朝起きたらフロシーのクッションの鈴をジャヴァが鳴らしていたのだ。サンタの刺繍のそりの鈴を。

「ジャヴァはきっとこのクッションの匂いが嫌なのね。どちらにしてもあんなアパートにあったものだし……」（男がひとり死んでいたことはいわずにいた）「強力な洗剤でよく洗ってみるわ。すっかりきれいになったらきっと大丈夫ね」

「なにをしたらいい？　コーヒーをいれましょうか？」

「いいえ、その必要はないわ。下におりて開店の準備をしてくれたら助かるわね。あと三十分以内にベーカリーの配達が来るはずだから」

「わかった。わたしにまかせて」ジョイはにっこりして廊下のテーブルにあったコーヒーハウスのカギをつかんだ。「じゃあ、あとで店で！」

フロシーのクッションのカバーと中身をべつべつに洗おうと思いついてファスナーを

さがした。ファスナーはなく、布の裂け目が安全ピンで閉じられていた。安全ピンをはずすと、小さなカプセルがタイルの床に落ちてカチャッと音をたてた——。

〝なにかしら？〟

緑色のひらたい楕円形のカプセルをひろってみた。ＵＳＢメモリだ。コンピューターの携帯用の記憶装置だ。わたしがノートパソコンのデータのバックアップに使っているＵＳＢメモリとよく似ている。それを洗面台に置いて、もっとなにか隠されていないかと気がすむまでクッションをさぐった。それから両手を洗い、いそいで階段をおりた。ビレッジブレンドの二階にあるわたしの狭いオフィスに入り、コンピューターに向かう。

ＵＳＢメモリをコンピューターに差し込んだ。フォルダーがひとつだけ保存されている。ＣＣという名前だ。

「またＣＣ？　わたしのこと？　クレア・コージー？」ぼそぼそとつぶやいた。

落ち着かない心地でフォルダーをあけてみると、サムネイル画像がたくさん表示された。日付順に並んでいる。

「感謝祭の日のメイシーズのパレード？」なにがなんだかわからず、声に出した。

アッパー・ウエストサイドのアパートの建物の脇をパレードが進む様子が写っている。写真をひとつひとつクリックしていった。ある男性のクローズアップの写真のところでストップしてじっと見つめた。よく知っている顔だ。わたしだけではなくアメリカの無数の女性によく知られた顔。

〝そういうことだったのね〟。カール・コヴィックのコートのポケットから見つけたメモにかかれていた「CC」はクレア・コージーの頭文字ではなかった！　テレビでおなじみのハンサムな有名人が若い魅力的な女性と笑っている。その女性はあきらかに彼の妻ではない。

つぎの画像は若い女性のクローズアップだ。彼女はウェイバリー・「ビリー」・ビリントンにちがいない。「ピルグリムの娘」として有名で、処方薬の過剰摂取で感謝祭の晩に亡くなった女性。マイクが担当していた事件の被害者だ。

ちょうどその時、下のフロアでカギのかかったドアを誰かがノックした。〝ベーカリーの配達ね……〟。

「わたしが出るわ、ママ！」ジョイが大きな声でいう。

「お願いね」大きな声でこたえた。正面のドアのクリスマス用の鈴がリンリンと鳴るのをききながら、マイク・クィンの携帯電話にかけた。

「クレアか？　おはよう」寝ぼけたような声だ。

「マイク、たったいま、あなたが担当していた『ピルグリムの娘』の事件の真相がわかったわ。アルフとコヴィックの殺害についても。もしかしたら、あなたが調べている昨年の感謝祭の未解決事件も解決できるかもしれない――」

「クレア、どうした。飲んでいるのか？」

「ちがうわ！　きいて！　カール・コヴィックのコンピューターのＵＳＢメモリを見つけたのよ！　彼はそれをサンタクロースの柄の刺繍のあるクッションに隠していたの！　デジタル写真が保存されていたわ。あなたがさがしていたつながりが写っている」

「なんのつながりだって？　さっぱりわからない――」

「いまわたしのコンピューターのスクリーンにいくつも画像が映っている。感謝祭の日にテレビの大物の有名人がビリー・ビリントンといっしょに笑っている写真よ。ふたりはパレード見物のパーティーでいっしょだったにちがいないわ、ビリーが薬物を過剰摂取する数時間前に出ていたパーティー。そしてそのパーティーを企画したのはおそらくディッキー・セレブラトリオ。もしかしたら彼はパーティーでこのふたりにドラッグも提供したかもしれない――」

「落ち着くんだ、クレア。あわてるな。その写真はどこで写されているんだ？」

「カール・コヴィックはこの映像をアッパー・ウエストサイドで撮っているわ。たぶん高性能のズームレンズを使って。彼はこの写真を利用して恐喝していたのよ。だから殺された。この一連の写真には彼が恐喝していたテレビスターの行動がすっかり写し出されている」

「その男は誰だ？　彼の名前は？」

マイクに名前を伝えたが、彼はあまりテレビを見ない。

「信じて。彼は有名人よ！　この画像を見ると彼は路上でビリー・ビリントンと話した後、ひとりでべつの方向に歩いて行っている。デリでジャンクフードを買ってから路地にすばやく入ったわ。携帯電話で電話している。すると、なんとビリー・ビリントンが路地にあらわれて、建物の脇にある通用口のドアをあけている。顔が知られている彼はロビーを通らずに建物に忍び込んだのよ！」

「ビリーは自分の住む建物に彼をいれたのか？」

「ええ！　だからあのアパートのドアマンは彼女への訪問者を見ていないのよ！　彼女はこの有名な男性を建物の脇の通用口からこっそりなかにいれたんですもの！　そこをこの写真がとらえているの！　あなたはこれを証拠としてこの男性のＤＮＡと指紋の鑑定を要求できるわ。どんな弁護士も彼を守ることはできない！　彼のＤＮＡと犯罪現場に残されたものが一致したら、彼が有罪であると証明できる。フランコ巡査部長はアルフの殺害に使われた銃を発見しているから、そこについている指紋も一致するかもしれない！」

マイクがようやくわかってくれた。

「いま行く、クレア。ホンとフランコにも電話する。ふたりとビレッジブレンドで合流することにする。そのままそこにいてくれ」

マイクがイーストビレッジの彼のアパートからウエストビレッジのコーヒーハウスまで来るのに少なくとも十分はかかるだろう。勝ち誇った気持ちとほっとした思いを感じながら、これでやっと朝の一杯目のコーヒーが飲めると思った。

これでなにもかもわかった。エルフのシェーンはディッキー・セレブラトリオに雇われてトラベリング・サンタのカールを尾行することになった。けれどシェーンはまちがいを犯した。彼は同じ住所にふたりのトラベリング・サンタがいたことを知らなかった。だからアルフ・グロックナーが建物から出てくると、まちがえて彼の後をつけていってしまった。こうしてシェーンはアルフの行動パターンをセレブラトリオに報告した。セレブラトリオはそれをそのまま犯人にわたし、犯人はアルフの後をつけて襲った。

もちろん、アルフは誰のことも恐喝などしていなかった！　アルフは人違いで殺されたのだ。殺人者はそれに気づいたにちがいない。なぜなら翌週にはカール・コヴィックのもとを訪れているから。そう、正しい標的であるサンタのもとを。しかし殺人者はカールのアパートでこの証拠を見つけ出す時間的余裕がなかった。〝手にいれたのはわたしだ！〟

「ママ！」ジョイが呼んだ。彼女の声がすこし変だ。「おりてこられる？」

らせん階段を半分まで降りたところで彼が見えた――。

「ごめんなさい、ママ」ジョイが押し殺した声を出す。「配達の人だと思ったの」

チャズ・チャッツワース。『ザ・チャッツワース・ウェイ』の二大スターのひとりであり、カール・コヴィックの小さなUSBメモリのスライドショーに主演している彼が、わたしの娘の後ろに立っている。彼の左腕はジョイの喉に巻きついて首を絞めようとしている。右手には銃を持ち、彼女の頭に当てている。ジョイの両手の手首は後ろで縛られている。

「ああ、なんてこと……」

「コヴィックのアパートから持ち出したものをよこせ」チャッツワースが抑揚のない口調でわたしにいう。

魅力的なスターのトレードマークとなっている真っ白な髪はベースボールキャップで隠れている。茶色のつけヒゲで顎と頬を覆い、薄く色のついたメガネをかけている。安っぽいスウェットパンツとスニーカーは真っ黒だ。

わたしは激しく動揺しながら彼を見つめる。

〝マイクがここに到着するまで十分。電話を切ってからおそらく四十秒が過ぎている。あと少なくとも九分。無限の長さだわ――〟。

「きこえたか、ミズ・コージー？」チャッツワースが銃をジョイのこめかみにぐいぐい押しつける。ジョイが悲鳴をあげる。

「このひとでなし！　彼女を離しなさい」

「彼女を死なせたいのか？」

「いいえ！」

「昨夜、きみを見た。きこえているのか？　コヴィックのアパートできみを見たんだ」

わたしはごくりと唾を飲み込んだ。この不気味な男はふたりの男性を冷酷に撃ち殺している。わたしがなにをいっても、なにをしても、ジョイとわたしを殺すつもりなのだ。時間稼ぎをしなくては。マイクがここに到着するまで。わたしの唯一の切り札はポケットのなかのあのＵＳＢメモリ。チャッツワースはそれを手にいれた瞬間、わたしたちを生かしておく理由などなくなる。

「ええ。昨夜、そこに行ったわ」ゆっくりとした口調で認めた。壁の時計をちらりと見る。一分が過ぎた、マイクがここに来るまで一分稼いだことになる。「そしてコヴィックの遺体を見つけた……でも警察を呼んだだけよ。それだけ――」

「うそをつくな」チャズがぴしゃりという。「わたしは外で警察が到着するまで待っていた。彼らはすぐにあらわれなかった、だからきみとあのタキシードの男が写真をさがしているのだとわかった」

シェーン・ホリウェイのことが頭に浮かんだ。昼メロでの彼のみえすいた演技を思い出した。

「写真？　なんのことだか意味がわからないわ――」

チャッツワースがジョイの喉にまわした腕に力を込める。

「お願い、娘をひどい目にあわせないで。この件にはいっさい関係ないのよ。この子はなにも知らないの。あなたの力になれるのはわたしだけ。だから彼女を離して――」

「そうしてやってもいい。きみが教えてくれたらな。さあ、クレア。わたしを〝ハッピー〟にしてくれることをいうんだ」

「子ネコよ！　あなたが見たという男性はコヴィックのアパートからネコを連れていったの」

チャッツワースが顔をしかめる。

「タキシードの男はペット用のキャリーと靴箱を持っていた。彼がタクシーの運転手にビレッジブレンドまで行くように指示しているのをきいた。あの箱の中身をわたせ、さもなければきみの娘が死ぬぞ」

〝ええ、あの箱の中身ならあげるわよ、このまぬけ〟。

「あの箱にはネコのウンチが満杯だったのよ！」

チャッツワースは鼻の穴を広げ、ジョイの首をさらに強く絞める。

「アメリカ人の男性の十人に六人が、女性にうそをつかれた時に怒りを経験すると知らないのか？」

〝彼は自制心を失おうとしている！ ジョイを窒息させようとしている！〟

「わかったわ、あなたの勝ちよ！」わたしは叫んだ。「あなたが来た目的はこれでしよ！」できる限りゆっくりとカールの秘密のＵＳＢメモリをポケットから出して高く掲げた。

「きみのコンピューターもわたしてもらおう。わたしはこのかわいい女の子に手伝ってもらって上の階でさがすことにする。かならず見つかるはずだ。きみはいますぐ眠ってもらおう、クレア。もう用は済んだ」

「なにをする気なの？」ジョイが悲鳴をあげる。

「早朝の強盗だ、お嬢ちゃん。母と娘が死亡。悲劇だ」

ジョイがもがくが、チャッツワースはさらにぐいぐいと腕を締める。ジョイはほとんど息ができなくなり、もはや抵抗もできない。

わたしはぎゅっと拳を握った。一刻の猶予もない。マイクが到着するまで持ちこたえられそうにない。どうにかしなければ。

「ママに先に逝ってもらおう。そうすれば、娘を眠らせる前に少しだけ彼女と楽しむことができる」

彼がゆっくりと銃の向きを変える。わたしは銃身をじっと見おろす。〝わたしは死のう。そうしよう。彼に向かって走り、弾を受け、ジョイが逃げる機会をつくればいい――〟。

突進して行こうとしたとたん、バーンという音がとどろいた！

銃が発砲されたのだ。それはまちがいない。でもわたしは撃たれていない。その時、チャッツワースがよろめいた。彼の肩から血が噴き出している。

〝でも、誰が彼を撃ったの!?〟

ガラスが飛び散る音がしてはっと見あげると、割れた窓ガラスの向こうによく知っているシルエットが見えた。〝マイク！〟チャッツワースにつかまれていたジョイをひきはがし、強くひき寄せながらふたりいっしょに倒れ込んで銃弾を避けた。

ガラスが内側に飛び散り、マイク・クィンがフレンチドアから入ってきた。彼は移動しながらさらに二発撃った。弾はチャズ・チャッツワースをズタズタにし、彼の身体は身悶えするようにしてカフェテーブルの上にどさっと崩れ落ちた。

マイクは煙が立ちのぼっている銃をまだ両手でしっかりと固定したままだ。服はしわだらけで頬と顎にうっすらとヒゲが伸び始め、陰影を与えている。彼はチャッツワースの動かなくなった指から銃を蹴り飛ばし、わたしと向きあった。

「無事か？」張りつめた声だ。

わたしはジョイをたすけ起こし、うなずいた。

「ふたりとも無事よ。どうしてこんなに速く来られたの?」

「ここを離れずにいたんだ。外の車のなかで眠っていた。きみからの電話で目をさました。もっと早く撃てればよかったが、彼がジョイの頭から銃を離すまでは直接狙うことができなかった」

五分後、粉々に砕け散った窓からエマヌエル・フランコ巡査部長が店に入って来た。彼の後から相棒のチャーリー・ホン刑事が続く。全員が無言のまま、息絶えた有名人を見おろす。フランコ巡査部長がわたしのほうを向いた。

「彼の名前は?」

「話せば長くなるわ」わたしはため息とともにいった。「よろこんで最初からお話しします。でも、まずはたっぷりとコーヒーを飲ませて」

# エピローグ

「上を見てごらん」

マイク・クィンのささやきが耳をくすぐる。わたしはカウンターの内側であたらしく二杯のエスプレッソを抽出し始めたところだった。天井を見あげると、頭のすぐ上に緑色のハーブの小さな束がぶらさがっている。

「あれは？」

「ヤドリギだ」

わたしは声を出して笑った。「マイク、あれはヤドリギではないわ」

「ちがうのか？」

ひらたい葉のその束のにおいをかいだ。「イタリアン・パセリよ！」

「ほんとうか？」マイクが混みあったビレッジブレンドのメインフロアの奥を指さす。

「きみの元の義理のお母さんがあれはまちがいなくヤドリギだといったんだが」

マダムは今夜はヒスイ色とワイン色のアンサンブルでとても魅力的。わたしたちに小さく手をふってくれた。わたしはマダムに指をふってこたえた。マダムはにこやかに微笑み、身体の向きを変えてオットー、マテオ、ブリアンとの会話にもどった。

「ということは、どうなるんだ？　クリスマスのキスはおあずけってことか？」

「キスできるのはヤドリギの束の下ですからね。残念でした。さあ、行った行った、刑事さん。わたしを働かせて……」

今日はクリスマス・イブ。ビレッジブレンドはサンタでいっぱいだ。〝トラベリング・サンタ〟たちがあつまっている。犯罪現場の後片付けをした後、わたしはブラザー・ドムに電話した。そしてビレッジブレンドの厄落としを兼ねてある提案をした。街の貧しい人々にクリスマスの精神を届けるために一生懸命活動している人々を招いてパーティーをひらくことにしたのだ。

クリスマス・イブにブラザー・ドムと彼のスタッフがシェルター、教会、スープキッチンを訪れた後、この店でファラララ・ラテと店のバリスタたちが焼いたたくさんのクッキーをふるまいたいと申し出た。

ブラザー・ドムは感激してわたしの申し出を受けてくれた。マダムは彼の慈善活動に小切手を贈り、ブラザー・ドムはそれにも大変感激した。しかし、もっとも多額の寄付はある人物からのものだった。デクスター・ビーティとオマール・リンフォードがささやかな陰謀により市を欺いている件でわたしはオマールに電話をかけたのだ。そして少しでも返すべきだと、強力に提案した。額が多ければなお好ましいと伝えた。

リンフォードは速やかに――嬉々として――ブラザー・ドムのために小切手を切った。わたしからの電話にリンフォードは快く応じてくれたのだ（彼の息子の逮捕にわたしが加担していることを思えば、これは奇跡だ）。息子のドウェイン・リンフォードは逮捕されてようやく麻薬取締局がこわくなったらしい。父親と衝突するのをやめ、大学に入学して音楽の学位をとると約束した。夜な夜なクラブをハシゴしていたドウェインは生活をあらため（ともかく、当座は）、リンフォードはわたしに恩義を感じてくれたのだ。

チャッツワースのＤＮＡと指紋から彼がアルフの殺害とカールの殺害、さらに「ピルグリムの娘」の事件とコーラ・アーノルドの薬物過剰摂取の事件にも関与していたことがあきらかになった。そのチャッツワースの死でマダムの友人であるミスター・デューベリーも万事休すかと思われた。しかしフィリス・チャッツワースは、これは一世一代のチャンスとばかりに盛大に売り込んだ。

夫の死から数日もたたないうちに彼女は全米のおもなインタビュー番組すべてに出演し涙ながらに語った。プライムタイムの特番、『フィリス　想像を絶する体験をどう乗り越えるのか』は平日のレギュラーのトークショーとしてスタートするゴーサインが出たばかりだ。そのエグゼクティブ・プロデューサーが、なんとジェームズ・ヤングだ。ディッキー・セレブラトリオ（またの名をリチャード・トリオ）は多くの容疑をかけられているが、おそらく身の潔白を主張するだろう。しかし地方検事は彼の有罪、とくに殺人の共犯者であることを裏づける信憑性の高い証言を得ていた。

シェーン・ホリウェイは罪に問われないことを条件に、セレブラトリオに雇われたと証言することに同意した。二日連続でアルフ・グロックナーを監視するという内容の仕事の内容だ。その後アルフ・グロックナーはチャズ・チャッツワースに撃たれて亡くなった（銃から指紋が採取され、チャズが真犯人であると裏づけられた）。シェーンの私立探偵ぶりはお粗末で、その報告を使ってテレビのトークショーの人気司会者はまちがったサンタの後をつけたのだ。

それから、『ザ・チャッツワース・ウェイ』の製作アシスタントをしていた若くてきれいなハイディ・ギルクレスト。チャズがジャンクフードを切らさないように彼女はつねに手配していた。彼女は涙ながらに、チャズが自分と寝た時にはセレブラトリオがかならず娯楽のための麻薬を提供したと証言することに同意した——その同じ麻薬がビリー・ビリントンとコーラ・アーノルドの命を奪った。

チャズ・チャッツワースに銃を提供したのもセレブラトリオだった。ふたつ目の凶器が発見されてつながりがあきらかになった。マダムのいった通りだったようだ。つまりセレブラトリオは有名人の「便宜をはかる」男だったのだ。その「便宜」には麻薬、隠蔽、恐喝、殺人も含まれていたが、ブロンクス出身の彼は臆することはなかったようだ。そしてマイクがいった通り、いまは好意をやりとりする季節だ。セレブラトリオの世界では与える好意が大きければ大きいほど好ましい。

セレブラトリオに雇われた弁護士たちは残業もいとわず地方検事との交渉にあたった。彼が獄中で過ごす時間がどれほど長くなるのか短くなるのかはわからないが、新年を迎えるにあたってひとつだけ確実にわかっていることがある。彼についてスキャンダラスに書き立てる新聞記事がここまですさまじい量になれば、宣伝広告のパーティーの王者は永久に退場するしかない。

シェリー・グロックナーはすべての容疑に関して無実であるとわかった。リンフォード宛の脅迫状の末尾に書かれていた銀行口座の番号はカール・コヴィック個人のものだった。彼はまさに〝手当たりしだいに陰謀をはたらく男〟だった。

わたしがスタテンアイランドのシェリーの家を出た後で彼女はカールにわたしとの話をすべて伝えた。まさかカールがフェリーからわたしを投げ落とすとは考えもしないで。そして夫の名前で彼が隣人を恐喝しているなどとはまったく気づいていなかった。わたしから見るとシェリーという人はかならずしも信頼が置けるとは思えない。それでも彼女はアルフの生命保険のお金の小切手をそのまま娘のビッキにわたした。

「あなたのお父さんとわたしはずっと、あなたがレストランを相続するものだと考えていたの」彼女はビッキに打ち明けた。「だからあなたのためには貯金していなかったのよ。大学の学資もね。これを資金にしなさい。お父さんもきっとそういうふうに使うことを望んでいるわ……」

もちろんビッキは大感激。彼女は今度の秋、ジョイが以前に通っていた料理学校に入学しようと計画していたのだ。彼女がこれからもビレッジブレンドにいるつもりだといて、わたしはとてもうれしかった。それから間もなく、わたしは彼女を信頼してふたたび店のカギを託すことにしたのだ。

カギといえば、わたしは自分の住まいのカギをもう一度マイク・クィン警部補にわたした。ひとつには、またもや店のフレンチドアからあのような方法で入って来られてはたまらないと思ったから。そしてもうひとつは、マイクのいない人生など考えられないとわかったから。

ジョイは今夜エマヌエル・フランコ巡査部長と妙に話がはずんでいるが（彼はいつもの赤、白、青のドゥーラグではなく赤と緑の柄だ）、彼女にいった通り人を愛し続けるのはたやすいことではない。だからこそ最高のプレゼントは、たがいに愛しあおうとすることなのだ。わたしは心からそう信じている。

その思いはチャールズ・ディケンズの『クリスマス・キャロル』のあの一節と響きあう。アルフをはっとさせたとブラザー・ドムがいっていたあの一節だ。ようやくその部分を読み、友を思い、涙があふれてしかたなかった。クリスマス・イブの夜が更けてからマイクがわけをたずねたくらいだ。

トラベリング・サンタのパーティーがついにおひらきとなり、最後のゲストがおやすみなさいと高らかにあいさつして出ていくと、ジョイは上に行き、またマイクとふたりになった。

わたしが店のあかりを消すと彼は暖炉のそばの静かな一角にわたしをひっぱっていった。美しいホワイトパインのツリーはやわらかな光をきらめかせている。リンゴ酒と新鮮な常緑樹の香りがあたりに漂っている。ステレオからはずっとガードナーの音楽が流れている——彼がパーティーのためにつくったミックスCDだ。クリスマスのスタンダードのジャズバージョンで、ダンテも彼のルームメイトも絶賛した。

「そういえば、『クリスマス・キャロル』について、いつだったかなにかいっていたね?」

わたしはうなずいた。「あなたが電話からすっかり解放されてから話すわ。仕事で気になっていることがあるんでしょう」

「いまはなにもない。きみとわたしのことだけだ」

きれいにヒゲを剃ってある彼の頬にふれ、彼の言葉を信じたようにふるまった。でもレイラ・クィンは望むものをあきらめるつもりはないといったのだ。〝彼女はわたしの愛情を取りもどしたがっている〟。マイクはわたしにそう話した。ふたりがこれまで子どもたちや家庭や家族の歴史を共有してきたことを思えば、マイクがなんといおうと、レイラの望みはじゅうぶんかなうはず。

「それで、ディケンズのその一節にはなんと書いてあるんだ？　アルフの人生を変え、あたらしいものの見方を与えた文章とは……」

「その一節は本の第一章の終わりのほうに出てくるの。スクルージのところに昔の共同経営者マーレイの亡霊が訪れ、彼はスクルージに自分の寝室の窓から外を見ろと話す。スクルージがいわれた通りにすると、マーレイのような亡霊がそこかしこにいることに気づく。彼らはみな長く重い鎖でつながれている。その鎖は、貪欲で身勝手な日々を生きた魂たちが自分でつくってしまった鎖なの」

「すごいな」

「そうではないのよ。きいて。そのなかでもっとも悲しんでいる魂の足首には鉄製の巨大な金庫がついている。この幽霊はひどく泣いている。彼の足の重荷は絶対にはずすことができないのだけど、彼が泣いているのはそのためではないの。下のほうの戸口で幼な子を連れて震えている哀れな女性を助けてあげられないから泣いているの。ディケンズはこうした絶望的な魂たちのことをこう書いているわ。『彼らすべての幽霊たちの不幸は、人間の世の中の事件に関係して助力したいと願いながら、永久にその力を失ってしまったことである……』（『クリスマス・カロル』新潮文庫　村岡花子訳より引用）」

クィンは長いこと押し黙っていた。そしてようやく口をひらいた。

「心を揺さぶられる一節だ。しかし……」

「しかし、なに？」

「アルフが殺された晩、彼はバルコニーでそういうことをやろうとしていたのか？　関係して助力したいと願っていたのか？」

「パーフェクトな人などいない。そうでしょう？　サンタクロースであってもそれは同じ。でもアルフは悪いサンタではなかった。善良な人だった。確かに彼はユーチューブとベン・タワーのために、有名人の比較的罪のない写真を撮っていた。けれどそれは隣人に借金の返済をしたかったから。そして妻と娘が返済の責任を負わないように守りたかったから」

わたしは首を横にふった。「チャズ・チャッツワースもそういうふうに考えて冷酷にアルフを撃った自分を正当化していたのだろうと思うわ。サンタクロースを殺すことにためらいがあったかもしれない。でも、自分の妻とジェームズ・ヤングの写真をサンタが撮ったのを見て、そのためらいは消えたのでしょうね。自分と妻が生計を立てる手段を守るための殺人だった、自分たちのテレビの番組を守るための殺人だったとチャズは正当化したんでしょうね」

クィンの顎に力が込められる。

「ただし薬物を過剰摂取したふたりの若い女性を放置して死なせたことと、きみとジョイを殺すと脅して殺そうとしたことに関しては正当化の余地はない」

わたしはうなずく。チャッツワースが銃をわたしの娘の頭に当てていた光景を思い出すとまた身震いしてしまう。

「しかしアルフについては、きみのいう通りだと思うよ。チャッツワース、セレブラトリオ、リンフォードを恐喝した件にアルフが加担していたことを示す証拠はない」

「アルフに非がなかったとはいわないわ。でも彼は善良な人だった。わたしは心からそう思っている。わたしはこの先、彼のいたらなかった部分ではなく、最高の部分を記憶しておくつもりよ。亡くなる前に彼は〝善良なおこない〟をたくさん残した。たくさんの人たちを励ました……」

「きみが彼を称賛するのはもっともだ」マイクがわたしの目をのぞきこむ。「人間の世の中の事件に関係して助力する人間は称賛に値する」

そのあと彼があまりにもずっと見つめているものだから、わたしは前歯にパセリがついているのではないかと不安になってきた。「マイク？」

「いまここにふさわしいものを持っている」彼がようやく口をひらいた。

「なにをいっているの？ふさわしいもの？」

　彼がスポーツコートのジャケットのポケットのなかに手をいれて取り出したのは、緑色の葉がついている枝を赤いベルベットのリボンで束ねたものだった。

「ヤドリギだ。本物のヤドリギ。これはジョイに確かめた。それで、考えているんだが……クリスマスの超過勤務が終わったら、そしてジョイがフランスの仕事にもどったら、一月の週末は二度モリーとジェレミーと過ごそうと思う」

「ええ。わかった」わたしはうなずいた。どんなことになっても耐えてみせる。「ひとりで会いに行きたいということね」

「ちがうよ、クレア。きみといっしょに過ごしたいと思っている。いっしょにスケートに行ったり、映画を見にいったり、セレンディピティでフローズン・ホットチョコレートを飲んだりしよう。どうかな？　いいプランだと思うか？」

「いいプランだなんて。すばらしいプランだと思うわ」

「じゃあ、決まりだ……」

「ええ、決まりね」わたしは彼のそばに寄った。彼のすぐそばに。正確にいうと彼の膝にのった。「それで、そのヤドリギはいったいいつ使うつもりなの？」

「待っていた」

「なにを?」

彼が腕時計をトントンと叩く。「深夜の零時を」

壁の時計にわたしは視線をやった。長針と短針がちょうど十二のところで重なるところだ。これで正確に——。

「メリークリスマス、クレア」

「メリークリスマス、マイク」

ヤドリギがわたしの頭上に掲げられ、愛の贈り物がとうとう目の前にやってきた。

編集長様

わたしは八歳です……ほんとうのことを教えてください、サンタクロースはいるのですか？

バージニア・オハンロン

ニューヨーク市九十二丁目西一一五

……はい、サンタクロースはいますよ、バージニア。人を愛し、思いやり、ひたむきに尽くす心が存在するように、サンタクロースは確かにいます。この世にはそういうものがたっぷり存在して、あなたの人生をとても美しく楽しいものにしてくれます。ああ！この世にサンタクロースがいなかったら、なんとわびしいことでしょう……素直に信じる心も、詩も、ロマンスもない世界は、よろこびのない世界となるでしょう……サンタクロースがいないなんてとんでもない！　サンタクロースはいます！　サンタはこれからもずっといますよ……。

フランシス・P・チャーチ

ニューヨーク・サン紙／一八九七年九月二十一日

**＊史上もっとも転載された新聞の社説のひとつよりの抜粋**

# 著者あとがき

トラベリング・サンタはこの物語のために著者が創作した架空の存在であるが、クリスマスの時期の尊い慈善活動はじっさいに多数存在している。そのなかからふたつの活動をご紹介しよう……。

## ◆オペレーション・サンタクロース

百年以上前、ニューヨーク市の郵便局員（当時の郵便為替部門の職員）は自分たちのポケットマネーで、サンタに宛てた手紙に返事を出したり、クリスマスになにもプレゼントをもらえないめぐまれない子どもたちに食料品や玩具を贈ったりする活動を始めた。やがてサンタへの手紙の数はふえてゆき、郵便局員だけではなく一般の市民にもこのプログラムは開放され、人々が参加するようになった。

オペレーション・サンタクロースは現在ニューヨーク郵便局がスポンサーとなって実施されている。オペレーション・サンタの担当部署に「サンタクロース様」と宛名が書かれた手紙が届くと郵便局の職員が開封し、一般の人々が十二月二日から二十四日のあいだに返信するという毎年恒例のプログラムだ。アメリカのカリフォルニア州、イリノイ州、ペンシルバニア州、ワシントンD．C．にもこの活動が広がっている。

アメリカの郵便局によるオペレーション・サンタクロースのプログラムについてのくわしい情報、実施されている地域について関心のある方はぜひ地元の郵便局にお問い合わせください。地元の郵便局の住所と電話番号はインターネットの www.ups.com で調べることができます。

### ◆救世軍の社会鍋《レッドケトル》

街角でサンタの鈴を鳴らして募金を呼びかける救世軍の社会鍋《レッドケトル》はニューヨークではロックフェラー・センターのクリスマス・ツリーの点灯と同じく、クリスマス・シーズンのシンボルともいうべき光景だが、彼らの活動がいつから始まったものなのかという歴史について本書を執筆するまでまったく知識がなかった。

救世軍によればレッドケトルの活動は一八九一年にさかのぼるという。サンフランシスコでは多くの人々が貧しさから飢えに苦しんでいた。その光景に衝撃を受けたジョセフ・マクフィーというメンバーが、貧しさにあえぐ街の人々に無料でクリスマスの食事を提供しようと決意した。問題は資金である。街でもっとも困窮している千人の人々にクリスマスの食事をふるまうための資金をどのように調達したらいいのだろうか?

マクフィーはイギリスのリバプールで過ごした時に見た光景からヒントを得た。そこでは貧しい人々をたすけるための募金用に大きな鉄製のやかんが用意されていた。人々はそのなかに小銭を投げいれていたのだ。やかんは船着き場のそばに置かれていたことを思い出し、彼はマーケット・ストリートを下ったところにあるオークランドのフェリーの発着場に同じような鍋を置いた。するとたちまち必要なだけの資金があつまった。

六年後、この募金の方法はボストンとニューヨークに広まり、さらに全米、ヨーロッパその他の地域のさまざまな街でもおこなわれるようになった。救世軍によれば現在、感謝祭とクリスマスのシーズンに彼らが支援している人々の数は四百五十万人を超えるという。

彼らが募金であつめる小銭は何百万ドルにも達し、貧しい家族、老人、ホームレスを援助するために使われている。困窮している家庭にはクリスマスの食事、衣類、玩具が提供され、病院、老人ホームから外出できない人々にはボランティアが訪れてプレゼントを配り、シェルターでは着席形式の食事がふるまわれる。

レッドケトルの募金活動にはこのような歴史があり、困窮する多くの人々を援助してきた。クリスマスにはぜひみなさんもわたしとともに「シークレット・サンタ」となっていただければうれしい限りである。

ファララララ・ラテ 2

# パンプキンスパイス・ラテ

【材料】
缶詰のカボチャ……小さじ2
パンプキンパイ・スパイス*……小さじ¼
バニラシロップ……大さじ1
熱いエスプレッソまたは濃いコーヒー……1ショット
冷たいミルク……⅔カップ
シナモンスティック

【作り方】
1. 8オンス入りのマグに缶詰のカボチャ、パンプキンパイ・スパイス、バニラ・シロップ（またはバニラエッセンス小さじ¼とグラニュー糖小さじ1½）を入れて混ぜる。
2. 熱いエスプレッソを1に注ぐ。味が均一になるようによく混ぜる。
3. エスプレッソマシンのスチーム管またはコンロを利用した方法でミルクを泡立てる。ピッチャーやボウルのなかのフォームミルクが出ないようにスプーンで押さえてスチームミルクを熱いエスプレッソに入れる。シナモンスティックを加えてフレーバーが均一になるように混ぜ、フォームミルクをのせる。

*注　パンプキンパイ・スパイスは手作りできる。小さじ1杯のパンプキンパイ・スパイスをつくるにはシナモン小さじ½、ジンジャー小さじ¼、オールスパイスまたはクローブの粉小さじ⅛、ナツメグの粉小さじ⅛を混ぜればよい。

ファララララ・ラテ 1

## ジンジャースナップ・ラテ

【材料】
熱いエスプレッソまたは濃いコーヒー……1ショット
ホームメード・ジンジャースナップ・シロップ……大さじ1
冷たいミルク……⅔カップ

【作り方】

8オンス入りのマグにエスプレッソを入れる。ジンジャースナップ・シロップを入れて混ぜる。スチームミルクをマグが一杯になるまで注ぐ（エスプレッソマシンのスチーム管またはコンロを利用した方法でスチームミルクをつくる）。フォームミルク（スチームミルクの上部のふわふわした泡の部分）をふわりとのせ、ジンジャースナップ・シロップで格子模様を描くように散らす。

### ホームメード・ジンジャースナップ・シロップ

【材料】およそ1½カップ分
水……2カップ
グラニュー糖……1½カップ
ジンジャーの粉末……大さじ2
シナモンの粉末……小さじ½
バニラエッセンス……小さじ¼

【作り方】

テフロン加工の片手鍋に水、グラニュー糖、ジンジャー、シナモンを入れる。強めの中火に鍋をかけて焦げないようによく混ぜながら沸騰させる。沸騰したら火を弱めの中火にしてさらに15～20分間ぐつぐつと煮たたせる。焦げたりくっついたりしないようにこまめに混ぜる。煮詰まると少しどろっとしてくる。鍋を火からおろしてしばらく冷ましたところでバニラを加えて混ぜる。温かいシロップをラテに入れたり、アイスクリームにかけたりしてみよう！

ホームメードのシロップはプラスチック製の絞り出し容器に移して保存するのがいちばんよい。いそいで温めるにはボトルごと電子レンジで30～60秒加熱する、または数分間湯煎にかける。

ファララララ・ラテ 4

# キャンディケーン・ラテ

【材料】
冷たいミルク……⅔カップ
熱いエスプレッソまたは濃いコーヒー……１ショット
キャンディケーン……１本
キルシュ（サクランボのリキュール）……大さじ½
クレーム・ド・マント……大さじ½
ホイップクリーム
キャンディケーンを細かく砕いたもの（お好みで）

【作り方】
1. エスプレッソマシンのスチーム管またはコンロを利用した方法でミルクを泡立てる。
2. ８オンス入りのマグにエスプレッソを注ぎ、キルシュとクレーム・ド・マントを入れてキャンディケーンで混ぜる。
3. マグがほぼいっぱいになるまで1のスチームミルクを注ぎ、ふたたびキャンディケーンで味が均一になるまで混ぜる。仕上げにホイップクリームをのせて細かく砕いたキャンディケーンを散らす。混ぜるために使ったキャンディケーンはマグにそのまま残してお祝いのムードを高めよう！

ファラララ・ラテ 3

# ホワイトチョコレート
# スノーフレーク・ラテ

【材料】
ミルク……½ カップ
ホワイトチョコレート
(刻んだもの、またはホワイトチョコレートチップス)……¼ カップ
バニラエッセンス……小さじ ¼
熱いエスプレッソまたは濃いコーヒー……1～2ショット
ホイップクリーム（お好みで）

【作り方】
1. 耐熱性のボウルにミルクとホワイトチョコレートを入れる。片手鍋に熱湯を約⅓まで入れてその上にさきほどのボウルをのせる（この時熱湯がボウルの底部にふれないように注意する）。チョコレートが溶けるまで混ぜ続ける。
2. 泡立て器または電動のハンドミキサーを使い、1にバニラを入れて泡立てる。およそ1分間、中身が温かく泡立って少しふんわりするまで泡立てる。
3. 大きなマグにエスプレッソを注ぐ。そこにスチームした2を加えてよく混ぜる。ホイップクリームをのせてもいいが、のせないのがわたしの流儀（このドリンクはまさに天国の味、ゆたかで熱くてコーヒーが入ったミルクシェーキ！　ぜひ楽しんでみて！）。

### かんたんなホームメード・フルーツ・シロップ

【材料】およそ2カップ分
水……2カップ
グラニュー糖……1½カップ
お好みのジャム……1カップ

【作り方】
テフロン加工の片手鍋に水、グラニュー糖、お好みのジャムを入れて混ぜる。強めの中火にかける。焦げたりくっついたりしないようにひんぱんに混ぜ、沸騰させる。沸騰したら火を弱め、こまめに混ぜながら20分間ぐつぐつと煮立たせる。20分経ったら中身が少々煮詰まって濃くなっているはず。火からおろして目の細かい裏ごし器でこして（必要に応じて二度こす）ボウルに移す。ボウルにいれたまま室温で冷まし、表面に膜ができたら取り除く。プラスチック製の絞り出し容器に移し替えて冷蔵庫で保存する。シロップを温めるには容器を電子レンジで30～60秒加熱するか、湯煎にかける。

ファラララ・ラテ 6

## エッグノッグ・ラテ

【材料】
冷たいエッグノッグ……½カップ
冷たいミルク……¼カップ
熱いエスプレッソまたは濃いコーヒー……1ショット
ナツメグの粉……ひとつまみ

【作り方】
1. エッグノッグとミルクを合わせる。混ぜ合わせたものをエスプレッソマシンのスチーム管またはコンロを利用した方法でスチームミルクにする。エッグノッグはミルクだけのときよりも短時間で焦げてしまうのでスチームのプロセスから目を離さないこと。
2. マグにエスプレッソを注ぐ。そのマグに1をいっぱいになるまで注ぐ。フォームミルクをドリンクに少しトッピングし、ナツメグの粉を飾る。

ファララララ・ラテ 5

# オレンジスパイス・降誕祭ラテ

【材料】

冷たいミルク……⅔カップ
オレンジ・シロップ……大さじ½
(またはマーマレードでつくったホームメード・フルーツシロップ)
アマレットのシロップまたはリキュール……大さじ½
オールスパイス……ひとつまみ
熱いエスプレッソまたは濃いコーヒー……1ショット
シナモンスティック
ホイップクリーム

【作り方】

1. エスプレッソマシンのスチーム管またはコンロを利用した方法でミルクを泡立てる。
2. 各種シロップおよびリキュールを量って8オンス入りのマグに入れる。オールスパイスを加え、熱いエスプレッソを注ぎ、シナモンスティックで味が均一になるまでよく混ぜる。
3. マグがほぼいっぱいになるまで1のスチームミルクを加えてふたたびシナモンスティックで味が均一になるように混ぜる。シナモンスティックはマグに入れたままフレーバーが残るようにしておく。仕上げにホイップクリームをのせる。

## ホームメード・カラメル・シロップ

【材料】およそ2カップ分
ヘビークリーム……1カップ
ホールミルク……½カップ
ライト・コーンシロップ……1カップ
グラニュー糖……½カップ
ライトブラウンシュガー……½カップ（カップにぎっしり詰める）
塩……小さじ¼
バター……大さじ2
バニラエッセンス……小さじ½

【作り方】

テフロン加工の鍋にヘビークリーム、ホールミルク、コーンシロップ、砂糖2種類、塩を入れる。中火にかけて全体が混ざりなめらかになるまでかきまわす。ぐつぐつと煮えた状態になったら、そのまま8～10分間沸騰させ続け、そのあいだ絶えずかきまぜる——焦がさないように注意！

10分経ったらバターを加えて混ぜる。火にかけたままでさらに3分間混ぜ、バターを完全に溶かしたら火からおろす。1分間そのまま置き、バニラを入れて混ぜたらできあがり。熱いシロップラテにアイスクリーム、焼きリンゴ、パイなど、お好みでかけてみては。シロップが室温にさめたらプラスチック製の絞り出し容器に移して冷蔵庫で保存する。冷やすと少々固くなる。冷蔵庫から出してすぐに使いたい時にはボトルを電子レンジで30～60秒加熱するか、ボトルを数分間湯煎にかける。

ファラララ・ラテ 7

# エスターのジェリードーナツ・ハヌカー・ラテ

【材料】
冷たいミルク……⅔カップ
ホームメード・カラメル・シロップ……大さじ1
ホームメード・ラズベリー・シロップ*……大さじ1
熱いエスプレッソまたは濃いコーヒー……2ショット
飾り用として粉砂糖

【作り方】
1. エスプレッソマシンのスチーム管またはコンロを利用した素朴な方法でスチームミルクをつくる。
2. ホームメードのラズベリー・シロップとカラメル・シロップを量って8オンス入りのマグに入れ、そこに熱いエスプレッソを注いで混ぜる。
3. マグがほぼいっぱいになるまで1のスチームミルクを入れ（その際にフォームミルクがいっしょに入らないようにスプーンで押さえる)、ミルクに味が均一に溶けるように混ぜる。そのうえにフォームミルクをふわっとのせる。飾りとしてホームメード・ラズベリーシロップとカラメル・シロップを縦横に線を描くように散らし、粉砂糖を少量ふりかける(ほんもののジェリードーナツと同じ味わいになる)。

*注　ラズベリー・シロップはホームメード・フルーツ・シロップのレシピをご覧ください。

【材料】36～40枚分
ドライクランベリー……1カップ
ピスタチオ……1カップ
卵（大）……2個
卵黄……1個分（卵白はグレーズに使うのでとっておく）
グラニュー糖……⅔カップ
バニラエッセンス……小さじ2
無塩バター……½カップ（溶かして冷ましたもの）
中力粉……2 ¼カップ
ベーキングパウダー……小さじ1
ホワイトチョコレート……2カップ
（細かく砕いたもの、またはチョコレートチップを使う）
シナモンの粉……小さじ1

【作り方】

**1. 赤と緑の色づけの準備をする。**

ドライクランベリーをボウルに入れて水道から湯沸かし器の温水を注いでふやかす。最短で15分、最長でも1時間以内。よく水を切ってから使う。ピスタチオは殻をはずし、1カップ分計量して粗いみじん切りにする。クレアの方法はナッツをビニール袋に入れてレードルか肉たたきでつぶすだけ（フードプロセッサーやスパイス用のミルを使う場合は細かくしないようにじゅうぶん注意しよう。めざすのは粗くつぶした状態なので、緑色の粉末にしてしまわないように）。

# クレアの赤と緑の
# お祝い用ミニ・ビスコッティ

このクッキーはクレアがアルフの遺体を発見した翌朝マイク・クィンのために焼いたものの小型版だ。同じクッキーをベーカリーに依頼してまとまった量を焼いてもらいビレッジブレンドのペストリーケースで販売したところ、瞬く間に売り切れてしまった！　みじん切りにしたピスタチオの緑色と、ドライクランベリーの赤いアクセントが見るからに楽しいお祝い用のクッキーだ。溶かしたホワイトチョコレートに先端を浸せば、いっそうお祝いらしい豪華なしあがりになり、白い雪が少しついたような冬らしさの演出にもなる。クレアはさらにクリスマスらしいスパイスとしてシナモンを細かくしたものをつける。こうすると伝統的なビスコッティとはひと味ちがったフレーバーのハーモニーが生まれる。溶かしバターもおいしさをぐっと引き立ててくれる。日持ちが悪くなってしまうのが玉にキズだが、いれたほうが見た目も味もよくなるのであっという間になくなってしまう！

← クレアの赤と緑のお祝い用ミニ・ビスコッティの作り方は次頁へつづく

**5. 2度焼き。**

イタリア語で「ビスコッティ」とは2回焼くという意味の言葉だ。というわけでスライスしたミニ・クッキーを寝かせてもう1度180度のオーブンでまず片面を8分間焼き、それから注意して（ヤケドしないようにご注意！）裏返してさらに7分間焼く。クッキーからすっかり水分が抜けて表面がきつね色になっているはず。

**6. ホワイトチョコレートに浸す。**

ビスコッティが完全に冷めたら、溶かしたホワイトチョコレートに先端を浸す。チョコレートに浸したばかりのクッキーは、クッキングシートなどを敷いた平らな皿に置き、チョコレートが固まるまでそのままにしておく。このプロセスをスピードアップさせるためにわたしは皿ごと5分間冷凍庫に入れる（クッキングシートを使わないと皿にクッキーが凍りついてしまうので注意）。あとはコーヒーメーカーやエスプレッソマシンでおいしい一杯を用意して、楽しく召し上がれ！

**2. 生地をつくる。**

電動ミキサーで卵黄と砂糖を２分間混ぜる。バニラエッセンスと溶かしバターを加えてさらに１分間混ぜる。べつのボウルで中力粉、ベーキングパウダー、シナモンの粉を混ぜる。ふたつのボウルの中身を合わせてひとまとまりになる程度に混ぜる。水を切ったドライクランベリーと粗みじん切りにしたピスタチオを混ぜる（この段階でクレアは手に粉をつけ、クランベリーとピスタチオが均一に混ざるように指で混ぜる。生地をこねすぎないように注意する）。

**3. 形をつくりグレーズをつくる。**

生地を２等分する。打ち粉をした台で手にも粉をつけて、それぞれを長さ 30 センチ、直径 2.5 センチ以下の円柱形にする。天板にクッキングシートまたはシリコンクッキングシートを敷いて天板につかないようにして２本の円柱を置く。軽く押さえて少し平たくする。焼いているあいだにこの細い棒はふくらむので、じゅうぶんに間隔を置くこと。とりわけておいた卵白をハケで生地に塗る（塗る前に卵白はフォークで泡立てておく）。２本の棒にグラニュー糖を散らす。これでクッキーに焼き色がつきやすくなり、スライスする際にぼろぼろに崩れない。

**4. 焼いてスライスする。**

180 度に予熱したオーブンで 25 〜 35 分焼く（オーブンによって若干のちがいが出る）。焼き上がりの目安は薄いきつね色に色づき、ふれると固く表面が少しだけひびが入った感じ。オーブンから取り出して熱い天板から移して完全に冷ます。１時間以上置いてから（３時間ならなお好ましい！）パンをスライスするように切る。クッキーの厚さが約２センチであれば理想的。スライスする厚さに応じてそれぞれの棒からミニ・ビスコッティ 18 〜 20 個がつくれるだろう。

【作り方】

**1. キャンディをつくる「前日」にチェリーをリキュールに浸す。**
(この行程は省略してもよい)

瓶入りマラスキーノチェリーの水気を切って取り出し、チェリーを浸けてあったジュースはとっておく。その量が ¾ カップに満たない場合は水を加えて ¾ カップにする。片手鍋にこのジュースを入れて煮立たせる。火からおろし、2 分間さましてからつぎのうちのどれか“ひとつ”を ¼ カップ入れて混ぜる——アマレット(アーモンドのフレーバーのリキュール)、フランジェリコ(へーゼルナッツのフレーバーのリキュール)、クレーム・ド・カカオ・ホワイト(チョコレートのフレーバーの透明なリキュール)、キルシュ(チェリーのフレーバーのリキュール)。チェリーを加えて混ぜる。室温にまで冷めたらチェリーと液体をボウルに移し、ラップでぴったりと覆って冷蔵庫に一晩置く。いそいでいなければさらに長く置く。

**2. 砂糖衣をつくる。**

片手鍋を弱火にかけてバターを溶かし、コーンシロップを加えて混ぜる。粉砂糖を加えて完全に溶けるまで混ぜる。鍋を火からおろして中身をボウルに移す。15 分間、ときどきかき混ぜてなめらかな状態を保つようにしながら冷ます。チェリー 1 個につき小さじ 1 杯分ほどの分量を指でつける。丁寧に作業をして、チェリーの茎もすべてが覆われるように気をつける。作業を終えたらクッキングシートを敷いた皿に茎を上にした状態で置く。冷蔵庫に入れて固まるまで待つ——最低 3 時間。

**3. チェリーを短時間冷凍する。**

つぎのプロセスで白い砂糖衣が溶けてチェリーからとれてしまわないように、冷蔵庫から冷凍庫にチェリーを移して最低 10 分間置いてから熱いチョコレートに浸す。

# マイク・クィンの
# チョコレート・チェリー・コーディアル

これはマイクがクレアのためにつくったもの。マイクの母親が彼にこのキャンディのレシピを伝授し、手書きのコツもメモして贈った。ほぼ毎年クリスマスにマイクの母親はこれを家族と友人のためにつくっている。

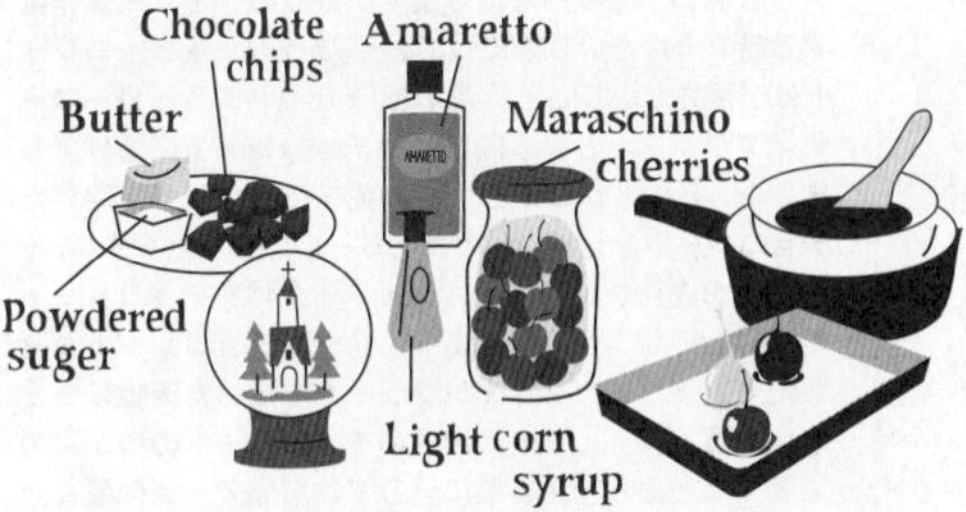


【材料】
瓶入りマラスキーノチェリー……茎がついた状態で30個
アマレットまたはお好みのリキュール……¼カップ
バター……大さじ4
ライトコーンシロップ……大さじ4
粉砂糖……1⅓カップ
チョコレートチップ……3カップ

← マイク・クィンのチョコレート・チェリー・コーディアルの作り方は次頁へつづく

**4. チョコレートを溶かす。**

耐熱性のボウルとゴムベラを用意する。どちらも完全に水気がない状態であることを確認する（数滴でも水がまざると滑らかさが失われる）。チョコレートチップを入れたボウルを、水の入った片手鍋の上に置く。鍋を弱火にかけてチョコレートを乾いたゴムベラで混ぜて完全に溶かし滑らかにする。チェリーにコーティングするあいだにチョコレートが固くならないように鍋の下の火はずっと弱火を保ち、ひんぱんにチョコレートを混ぜる。

**5. チェリーをチョコレートでコーティングする。**

少量ずつ作業をおこなうこと。１度に冷凍庫から５個ないし６個のチェリーを取り出す。残りのチェリーは作業する時まで冷たい状態にしておく。チェリーをチョコレートに“浸さない”こと。浸すと、チェリーのシュガーコーティングがあっという間に熱いチョコレートに溶けてしまう！　それぞれのチェリーの茎を持ちながら、溶けたチョコレートをたっぷりとチェリーの上から垂らす。キャンディを成功させるには、チェリー全体をチョコレートで密封してしまう必要がある。余分なチョコレートが落ちたらあらかじめクッキングシートを敷いた天板にチェリーを置く。チェリーの周囲のチョコレートの殻が冷めて固くなったら密閉容器に移して冷蔵庫で一週間置く。

**6. 味見する。**

冷蔵庫で１週間保管した後、それぞれのチェリーの周囲のシュガーコーティングは壊れて液化している。味見をしてチェリーコーディアルが食べごろになっているかどうかを確かめる。ぱりっとしたチョコレートの殻を噛んだら、チェリーは半ば液化した甘いものに包まれているはず。そうでなければ、さらに２日間置いてもう１度味見してみる（最長で２週間かかる）。

訳者略歴
慶應義塾大学文学部英文学科卒。英米文学翻訳家。訳書に『フォレスト・ガンプ』(講談社),『こんな結婚の順番』,『エスプレッソと不機嫌な花嫁』(以上,武田ランダムハウスジャパン),他多数。

コクと深みの名推理⑧

# クリスマス・ラテのお別《わか》れ

2010年11月10日　第1刷発行

著者　クレオ・コイル
訳者　小川敏子(おがわとしこ)
発行人　武田雄二
発行所　株式会社 武田ランダムハウスジャパン
〒101-0046 東京都千代田区神田多町2-1
電話03-5256-5691(代表)
03-5256-5692(営業)
http://www.tkd-randomhouse.co.jp
印刷・製本　豊国印刷株式会社
株式会社東京印書館

定価はカバーに表示してあります。落丁・乱丁本は、お手数ですが小社までお送りください。送料小社負担によりお取り替えいたします。

ISBN978-4-270-10369-2